搭起太阳村

为失去父母关爱的孩子搭建一个家

李　晶／著

法律出版社
LAW PRESS·CHINA

搭起太阳村

——为失去父母关爱的孩子搭建一个家

北京太阳村

中秋节，孩子们将月饼咬成弯弯的月亮

搭起太阳村
——为失去父母关爱的孩子搭建一个家

2005年暑假，陕西太阳村的孩子们到北京过假期，在天安门前的合影

孩子们和老师一起登上了长城

搭起太阳村

——为失去父母关爱的孩子搭建一个家

1996年5月26日，司法部副部长刘飏为全国首家为服刑人员代养子女的儿童村剪彩

1997年夏天，八届全国人大常委会委员、原国防大学副校长黄玉章将军看望孩子们

搭起太阳村
——为失去父母关爱的孩子搭建一个家

1998年春，全国人大副委员长布赫视察陕西太阳村（原儿童村）

1998年冬，全国人大副委员长蒋正华看望陕西太阳村（原儿童村）的孩子们

搭起太阳村

——为失去父母关爱的孩子搭建一个家

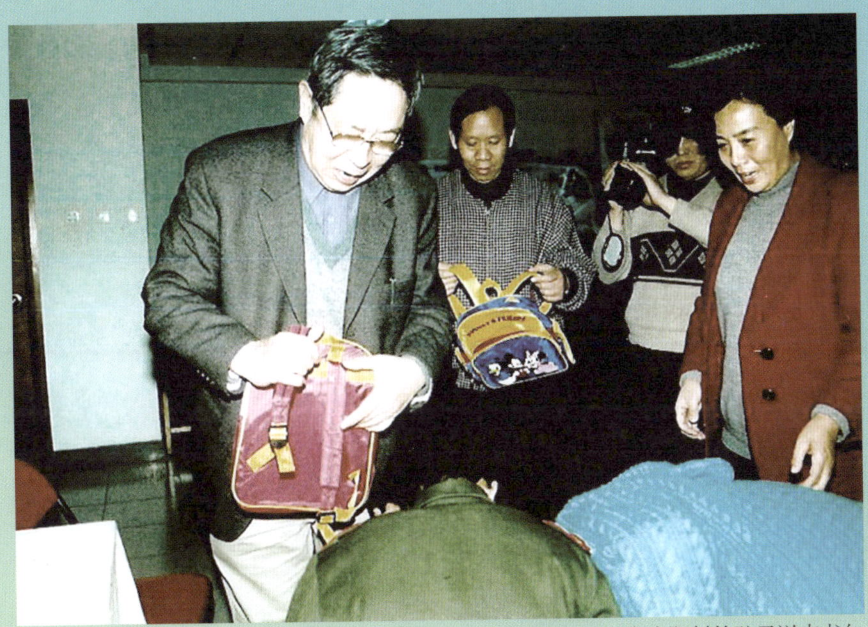

2001年冬，原民政部常务副部长、中华慈善总会会长闫明复为北京太阳村的孩子送来书包

2004年春，瑞士联邦主席夫人赴北京太阳村看望孩子并为新落成的孩子宿舍“青鸟爱心小屋”剪彩

搭起太阳村

——为失去父母关爱的孩子搭建一个家

2006年夏天，瑞典王后西尔维亚访问北京太阳村（左为法国航空公司总裁）

2006年夏天，太阳村创始人张淑琴和孩子们

搭起太阳村

——为失去父母关爱的孩子搭建一个家

2010年夏天，法律出版社员工看望北京太阳村的孩子们

孩子们围在记者叔叔跟前抢镜头

中国作家协会2009年度重点项目作品

本书谨献给

太阳村的孩子、村长、员工、志愿者、捐助者，以及所有为太阳村事业做出贡献的爱心人士。

——李晶

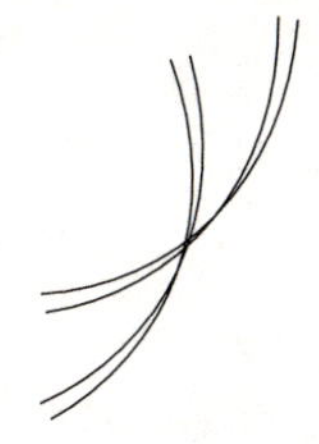

太阳花

——太阳村村歌(羽·泉组合胡海泉作)

一朵金色小花在寒风中长大
哪里是他的家　何处天涯
如果不是你的手给我温暖牵挂
我怎能懂得报答
生命璀璨的阳光下
我的梦开了花
再多风吹　再多雨打
有你在　我不怕

序*

多年来，我从不同渠道了解到不少有关张淑琴及其所从事的太阳村事业的信息、图片及影视资料，深深为她的精神所感染。但如此完整地、生动地把张淑琴这一人物形象立在我们面前，把她所从事的太阳村事业从无到有，从小到大的艰难发展历程如此真实细腻地呈现在我们眼前的，应首推作家李晶女士的佳作——《搭起太阳村》。

罪犯子女作为社会的一个特殊群体，一直是司法界和社会各界有关人士十分关注的问题。2005 年司法部专门成立了课题组，对这一问题在全国展开调研。结果表明：截至 2005 年年底，在我国监狱服刑的 156 万名在押犯中，有未成年子女的服刑人员近 46 万人，其未成年子女总数逾 60 万。其中有 45.9% 的服刑人员未成年子女的生活状况没有保障；在原居住地在农村的服刑人员中，有 52.8% 的人认为自己孩子的生活状况没有保障；25% 的人对自己孩子目前的生活状况是否有保障尚不清楚。统计结果同时显示，服刑人员未成年子女的辍学现象严重、流浪乞讨现象令人担忧，尤其是监狱服刑人员未成年子女的犯罪率远远高于全社会未成年子女的犯罪率……

以上的事实和数字令人揪心！很显然，如何对待这样一群“特殊孩子”，不仅是全社会亟须共同关注的重大问题，也是每一个普通人所

* 本序作者为中国关心下一代工作委员会副主任。曾任第八届、第九届全国政协常委，司法部副部长。

面临的道德判断。

然而,在《世界人权公约》和《儿童权利公约》中,却找不到任何一条有关人类社会中这一弱势群体的规定,并且此前在任何时代、任何国家,罪犯子女也始终是一个尖锐棘手的“老大难”问题,始终未见有良好的解决方案与成功的实践模式。

但是,1996年,在中国陕西的一个小地方,却忽然出现了一个后来被人们誉为“世界第一村”的儿童村落。她以民间公益的“草根形式”主动为政府化解社会矛盾,承担社会责任,为一些流离失所的罪犯孩子施行了救助,使他们摆脱饥饿、失学的无助生活,在一个相对安定温馨的大家庭里,像正常的孩子一样,从此受到保护、得到教育、回归孩子的天性。这不同凡响的善举在当时堪称奇闻,并且在很短的时间里为国内外众多媒体广为称誉。

作为这一民间公益组织的发起者和创办人,张淑琴赢得了人们的尊重和支持。为使陕西儿童村的救助模式在全国推广,2000年,在中华慈善总会的支持下,张淑琴又开办了北京示范儿童村——而后更名为太阳村。又十年过去了,到今天,张淑琴一行人锲而不舍、惨淡经营,已经在中国内地相继开办了七家这样的太阳村,救助特殊儿童达四千多名。

从数字上说,四千多名相对于六十多万,是不成比例的;但是,烛微尽善,从善如流,开办太阳村对社会所产生的巨大的积极导向作用,在今天我们怎么高估也不为过。开办太阳村不仅仅是给罪犯子女一个温暖的家、让他们回归正常孩子的天性、帮助罪犯解除后顾之忧安心改造,并且事实上已经完全超过预想,正在越来越有力地牵动和影响着整个社会。

联合国儿童基金会中国代表处驻北京首席代表贾德视察儿童村时十分感慨地说:“重刑犯罪犯子女是长期被忽视又最需要关爱的群

体，你（张淑琴）不仅为中国，也为全人类作出了贡献。”我们可以毫不夸张地说，太阳村从无到有、从小到大，不仅以她艰难的探索和成功的实践很好地显示出中华文化的魅力与能量，体现了中国人的胸襟与气度，并且，太阳村也填补了维护儿童权益这个人类神圣事业的一项空白。

在所有的“轰动效应”中，特别引起我们注意的是：中央六部委于2006年元月联合下发通知文件，要求各级司法行政部门要加强《中华人民共和国未成年人保护法》、《中华人民共和国预防未成年人犯罪法》等与服刑人员未成年子女帮扶工作相关法律法规的普法宣传工作，为未成年当事人提供法律援助，运用太阳村等多种形式协助民政部门做好监护人无法履行职责的服刑人员未成年子女的生活照料和帮扶工作。

此段文字言之凿凿，将“太阳村”三个字明确写进了中央六部委的通知要件，这无疑给太阳村所有的老师和村民以及所有的志愿者、社会各界的爱心人士以极大的鼓舞。中央通知文件的指示说得很明确，太阳村不仅办得对，并且还应进入“可持续发展之列”。

2008年12月5日，胡锦涛总书记在中华慈善代表大会上发表重要讲话，强调慈善事业是改善民生、促进社会和谐的崇高事业。他说：希望各级党委、政府和有关部门始终坚持以人为本，大力倡导文明新风，高度重视慈善事业，不断完善政策措施，把各方面的积极性充分调动起来，为发展我国慈善事业、为夺取全面建设小康社会新胜利作出更大贡献。

太阳村的事业方兴未艾，“太阳村”三个字已经成为爱心与善行、勇气与付出的代名词。于是人们肯定都想知道，从1996年到现在，这十几年漫漫求索、艰难跋涉的风雨路，张淑琴及其一行人是怎样走过来的？作为一个敢于挑战人类难题的先行者，张淑琴最初的动机是怎样产生的？她是一个什么样的人？又是什么样的力量使得她和她的同伴们如此坚定不移，勇往直前？

令人欣慰的是，《搭起太阳村》犹如一曲赞歌，用美妙的旋律和抑扬的节拍向我们述说着了张淑琴和她所创造的事业，也回答了我们心中一直渴望知晓的一切。

掩面沉思，我们思绪万千。今天我们经历了三十多年的改革开放，整个社会正处于一个重要的转型期。以前国家和社会的问题，不拘大小巨细统统依赖政府去解决；可是随着国家经济体制和政治体制的变革，许多政府无法管、无力管、不该管的问题，必须交给社会去管、去解决、去完成。当整个社会都伸出手，一个繁荣的有生气的和谐社会才会是坚实的、有生命力的。

*C*ontents

目录

001 导引:新闻面对面
——“对你来说,是个挑战吗?”

007 开篇:认识太阳村
009 第一章 温馨的岛屿
016 第二章 村长下班 热炕酸汤面

021 成长篇:村长出自农家
023 第一章 成长是一种准备
030 第二章 差别感与“行好”
032 第三章 花正红时寒风起

035 磨炼篇(一):知青妈妈
037 第一章 “看谁家媳妇上树啦!”
042 第二章 惊鸿一瞥
045 第三章 平等的思想

053 磨炼篇(二):山的女儿
055 第一章 讲用、跳蚤、阑尾炎
059 第二章 麦草帘和孙老汉
064 第三章 出诊的路与滚烫的面

069 **磨炼篇(三):生活在别处**
071 第一章 背面与正面
075 第二章 心理距离
078 第三章 职业记者的文学圈

081 **求索篇(一):心系高墙**
083 第一章 天生“帮人命”
086 第二章 女囚搬运队
092 第三章 劳改农场里负伤的动物

099 **求索篇(二):特殊战线**
101 第一章 “把自己整个捎进去!”
103 第二章 电视剧 金剑奖
108 第三章 男犯的情书

111 **求索篇(三):你如此重要**
113 第一章 妈妈跟你说
116 第二章 郭容二进宫
——第二代罪犯
118 第三章 宋媛媛有三个妈妈四个爸

123 **挑战篇(一):酷暑一九八七**
125 第一章 麦田里的婆孙
129 第二章 恐惧的眼睛
——几双眼睛 一群孩子 恶性循环的怪圈
133 第三章 人类的难题
——舐犊之情

137 **挑战篇(二):问题悬而难解**
139 第一章 曲高和寡
142 第二章 仁爱思想

——司令员善待日本遗孤
145 第三章 大墙女作家
——心里的红媒

149 **挑战篇(三):见义不为非勇**
151 第一章 墓坑里的女婴
——爱在人间
153 第二章 独饮独酌
155 第三章 《未成年人保护法》

159 **奋斗篇(一):回归研究会**
161 第一章 “回归社会工程”
164 第二章 “清水会”与“红舞鞋”
——回归之路
167 第三章 论证儿童村
——一锤定音

173 **奋斗篇(二):刻不容缓**
175 第一章 郭建华和东周村
178 第二章 女监调查表
181 第三章 “退娃”黑豆
——侏儒代养人翻山趟河
184 第四章 风雨秦岭

187 **奋斗篇(三):伟大的创举**
189 第一章 世态炎凉
——误解与打击
194 第二章 寻孤托孤道义歌
——寻找失落的传统

197 第三章 “善事善举,利国利民”

201 **跋涉篇(一):光明的起点**
203 第一章 怎么爱孩子?
207 第二章 没有规矩不成方圆
212 第三章 集体探监
——犯人募捐

215 **跋涉篇(二):风雨兼程**
217 第一章 “丐帮帮主”
——伸出你的手
222 第二章 一个人的宣讲团
229 第三章 肩膀一横扛最重的麻包

231 **跋涉篇(三):走向北京**
233 第一章 挂靠单位千难万难 坚持登一座山峰
238 第二章 中华慈善总会
——阎明复会长
241 第三章 北京市综治委办公室

245 **讨论篇:媒体聚焦**
247 第一章 大红灯笼高挂 新家落成
251 第二章 中央台《午间一小时》三人谈
257 第三章 救助体制的理想方式

259 **发展篇(一):生存之道**
261 第一章 悲情英雄
265 第二章 万株枣树林
268 第三章 爱心认树 更名太阳村

273 **发展篇(二):搭起太阳村**
275 第一章　重修庙宇
——慈善产品
279 第二章　移花栽木
282 第三章　生意经与疑惑

285 **发展篇(三):确立模式**
287 第一章　大学生调研
290 第二章　有关社会企业高峰论坛
294 第三章　诺贝尔和平奖候选人

299 **教育篇(一):人类的伤口**
301 第一章　灰暗的标签与八次逃跑
304 第二章　比恐怖更黑暗的记忆
309 第三章　像小土狼一样任性野蛮

313 **教育篇(二):示范特殊教育**
315 第一章　《特殊儿童的特殊教育》
——心理救助
318 第二章　爱心小屋:健康社会的模型
323 第三章　参与付出是一种责任
328 第四章　《拍电影全记录》

331 **爱心篇(一):同一首歌**
333 第一章　临时爸妈
337 第二章　爱心无国界

343 **爱心篇(二):实践基地**
345 第一章　爱的能量
349 第二章　小厨师训练营
353 第三章　追随者团队与太阳村一起成长

357 **感恩篇:感恩的心**
359 第一章　爱的回报与延续
363 第二章　遍地太阳花
366 第三章　宽宥的力量
370 第四章　感恩祖国

375 **思考篇:人间正道**
377 第一章　爱的接力
——巨大的社会工程
381 第二章　最高奖赏是信任

389 **尾声:任重道远**
391 第一章　永远的孩子王
——好女如佛　幸福的方法
394 第二章　有爱心就有希望

397 **后记:看到了而不传播是自私的**

导引:新闻面对面

——“对你来说,是个挑战吗?”

▶成长是不能等待的——父母犯罪,孩子无辜

2005 年,六一节前夕,中央电视台《面对面》专栏以“张淑琴:一切为了孩子”为题,访问了太阳村村长张淑琴。当节目播放时,此次专访做了如下导视:

——有人类就会有犯罪,有犯罪就会有这些孩子出现。

张淑琴:父母这个沉重的十字架凭什么让孩子来背?

——有风雨就会有太阳,有太阳就会让孩子走出阴霾。

张淑琴:还是要给孩子们营造一个家的氛围。

——是谁为这些特殊儿童遮风挡雨?

——怎样为这些受伤的心灵寻找家园?

《面对面》走进太阳村,感受张淑琴的拳拳爱心——

访谈中,主持人王志以习惯性的质疑,不动声色地提出了问题:“但是,从根本上你没有听人说过吗,这件事情本来就应该由政府管?”

张淑琴平静地回答:“我早就知道这个问题……孩子的成长是不能等待的,我们总不能等着出了政策,再出现这样的群体。出现这样的孩子,总得有人做这些工作,总得有人负这个责任,就像一个孩子掉在河里,咋可能认为,这是政府的事情,等警察来了,这个孩子掉在水里头了,都应该伸出手去把孩子拉上来,一个孩子哭的时候,需要一个馒头的时候,我觉得我们每个人都应该给孩子一个馒头。”

王志继续问:“但是,你有没有问过自己,好人的子女可能也需要关照,还关照不过来?”

张淑琴引证事实:“我认为首先孩子是无辜的,第二个这些孩子如果不去保护他们,不去教育他们,他们将来还会是罪犯。因为在做这个事情以前我做过调查摸底。例如,妈妈犯盗窃罪,两个孩子流落社会以后偷东西,女孩才8岁,能翻3米高的墙,一次偷过3000元,她用偷来的钱买了香蕉,买了鞋,买了葡萄来看她妈。我到监狱去,她妈就跪在那个地方,说赶快把这个孩子送到少管所,不送到少管所的话,她将来是江洋大盗,我出不来,她就得进来。这不光是他们爸爸妈妈的担心……”

“对你来说是个挑战吗?”王志用眼睛看着张淑琴。

张淑琴坦然告白:“我那个时候像着魔了一样,真的像着魔了一样。”

▶1987年盛夏——周末的火车——意义重大的开始

作为一名退休的高级警官,张淑琴还是一位作家,她先后写过小说,编过电影、电视剧,有些作品还获了奖,当她说“像着魔了一样”时,她给自己使用的字眼是很准确的。

1987年盛夏的一个周末,下班之后,张淑琴独自乘上一列从西安到武功的火车。此行于公于私都算不上,只为了转至扶风县,为一对犯人夫妇探访他们的未成年子女。这时她自己也还想不到,这是她人生中一个非常特殊的行程,这一行将贯穿她整个的后半生——此次的付出,成为她人生中一个意义重大的开始。

转天,她风尘仆仆地找到村庄里一口土窑洞,在旁边的麦地里,见到一个70岁的老奶奶正带着几个孩子在割麦子——老奶奶因为患着哮喘,只能是跪着割,她把麦捆扎得小小的,是为让几个孩子往窑洞前扛。在窑洞里,张淑琴注意到处处是湿泥,炕面上没有席子,只有一床被子,孩子的模样不忍睹视,一个孩子脚上的拖鞋绑着绳子,一只红一只绿,一个孩子胳膊被人打折了,还挂着绷带,最小的孩子牙齿被人打掉,连家里的鸡也已经被人毒死。最让张淑琴感到惨痛的是,大女儿因病不治已经死去。临走,她走到死者小小的坟茔前默默地蹲了一会儿。夕阳如血,大山无言,她的心从此失去安宁。从此,一种持久的隐痛和忧虑在她心中蔓延开来,再也无法退去,她踏上了一条世人从未走过的漫长之旅。

身为陕西监狱局《新岸报》的一名编辑记者,在以后的工作中她越来越多地注意到,不少犯人在监狱中抑郁、烦躁,甚至对抗、自杀、企图越狱,皆是因为孩子的生活出现了问题。那些孩子因无人收养而被迫流浪,有的为人放牧、遭受虐待,有的被人拐骗,下落不明,有的像父母一样走上犯罪道路;他们大部分人被迫失学,或者年满 10 岁还没进过学校的门……看到一个长期以来被忽视、歧视、背负着沉重的十字架、永远生活在父母阴影中的未成年人弱势群体,她感到了莫大的迫力,经过多方探索寻找解决的途径,最终发现别无他路,于是决意创办儿童村。

自 1995 年开始,她四处奔走游说,以炽热的激情和严肃的使命感,唤醒社会各界的良知,出资救助那些生存陷于"暗无天日"的特殊孩子,所到之处,她更正一种陈腐褊狭的观念,力排非议,反复地说:"父母犯罪,孩子无辜,每个孩子的生命都是平等的,都应该受到尊重和关爱";"要防止出现第二代罪犯"——这是她的话语中心,也是她思想和行为的坚定原则。

▶世界第一村——高度决定影响力——前卫的概念

维克多·雨果曾经说过:"人类的真正区分是这样的:光明中的人和黑暗中的人。减少黑暗中的人数,增加光明中的人数,这就是目的。"张淑琴义无反顾的善举,在于对服刑人员未成年子女这一弱势群体责无旁贷地施以救助。相隔一百多年,"减少黑暗中的人数",仍是人类关怀的重大使命。

靠着一股"着魔了"的热诚和勇气,一种不容置疑的意志和信念,张淑琴一往无前,百折不挠,最终达成所愿,向世人传播了"父母犯罪,孩子无辜"的理念;向一群特殊的孩子伸出了援助之手,让他们拥有了一个遮风挡雨的家,让他们有饭吃,有学上,有病得以医疗,心理恢复健康,享受到同正常孩子一样的权利。

位于北京市顺义区赵全营镇的太阳村,志愿者会见到一张玫瑰色的爱心卡片,上面写有这样的简介:"作为无偿代养代教服刑人员未成年子女的民间慈善机构,太阳村采取集中供养和分散救助的方式为服刑人员的未成年子女提供基本生活保障、特殊教育、心理辅导、权益保护以及职业培训等服务,使他们在一个相对安定温馨的大家庭里像其他孩子一样受到保护、得到教育、健康快乐地成长。"这是一张 10 年前印制的旧卡片。自 1996 年张淑琴创办的第一家儿童村在陕西西安成立,时至今日,中国内地一共有了七家这样的儿童村,分别坐落在陕西、河南、江西、青海和北京。15 年来,由张淑琴一行人救助的特殊儿童已达到 4000 多名。

张淑琴对记者说,“根据2005年中国青年报上的调查报告统计的数字,全国有60万罪犯子女生活在困难中,所以,我能做到的就是要把我见到的和手能够得到的孩子都救助下来,再去影响一些人——不是说我的手能够握住多少手,而是我的手能够让多少只手都伸出来,这是最重要的!”

一位网友呼吁说:“(太阳村)创办人为全社会做了一件积大恩大德的善事,应该大力宣扬、造势,引起全社会关注、资助。多一个这样的无辜儿童被救助,社会将多一份安宁与和谐!”值得庆幸的是,张淑琴的心愿并非奢望,从善如流现在已成可喜的大趋势。如今太阳村不同凡响的善举正被四面八方所称誉,太阳村也成为爱心与善行、勇气与付出的代名词;捐助者和志愿者的个人及团体络绎不绝往来于太阳村,村中的“爱心大道”上已现出明显的辙印。

自1996年至今,全国以及国外的报刊相继报道,陕西的《女友》杂志署名奂衍的文章《为她请领和平奖》产生了巨大轰动,拍摄机不断架到太阳村,包括中央电视台、北京卫视、东方卫视、凤凰卫视、阳光卫视以及联合国教科文组织、欧洲议会代表团、英国儿童救助中心、美国《纽约时报》以及法国、德国、瑞典、荷兰、日本、泰国、新加坡、加拿大、澳大利亚等众多国际组织和媒体,先后将张淑琴冠名为“世界第一村村长”、“央视东方之子”、“亚洲名人”、“全球妇女诺贝尔和平奖2005年候选人”、“感动中国2006年候选人”、“2008奥运联想火炬手”、“东方卫视2008年中国十大非凡女人”,等等。

一个人的拼搏奋斗可以有如此广泛的影响,肯定是因为高度决定影响力。对于儿童村这个“新生事物”,《纽约时报》说:“在中国,张女士所推动的不仅仅是一个前卫的概念”。中国科学院和中国工程院30名院士认为,儿童村和他们一样,“都在攻克人类文明的制高点”。1996年,在陕西的第一家儿童村开村仪式上,司法部副部长刘飏称赞说:“这是一个伟大的创举,它的意义已经远远超过儿童村本身。”这年,联合国儿童基金会中国代表处驻北京首席代表贾德来村中视察,他夸奖张淑琴:“重刑犯罪犯子女是长期被忽视又最需要关爱的群体,你不仅为中国,也为全人类作出了贡献。”

2008年春天,美国前总统比尔·克林顿在他的新书《付出:我们可以改变世界》中,讲述了他在退休之后在非洲等地参与慈善活动的经历,同时讲述了他所知道的普通人和不普通的人一个个令人震撼的爱心故事。他讲述的对象都有一个共同点,他们心中都坚持着一个共同的信仰:每个生命的价值都是平等的;付出比索取更令人感到满足。这恰同于比尔·盖茨所说的,"给每个生命以平等的尊重",然后,"散尽千金,心有满足"。

太阳村的创建,正是本着同样的信仰,向世人展现了一个令人难以置信的传奇。这个传奇告诉每一个人:阳光的真正价值是在每个人的心中;因为付出,我们可以救助他人,可以改变世界;付出,它比索取更令人感到满足……

开篇：认识太阳村

第一章　温馨的岛屿

▶爱心小屋　太阳花

这地方位于北京市顺义区赵全营镇，傍着牛栏山公路的西侧，在附近开办了将近六百亩地的农场，里面有规模整齐的枣园和桃园，间种着黄豆、玉米、花生，还有各种蔬菜。村子外面，像公园一样围了一圈铁艺栅栏，门口矗着一棵粗壮的仿真榕树，树身上写着三个醒目的大红字："太阳村"。

走进太阳村，你会立刻感觉到，一碧如洗的天空下面，一个很灿烂、很田园的大院子。生活区里九间条形的小屋都是彩色的，墙上画满的卡通与屋子周围的菜园和花园交相辉映，生机勃勃。每座小屋的门上嵌着不同形状的字牌，又一律统称为"爱心小屋"。它们是由国内外的爱心人士捐资搭建的，材料为新型彩钢，样子简朴实用。

当年，张淑琴请来一位台湾设计师给小屋做免费设计，按照她的意见，希望每间小屋都要设计得漂亮且风格不同。

张淑琴：为什么？孩子们本来是生活在阴影当中的，进入一个好的环境，要让他们走出阴影。所以我就希望，这里第一，要像一个大花园；第二，房子都要彩色的，赤橙黄绿青蓝紫，像是一个童话世界，那才能给孩子们一个好的环境和好的心情，叫他们心里也像正常的孩子一样，能有丰富多彩的人生梦想……

围绕着几座爱心小屋，生活区里分布着食堂、浴室、学习室、阅览室、公共活动厅、儿童游乐园等。当孩子们放学之后，他们常到公共活动厅里去排练一些节目，由村里年轻的老师组织指导，那时唱歌声、跳舞声，还有钢琴、武打以及诗歌朗诵声就汇合一处。每逢星期日，这些节目都会在舞台上表演，观众则是来自四方的志愿者和各种爱心小团体。

那首太阳村村歌是羽·泉组合的歌手胡海泉爱心创作的，名为《太阳花》。孩子们在舞台上站成一排,深情幽幽地唱道——

一朵金色小花在寒风之中长大
哪里是他的家　何处天涯
如果不是你的手给我温暖牵挂
我怎么能懂得报答
生命璀璨的阳光下　我的梦开了花
再多风吹　再多雨打
有你在　我不怕

第一次听孩子们唱这首村歌,多么铁石心肠的人都难免会感到冲击,忽然觉得一阵酸痛。也许是因为歌子的曲调有些凄婉,也许是因为唱歌的孩子们脸上布着抹不去的“特殊”神情,看他们那样站成一排,身上的衣裳都来自于旧物捐赠,大都显得不那么合身、也不那么鲜亮,孩子们的脸上,带着风吹日晒的粗糙……

看着他们,听着他们,你会觉得距离人类的伤口如此之近,心里不由得无比沉重。

爱心小屋周围种满了花草和蔬菜,是孩子们自己管理的“自留地”,竹篱笆上晾着他们刚洗的衣裳。小屋作为家庭式宿舍,每间住着十几个孩子,宿舍长是孩子们自己选出来的“爱心哥哥”或“爱心姐姐”。屋里的地板革擦得锃亮,外面活动厅里,桌椅、书架以及捐来的沙发等,全都收拾得整洁。墙壁上贴满了孩子们在学校里获得的各种奖状,还有平时习作的五颜六色的手工和绘画。

一幅画题为“因离别而忧伤”,画着一个孩子脸上挂了泪水,身边有一把染血的刀子;另一幅画,内容与之截然相反,画了一只昂扬的大鸟,大鸟头上的天空写着:“远离寒冷,我将要飞得又高、又远、又坚强!”

▶河北保定监狱赠　爱心哥哥的愿望单

星期天小屋里总是空着的,孩子们不是在公共活动厅里表演,就是在乐园里玩耍,大一点的孩子和志愿者们去种植基地干些农活。

名叫顾小金的女孩没有离开她的小屋,静静地坐在自己的床铺上专心地写着作业。她身后的墙上贴着一张小学校刚发给的优秀生奖状,奖状旁边粘着她剪成花瓣状的小照片,在旁边写着励志名言。

床铺是那种两层的铁吊床,横档上刷着一行红字:“河北省保定监狱赠”。这行字看着很是扎眼,可想而知它给床铺上的孩子日日夜夜以一种暗示提醒。

“顾小金,你怎么不出去玩呢?你上几年级了?从哪里来的?爸爸妈妈在哪儿?”

初来乍到的阿姨不知深浅,想跟闷头不语的顾小金聊聊天。

顾小金很礼貌地撂下作业,转过身来,像是早就准备好了似的回答阿姨:“我上三年级,我妈妈去世了,我爸爸在湖北襄樊监狱,我是湖北襄樊监狱送来的。”

小小年纪,顾小金会很清晰地说出“去世”这个字眼,还会把“湖北襄樊监狱”六个字写得一画不差。她不知道她的妈妈是被爸爸杀死的,因为经常要给爸爸写信,她把那个地址写得无比准确。听见阿姨夸奖她的字写得真好,她腼腆地把小脸埋下去,一会又把头抬起来,一双圆圆的黑眼睛里流露出特别的期待,好像希望阿姨能在她的床边坐下来,辅导她把作业完成。

一个活泼机灵的小女孩哼着歌子跑进来,她在自己的床铺上拿毛绒玩具。她的床前很耀眼地挂着奥运会垒球赛的袖珍小锦旗。她是《太阳村简报》上被称为“幸运女孩”的李雨凤,今年 8 岁,被邀请为奥运会上美国队与加拿大队的垒球比赛中做开球手,这件事成为太阳村里一件特大的喜讯。她活泼可爱,喜欢对每一个人甜甜地笑,还喜欢在乐园里把秋千荡得又高又飘。

一位女大学生揪住她的秋千,嘱咐她悠得慢一点,她露出两颗虎牙来问:“姐姐你会唱《让我们荡起双桨》吗?”姐姐笑着点头,她们一起唱了起来。

唱完,女大学生问她是从哪儿来的?她毫不避讳地回答:

“我的家在湖北,我爸爸在监狱,妈妈离家出走了。我是‘龙凤胎’呢,老家还有一个弟弟,他和我同一天生的,他没有来,因为奶奶不撒手,可是,我弟弟去年叫街上的汽车给撞了,少了一条腿……”

在“鲍德勒小屋”后面,九岁的男孩郑粼粼这会儿拽着一根塑料水管在给萝卜地浇水。他和李雨凤相反,不理会任何人,一双眼睛偶尔扫视一下周围,那眼神没有任何表情,却明确告诉人们,他是太阳村的孩子。和村里所有的孩子们一样,小小年纪,他心里已经盛着复杂的家事,或者是刻下了惊心动魄的“家史”——他的爸爸把妈妈给杀了，奶奶无法带他，因为他越来越怪异、任性，动不动就和人家动刀子拼命。来到太阳村之后，他不习惯有规律的作息，更不喜欢上学，已经从太阳村逃过了7次，却又回来了7次……他在屋里养了一只小鹌鹑，把它关在一只铁丝笼子里。

张淑琴说，在太阳村，最怕的是孩子们生病住院，但是有时候，“跑孩子”比孩子们生病住院更叫人头疼。

张淑琴：嫌我们管理太严格，厌学，和小朋友吵架，都会造成孩子逃跑。那是冬天最冷的时候，那孩子作业没有写好，害怕老师批评，就藏起来，藏到我们大棚的那个草帘下面。我们从早晨8点半一直找到晚上8点半，给派出所也报案了，那个时候可真急死人了，我想的是我进法院倒问题不大，可是零下八度把孩子冻死怎么办？冻坏怎么办？我那时压力真是大得很。全体老师孩子都离开了村子，在路边，在桥底下，拿着手电筒来回照着，后来发现是在大棚草帘底下。本来找到他真想把他揍一顿，但是一看那孩子已经冻得不会走路了。我们的司机脱下大衣，把他一裹，赶快抱回来，整个院子都在欢呼，找到了，找到了！大伙给他倒水、擦手、暖手，什么都不说了，孩子毕竟是孩子！

午饭时间到了，孩子们在食堂门前集合，一起整队背诵古诗《悯农》：“锄禾日当午，汗滴禾下土……”领队的是爱心哥哥张起，他个子又高又瘦，脸色苍白，神情严肃，吃饭速度好像一眨眼，碗筷撂下后他在食堂做值日，拖地架势十分“专业”，眉头却始终紧紧锁着。

张起天生患有眼疾，最近视力越来越差，一只眼睛出现了严重的斜视。张淑琴趁着一次去上海开会的机会，安排张起一路跟着她在上海的医院做全面检查。检查结果，医生认为他的眼疾目前没法治疗，只能靠自己慢慢锻炼。

在太阳村，张起很有威信，是村里少有的“才子”，今年已经上到初三了，他功课很好，尤其英语成绩名列前茅。新年时上台表演的独幕剧还是他自编自演的。

张起有一个不幸的家庭。在进村之后，老师要求每个孩子填写的一份心理档案“我的愿望单”上，张起暴露了自己内心的冰山一角。

第一项，如果我可以过我想过的生活，这样的生活是拥有现在正常人过的幸福快乐的生活；

第二项,如果可以实现三个愿望,我的希望是:1. 我的爸爸复活;2. 爸爸妈妈不打架;3. 让我有一个好脑子。

太阳村每个孩子的心里都藏着一份灰暗的记忆。以北京示范村为例,每两个孩子中就有一个孩子的父亲或母亲刑期在10年以上;每四个孩子里就有一个孩子的父母双双入狱;每十名孩子中就有一名孩子父母双亡;许多孩子有过流浪史。

曾经的一切给他们留下了严重的心理创伤,所以太阳村里不仅有自己的心理老师,同时又请社会上的心理辅导老师和心理专家来村里不断地进行针对性的心理辅导。配合学校的正规教育,太阳村想方设法给孩子们增设武术课、音乐舞蹈课和美术课等,试图以艺术教育陶冶情操,增强孩子对世界的信任感,培养积极乐观的人生态度,让他们能够摆脱阴影。

▶劳动教育　穷人的孩子早当家

最好的教育是劳动——村长张淑琴这样认为。她是传统教育观坚定的捍卫者。她相信,不管时代如何变化,劳动的道德意义不会变。对于太阳村的孩子来说,劳动首先有着极高的现实意义。

香港凤凰卫视《鲁豫有约·老师您好》(2007年8月28日)在专访张淑琴时,有这样一段明确的讲解——

在儿童村,每接受一个新的孩子,都要和他们的父母签订代养协议,协议说明在代养过程中,孩子的监护将委托给儿童村负责,一直到孩子成年,或他们的父母刑满释放为止。作为法人,张淑琴不仅要交还给他们的父母一个身体健康的孩子,还要保证他们掌握基本的生活能力,所以孩子们每天的日常生活都离不开劳动,做饭、洗衣、收拾房间,样样不差。

因为经费筹措缺乏保障,张淑琴大胆规划,让太阳村靠自己的力量来解决部分经费。从2002年开始到2009年,他们租赁开发了附近村镇的土地近600亩,种植了枣树、桃树、玉米、黄豆、花生等。

在村里的一面墙壁上,郑重地刷着一条大字标语:

自力更生,艰苦奋斗,把爱心捐赠转化为自给自足的生产成果!

张淑琴问孩子们:“你们知道我们用的钱是哪儿来的吗?”

孩子们回答:“是人家捐的。”

——“那人家的钱又是怎么来的?”

张淑琴:当然了,都是靠的劳动。所以,我们也要靠自己的劳动来创造价值,不能只是等待社会救助,要学会自救,这样我们才会有尊严,挺起腰杆儿来做人。

作为一村之长,在四月的好日子里,60 岁的张奶奶每天早上带着全体老师和十岁以上的孩子到地里去种菜,给果树松土、施肥。四月份过去了,每个周六周日早上五点钟大家又踩着晨露下地间苗、锄草。

孩子们很懂事,跟着张奶奶辛勤苦干,因此体验到了耕耘之苦,明白了种瓜得瓜的道理,也懂得了对劳动果实的珍惜。

为了村里的孩子将来能够稳步走上社会,村里还安排他们参加各种创业培训、技能培训。凡是 12 岁以上的孩子,都请人家给免费培训,让他们学电脑、维修、木工、烹饪、拖拉机驾驶、服装剪裁、美容美发等。

她对记者感慨:好事做到底其实是很难的。

张淑琴:开始我以为,只是给他们一个家,叫他们有个遮风挡雨的地方,后来问题渐渐暴露出来了,我发现,我们不能不承担各个阶段的教育责任,包括过渡性安置。

太阳村有些孩子,学习成绩一直不好,想鼓励他回原籍上高中、资助他学费也不行,眼看着就要长大了,父母却还在监狱里服刑。张淑琴叫他们现实一点,学会吃苦,学一些技术技能,有一门谋生的手艺,将来才可以找到工作。太阳村不可能成为孩子们永远的避风港,最终他们都要靠自己的双手敲开社会的大门,等他们的爸爸妈妈回到家,一切从头开始……穷人的孩子早当家嘛。她教他们要做好准备,靠自己的力量生存下去,还要懂得回报社会,要有一颗感恩的心!

收获的季节里,张淑琴和孩子们在星期天搞小集市,每个小屋的孩子都搭出来自己的摊位,把他们自己制作的玩具、收获的蔬菜水果卖出去。“鲍德勒小屋”的几个男孩拔了一堆大青萝卜摆在那,并且摘了不少西红柿和大茄子,他们还知道跟人家砍价。“京西小屋”的女孩把自己平日学做的绘画、刺绣、毛绒玩具等手工艺品拿出来,每一件都有合适的价钱。食堂里,在灶台“当家”的几个孩子烙出来野菜饼、鸡蛋卷、韭菜合子等,香喷喷的特别受欢迎……赶上果园里枣子或是桃子收获了,到太阳村“赶集”的人真不少,集市里一整天热闹得很,到了晚上一统计,整个太阳村一天收入 4000 多元!

▶紫外线的强烈光芒　温馨岛屿

星期天,太阳村的主题是劳动。这回赶上植树节,一队小汽车"嚓嚓嚓"驶进村里来。乔乐物业公司、惠普公司、蓝讯公司、美国通用公司等一行志愿者,还有北京邮电大学电信工程学院的一班大学生,一起来太阳村种植"爱心林"。

紧接着,春分后的第一个周末,清华大学的一些学生也到村里来,帮孩子们在大棚里栽花,上菜园里锄草。他们不很熟练地使着铁锨、镐头,或者用手直接抓撒肥土。

在北京有十几所大学在太阳村定下了志愿点,在星期天里不断有学生会团队一拨一拨地来村里做义工。他们乘地铁,再转长途车,每次来回要花上七八个小时。

来的次数多了,大学生和孩子们交上了朋友,他们很小心地不去碰触孩子们内心的伤口,只是无条件地帮助他们——当劳动完后,辅导孩子们做功课、玩游戏、洗衣裳。很多孩子的生日被大学生记在心里,每次来时先给某个孩子掏出令人惊喜的小礼物。

一位大学生,一边栽着太阳花,一边给身边的孩子讲太阳花的故事。

——据说后羿射日,之所以还有一个太阳活着,是因为他躲在了太阳花后边,从而才幸免,也是因为这个缘故,太阳花的生命力才特别强,遭践踏之后,只要见点阳光雨露它就会蓬勃生长……

多好的故事!太阳村里,阳光渗透了所有的语言,阳光的气味纯净新鲜,紫外线的强烈光芒照耀着每一朵小花。受一种浓郁的公益氛围的影响,在这里,每个孩子,每个志愿者,身上都布满阳光的气息,整个村庄像是一座明朗温馨的岛屿,人人都是岛民,在这个宽容博爱、平静祥和的地方,大家互相关心,互相慰藉,共同吸收太阳的光和热。

第二章　村长下班　热炕酸汤面

晚饭时间已经过了，村长张淑琴最后一个离开办公室，给自己下班。往回走时，她先拐到“辉煌小屋”去。“辉煌小屋”又叫宝宝室，里面的孩子都是婴幼儿，年龄在3个月至三四岁之间，由两个爱心阿姨照看着。近日有孩子在闹湿疹，并且刚又来了一个刘强强，叫人不大放心。

刘强强的父母全都作孽，孩子落生才两个月，吸毒的妈妈就跑掉了，当爸爸的是个越狱逃犯，他带刘强强到九个月大时被公安局缉拿归案，甩下婴儿刘强强整天就在福州铁路公安局里，你喂一口我喂一口，一个月也送不出去。最后是刑侦局一个女警官认识张淑琴，打电话找到她，问能不能接收这个孩子？张淑琴了解了情况，撂下电话便赶往北京火车站。凌晨时分就见几个警察是重庆监狱的，蒙蒙晨雾中，他们抱着无处着落的孩子正在那焦急地左顾右盼。

张淑琴上前抱过孩子，看他正熟熟地睡着，脸蛋还胖乎乎的。她疼惜的眼泪止不住往下掉——多小的孩子啊！他根本不知道自己的命运，妈妈为什么离开？爸爸为什么当逃犯？这孩子的命怎么那么苦啊？张淑琴抱着刘强强又坐上汽车赶回太阳村。车还没到村里，她就打电话叮嘱阿姨，赶快给孩子买奶粉、奶瓶、尿不湿。

刘强强倒是挺乖的，也还算好喂，只是不会含奶嘴，必须端着碗喂他，本来他才2个月时当妈的就跑了嘛。

离开宝宝室，张淑琴披星戴月绕过小屋菜地，走向独居的家。她的家设在太阳村最南端的角落里，有些私密的清静。这里也是简易住房，是由一个废弃的旧仓库改建的。进门之前，先听见一阵狗叫，6只收养在窝棚里的流浪狗争先恐后地叫着跳着，门脚上3只流浪猫也一起喵喵喵地欢迎她。

她房间的格局还保留着当年下乡时的样式，在一面开设门窗，中间的堂屋比较宽敞,室内陈设随意,没有任何奢侈品,像是行李很少的旅人的宿舍。一件新近的按摩躺椅是弟弟几天前刚送她的。但是与其坐着这通电的按摩椅歇息,还不如到卧室的热炕上彻底舒坦。

一年四季,除去盛夏的日子,她总喜欢叫那床铺热着。那热床铺显出她山里人朴实的个性——褥垫底下是水泥板砌就的炕式床铺,底下有个凹道用来放置一个小煤火炉,小煤火炉改铸成很巧妙的四脚带着小轮子的式样,可以任意推进或拎出,一般白天她将煤炉封着,细火常温,晚上回来时把它挑开。

白天释放的热能太多,到晚上连嗓子都是哑的,现在剩她一个人,她巴不得缄口无语,最贪恋那暖融融的热床铺。毕竟年纪不饶人了,感觉过于疲惫,晚饭就搞得简单,常常只给自己做一碗酸汤面,在屋外菜地揪两根菠菜放到锅里,吃时热乎乎的拌上辣子醋。吃过面后抓紧洗一洗,把脚烫了,然后便倚靠到热炕上。打开炕头没有天线的旧电视,给自己燃上一支烟,轻轻吸着,随意看着,一时再不想动弹了。

▶乡村情结　诗意的孤独

那天,《面对面》的王志问她,“你个人会怎么样?”她回答得很坦然——

张淑琴:我个人,我现在想得非常通,我是个很实在的人,一个就是,我能吃多少?我能穿多少?我现在的生活,我觉得很简单,有房住就行,有一张床就可以了,弄那么大的屋子谁打扫卫生?我又没时间拖地,没有那个必要,我自己什么也不需要。而且这个儿童村本身不是我一个人的,我敢把儿童村的功劳都归在我名下吗?我不敢,因为我不是出钱的人,是出力气的人。这一草一木,每一本书,都是别人捐赠的,我只是个大管家,充其量就是大管家。大管家就是替罪犯管孩子,替社会的捐助者把这些东西管好,把钱管好。我的角色就是这个定位,没有任何野心。

她无法在“面对面”中把自己的生活状态说清楚。她不是一个讲究生活的人,一直以来始终如此,简单是她生活的要件,是她对自己独立人生的一种把持方式。因为工作才是她的一切,而衣食住行只不过是小事一桩。

多年来,她的作为连同她的事业,充分显现出这一点,她属于那种人——喜欢独立,喜欢梦想,喜欢认定一件事之后痛苦地努力,不达目的绝不罢休。

一位记者名叫唐师曾，他说，一个人应该是一个动词，是思行合一、有执行力的人，而不是整天坐在屋子里头胡思乱想。她和这位记者的个性该是一样的。

自从和丈夫分手后，她把创建太阳村当作奋斗目标，从此一意孤行，“一个人在路上”。从此命运把她推到一个艰苦跋涉的阶段，一种强大的力量充满了生命。十几年来愈挫愈奋，走过唐僧取经般的崎岖路，让多年的梦想变为现实，现在，所有接触过她的人都会对她的形貌留下难忘的印象，她依然是端庄的，身板很直，带着一种刚性，一双黑亮的大眼，眉宇间透出一股子超脱了人间苦乐的无畏气度。

温总理说，“多难兴邦”。多难也练人，她一生都坚持着简单朴素，习惯了独居生活。虽然说经常要在视屏中亮相，她仍然离现代消费观很远，她的生活不合时宜，所谓的时尚意识几乎没有。有的是什么？警察的严格不苟，医生的体察入微，记者的敏锐执著，作家的洒脱率性，母亲的慈爱宽容，农妇的简单淳朴……所有这些，在她身上奇妙地融合着。太阳村闻名了，她的名字也一起融入信息的洪水，赞誉是越来越多，并且越来越有力地对社会产生着不可忽视的影响，盛名之下她平心静气，仿佛是台风的中心。

早年的乡村情结留在心底，她依然记着麦草当床铺的日子，依然热爱土地和种植，几天不去地里干出一身汗来会觉得筋骨难受。她无暇用心于养生之道，也不去沾染小资的精致气，屋里没有衣橱，没有宽带，甚至于窗帘也不用。

刘三田：难得的朴素始终伴随着她。1997年秋天，我到张淑琴的“回归研究会”采访，恰逢她将去成都出差，订好了下午13点50分的车票，中午12点她还在办公室交代各种事情。12点30分，我陪她回家取行李，路过她家楼下的自由市场时，她说需要买水果，结果她从菜摊上买了两根又粗又长的黄瓜。秋季在北方是个瓜果丰收的季节，她却举着两根黄瓜已经很满足了。

——《春风》1998年第3期

她特别乐意从透透亮亮的窗前一眼见到外面随风飞扬的落叶，一眼见到哪个老师、哪个孩子朝她这里走过来了。

透亮的窗子还有个用处,能给女儿当“传达”。女儿住在简易房的上一层,两年前女婿突遭车祸身亡,留下两个幼小的孩子,大的刚上幼儿园,小的还奶声奶气的,一下女儿成了也要母亲帮助的人。女儿小燕16岁进部队医院,复员后到西北大学读大专,之后便一直跟着母亲当志愿者。眼下成了单亲妈妈,两个小孩子有个姥姥在跟前是莫大的安慰。

所以村里人说张淑琴,“早上她是生产队长,白天是主任,晚上就是姥姥了……”

其实这姥姥绝非那种没事就喜欢抱外孙的姥姥,她自己说,“我虽然也喜欢他两个,可最多也就和他们玩上20分钟,因为他们有自己的妈妈可以找啊,我还得做我的事。”

她承认自己整个时间全部都是太阳村,要没有太阳村她就不知道该干什么,也不会干什么了——“写作的事,作家多的是,我还是来干具体的事。”

有人说她:“张村长,你这哪像过日子的?你屋里的东西不是缺这个就是少那个!”

她回答:“我怎么觉得啥都不缺?”

张淑琴:本来嘛,我身体又没病,每天办公的时间比在这屋里的时间要多得多,也就是晚上回来睡个觉,衣服堆多了就洗一回,要是早上不去园子里下地,我就先练个“自然功”(血液循环自然智能功),一天就能撑下来了。

这自然功是当天还没有亮透时,就爬起来练。清新晨雾中,她看小院里不少地界还都空着,想着应该修个葫芦架子,栽点葡萄、豆角、丝瓜什么的,等朋友们过来时,大家可以坐在藤架底下喝喝茶、聊聊天……可是,想归想,一直也没做。总是气功做完(大约40分钟),晨雾也被阳光打散,她抓紧收拾自己,好歹吃点东西,然后就赶着自己在第一时间走到办公室。

她斜倚在暖热的床铺上,呼吸着城里所没有的乡野的夜气,一动不动,完全收起白天硬实的劲头,只在脑子里想着一天里还有什么事没做好。再有点精力的话,她看会儿书,整整信报。小说之类的东西她早不写了,也从不给人回短信。

夜半时分是最清净的时间,一种靠近灵魂的单调和静,也许有点孤独,是诗意的孤独,不会感到“生命不能承受”的那种“轻”——那种“后现代”的情绪与她无缘。她为自己选定的事业奉献了自己,并且还要继续奉献下去。

心理学家认为,幸福感也叫幸福指数,来自于一个人的心理期望值,来自于这个人是否被需要。她知道两者她都占着了。她是为孩子们的召唤而辛苦备尝的,同时也是为了让自己的内心梦想得以实现。

人生,一定要有所热爱,你才会充实,有所大爱,你才会幸福。一种如愿以偿的生活,太阳村像是一个锚地,她觉得自己三生有幸,把心着实地系在了太阳村。

她是不会寂寞的,清净的氛围里总会衬着孩子们的声音,总像有一种拉力,让她的听觉不由自主地往小屋那边移,是谁在那里喊,谁在那里尖叫,嚷嚷声没个消停。以前是在陕西的“世界第一村”里,现在是在北京的示范村,这些声音让她心神安宁。她知道,正是这些响在耳边的声音,成为对她这些年来艰苦奋斗的最大回报,也成为她生活中最丰富的背景,成为她生活中必需的阳光、空气和水……假如可以的话,她会把这种生活进行到底。

她浑身煨着热床铺,静静地听着,在那些声音里不知不觉睡着了。

成长篇：村长出自农家

第一章　成长是一种准备

▶火车笛声　山谷中的信号灯

她是听着火车的笛声长大的。儿时懵懂的记忆中，除了大山、村庄、小商店、庄稼地，还有一个特别突出的内容便是火车。她特别记得火车的印象，是那种老式的蒸汽机车，冒着粗大的烟柱，滚着巨大的轮子，每天过来过去多少趟——她满怀敬畏地注视那个庞然大物，看它雷鸣一般吐着白烟隆隆地驶来，把老枕木轧得咯哒咯哒响，一下抢出去老远的距离，是奔向了哪里？又是与什么样的世界关联？小孩子眼望着雪亮的铁轨，幻想远处有看不见的地方，一定是色彩缤纷的大世界。

有时候不是货车，是一列绿色的客车疾驶过去，大地在摇撼，透明车窗里忽然一只手臂伸出来，使劲朝她这边挥动，并且那人还张嘴笑，风里边夹着一阵高声的喊叫，匆匆的，并不认识。她站在山坡上也跟着摇手招呼，心里头又惊喜又振奋。阳光弥漫山坡，天空蓝盈盈的，汽笛的回声在长长的山谷间回荡，轨道工走过来，远处的信号灯一下一下闪烁……

蒙昧的童年时光里，火车培养了她对幻想的热爱，不知有多少幻想的快乐，是火车给予的。火车，仿佛一个神异的载体，它勇猛飞奔，无可阻挡，以一种冲击的力量超越着生活。火车，它叫小孩子的心灵飞翔，叫大人们发生浪漫。

当成年直至中年以后，她多少回感慨地发现，那悠久的火车对她来说犹如生命伙伴一样重要。那雄奇的大家伙，它是多么粗莽，又是多么温情，漫长的岁月里，她一再发现，在她一生中，火车的重要性无可比拟，并且，始终不曾停止，不曾减弱。

在她一生中，正是这过从甚密的火车不断地穿越着她的生活，不断地连缀起她的事业——那用毕生的精力筹划并且跋涉出来的大事业。

因此，它也不断地见证着她在其间深切体味到的无尽的艰辛与幸福。

▶农家炕头　山猫爬树

最初是在秦岭山脉的深处，在陇海铁路线上，一个萤火虫般的小车站，名字叫建河。她父亲在那里开一家小商店，以此来谋生。全家人租住的是村里一户普通的农民房，当她出生时，就落在农民家的炕头上，接生婆婆就是那家房东。她是腊月里生的，整日就在这户人家暖融融的炕毡上玩耍。

她至今记得房东婆婆长着小小的个子，一双小小的脚，脸面和善，经常喂给她热腾腾的“搅团”（一种陕西饭，将杂粮面打成疙瘩团，吃法类似米粉）。她管房东婆婆叫奶奶，管婆婆的老伴儿叫爷爷，管他们的子女叫叔叔、姑姑。两户人家相处得很好，以后多少年他们都一直来往。甚至当她自己也做了母亲，全家人已经搬到拓石去了，房东婆婆依旧每年夏天过去看望她，并且驮着一袋子自家院里刚刚收获的葡萄和桃子。

虽然父母不是种田人，吃粮可以按照国家的定量享有一份难得的保障，但从小她是和农民的孩子一起长大的，耳濡目染皆是农民的辛勤劳作，因此童年的玩耍总离不开带着实际内容的劳动。平日里小伙伴们“玩儿”得最多的是拾柴火、拣煤渣、挖野菜。

她是天生就长得又结实又个大的女孩，胆量也特别冲，一种无所畏惧首先是表现在爬树上。她最喜欢跟着男孩们像山猫似的爬树，从不在乎弄伤自己，他们在树上掏鸟窝够野果，或者是揪树叶摘槐花，给大人们做掺饼子用。

忆起她小时的样子，母亲上来就说她是天生的不安分。

张淑琴的母亲：我女儿从小就有股子野劲、疯劲，一点儿不像个女孩子，每天早上天不明就不在房里待着了，下雨天打着伞也要到外面去。从小她是什么树都敢上，成天的裤子挂得稀巴烂，胳膊腿上流着血……

（阳光卫视《人生在线》）

正是共和国艰苦奋斗自力更生的创建时期，全国老百姓的生活水准普遍低下，家家户户日常的饭食一般都离不开树叶饼、野菜团，以及补丁连缀的衣裳。当大跃进的形势轰轰烈烈到来时，家家户户砸毁锅底，将铁质的锅碗盆以及其他铁质的家物什全都捐出去，所谓不藏铁锅不存粮！不过房东婆婆还是偷藏了一只小铁锅，为的是有时可以给孩子们热个饭。

一时土法上马的小高炉在村里村外比比皆是，试图生产出来大量的钢铁。与此同时,人气很旺的人民公社也和城市里面一样,到处搭了公共大食堂,公共大食堂一时被看作是共产主义的生活方式。每到开饭时,各家都派出代表来,拎个木桶乐陶陶地打饭,开饭之后,人们昂扬地集体下地,集体炼铁,或是上河边去淘铁砂。

她参加过淘铁砂,那是在河边挖黑泥,手里拿个木盆和木勺子,像玩儿似的,把黑泥挖上一点,再涮啊涮,留下来黑渣滓就是铁砂。她背过矿石,年纪虽小,但是口袋不算小。有一天,她看见在路边一个饿死的人趴着,那的确是死人,脏衣服上全是破洞!

"共产主义的生活方式",那当然是一种可怕的错误,"人民公社时代",到后来也成为饱受争议的历史症结——国家粮库很快被吃空了,接踵而至的是百年未见的天灾,全面的饥荒席卷全中国每一个角落,即使你是属于城市户口,这时的人均口粮定量也已经削减到食不果腹的程度。

食品极为短缺,好多人患了水肿,腿杆上一按一个瘪坑。因为腹中空空,学校里连课间操也取消了,老师和学生在课堂上饿昏的事情每天都会发生。

▶三代同堂　姥姥的箱子

当公私合营之后,张淑琴父亲被调到拓石,拓石也是陇海线上的一个站,相比建河大了不少,离宝鸡要有两百公里,有机务段、工务段、卖票房什么的。

父亲在供销社搞管理,母亲在营业部打算盘,俩人是那个年代里典型的双职工。他们工作积极,全力以赴,孩子和家务完全撂给老人。

与一般人家不太一样的是,当张淑琴出生时,这个家庭女性的色彩异常浓重,加上她,家里总共有五位女性,男性仅父亲一个。她家这时是三代同堂,除了父亲和母亲,还有奶奶、姥姥、姑姑。白天,做父母的早早地上班走了,留下来三个女人合理分工:奶奶拾煤核儿、姥姥做饭、姑姑做针线,每天每日她们如此的各司其职,克勤克俭,温良呵护着年幼的晚辈。

照理说,在这个传统女性为主体的大家庭中,奶奶应当算是最具尊位的,然而这尊位落在艰难时势里,也必须要以生存为第一要旨。

按理说奶奶应该是享过福的人。她出生在大地主家,是个大家闺秀,人长得也漂亮,白皮肤,红嘴唇……她曾听长辈人说过,奶奶出嫁时,满村人都出来看呐,她长得那么好看,又穿金挂银的。后来,当人家要给她的姑姑说婆家时,人家就说,不用看了,一看她娘便知道女子是生得好……可是奶奶嫁给爷爷嫁得不好。爷爷后来当兵走了,再也没有回来。奶奶跟着他算是受大罪了,此后就一直跟着儿子。

自从全家搬到拓石火车站,奶奶每天都要出去捡煤渣。那过站的老车头总要上水清渣,司炉工从机车锅炉的炉膛底下铲出来成吨的煤渣疙瘩,其中好多是红彤彤可以捡的。所以,就像李铁梅似的,奶奶和好些个村妇天天总提着小凳子在煤堆边上捡煤渣。她头上包个头巾,一捡就是好几个钟点,幼年的张淑琴每天放学时过去接奶奶,帮着将煤渣口袋拖回家里来。在拓石站上,人人知道有个包头巾的老太太,她整天地捡煤渣。煤渣是可以卖的,卖给附近的食堂,剩下来最碎的渣子他们才会自家烧。

张淑琴记得很清,奶奶是这么苦着的,但是她一向的习惯始终不改。每天晚上,她一定要从头到脚洗澡,做孙女的负责给奶奶烧水、端水、擦背、洗脚。奶奶她用盐沫子刷假牙、洗脸洗头发,她披着个黑棉袄,多冷的天也要洗一个够。奶奶她一生讲究得很,特别爱干净,她的衣裳白衬衣领子永远洗得干干净净的,她是黑衣服黑,白衣服白,非常讲究,她本来就是有派的嘛,大少奶奶的架子始终不倒!并且,奶奶她到了哪儿,再困难也是要自己占一间屋子,她有一只自己专用的小箱子,还有一只小桌子,她爱存一点自己的小零食……有一天,张淑琴妈妈给奶奶做了件羊羔皮皮袄,质量特别好,却给姥姥做了一件老羊皮的。女儿就问妈妈,咋不给姥姥也做羊羔皮的呢?当妈的不解释,只是说,就给奶奶做吧。

张淑琴就想,是因为奶奶她是这个家里正儿八经的主人。

记忆中,张淑琴觉得,相比起奶奶,姥姥显得粗糙多了。姥姥是苦出身,大杂院里出来的,当年从河南老家逃荒到西安,一直就给人家洗衣裳,嫁到张家时,唯一的嫁妆是一块洗衣搓板,她的丈夫也病逝得早,此后就随着女儿家过。那样匮乏的年月,姥姥使出浑身解数让家里人人吃饱饭。粮食少,她煮一满锅的萝卜白菜,蔬菜少,她漫山遍野挖野菜,像个孩子似的站到碗口粗的树杈上撸树叶子。她抬水、砍柴、拉风箱、蒸菜团,把粗粮细作,把摘得的槐花、桑葚换回豆腐渣、白面,给孩子们改善伙食。

张淑琴把姥姥看作是世界上最强梁的人,当70多岁时,她仍然使腰胯顶着劲,将一口大锅端上端下,那是供九口人(张淑琴之后家里又添了三个弟弟)吃饭的两尺大铁锅……

她认为姥姥是最疼她的,小时候母亲奶水少,姥姥用玉米面搅团和菜饼子把她养得白白胖胖。姥姥在家中的角色称得上是最杰出,对她的成长起了关键性的影响。

她甚至说,姥姥身上的味道也比奶奶的好闻,因为更暖和、更亲密……

张淑琴:小时候,我姥和我姑住一间屋,床铺是通着的。她们喜欢互相暖着脚,有弟弟之后,我和姥姥每天钻一个被窝。姥姥皮肤可粗糙了,全不像奶奶和姑姑,她们的皮肤都是光溜溜的,细滑得要命,我不爱跟她们睡,只爱跟姥姥睡,常把两条腿翘到姥姥的身上,拿脚来回蹬着她。她皮肤越是粗糙我就越是舒服,那印象可深刻了。我姥她那么辛苦,整天从早忙到晚,她是个粗人,不爱刷牙,过上几天,我就给她泡一回脚。她还是解放脚呢,我帮她洗,拿刷子刷,还帮她铰指甲,一点不嫌弃她脏。闹饥荒最厉害时,我和我姥到很远的地里去挖野菜,到养猪场拿槐树叶子换豆腐渣。

上中学了,她第一次坐上火车离开家去坪头。到坪头那边需要住校,她可不想去了,姥姥就劝她,不吃苦中苦,难为人上人。姥姥她不识字,但是知道识字最重要。姥姥给张淑琴洗好了胡萝卜、洋姜,叫她带学校里去当水果吃,再拿萝卜缨子合着玉米面烙成菜饼,又揽上一些柿子,反正是想方设法把她的书包装得满满的。然后每次回家来都是这样,走时让她的书包满得快拿不住了。姥姥哄她,催她——快点上车吧。

她一直记得坪头的学校里有好多臭虫,放假时她背着被子就给带回来了,弄得家里到处都是,甚至墙纸一撕开都能见得着。姥姥她根本不说啥,整日里灭臭虫,煮被子,把床板抬到门口拿开水烫。

她说,姥姥是从来不会享福的人,母亲给她做的皮袄她一直也没穿,后来穿了,也是为的裹孩子。那是在小丽(张淑琴的女儿)落生时,姥姥把皮袄拿出来,大襟摊开,那么一裹一抱,乐呵地说:“我穿这皮袄就为的抱我外孙女!”

张淑琴:我姥去世时,她箱子里头是空空的,里面只有一把竹棍子,不知她什么时候削的筷子,还没有削完!

母亲呢,母亲也像姥姥那样是个强梁人,她13岁时被婆婆招为童养媳,生育时还不到18岁。张家的女人个个都逃不开受大累的命,到后来有几年生活特别难，甚至做母亲的光丧事前后就办过五回，其中张淑琴的姥姥和父亲的去世前后仅隔了20天，那曾叫一个39岁的女人怎样的哀痛，悲泣难收！

从此，命运轮到母亲一直守寡，她从未求过人，从未向命运低过头，像男人似的扶老携幼撑持全家，在最难的日子里，表现出女性最顽韧的力量。

张淑琴说，母亲是最怕落后的，她在单位里一天到晚积极得很，又从不迟到，特别喜欢争强好胜，年年被评上先进工作者……母亲对家里一点也顾不上，每天就是中午回来一会儿，吃过饭又走了，基本上家里事情全没管过。她只印象有一天中午母亲给她刻了个鞋底，然后就交给姥姥捻绳子纳鞋底，再由姑姑给上上鞋帮子。

张淑琴：退下来以后，我妈这么跟我说："你去看看我的脚印，连一个歪的斜的也没有！"我妈她文化不高，算盘却打得好，她要有文化，得是个"马列主义老太太"。

不过，我妈再怎么争先，却因为我爸的成分一直入不了党，她虽然对这个有意见，也还是对我爸好，"文革"以后我爸能够平反，都是我妈自己给跑下来的。

▶拮据与温馨　克己意志

成长就是这样的，物质匮乏，生活拮据，但是她的童年少年没有阴影，没有创伤，只有温暖的爱。三代同堂的家庭，长幼间秩序和谐，气氛温馨，他们以最传统的方式过活，勤劳而节俭，忠厚又贤良，并且，做长辈的极能忍受，从不表达，从不把自己难熬的苦痛转嫁到孩子身上。

而作为孩子，绝不会忽略他们的牺牲。小张淑琴是一个身心健康的女孩，早早地她就懂得心疼家人，很多活计用不着大人差使她会主动去做。她带着弟弟上山砍柴，把柴火拉下山来，折断，捆好，一步步地拖回家。她学会了挑水，脚底下走得很有劲，再不用姥姥和姑姑两个老太太拿着两根棍子吃力地抬个水桶。公社里难得放一场露天电影，她把小弟弟抱在怀里，另外两个拽到身边一道去看……长姐的角色，女儿和孙女的角色，早早地她已经把握得很到位了。

她知道，生活中有许多难事需要你去做，有时它们很艰巨，很磨缠人，但是你必须去做。

也许,当挑水扁担第一次压上这个12岁女孩稚嫩的肩头时,她的人生就预示着超强的负重与承担——她得付出,付出与责任总是一体的,是生活赋予人的要职。

尽管这时年少的她还不了解生活,不了解命运,但是上代人无声的教诲当中,有多少传统道德的基因,多少行为规范的准则,包括完备的克己意志,已经开始在她的身体里一层层地积蓄着了,逐渐化为生命中内在的底蕴,一种牢固的基石——这正是十几年的生命教育中最宝贵的精髓。

▶ 体育健将　拼搏与荣誉

坪头中学离着拓石的家有一段较长的距离,乘火车要坐一个多小时,有了这段距离,对家人的情感依赖开始减弱了。

住校生涯作为人格独立生涯的开始,她很快便发觉自己特别喜爱集体生活。在宿舍里,大家自己洗衣服,洗被子,热热闹闹地打趣欢叫,虽然伙食标准一直很低,取暖也没有炉火,手脚冻得稀巴烂,可是身心内部的充沛活力足以抵消外部世界的艰苦。

这时她已是很出众的了,身高已经长到一米六八,她身材挺拔,四肢灵巧,相貌又十分俊秀,一双大眼睛炯炯有神,透出青春的热情与自信。她明显不属于娴静型,不是那种心理沉闷内倾的孩子,从小她出自大山,大山所具有的自然力量在她的体内奔腾。很自然地,她热衷于动作性强的体育运动,喜欢在操场上不断地打冲锋。

她成为学校里令人刮目的体育健将,总有一股不服输的劲头鼓动着她争先。作为学校里的女生运动员代表,身手敏捷的她不断参加县上的各种田径赛事,又驰骋在群英荟萃的市级、省级运动会上。她擅长的体育项目除了篮球、排球,还有跳高、跳远、铅球、铁饼、手榴弹。龙腾虎跃的比赛场上,她像男生运动员一样洒脱轻盈,风将她的短发吹乱,淌汗的脸孔格外鲜艳……

一种完全不自知的美,自知的只有同学们为她热烈地欢呼喝彩,青春期最美丽的拼搏欲和荣誉感一并升腾起来了。

第二章　差别感与“行好”

这时期她的性格发展也像她的体魄一样健康，看上去她是那么活泼开朗，然而，却不能说她就是无忧无虑的。现在她仍然生活在一大群农民孩子中间，一种差别感相比小学时更加地凸显了。

每个月，她给学校按照标准缴纳粮票，班里大多数的农民孩子却需要上交粮食，同时背着干馍袋很节省地吃，总有同学因为交不起粮食，经常要饿肚子。在宿舍里，一排二十多人的大通铺上，她看到身边的女同学尽是两个人挤盖一床被子，那情景类如小学时她看到一些同学坐在教室里没有整身衣裳穿，只穿一片裹肚勉强遮体。

相比之下，她感到自己的日子是太好过了，她说“要感谢天运”，感谢老天爷没有让她生下来就衣食难保。

但是，差别感滋生出来的，并非是目光虚浮游移、无关痛痒的隔膜距离，而是默默的刺心与不安，许多无法回避的直觉感，令她难过。

这种心理也是从小耳濡目染的结果。从小她是在农家的炕头上呱呱落地，又是和农家孩子们一道长大，一道在低矮的屋檐下跑出跑进，上小学时，大都在手里托着个墨水瓶子做的煤油灯……她的心和他们的脉搏是跳在一起的。她常学着长辈们做善事。奶奶把做善事称作“行好”——常常家门口走过讨饭的人，他们瘦得皮包骨，眼窝深陷，破衣裳像是挂在身上，奶奶看不过去，总叫她出去把他们领到家里来，给他们干粮吃，让他们洗脸换衣裳。

她的旧衣裳每年都是母亲给送到小学校里去。有不少同学冬天只穿两条单裤子，太冷时顶多弄个小火盆子烧点柴火。父亲在拓石的商店做经理时，一个十五六岁的男孩每天秃着脑袋倚在商店门外晒太阳，男孩是四川人，患了肺结核，爸妈又死得早，那年招工时，父亲把这四川男孩招进商店里来。有人就提意见，怎么招了个肺结核进店里来呢？父亲不听闲言,汽车拉货时把那男孩送到县医院去治病,竟给治好了,那男孩还成为商店里一个骨干力量。

诸如此类的"行好",长辈们无疑给了她以不断的示范影响,当她长大成人,这种德行的影响日益变得持久并得以大大强化,在她热血的生命中漫延开来——一种贴近于底层的同情与善良,它们的形成深植于心的接纳与关爱,一种本能的仁慈与悲悯,让她一辈子也不曾甩脱。

第三章　花正红时寒风起

▶半农半读　革命无罪

坪头中学初中毕业之后，正好赶上刘少奇提出的两条腿走路的教育方针开始实施，即半工半读，半农半读以及全日制三种类型的学校在全国范围内普遍开办。张淑琴给自己选择的是陇县四年制的半农半读农业职业学校。学的什么？中药材种植与制剂。

这时她心驰神往，想象着有一天，自己成为新时代的李时珍，学得一身医药本领，背着诊箱，为山村里的父老乡亲们服务——在田埂上，在山野间，她像一只蝴蝶翩翩地飞舞。她想得一点也不差，没过几年，这个幻想就变成了现实……

说起来，他们第一年学到的东西是很可观的。他们赶着马车拉上行李，步行一百多里，离开校园奔赴农场。在山沟里面住老窑洞，师生们一起盖房子，锯木头，烧木炭，烧石灰，同时又犁地打垄，种植大黄、党参、枸杞等中药材。她很难忘在深山里，大家从沟沟底下割草，100 斤的草捆子一步步背上来，喂给农场的老牛。当被派到农民家去吃饭时，她又记住了那被柴火熏得黑黑的墙，那只有洋芋的简单的饭……这时她还不曾想到，日后这些将是她知青岁月中最日常的内容。

他们从老师那里听的课有点“少而精”。到第二年，教育有所调整，省上把这个学校交给宝鸡地区文教局管理，他们变成了农业技术学校，不叫职业学校了，专业也改成中医中药，不是仅以种植为主，开始正儿八经地学习中医中药了。

那是天大的好事啊，同学们高高兴兴，都觉得可沾光了。但是，张淑琴刚刚 14 岁的年龄，每天跟听天书似的坐在那里听老师讲五行经络什么的，一时觉得很有难度。相比较，倒是在大田里种植药材的活计更容易吸引她，因为从小她是那么热爱土地，热爱大山。

可是,花正红时寒风起——正儿八经的专业课仅仅开了几个月,到夏天时,忽就闹起了“文革”。

革命的烈焰烧红了一切,一切的秩序都改变了,一切的纲纪都翻了个儿。高音喇叭里一会语录歌一会喊口号,“破四旧,立四新,横扫一切牛鬼蛇神”;“革命无罪,造反有理”;“要革命,不革命的滚他妈的蛋!”火药味冲天起。报纸上满登登的尽是国家的前途命运,世界的革命形势,标题严肃,文字激扬,无产阶级红色接班人义不容辞的责任……

他们还在农场里浇水施肥,侍弄中药材呢,听人说,北京天安门城楼上伟大领袖毛主席接见红卫兵了,紧接着是全国性的革命大串联风起云涌,全国各地的革命群众都去挤火车,人们像蚂蚁一样扒着车厢窗户往里攀爬,北京城里一片红语录的海洋。

这些一直听话的好学生再也按捺不住了,步行几十里地赶到县城去看纪录片,看工厂学校里铺天盖地的大字报。他们一头扎回了学校,热血沸腾地掺和你死我活的派仗,马不停蹄地组织红委会。作为先锋力量,张淑琴算得上是骁勇的干将,她当了个宣传队长,整天的刻蜡板,印传单,刷大字报,宣传造反有理,批判当权派的修正主义,一时忙得昏天黑地。有时他们折腾到半夜,人刚要迷糊一会儿,忽传最高指示下来了,赶紧振作,组织队伍敲锣打鼓上街游行,生怕落到别的战斗队后面。

▶灵魂深处闹革命　到农村去

所有的“文革”经历者都曾身临其境,亲眼目睹了那场红色的革命所带来的疯狂,人的观念和道行是怎样的彻底颠覆,全面粉碎——革命火焰之所以称得上是风卷残云、摧枯拉朽,旨在于要求人人必须触及灵魂,斗私批修,所谓“灵魂深处闹革命”,不闹则修,不闹则废!

家里人为她感到担忧,一个劲叫她回去,别瞎闹腾了。她急赤白脸地数叨家里人,像你们这样还革不革命?还造不造反?她把浓烈的火药味带到家里来,联合着3个弟弟一起,造父亲的反,要和父亲划清界限。姐弟几个连自己的名字都给改了,4人依次改为卫华、卫东、卫强、卫彪——保卫毛主席、林副主席嘛。他们狠狠质问父亲,当年为什么不参加革命?为什么不当贫下中农?为什么非要做生意?

这时家里早已是水深火热了,父亲已经被糊里糊涂地定成资本家,又被打成走资派,在单位住牛棚,挨批斗。做子女的心中燃起一股火,为自己降为三等公民而愤怒。做父亲的则精神崩溃，无法理解一场革命会像龙卷风似的席卷了昔日温馨的家庭。

这天姑姑忽然被一伙外边闯进来的造反派围住，说要立刻把她赶回老家去，因为她曾经嫁给了大地主，她自己的成分也是大地主，土改时她就被人扫地出了门，现在造反派要押她回去老实改造……

四面八方的刺激和折磨使得父亲患了重病，卧床不起。她闻讯暂且从学校赶回拓石家里来看望，看到父亲横躺在那里把脸冲着墙，她连叫几声父亲也不搭理她。弟弟提醒了两声，爸，姐回来了。父亲还是理也不理她。

她终于给父亲跪下了……父亲缓缓地把脸扭过来，满脸是泪，他颤着声音问眼前这个“革命的女儿”：“咱家过的是啥日子，你不清楚吗？你相信咱家是资本家吗？你们几个从小哪个身上没有补丁？哪个不是吃野菜团子和树叶饼子长大的？”

说起这段往事，做女儿心中的愧悔一如当年。

张淑琴：我那天可伤心了，后悔得很，我恨自己太浑了，脑袋里边乱哄哄的，到底为的什么要和父亲反目？我守了父亲好几天，给他擦身、洗脚，扎针灸。他已经不能上班了，甚至不能再下地，他是肺结核转成了肺源性心脏病。

时光就在莫名其妙的混乱和“动物凶猛”的残酷中匆匆度过了。

作为一次史无前例的政治运动的必然结果，这一代人无法摆脱整体性地承载历史重负的命运。全国各地数以千万计的中学生，在几年的时间里，他们久违了课堂和书本，却忽然一夜之间得到通知，统统地全都算是毕业了，与此同时又统统地全数被要求上山下乡——到边疆去，到农村去，接受贫下中农的再教育！

马路上，火车站上，一时尽是锣鼓喧天的送行场面。看起来十分热烈的声势，掩不住父母告别儿女时忧虑凄惶的眼泪。对此，天真的张淑琴不以为然，她不假思索地报名办手续，打点行装，脑袋里面激情如火。

她又开始心驰神往：多好啊，生活的路，即将在那故乡一般亲切的广阔天地里铺展，她仿佛看到了一幅光辉的远景。

磨炼篇（一）：知青妈妈

第一章 “看谁家媳妇上树啦!”

▶早婚 保尔·柯察金

当知青的这一页刚刚掀开不久,事情却忽然出现了一个停顿:父母这时为她做主,要她先回家结婚,等终身大事办完了再继续当她的知青。

这也并非全是突兀,此前她早已算是有对象了,是两家的母亲私下里给他们撮合的,论关系男方该算是她的远房表哥。那时她还上着中专,双方的母亲商议之后俩人一直没有见面,只是互相通通信。

他是一名海军,部队在旅顺口。照片上他人很神气,头戴海军帽,两根飘带在风中飘,模样也是颇为周正的,长着高鼻梁深眼窝,头发还带着自然卷,班上的同学全都羡慕得要命,说他是那么俊啊,看上去还像个“二串子”(混血儿的意思)!

那时做母亲的是有这几点考虑,一是觉得他们既是亲戚套亲戚,女儿就不会挨欺负。二是觉得他只是个高小文化,往后也不敢看不起咱!三是母亲了解那个未来的婆婆,人家做饭和做针线可都是一把好手,而他们张淑琴自小就像个男孩子,饭做得不好,针线活也一窍不通。这样子,两家的孩子就互传了照片,再通了好长时间信。

然后,忽有一天得知,他患了急性胆囊炎,把胆给摘除了。这一下她可有点犯愁了,难道以后要找个病痨丈夫吗?

母亲说她,如果你开始不同意,那还好说,现在人家做了手术,你不同意,那不是叫人家说叨咱,嫌弃人家身体不好吗?

母亲的想法做女儿的不是没有。她成天看《钢铁是怎样炼成的》,对保尔·柯察金的故事印象特别深刻。想来想去她觉得自己应该这样来考虑:

——他是个军人,是一名“战士”,按照革命的道理,他就是瞎了瘸了,你也应该接受他!

于是,在四年的通信之后,当他复员回西安时,她到火车站去接他。那是首次的见面,她觉得他人真瘦得可怜,跟照片上完全不一样。

她埋下了脸,心里边使劲说服自己,咳,就是这么一个人,算了吧,起码他还没有瘸,可是,他就是瘸了,瞎了,我也应该和人家结婚……

没过多久他被安置到西安车辆厂当了工人,当两边的父母一起撺掇他们结婚时,她很认真地对他说:"我现在已经下乡当农民了,你要好好考虑一下。"

他也很认真地说:"你没嫌弃我身体不好,我咋会嫌弃你当农民呢?"

她就对他说:"那你跟我一起下乡去,我们一块儿扎根吧!"

张淑琴:那时人就是这么单纯,单纯极了,脑袋里面特别革命。那天晚上,我俩在街上走着,忽然看见前面一个男的抢人家军帽,我两个就拼命追,跑出老远的路才追上了。我俩把那小子扭送到公安局。就这么一点小事,我觉得他人好,特别有正义感,有觉悟。

然后,他坐火车到拓石来到张淑琴家。他的表现很不错,帮着几个弟弟到山上砍柴,到河里捞浮柴和树棍子,人特别显得能干,做母亲的可相中他了……

他分到车辆厂当工人了。那时正流行顺口溜,"找个解放军怕打仗,找个干部怕下放,找个农民不像样,找个工人最恰当。"张淑琴家里人口多,父亲政治上有问题,打牛棚里出来身体又有病,三个弟弟两个知青,他俩抓紧结婚也是叫生活催的。

所以,办结婚,张淑琴想着啥都不要。当妈的可疼惜女儿了,给女儿做了两件内衣,买了件蓝条绒外套,还叫她的一个小学同学给打了一套家具。她记着有一副床头床板,一个写字台,两把椅子,还有脸盆架子,很不错了。他们那山区出木头,还都是核桃木的,可叫人家羡慕了。母亲在商店里工作,找人用火车,把几件家具运到西安去了。

当她人嫁过去时,两个弟弟买的站票站了四五个小时送姐姐过去。他俩也都是知青,身上的棉袄都得有二十来个补丁。奶奶当他们走之前很忧虑地数说两个孙子:"你们穿这样破的衣服跟你姐去,人家要不叫你们进门可咋整?"

张淑琴:我弟弟跟我奶说:"他们要是不叫进门,我两个扭头就回来!"

那时候,就不觉得那样破有啥丢人的。结果我婆婆拿起来我弟弟的棉衣就感叹得要命,她说:“啊,看看人家,这么艰苦,这么知道过日子!”

我婆婆当时可相中我弟了……

这一年,张淑琴还不到19岁,仓促地嫁人完婚。她算得上是早婚,却算不上是早恋。她还没尝过爱情的真正滋味,但是,别无选择。

那时人大都是这样的,没有自我意识,只会一味地抵制自我,抵制“不健康的思想意识”。无可挽回的青春就这样轻易地交代出去了。

她从来不曾细想过,日后能否在丈夫那里找到一种类似幸福的东西?让她想得最多的,只是不要让家里人太为难,不要叫家里人再为她操心,百善孝为先啊,她早不是孩子了,早就应该背负责任,结了婚,叫家里人能够踏实好多。

结婚虽然比谁都早,媳妇的义务却不能顺理成章地尽行,小家庭形同虚设。因为她首先是知青,像许多的同龄人一样,人生道路是从知青开始的。只不过太少有人像她那样,同时还要担待为人妇的角色。

▶分居生活　新媳妇爱积极

她坐上了火车,离开西安,离开新婚的丈夫,从此开始了长达16年的分居生活。

她实在是太年轻了,模样上仍像一个稚气的女学生。她身穿婆婆给做的一件府绸小格子衬衣,一条凡尔丁蓝裤子,回到插队的村子里。

乡亲们全都亮起眼来看她,跑近来,都叫她,“新媳妇、新媳妇!”

她受不了,一头钻进集体户小屋,换了身干活衣裳,扛起锄头去和大家一道下地。

她是那么爱积极的一个人,干起活来,泼实的劲头哪里像个新媳妇,连女知青的特征都模糊了。仿佛她生来就会熟练操作每一件劳动工具,不管干起什么活来总在前面带头争先,好像是当年在坪头中学参加运动会的劲头。

因为农耕劳作是那个时代里青春年华施展的大舞台,热情如火的铁姑娘,她是那么热爱集体劳动,热爱使力出汗,甚至越是强度大的会战才越是叫她过瘾。上世纪70年代,很多的地方大搞农田水利基本建设,他们队上也不断地集中力量挖水库。在工地上,拉车上坝的活一般是由男劳力干,队长叫她做记工员——记工员就是专门负责登记每人每天拉了几车土,她可不愿意干了。

张淑琴:那活多轻松呀,多没意思!我不喜欢,我就愿意替他们谁谁拉车去,愿意跑路,上坝,叫他们谁坐在那里帮我当记工员。

可想她当年干起活来活力四射的风采,那种视集体劳动为第一乐事的状态:工地上红旗招展,夯声阵阵,她驾着架子车,坝上坝下来回穿梭,大滴的汗淌在了地上,她和小伙子们一路喊号唱曲儿,劳累时就在潮湿的土坡上随便休息一会儿……

人说出力长力,这话一点不错,那时期她在高强度的体力劳动中如此的干劲冲天,热情如火,这不仅熔铸出她后来一生中大为受益的顽韧意志,并且在身体的素质上也给她锻造出了超常的能量。

忆及这些,那时也在附近山沟里当知青的二弟,很佩服他的姐姐。

张淑琴二弟:我姐那时可壮得很呢,尤其是胳膊粗,腿粗,可有劲了,一百七八十斤的粮食包,她也能扛到肩上,上个楼没有事!她回家来时,我妈得给她使最大号的碗,她那饭量比起谁来都要大……

▶谁家媳妇上树　知青点的奇观

但是发现怀孕之后,这种无牵无绊的豪迈劲不得不有所收敛了。她开始学着计划生活,丈夫每月寄给她十块钱,她攒着花,只买点煤油、肥皂什么的。闲暇时,她和伙伴们盘腿在炕上学做针线活,拆劳动手套织线裤,还买了点毛线给三个弟弟一人织了一件毛背心。

她觉出身子越来越发沉了,疲乏感特别明显,却不好意思跟人家说自己怀孕了,觉得怀孕这事"太丢人"。

可渐渐地就忍不住,她跟房东奶奶要醋喝。那房东的院里有一棵老杏树,她偷偷地爬上去够摘杏吃,叫路过的人瞧见了,人家立刻就笑她——"看谁家媳妇上树啦!"

"嗨呀,都已经显怀了,还不承认?"

她只有承认了,仍是坚持着天天下地。直到怀孕快9个月了,她才终于歇工,独自撑着笨重的身子去挤敞篷车,再搭上哐当哐当的硬座火车,回到西安去生孩子。

孩子落地了,她松了口气,让婆婆照顾着坐完月子就赶回村里来。

这时她已是母女两口了,一时间又成为村子里知青点的奇观。

张淑琴:我就是不想耽误劳动,也不想给知青点抹黑……一辈子就怕落后嘛!

所以她人还是那么能耐、挑头,还是和壮劳力们一起挑粪、割麦、打场、扛麻包、拉架子车,干劲儿又回到了怀孕前。

第二章　惊鸿一瞥

▶孩子和猪娃玩　石磙底下的褥子角

孩子怎办呢？开始的一段她很粗心，法子想的也是简单可笑。上工前，她把孩子裹好了拴到窗户根儿底下，等到下工回来，看孩子在炕面上像只野猫似的乱滚乱爬，细嫩的手脚被炕席磨得直流血。这还算是动静小的。有一天她回来，眼见小小的孩子早就挣脱了绳子，滚到炕下爬到院里，竟和猪娃们玩到一起，甚至还差点叼上了猪奶！

没有办法了，她只好在村子里找个小姑娘，一天给人家一毛钱帮着抱孩子，但这也不是常事。那时农业学大寨，村里修了水库修水田，每天早上天不亮就出工，她把孩子塞到房东奶奶的被窝里，叫老人家搂着睡觉，到中午时她回来给孩子喂奶，给自己做饭，然后再下地去。

那是特别难的一段日子。一下子当了妈，根本不知道怎样当。

人家说："多冷的天呀，得给孩子抓紧做个棉裤！"

她觉得人家提醒得对，忍着窗纸缝里吹进来的冷风，就着罩子灯摇曳的火苗，整做了一个晚上。到早上，鸡都叫了，她才发现，怎么会没有裤裆呢？唉，怎么这么笨呀，连棉裤咋穿都弄不清楚了！

夏天了，队里收麦子连夜碾场，磨面一磨磨一夜。一天晚上，她把小丽抱到磨房里，拿个小褥子一铺，让孩子自己睡觉，旁边叫个老汉给看着点，她在这边磨面。一次碾场地，赶着个老牛拉石磙，走了一圈又一圈。天快要亮时，睡在麦场边的孩子蹬蹬蹬的，一直蹬到麦草堆里去了，那老牛拉着石磙也快走到麦草堆了……张淑琴突然间瞧见，哎呀，麦草底下怎么露出个小褥子角来？

张淑琴：我扔下鞭子赶紧过去，小丽已经蹬到那麦草中间了，我连草带褥子抱起孩子——那不是碾场嘛，老牛拖着老大的石头磙子！

这天傍晚又下起了大雨，雨刚停下，她抱着小丽出门去打水。去时天还是亮着的,她绕着一坑雨水小心地踩过去,回来时却忘了,天黑糊糊的看不清楚,她拎着水桶又抱着孩子,劈里啪啦一下子踩进水坑里面,狠狠摔倒了,摔得她呀,把水桶扔了老远,孩子也给丢出去。她慌忙爬起来找孩子,把孩子抱回屋里撂到了炕上,再回来找水桶,等拎着水桶进门时,看孩子又摔到地上了,那声音哭得好响呀!

那回把她摔的,转天快爬不起来了。

张淑琴:可是,我这人一直是挺犟的,我从来不会自己跟自己偷着哭!

"挺犟的",是她性格中早已确定下来的特质——她像极了她的姥姥和母亲。

作为一个刚二十岁的"知青妈妈",她的人生现在比任何时候都要严峻,她必须强化自己的神经,以母性的坚忍和顽强来度过每一天。

▶知青的娃 惊鸿一瞥

"感谢天运"——她还是这样说,她从来不会自己跟自己偷着哭,那是因为坚强的韧性和犟脾气,却又不仅如此。她的奶水太好了,简直是奇迹般的好。也许,是老天爷在赋予她母亲使命的同时,又对她施与了莫大的眷顾。

她的奶水真够多,一大早上天不亮,她喂饱了孩子,把孩子掖到房东奶奶的被窝里,出去下地。干着干着活,她那奶水胀得不行,就得跑回来喂上一会儿。

女儿小丽百天之后长得又白又细,胖得很,她上衣穿个小小的海魂衫,下衣穿个粉红的小裤子,漂亮的呀!她们队上一开会,她就把小丽抱着过去,乡亲们全都喜欢她,都说:"哎呀,看看看,这是咱村知青的娃!"

那时村里边有个妇女,她自己身子亏,生下的小孩子没奶吃,看着面黄肌瘦的。张淑琴可是奶水好呀,于是就一天两次三次地去喂那孩子。

人家底下就说她:"你咋那么傻呢,你不敢再喂给他吃了,要不你孩子可没有奶了!"

她说:"没事的,我咋会没奶呢?"

张淑琴:我不听人家劝,我怎么忍心把那孩子吃得正香的小嘴拔开?

我想,我既然是有奶,那就总得有奶,这就像出汗似的,出了再出,反正我年轻,刚刚20岁嘛。后来一个月过去,那孩子的小脸也像我家小丽似的红扑扑的了,那家媳妇可高兴了,有时我喂完了奶,她还给我做一碗酸汤面，放上一点油花，哎呀，特别香！

那次从西安坐火车再回村里时，她没有带小丽。

小丽已经有一岁了，探亲回家时，婆婆催促她："快把奶给断了吧，把孩子撂在家里，叫我给看着，你利利索索的，该干啥干啥去。"

她就把小丽给婆婆撂下，自己喝些炒麦仁，觉着那奶水很快就能断了。

返回的火车上，偏偏和她挨坐一起的是一对农村夫妇，他俩抱着个瘦凌凌的小孩子一路上不停地哭。小孩子的哭声又沙又哑，张淑琴一听就知道，孩子的奶水太欠缺了。

她坐不住了，对身边的妇女说："快把孩子给我吧，我的奶水正胀着。"

说完她不由分说地就把孩子抱了过去，当解怀时，她没有一点局促不安。

此举使得坐在她对面的两个小伙子大为愕然。

眼前这女子一副青春烂漫的俏丽模样，她头上扎着两根油黑的短辫，身穿一件小格子衬衫，看着是那么的清爽稚气……两个小伙子也都是插队知青，一路上他们一直喜欢和她搭话，却怎么也不会想到，忽然间惊鸿一瞥，眼见这个女知青坐在那里喂上奶了，她一副慈母柔肠的神气，竟如此的坦然大方。

惊愕之下他俩全都哑巴了。他俩觉着口渴舌燥，一个站起来拿了茶缸子出去找水，水没找着，小伙子空着茶缸子回来。

此番情景被她看在了眼里，当她要在前面下车时，悄悄把背包里婆婆给装的桃子拿出两个来，默默地放在他们座位后边……

第三章　平等的思想

▶母亲的情怀　在贫困深处

做了母亲的她，即使孩子不在身边，也仍然表现出强烈的母性。

强烈的母性使得她坚韧、慈爱和深沉。以一种母亲的眼光和情怀，对环境中人们的日常疾苦和贫困深处的氛围，感受得更加细致，对人生的冷峻面孔也看得更为真切。

他们插队的地方离陇县县城差不多有十几里地，这地方是真正的穷山沟。

也许跟马寅初的人口论在十几年前遭到否定批判大有关系，村里边家家都是孩子一大帮，口粮接不上。房东家老爷爷生病拖着一直不去看，可是猪生病了赶紧拉出去看，因为那猪是要下崽的……

张淑琴：我见过最穷的人家，他们炕上没有被子、褥子，只有一堆乱套子，小孩子在多冷的天里都是光着腿，在那炕面上冻得直哭，一哭两脚就使劲蹬，小脚后跟冻得又红又紫的，再叫席子的签针扎得稀里哗啦，皮都蹭得没有了！和小丽差不多大的孩子，他们生下来没有尿布，拉完了屎，家里人马上扯了嗓子叫狗进来上去舔。

后来在县医院，我见有个小孩那撒尿的地方叫狗给咬了，送到医院里来缝合。

张淑琴说，他们穷的原因有很多，当时知道，他们农民吃粮不像知青有固定的口粮定额，也就是说有保证，他们农民没有保证，经常断顿。于是，就想尽办法拿这个拿那个去换粮食，在有限的粮食之外，他们很少再有什么营养，菜啊什么的总是很少有的。

她印象最深的是他们的产妇拿豆腐给孩子下奶，豆腐这东西他们特别稀罕。

那天她和一个同伴一起去下一个队，回来时她俩拿麸子换了点豆腐，做饭时一口气把豆腐全都下到锅里面去了。

有一个老太太走过来看见了，立刻就叫起来："咋把这多豆腐都放碗里啦？"

张淑琴：老太太的叫声好大呀，她是惊讶我们知青这样浪费！

……老乡们穷得连毛线也没有见过。我婆婆给了我一堆乱乎乎的毛线，我给小丽织条毛裤，他们看见了稀罕得拿手摸，说："哎呀这是毛货！不敢给小孩子穿呀！"

过年时候，我们女知青都要换身亮眼点的衣裳，那些妇女也觉得没见过，她们走近来，这里摸一摸，那里摸一摸，不眨眼地看着，稀罕得要命……

多年以后，说起下乡插队的地方，那些农民过着的苦日子，张淑琴仍是无比的惆怅。

说起农民的孩子那么小就自己蹲在崖边的水洼里洗衣裳，冻得一双手跟小胡萝卜似的，她仿佛立刻就有了一种传导似的，把两手情不自禁放在胸前绞紧——她母性的心总是敏感，她知道孩子一双冻僵的手在彼时彼刻会有多疼。

忆及往事，她总觉得自己太幸运，她说，自己的日子和身边的农民相比，真像是到了天堂！

她还有假期，一年总能坐几次火车回到西安去。他们大部分人一辈子都没去过西安，当她坐火车从家里回来时，能带回一些新布料，女儿小丽不仅有自己的小褥子小被子，还穿过一件漂亮的红花斗篷——像这些，农民家里哪有啊！

她就觉得自己是太幸运，太知足了。

伟大领袖号召知识青年接受贫下中农再教育，扎根农村，与贫下中农相结合，这并非真的能达到生活上的同化。尽管她和女儿的棉衣里都染过虱子，自己的满手上长了层层的老茧和冻疮，真正的同化仍无可能。

然而，感情上的倾斜与融入，没有寄身感，没有距离，这些却是肯定的。在与村民朝夕相处的漫长日子里，所有那些来自贫困深处的感同身受的情景，一重重地全都变成实在的参照，冲淡了她的个人忧苦，也奠定了她的思想内涵。

▶农村媳妇利索　平等的思想

有时,她发现,在日复一日枯燥的贫穷和艰苦中,那些淳朴的农民、尤其是妇女们,她们身上流露着很多的动人处,她们平凡的人性中有着那么多的霍达与乐观,真叫她佩服。

她佩服那些农村媳妇,她们个个是那么能干、任劳任怨——每天一大早,她们出工,挣工分,收工回来,丈夫躺在炕上抽烟,她们继续忙着做饭,做好了饭,还要端到丈夫跟前,自己呢先喂完了孩子再吃饭,吃过了饭,还要洗锅收拾,要接着喂猪、喂鸡,整理牲口圈,然后,还没歇会又得出工了。等到下午回来,又是这一套的做饭洗锅,喂孩子、喂猪,男人照样是炕上抽烟歇着。一直等到天黑了,一家人都睡了,做媳妇的还是挨在一家人的头底下、凑着油灯要么纳鞋底,要么是绣花、缝补衣裳……

可是,到了节年或是赶集时,你没见啊,她们一个个收拾得利利索索,头发梳得光光的,衣裳也穿得整洁像样,脚下呢,都踩一双绣花鞋。高兴起来她们说唱就唱,样板戏呀,小曲子呀,可豪爽了。她们身前大都是拽着抱着的,小孩子好几个!

张淑琴:所以,那时我老是这样想,要把我生在农民家里,做了人家媳妇,很可能我连梳头的工夫也没有,连裤子也得提不上!

她说的一点不夸张,当年她确实是狼狈死了。她说她带着一个孩子,每天“麻爪”得要命,炕烧不热,饭煮不熟,孩子的棉鞋就是做不好……房东媳妇看她乱了套,走过来帮她,教她烧灶火,替她做棉裤,还给她拿来自己渍的酸菜。

有一回,她和孩子都病了,叫队长的媳妇发现了,赶紧给她找人看病,还给她擀了面条送过来,提醒她,那面条是擀了两种,细的是叫你做面汤的,粗的你可以和着辣子吃……

她说,她特别喜欢那些厚道的农村媳妇,她们不像那些男人们,可以日出而作,日落而息,她们做活是没完没了的——可人家怎么说乐呵就乐呵,手里要多灵巧有多灵巧!她承认自己永远也比不上人家聪慧能干,所以,她始终相信一个事实——假如她们有机会上学,有机会吃商品粮,个个都会有本事,个个都不是简单的角色。

她提醒身边人:“千万别把你的机会当成你的才能……”

作家贾平凹在回忆自己的农民生涯时,也曾这样写下自己当年的感想：

……每个人活在世上都是有他天生的一分才能的，但才能会不会挖掘和表现出来却不是每个人都能如愿的。极少数的人获得了展示他才能的机会和环境，他就是成功者；大多数的人是有锅盔时没牙或有了牙没锅盔，所以芸芸众生。

——贾平凹《我是农民》

生活的教育最有效地纯洁着头脑。知青生涯对张淑琴来说，成为特别有价值的经验背景，甚至于有着世界观的意义。使得她的脑子里从此不受“血统论”的任何干扰，绝不歧视任何人，绝不赞同那种把人划分为三六九等的冰冷理念。在后来的人生中，她始终执著于“人生而平等”的思想，尤其尊重最底层的农民，这是因为在心里，她永远铭记着他们对她的各种关照与教益。

▶贫穷与野蛮　生存的法宝

但是，与此同时，她也看清了另一种黯淡的现实：贫穷与野蛮和落后总是连在一起的。

农民的品性，除了有善良、勤劳、负苦和节俭等许多正面内容，同时也有着封建、粗陋、自私和狭隘等许多负面内容。在村子里，她眼里看得最多的也是最为普遍的现象，就是家庭暴力，每天，总是男人打女人，丈夫打老婆，兄弟打嫂子，公公打儿媳……家家是妇女遭不完的罪，往往是一大家人欺负一个女人，就像是天经地义的惯例。

张淑琴：我问身边的妇女，为什么总是你们挨欺负？谁给了他们任意打骂妇女的权利？她们回答，嗨，你还奇怪个啥呀？啥叫三十年媳妇熬成婆？咱们哪个不是这么熬过来的？

那回，丈夫从西安赶到村里来看她，俩人因为一点小事发生了口角，晚上又吵又打的折腾到半夜。转天下地干活，房东媳妇端详着她，笑着说：嗨呀，你这脸蛋子还是昨天的脸蛋子嘛，你们那还叫打架啊？跟闹着玩儿似的……

在我们这，你没见吗，打断胳膊腿还不是常有的事。

房东媳妇养了五个孩子，还喂着三口猪，每天她上工下工，忙里忙外干个没完，饭做得稍不顺口，丈夫就是连骂带打，常常把她打得口鼻流血，胳膊腿提拉不动，可她从没有在乎过，总是把脸上的血泪一抹，又是笑呵呵地出工去。

房东媳妇教给张淑琴一个生存法宝,那就是一个字:忍!

张淑琴听了沉默摇头。

房东媳妇不会注意到她那忧伤的眼光。她为房东媳妇,以及村里所有的妇女感到悲哀,她觉得,命运对她们来说太不公平了。

▶哀恸之年　生命的要义

命运对张淑琴的家人来说,又何曾公平过?

下乡第二年,一次回家,她发现姥姥不行了。那天,她叫姥姥歇着,自己来给全家做饭,可是竟忘了要给牙齿快掉光的姥姥蒸一个馒头,锅里蒸出来的全是萝卜缨包子,结果,姥姥只吃了一个就拉肚子。转天早上,她帮姥姥穿衣服,奇怪姥姥的胳膊怎么是软软的!上医院诊断,姥姥是脑出血,半个身体不能动了。

张淑琴痛叫着:"都怨我,都怨我!"

姥姥从此就在床上挨着了,手脚不能动弹,身边人轮流喂饭。

本来,姥姥那么硬朗的身板,坚持服药可以得到一些缓解,但是她不愿意花钱,硬挺着直到最后咽气。临终时,姥姥嘱咐她,你是大姐,一定要帮助你妈,把三个弟弟照顾好,姥姥还留给她一句话:"要做一个善人。"

失去姥姥,让她感到剜心的悲痛。从小到大,那么多艰难的日子,姥姥给了她多少温暖的柔情!上中学,每次从家里赶回学校,她吃姥姥给带的菜饼子,把食堂里一两五一个的白馒头尽量省下来带回家。她想让姥姥能吃到,但是每次姥姥总是把馒头让给奶奶和爸妈,姥姥的一双手多少年来总是那么有力气,到了80岁了,她每天还是拿腰顶着端九口人的大饭锅,即使不做饭了,那双辛劳的手里也永远攥着抹布和笤帚,所到之处除了利索就是舒坦……

她给姥姥守灵,哭得昏天黑地,邻居婆婆劝诫她,可不敢这么哭,看你爸那脸肿的!确实是,此时父亲的病更加严重了,肺源心脏病加肺结核,已经没法治了,张淑琴和母亲商量,决定还是去西安看看。他们连夜坐上火车奔赴西安。转天,张淑琴的丈夫送岳父住进西安一家医院。病房里面非常冷,等医生诊查的工夫,张淑琴抓紧回家,想搬个蜂窝煤炉子过来,再带点米面油、鸡蛋什么的。

哪知道东西还没带到医院里,父亲的死讯就传来了。母亲告诉她,早上过去给父亲喂饭,刚到第三口时人就不行了,那会他连衣裳都还没有穿完……

一切都没有来得及,父亲猝死在病床上,儿女一个没在跟前。当买寿衣时,母亲把所有的布票都拿出来还不够,幸亏旁边遇见好心人,把身上的布票支援给母亲,才算给父亲及时收殓。母亲托人在北关农村仓促地找了一块沟地,那地方埋着好多老家人……

离着姥姥去世刚 20 天,父亲就这样匆匆地走了,走得寂然无声,年仅 47 岁。在命运安排的位置上,他辛苦了一辈子,一辈子没有离开贫瘠苍凉的大山。张淑琴欲哭无泪,觉得心里给掏空了。

张淑琴:我这人一直是比较乐观的,一直不爱哭,但是,不知怎么了,当埋葬我爸时,竟然也一声没哭。记得我使一把铁锨在沟地里一下一下铲土,人傻愣愣的,脑袋里头好像很虚幻,根本不相信那里埋的是我爸。我一声不哭,气得我妈上来就掐我,说你这没良心的!其实,不是没良心,当时我已经懵了,我以为是给别人帮忙了……

父亲不在了,奶奶还不知道,他们都努力瞒着她。但后来奶奶还是知道了。也就几个月以后,有一天,老家里的姑姑忽然来到拓石,一家人都觉得奇怪,姑姑是自己想着要过来的——“文革”刚起时,她是给人赶走的,赶回老家改造去了,她来到没过 3 天,奶奶就去世了。看来姑姑她是提前有预感,赶过来给奶奶送行的。

她说那一年,也不知是如何过来的。姥姥、父亲、奶奶,家里活生生的三个长辈,一下子全都没了,变成了三座新坟,她感到无比的凄凉,突然间体会到什么叫切肤之痛。这是 1970 年,这一年是骨肉分离、备受折磨的哀恸之年。

22 岁的张淑琴和母亲、弟弟一起伫立在寒风中,在新筑的坟茔前悲痛地祈祷,愿亲人的亡灵安息。

死亡,像大山上冷硬的岩石,粗粝地横在眼前。死亡,以它绝对的凄凉和苦楚,告诉活着的人,生命是有限的,“人是走向死亡的存在”(海德格尔)。

中学时代的本子上,像很多同龄人一样,她也抄过无数遍保尔·柯察金的那段名言:

——人,最宝贵的是生命。这生命属于人只有一次。一个人的生命应该这样度过:当回首往事的时候,他不会因为虚度年华而悔恨,也不会因为碌碌无为而羞愧;在临死的时候,他能够说:我的整个生命都已经献给了世界上最壮丽的事业——为人类的解放而斗争。

她早把这段话背得烂熟。然而只有当现在,如此逼真地看清亲人逝去再不能返回这一残酷事实,才有可能真正领悟生命是怎么回事。

她发现,自己突然间就懂事了,懂得了生命的脆弱,死亡的无常。她一下子认识了生命的真相与意义:永无归期的死亡不重要,重要的是生命的价值;生命,是为了燃烧的;是为了有一天,无悔无怨地送走这一生,为此,就要让自己在有生之年达到充分的燃烧;燃烧之后熄灭,死无遗憾。

磨炼篇（二）：山的女儿

第一章　讲用、跳蚤、阑尾炎

转眼间，知青岁月过去了3年。这天，水库工地上，全体村民和知青开会，民兵营长在前面说："咱大队要评选一个学习毛主席著作的积极分子代表，大家想想，咱们选谁？"

她底下还正考虑着呢，忽然听见好多人在那里喊她的名字："张淑琴……张淑琴！"她被大家异口同声地推举出来。那荣誉等同于公社劳动模范，上一级宣传部门让她和一个女知青脱产到大队部去整理汇报材料，为的是搞"讲用"报告。

她俩住在该村大队部，房子套着七八间，大通铺上铺着干麦草，一层压一层的，每次来人就铺上一层新鲜的，把底下压得碎碎的，所以那个跳蚤呀……她说她两个晚上刚刚睡着，就听见那些个跳蚤在麦草里，刷刷刷地，就过来了，简直像下雨一样的，根本睡不着！

大半夜的，俩人像逃命似的跑到院子里，架子车一支，凑合到天亮。早上想到弄个塑料单子去，再跟人要点六六粉，浓浓地一撒。头天晚上倒是起了作用，没有咬。到第二天又不行了，那跳蚤是加倍地来咬啊，没办法，只有还睡到院里去！

讲用完后，水库指挥部抽调张淑琴去当卫生员，也就是赤脚医生。"文革"前她有幸掌握的医学知识虽说远远不够，但现在终于是有了用场，最用得上的要属针灸了。

她住在水库指挥部，有了一间自己的小屋——"可叫人家羡慕了"，总有些西安的知青过去跟她聊天。半年过去，大招工开始，她虽然是结过婚，又有孩子的人，可公社书记还是看重她，推荐她去县里卫生局招工办。

张淑琴离开知青点，进到陇县医院当了一名护士。

从此，人生角色转换，她开始了在陇县地区长达13年的医务生涯，服务对象始终没有离开那些乡音难改的父老乡亲。

上学时,她多次梦见过自己穿一身白大褂、戴一顶白帽子,手里拿着听诊器给人家看病,她说:“那真像仙女似的啊!”她觉得当护士、做医生,实在是最令她钟情向往的职业。可是,今天,当她真的走进医院大门时,已经有过太多的沧桑,尤其是当亲人在短短的时间内先后逝去了三个。

她这样想,老天爷不叫你随随便便就穿上白大褂,他非要叫你经历了那么多苦难,那么多死亡!

她先是一个护士,被分配在中药房,8 小时下班之后她不走,继续到门诊去帮忙。她给人家扫地、推葡萄糖、收拾针管,正是人手奇缺的时候,谁都喜欢叫她帮忙,她也就此学会了不少东西。手术室里晚上做手术,她也跟着进去。给人家倒个盐水呀,夹个纱布呀,很快,外科就把她要走了。人家说:“这小张怎么这么热情,这么利索啊?身体又好,个子又大!”

她又调到外妇科,给人家换药、下尿管。手术病人换床时,她两只大胳膊伸过去,那么一搭就给搭上了。

她没有时间概念,简直就是工作狂。她说:“那会孩子也不在身边,不值班,下了班去干什么去?”

于是,每天就替这个值夜班,替那个值夜班,只要有工夫,每个科室她都给帮忙。每个科室的人也都喜欢她,当评积极分子时,她又得了个甲等奖。

那时陇县地区 13 万农民,每天来医院就诊的总有不少急难症,她到了外科兼着妇产科,主要任务是接生,医院里病床最多时要住满一百来号人,工作量十分繁重。

一天晚上她值班时阑尾炎犯了,自己给自己打屁股针。扛到第二天早上交班,她先去找个中医喝了药,觉得效果太慢了,又去找西医输液,哪里想到会有反应,浑身发冷缩成一团,一摸脑袋发烧了,自己就把针头先拔了,两腿这时疼得伸不开。自知是阑尾穿孔了,只好叫陈大夫,陈大夫!手术室里抢救,一化验,中毒严重,腹腔打开后脓都流出来了,手术台上血管还扎不上,都成扁的了,最后是把静脉挑开,才算扎上针。

整整抢救一夜,到早上,陈大夫再过来,看她在那仰着个脸,又是好人一个了。陈大夫不由得惊叹:“哎呀,我们在那忙了一整夜,脸都累得黄黄的,现在再看你,怎么倒是红光满面的了?”

几天之后她伤口拆线后想要上班,可是伤口裂开了。母亲叫她回拓石去休养,她死活不肯回去,脑子里只想着马上上班。

母亲问她:“你这样子怎么上班呀?”

她说:“我坐在那里就可以上班嘛,我坐在那里,可以给人家打针。”

——我那个积极呀,也没有人逼我,就是积极得要命!我妈着急了,就去找院长。最后是院长叫我回家休养。小丽她爸也从西安赶过来。

正赶上陇县大地震,丈夫硬从窗户把妻子塞进了火车。她捂着个肚子,捂着裂开的伤口,先没找到座,母亲靠着茶几扶她站着,丈夫拿着医生证明挤来挤去地给她找座……

▶农民病人　无组织无纪律

她依然年轻,心里只想着工作和学习,不想再生孩子了,可丈夫一心想要儿子。她又怀孕了,是男是女不知道,她都不想要,自己在底下和一个大夫说好了,过两天做流产,可是那个大夫回家办丧事没有回来,她这里一忙没有及时做,结果还是生了下来。此时家里的嫂子也刚生孩子,她一咬牙,把两个女儿都带到医院来,大的找了幼儿园,小的找了小保姆。

缠磨人的日子又回来了,小女儿不好带,忽然闹起中毒性消化不良,前后有一个月的输液。天又接连下大雨,衣裳不干,房子也漏,孩子尿布也没地方晒,好好的被里叫她给撕了……

这些都是次要的,让她扯心的还是那些挣扎在生死线上的病人。一个农民从很远的地方拉着架子车送来一位产妇,产妇已是满身血,腹内的孩子是横位,生产时,孩子探出母体的先是一只胳膊,当地的接生婆婆拽着孩子的小手就往外拉,一下造成了子宫破裂。产妇送来就被搭上手术台,当时她还使劲睁开眼睛对手术大夫说:“大夫你好好给我治,治好了我给你背点核桃来。”

可是,出血已经太多了,这个产妇死在了手术台上……

有个败血症男孩,父亲让毒蛇咬死了,母亲跟人跑了,他和年幼的妹妹跟着年迈的爷爷生活。为了给他看病,家里卖东西卖粮食,最后连房子都卖了,妹妹跟爷爷只好就住到了医院里。男孩患的是骨髓炎,需要经常输血……

每天都有极端的感受,从出生到死亡,那些农民,他们有多少悲苦与无奈。

她是从他们之中出来的,受苦遭罪多少年,不会把她和他们的世界择开,而是叫她不管到哪,都会对他们持有一份血脉相连的感情——救治他们,减少他们的痛苦,靠的就是她的这份感情,以及她和同事们日日夜夜的忙碌不停。

有时,那种忙碌纯属分外,是她自己一经撞上,就再也不肯撒手。

一个孩子患了末梢神经炎,走不了路,家里人赶着牲口把他驮到医院来看。院长看了之后,认为医院里治不了,让他们换个医院再去看看。这时正是麦黄一晌的时节,不割不行,孩子的家人惦着收麦子,怕人手不够,决定先不治了,他们赶着牲口驮着孩子又返回去了。

看着他们往回走的背影,她心里难受得要命,不自觉地跟着他们一路走,一直跟到了他们家。她心里撂不下,想着怎么在他们的家里给孩子治病。

那当然不能叫院长知道。只能是偷偷地找药房,拿几样消毒的家伙,自己绑了个输液器,想法到人家去给那孩子打针输液。然而,最后那孩子还是死了,她心痛不已,觉得自己太无能了。

也有欣慰的时候。这天遇见两个麦客的孩子一道出麻疹,那时出麻疹的死亡率很高,医院因为条件有限没有收治。她就在医院门口给麦客出主意,叫他们找民政局去。他们去找了,回来说,民政局要求医院给他们收治。

院长又气又恼,指着她鼻子说:"好你个张淑琴!"

两个孩子勉强住了院,却没有饭吃,她又找个纸盒子,到各个病房去要。病人们都跟她关系好,每天总能让她敛上一盒子吃的。那麦客的孩子有了吃的又要注射青霉素,她想法从别的病人那里攒:有病人配了80万单位的青霉素只注射了60万单位,剩下20万单位的没用了,两管就是40万单位,照此一点点地攒药,她便把两个孩子的病治好了。

她的做法叫人难以仿效,从领导的眼光看,应该算是无组织无纪律的,她也不去解释自己。

在她一生的职业生涯中,她一直不是一个特别听话、特别"懂事"的人,有时总免不了会有些出格的"个人行为"。她听有人说过,这世上的人大约只有两种活法,一种是靠脑子活着的,一种是靠心活着的,她想,自己应该算是后者吧,做起事来,她只是喜欢动心而不动脑,只是想着随着自己的性子,叫自己心里踏实。

第二章　麦草帘和孙老汉

1976 年,县医院调张淑琴到下面的麻家台乡医院去做大夫。那地方离县城有六十多里,要翻越关山山脉的三座山,大约有三千多人口散落在方圆三四十里的山旮旯中,诊疗对象中有不少是流行大骨节病和克山病的穷山民,不少人走进来腿脚拐来拐去的。这时在潜意识里,她认为医生的职业就是为 99% 的穷人而设的。

她成为麻家台乡医院里真正的"大拿"医生,赶上什么病治什么病。本来在县医院时,她什么都干过的,无论内科、外科、妇产科,别管是接生、手术、扎针灸、上夹板、医药房,无所不通,这些本事现在都有了用场——牙疼的来了,她给扎针灸,病人好多了,她再给他开点药片。她有一个沙锅,给病人熬一锅白虎汤,叫他喝去。又来个病人是肠梗阻,她给他灌肠,灌完了,叫他赶快到地里解去,解完后,她这里给他开中药,给他把药熬了,他喝完再拿上两副走。麻家台的不少病人都喜欢来找她,说她的医术多么多么高明。她说:"高明什么?我又没有认认真真地上过医大,就是靠的自学,还有就是自己比较的负责任吧。"

在麻家台的小屋里,她贴了满墙的汤头口诀歌,没事就喜欢在被窝里边背。

作为唯一的女医生,属于妇产科的事现在最是应接不暇。原先这地方大夫是不出诊的,她来到之后规矩给打破了,一天到晚地往外出诊。身边两个女儿她把大的送回了家,留下小的,出诊时经常带着一起去。

有一回她出诊,钻进窑洞里给人家接生,那妇女难产,整整接生了一夜,她把自己的孩子就给忘了。到早上,感觉阳光照在身上,她挺有成就感地收拾诊箱,打开窑洞门,忽然脚下一个疙瘩团,她发现是门外睡熟了的孩子皮球样的滚进来。

孩子迷迷瞪瞪睁开一双眼,小大人似地先问了一句:"妈妈,生了吗?"

她紧紧抱住女儿凉丝丝的身体——朝露打湿了女儿的头发,也打湿了她做母亲的心。

人家过来使劲数叨她:“你咋胆子这么大呀?你不怕狼把孩子叼走啊?”

她说:“那叫我咋办呀?就一个窑洞,我要给人家接生,总不能把孩子放在身边,只好就先把孩子撂在门外边了……”

这天医院又接到白杨沟公社的电话,说有个习惯性流产的妇女又要生了,已经骑着牲口往医院这边来了。她听了背上出诊箱赶出去迎。

相距三十多里路翻山越岭,走得她大喘气,忽然见到前面有人影晃了,却听到一阵惊慌的喊叫声直达山脚:“不好啦,大夫,孩子生到麦地里啦!”

当时已是霜降天气,她一路奔跑过去,把身上的棉衣脱下来,将落地的婴儿整个包裹严实,叫人把产妇和孩子扶到毛驴上,一行人跑回了医院。

医院里也没有暖箱,她抱着孩子在火炉跟前烤来烤去,终于让婴儿的小脸红润起来,做母亲的也安全无恙。看孩子没有奶吃,她又找来一个附近正奶着孩子的小媳妇。

到出院时,孩子身上包裹着的还是她身上的棉衣。

山里的孩子落生时大都没东西包,就是拿裤子一缠,叫她看不下去,她便把小女儿的褥子专门用来包新生儿,等到产妇出院,她们再还来。她说那时条件差呀,大夫和病人之间分不清楚。粮票啊,衣裳啊,给出去是常事。

一个患了癌症的老太太来麻家台看病,以前下乡时张淑琴认识她,还在人家家里吃过饭。她看老太太住院时身子底下褥子铺得太薄了,怕老人硌得慌,就把自己的一个麦草帘子给她铺在褥子底下。老太太感激地说:“等我好了,一定给你系个新的。”

时间不长,张淑琴公公病了,家里打电报叫她回西安,等到她再赶回来,老太太已经出院了。医院里人说,她是因为治不好就不想治了。过了一段时间,来了一个妇女,她给张淑琴送来一个新的麦草帘,并且告诉张淑琴,她的婆婆回去后,没有多久人就死了,死前她人站也站不起来——是肝癌嘛,可婆婆就是努力撑着自己跪在那里整麦草,一天到晚地系草帘,草帘还没有系完,她人就死了,死前还剩下了一块,她嘱咐媳妇一定要系完,系完了以后一定要给张医生送过来……

有个孤身老头叫孙老汉,他在山上住着,长年地患哮喘,有人说他的病看不好了,准备后事吧。刚好公社书记在那一带蹲点,就叫人把张淑琴找过去给他看一看。那天还下着雪,她背着小燕和诊箱上山去,给孙老汉仔细看过,回医院来给他抓了三副药。她把药汤熬好了给他送上山去,再配上扎针,孙老汉的哮喘慢慢地好了。

张淑琴挂记着老人太可怜,他自己住一个小小的土窑洞,一个土炕,一口棺材,还有一个小桌子,一个小锅,窑洞里就这么点东西,外面有棵核桃树,叫自留树,他在炕席底下铺了一层核桃,在那一点点炕干……这一天,老汉拄着棍子提着一小袋核桃下山,走了老远的路来看张医生——张医生哪里过意得去,又上山去给他送水果送茶叶。

过两年,当张淑琴从麻家台调走时,记着上山去跟孙老汉告别,孙老汉忽然跟她哭起来,他说:“张医生你这一走,叫我也活不成了……”

在麻家台,白衣天使的神圣叫张淑琴发挥到了极致,与此同时,她脑子里的贫民思想也浓得化不开,内心之中积蕴的悲悯已经达到了至深的程度。

自然也会有疾恶如仇的时候,那是当她亲眼目睹另一种现象时。那天医院急诊来个姓刘的老汉。他在修水库时打夯,把腿砸断了,他的四个儿子和女婿把他送到医院。值班大夫吩咐张淑琴,赶快叫他的几个儿子给父亲输血,至少要输400cc。

四个儿子和那个女婿说他们要商量一下。张淑琴只好在一边等着。一会儿,他们中的老大跟她说:“大夫,你看我们都要干活呢,这输血的事我们哪个也做不了,不过,我们家还有只狗,它可肥得很,要是抽它,那要多少都行。”

她听了气疯了,狠狠地瞪起眼睛骂他们:“你们是狗生的还是人生的?”

她叫人把几个家伙锁在一间屋子里。自己跑去找验血员,大声说:“快点给他们验血,今天非要给他们都抽管血不可!”

结果硬是叫他们中的两个人给老汉抽了血。

▶征文一等奖　绿色的邮袋

由此她发现,仅仅当一个好医生还不够。脑子里已经装了太多的生命故事,太多的美与丑,善与恶,她一桩桩的都忘不了。她觉得,感触比什么都宝贵,应该要有一个去处,让她倾诉、表达、寄托,还让她鞭挞——她能不能把生命所走过的痕迹留在纸上?能不能叫岁月中很多的记忆活灵活现地再返回来?

很自然地,她开始了写作。写作实在是一件非常神奇的事,写作这种行为竟然可以超越很多东西,比如说疲乏、枯燥、苦涩、伤感……

在麻家台简陋的小屋里，每当夜深人静时，孩子也发出熟睡的声音，她开始刹不住地写作。头一篇她写的是《麦草帘》，就是那个患了癌症的老太太临死前撑着给她系麦草帘的故事。刚好当时《陕西日报》副刊正在举办"美的心灵征文奖"，她试着参加，没想到就收到了编辑的回信。

张淑琴：那是一个很静的下雨天，医院里没什么病人，邮递员水淋淋地上来了，他脱下雨衣，递给我一封厚厚的信，打开，我那个稿子上面画了好多的红道道，编辑信上说他们要采用，让我改了以后再誊一遍。我可激动得要命，赶快连夜就抄完了。

可是抄完了怎么办呢，邮递员一个礼拜才上来两次。她哪里等得了，就在转天一大早奔城里办事去，一下子步行了六十里地，把厚厚的信封扔进大街上的信筒里。

没过多久，一天，邮递员刚走，药房里边就有人喊她："哎呀，张淑琴，快快快！"她过去一看，《陕西日报》副刊版真的给她登出来了。不久，人家还给她评了个一等奖。这样一来她就知道了，原来这就叫小说啊，那我可会写了！

那阵子她刹不住了，一气写了好几篇叫小说的东西，连续寄出去。后来，什么《甘肃日报》呀、《延河》呀、《长安》呀，他们都给她登过。

在麻家台寂寞的小屋里，一阵清风从高远的天空吹进来，她感到了节日般的欣喜。

看到心里埋着的东西一次次跃然纸上，她激情四溢，开始深深地迷恋文学。正值"文革"结束拨乱反正的新时期，理论界反思历史的呼声不断，文艺界兴起一波又一波新思潮。在这时迷恋文学，等于是迷恋思考，迷恋一个精神家园，等于是拥有了一种强大的力量，这力量激发着生命的丰富，也推动着生命的更新转变。

她成为一个虔诚而又勤奋的文学青年，她渴望阅读和学习，跑到城里邮局订阅了好几种复刊的杂志。每次邮递员上来，总要专门给她背一摞书信，厚道的邮递员一走几十里路，气喘吁吁地跟她央求："张大夫呀，你少订点吧，我背不动了！"

她满怀感激赶紧给人家端热水，再把准备好的稿件信放进那个绿色的邮袋里。

▶白头绳　卑微者伟大

现在，除了当医生，她还是一个生活的观察者，随着人生的阅历越来越多,她以文学的视角探察人性,不断地发现卑微者的伟大。

她深记着一对母女"血源"的故事。那是一个春寒料峭的下午,县医院来了一对母女,她们来给一个白血病的男孩输血。女孩的父亲刚刚过世,母女俩都是一脸憔悴,女孩的辫梢上还扎着服丧的白头绳。她们没有钱坐火车,只好搭一辆拉煤的货车赶过来。当张淑琴在医院门口接到这样一对母女"血源"时,一眼看到那女孩辫梢上的白头绳,她的心立刻被刺痛。

"血源"终于来到,企盼多日的患者家属,也就是那个白血病男孩的爷爷高兴得很,赶紧给母女俩买来油馍,又给她们冲了一碗热热的糖水。但是身边一个患者家属在底下小声地劝阻老爷爷:"你可别叫她喝水啊,喝了水,她抽的血里水不就多了吗?"老爷爷摇摇头,很仁义地说:"你看人家跑了这么老远来救我们娃子的命,我哪能连水也不叫人家喝呢?"

老爷爷把热糖水端到那妇人面前,那妇人却把苍白的脸微微地扭转开——她很固执地遵守着"行规"。

张淑琴让母女俩稍事休息,然后带着妇人到化验室去。当采够了已经预定好的200cc血之后,妇人央求张医生:"再抽一点吧,家里娃子多,他们爸刚死了,我也没有办法……"

张淑琴劝她:"你的气色太差了,不能再抽了,而且再抽也没人给你钱,因为那男孩的爷爷已经没钱了。"妇人听了一声叹息:"唉,都是可怜人,那大夫你就抽吧,我不要钱。"但是看着妇人苍白的脸色,她哪敢再抽,她把针头拔了出来。

可是妇人一直坚持,非要叫她再给抽一点,她实在拗不过,只好再抽了50cc。那男孩的爷爷见状一定要再给妇人付钱,妇人死活不接。血就这样输完了,妇人带着女儿离开医院,步履蹒跚地又往火车站走去。

目送着母女俩远去的身影,女孩辫梢上的白头绳,像是大山深处飘零着的薄薄的纸钱,张淑琴无比伤感。

她为卑微者如此伟大的仁爱而感动,她想,正是这仁爱熔铸出来人类世代延续的人道精神,同时,也正是这些卑微者组合着人类的主体……她实在是应该写作的,写下他们,是出于深深的感情,同时,也是为了好好思索:上天给了那些人善良的灵魂,为什么却不能庇护他们?为什么贫穷与悲苦总是如影随形地跟着他们?

第三章　出诊的路与滚烫的面

对于在麻家台的8年时光，她一直深深地怀念着那段感情，她认为那是她人生当中最值得追忆的一段，每一天都过得很充实，很成就——虽然生活离她很远，很远，可是世界却离她很近，很近。

她和同事们经常苦中作乐，他们把医院简陋的房舍都给起了名字，一进大门的门诊部叫“大会堂”，东边院长和会计的小院叫“中南海”，几个大夫护士住在高台上就叫“钓鱼台”，一开会，几人就互相招呼：“走啦，中南海开会。”

有一回他们在崖边上抬个长梯子逮鸽子，鸽子没有逮着，却捉到了野鸡，晚上，几个人就热热闹闹地煮野鸡吃……

在大山里那么多年了，不知不觉，对于苦和难，她已经有了太多的认识和足够的免疫力，她是一步一个脚印走过来的，对于过往的一切历历在心，从不讳言，尤其她最怀念在麻家台的日子。

张淑琴：我一直在他们中间，压根就没觉着有多苦，我背着孩子和诊箱，到哪儿去出诊，起码人家给我做手擀面，那滚烫的面啊一直烫到了肠子里！

所以我觉得我不苦，比起他们来说，是强了十倍百倍的。平时人家都下地了，我还可以睡一个懒觉，要是逢上下大雨，一天没个病人，我还可以看书、写字，还有工资拿……这么想，我就觉得自己欠了他们很多，就只有把医生给人家当好。

其实，人年轻的时候受点苦，摔个跤，不也是像玩儿似的？我记得我们技校校长那会儿说的，年轻人嘛，苦了，累了，摔了，还不就像那小驴驹打个滚儿似的，牲口们每回打一个滚儿，就把那乏给解了。所以说，我们能翻山越岭去给人家看病，也能翻山越岭去看个电影……确实也没觉得有多苦。

当人走长了一条路,总会在那条路上留下念想——她描述记忆中那条经常出诊的路,它不是很陡,只是很长,沟沟坎坎、弯弯曲曲的,夜里打着手电,胆老大的,也不知道害怕。每次出诊来回要走上几十里,那么长的路三天两头地走,快叫她给走直了。

她当然记得,夏天时,大山里面是很漂亮的,农民在坡上种着玉米、麦子,还有梨树、核桃树,连庄稼带树的,一片连着一片,那景色美着呢。早上,山里的清风使人振作,给人注入新的能量。当然脚底下也总得留心着,偶尔会有细蛇窜来窜去,手里便总不能离开棍子,一边走一边来回扒拉着。冬天,冻僵了的道路和山坡静得一点声响也没有。凝望远处,连绵的山岭,积雪的村庄,戴着头巾的老婆婆,脸面粗糙的土娃子,羊群排着队安详地走……呼吸着山间冷冽的空气,她给自己唱语录歌,“下定决心”,或是“毛主席派人来”……

在一篇名为《山的女儿》的旧手稿中,她细致入微地描述了自己(苏敏)当年带着女儿行医时的情景:

——背着孩子翻山越岭,苏敏吃尽了苦头,然而在出诊归来的路上,苏敏却享受到了莫大的幸福。那就是她带着女儿满头大汗坐在山坡上休息的时候,山菊像只快乐的小兔子,蹦蹦跳跳地钻进路边的草棵子里,崖边的酸枣丛中,采来一把又一把的野花,堆在她的面前。她就用这些花儿编成好看的花环,套在女儿的脖子上,把女儿打扮成一个迷人的小天使……每当这个时候,她感到在这美丽的大自然的怀抱里,只有她们这幸福而满足的母女二人,在这幸福而满足的时刻,那些烦闷和忧伤早都跑得无影无踪了,剩下的只有熏熏然的甜蜜和陶醉……

可是,那一天天消逝了的日月,哪有撕去一张日历那样轻松,哪有唱出一支支山歌那样愉快,幸福的陶醉之后,便是严肃的现实。在她出诊时遇到大风大雪,或者山里那特有的阴雨连绵的日子,她不得不把女儿连同她的哭声关进屋子,锁上那把华山牌的大黑锁。

开始,她用几块糖,几个核桃就可以把女儿哄进房子,然后锁上门。可后来,无论她怎样努力,女儿怎么也不肯进屋。有时候她一下子跑得远远的,做妈妈的她既追不上又逮不着。有时候,女儿会把那把大黑锁牢牢地抓在手里,死也不肯松开。狠上来,她会给女儿几巴掌,屁股上留下几个清楚的手印,有时候,她不管女儿怎样哭闹,把她搡进屋里,锁上那把大锁，无论女儿怎样哭闹、踢门，她绝不回头。然而无论她走多远，哪怕她翻过几座山，她耳边萦绕的还是女儿呼喊妈妈那沙哑的哭声和那咣当咣当的晃门声。眼前晃动的，是女儿那充满泪水的、红肿的、委屈的眼睛。

她已记不清从什么时候开始，女儿不再哭闹了，不知是她已经懂事了还是她已经习惯了那种囚禁似的日子，只要一看见妈妈背上出诊箱，她就四处找锁，然后讨好地递到妈妈手里，望着妈妈的眼睛，自己乖乖地退进屋里，坐在一只小板凳上，要么靠在桌子边上，眼睁睁地望着妈妈锁上锁。可是，只要大锁"咔嚓"一响，她就会一下子扑到门上，用小手扒住门缝，瞪着那双黑豆般的小眼睛，追着妈妈越来越远的背影。苏敏回头望望，那双小眼睛盯着她，苏敏不回头，她知道那双小眼睛还在望着她，即使她爬上了九曲十八弯的山路，她相信那双小眼睛仍然留在门缝里，一眨不眨地望着。

苏敏出诊回来，只要一打开锁，女儿便像小燕子一样扑过来……不管女儿见了她怎样的委屈，怎样的欢快，她总忘不了问妈妈："小娃娃生下来了吗？""那个病人的病好了吗？"

每当这个时候，苏敏心里不由自主地会产生一种说不出的骄傲和自豪，她有一个多么可爱、又是多么懂事的女儿！

▶亏欠的母爱　花花嫂子

现实中存在着严肃的两难境地，在母亲和医生这两者中，以张淑琴的意志和心向，她常常要选择后者，甚至当女儿和山民的娃娃同时出了麻疹急症时，她仍然忍痛将幼小的孩子孤零零地锁在房子里。让她感到欣慰的是，女儿小小年纪就懂得原谅妈妈。

——但是，这能补偿她对女儿亏欠的爱吗？

是那些淳朴的乡亲们在不断地替她做着补偿——比如说女儿脚上那双亮眼的老虎鞋，是后山一位小姑娘赶了三十多里路给送来的，小姑娘羞涩地说是她娘叫送来的，做得不太好。她惊奇地端详那双奇特的鞋子，就趁这会工夫，那小姑娘一转身不见了踪影……还有女儿头上那顶八成新的帽子，是崖边住着的花花嫂子送给的，帽顶子上有绒花，两边垂着穗子，还有成串的小珠子在帽围闪光，仿佛是古装戏中的凤冠。这么漂亮的帽子，本来是花花嫂子给自己孩子过岁时才舍得戴的，却舍给了她的女儿……

她们都拿她的小女儿金贵着,只要是遇见了她,那些妈妈婆婆们,她们总要从自己娃娃的小嘴里拔出奶头,忙不迭地塞进她女儿的小嘴里…… 当女儿长大后,做母亲的发现,那孩子的脾气秉性中也带着好多山里人的开朗豪爽。

所以,在《山的女儿》中,她又这样深情写道:

苏敏心里最清楚的一点是,没有那憨厚的大山和勤劳善良的山里人,便没有她们母女二人。可敬的大山,可敬的山里人!

磨炼篇（三）：生活在别处

第一章 背面与正面

在贫困山区麻家台,和张淑琴打交道的都是最底层的农民。时间长了,她觉得自己和他们特别贴近,连平时的样子,也跟他们像极了。有一回,她坐上麻家台公社的拖拉机到县城去,快到沟口时,拖拉机上的摇把丢了,司机只好先又拐回去。她就坐在沟口下面等,趴在那里睡一会儿觉。就听见有人叫她:"这是谁家的媳妇呀?"她把头抬了起来,人家一看她的脸,赶紧又说:"哟,这不是张医生嘛!"

——她知道,从背面看,她就是典型的农家媳妇,可是从正面看,又不像了……

这是她在麻家台的最后一年,形貌上明显地挂着"与贫下中农相结合"的印迹,毕竟她已经在陇县地区前后待了快20年了。

1983年,陇县计划生育办公室又把张淑琴调了过去,她于是离开了麻家台乡医院,到县政府大院里,开始为全县的计划生育工作忙来忙去。

每天从早到晚她都要围着农村妇女的生育问题转悠,一会是搞科普教育,编写和印发宣传小报,一会是带着手术队下到村里去做手术,同时连带处理一些后遗症。

一个慈祥的老婆婆,很为她打抱不平似的,这天走到她跟前数叨她:"你看看你这个娃呀,你说你长得这么心疼的(陕西话,漂亮叫心疼),咋成天要做那么下贱的工作?"

"你看看你呀,脸上涂的是香香的,咋成天到晚就在女同志的媾门儿底下趴着,哎,你咋就不知道个卜贱哩?"

叫张淑琴如何回答好呢,只能是对着老婆婆回以苦笑。

她开始学着喝酒了,每天回到屋里喝上一点点。不喝当然也行,并没有瘾,只为冲淡白天无处可逃的恶心。虽说在心里她深深地同情那些妇女,但是,感觉就是感觉。

现在她以真正的“零距离”看清楚那些山里的妇女，她们实在是太落后、太原始了。她们生来只是传宗接代的工具，甚至她们大多数人不穿内裤，不清洗，更没有使用过卫生纸、月经带，月经期连破布垫的都极少，普遍的做法是，拿土坯，或者是灶灰吸掉经血……

——她们怎么能不得病呢？怎么能不终生地携带病菌病灶？

她总是一个拼命三郎，脚不沾地又忙作一团。宝鸡市来了话剧团宣传计划生育，她领着他们走乡串户去演出，搞得场场爆满。剧团人可高兴了，说从来没有这么受过老百姓欢迎！

这天上级下达了大任务，国家计生委委托宝鸡计生委完成一个国际范围的调研项目：宫内上置节育器流行病学的调查——抽样调查抽到了陇县地区，主任叫张淑琴负责这个事。她又抡起一双铁脚板，这个村那个村地组织育龄妇女，找大队妇联主任，张家进王家出，连绵的阴雨天里打着把旧伞，满脚踩着泥泞挨户询问。

为了项目顺利完成，省里计生委派下来个处长负责监督。这个处长对张淑琴跑跑颠颠认真不苟的作风非常的满意，这一天，他怎么想起来的，忽然问她说：“知道不知道这一带有个特别能给报纸写文章的小张？”

他说，领导叫他在这一带仔细找找看，看能不能找到她。

张淑琴把脑门上被汗湿透的头发往后捋一捋，哈哈笑起来：“我就是呀！”

处长不由得吃惊，眼前这个满身沾着黄泥巴，晒得又红又黑的姑娘，就是那个特别能写的小张啊！

▶卫生报　火车向西安

现在张淑琴已经发表了好几篇小说和散文，内容离不开朝夕相处的山里人，也离不开医院，此时恰逢省里计生委和卫生厅两家正在合办《卫生报》，她常常也给这《卫生报》写文章，成为很受关注的“高产”通讯员。

她哪知道，这《卫生报》现在正需要人才。

处长喜出望外，抓紧把“小张”的现况告诉了领导。很快的，省卫生局要调张淑琴去《卫生报》。

开明的计生办主任知道信儿，很体恤地对张淑琴说：“我就看你是有才华啊，这么能写能干的，应该有个大的地方好好施展，有这么好的机会你就走！”

这哪是简单的走啊,当天晚上她难以成眠,感觉像做梦似的。

岁月沧桑,她已经在陇县20年了!人生,能有几个20年?从上学到当知青,再到当医生,她和丈夫婚后一直分居两地,两个女儿也像她们的爸妈一样,没过过几天团圆日子。这么多年来,漫长的分居对她来说,已是生活的常态,而岁月赋予她的最大的修炼,一方面是对于艰苦具有极强的耐力,另一方面,则是对生活的改善很少做奢想。

她是妻子,是母亲,她当然渴望着调回西安,和丈夫女儿合家团圆,但是,长期以来,这种渴望一直被压抑。她和丈夫几次找到有关部门探问,都没有结果。历史造成的夫妻两地分居的现象在全国来说非常普遍,解决的难度之大,绝非一般人的本领所能跨越。他们哪有能力找关系走后门,时间长了,畏难情绪又成为调动的更大障碍,他们都皮达了,对于调动越来越不积极了。

她常这样想,一个人,总是希图着过另一种生活,那他就没法活下去,因为你只有一辈子可活,你总要做些事——这是多年来,她安心岗位努力干好工作的逻辑和理由。现在忽然要走了,只能是以改行放弃医生为代价,心里为此酸酸的,感情上依依难舍,总想着再等两天再走。

当时离开麻家台乡医院,也是这个样子,院长跟她说:"小张你可以休息了,收拾收拾,不用再上班了。"她没有听,不知不觉耗了好几天,结果弄得周围好些病人都知道了,排队似的赶来送别。现在她希望,知道的人越少越好。

悄悄地收拾自己,感觉脚底莫名地发沉,不由自主地,又往大山里面走去。

她以全部身心倾听着大山的声音,也听着自己的声音,望着满沟满坡,仿佛到处是自己行医的脚印,胸中回流着一种难言的感情。多少年了,感谢这雄浑的大山,让她保持着充沛的活力,今后,不论走到哪里,她都会深深地怀念这片大山,怀念她曾经抛洒在这里的如火如荼的青春!

想着要去林场买些木料,她向山里面又走了好长一段路。当她买了些木料正想着怎么搬运时,几个山民走了过来,他们吭哟吭哟给她往汽车上搬,搬完之后却说什么也不要工钱。

其中一个呵呵地笑着说:"我可认识你——你不是张医生吗?那年你救过我两个娃的命啊,你咋不记得了?"

他说，那年他的两个孩子出麻疹出得特别厉害，赶上医院里病人太多，就没有收治他们。张医生跟着他们走到医院门外，指点他们上民政局去想办法，结果，他的孩子就住上院了，又想尽了法子把两个娃的病给治好了……

站在苍莽的山口上，张淑琴跟那几个热情的山民挥手道别，心中十分惆怅。她想，是啊，她曾是他们的张医生，可那都是从前，从今往后，她不再是了……她就要回到西安，去当一名记者。

人说，记者是“无冕之王”，这“无冕之王”是什么意思？她能不能把它当好？

陇县至西安的火车不知坐了多少趟了，甚至感觉一进到熟悉的车厢里，家的气氛都有了。挤得满满当当的车厢里，满眼都是土黄色的庄稼人的脸，满耳都是乡亲们议论农事家事的大嗓门儿。总是硬座、慢车，哐当、哐当，车窗外一块块掠过熟悉的景致，山野、农田、低矮的窑洞、灰扑扑的村庄……

这是一列最具人情味的火车，一列走向团圆的火车——她和女儿就要成为西安市民了。

8岁的小燕揪着母亲的衣裳一个劲儿地问：“妈妈，我要在西安上学了是吗？”“我要天天见到爸爸和姐姐了是吗？”她也一个劲儿地答应着女儿：“是的，是的。”

可是，为什么，她的心情并不好？

当火车越是向西安驶近时，她的心里就越是有一种难言的隐忧。

第二章 心理距离

长期以来他们夫妻感情不合，这是铁定的事实。十几年了，因为空间上的原因，家庭生活始终形同虚设，她越来越不符合他的“要求”。比如说，没有给他生个儿子，不够温柔、体贴。

她知道他喜欢家务上什么都能干的女子，做得一手可口的饭菜，又会做个衣裳，做个鞋呀，这些她都努力地学过，却怎么也学不好。

但是，深受上代人的“好女人”观的影响，她仍然经意地把自己“打造”得贤淑。

每一次回家过年，她都要把山里能背的东西使劲地都背回去。羊肉啊，玉米面啊，还有核桃、绿豆、柿饼子和酒等，有给大伯和嫂子的，小叔和婶子的，更有给公公婆婆的。总之，凡是过年需要的东西她那一副有劲的肩膀都给他们背回来，甚至连墙上贴的年画也不落下……

从陇县回西安，哪里是那么容易走的？爬上了敞篷卡车到宝鸡火车站，先得走上90公里，一路上回家的人多得很，车里总是挤着站着的，要怎么背着孩子，顾着行李？挨上快半天的时辰，那敞蓬车摇摇晃晃一颠一颠地，沿着干河走，要不断地绕山过岭，还要过一段没有架桥的水陆面，冬天时，河水冻着一层透明的冰——宝鸡到了，大人孩子从敞篷车上爬下来，再挤上更满更乱的火车，又得忍受大半天的时辰。

一进门，她撂下肩膀上的东西，把所有背来的东西挨着个分好了，紧跟着就是把“袖子一挽”，蹲下身子洗衣裳。假日总是有限的，她给家里的歉疚却是无限的。

她给丈夫、孩子以及一大家子人一个一个地拆被子，缝被子，“睁开眼睛就是忙”。她买来一板车的土煤，打出满地的黑煤饼……

她不知道自己是否能算得上是个真正的好媳妇，反正是听见公公婆婆、嫂子婶子，还有周围的邻居们都在那夸奖她。

只有丈夫动不动就跟她吹胡子瞪眼。每次他到县医院看她时，对医院的环境格格不入，看谁都不顺眼。几年间做妻子的成长得飞快，从知青到卫生员、护士，再到医生，进步那么大，他视而不见毫无察觉，还特别的看不上她成天到晚搞创作。

当张淑琴第一回在报纸上写小说得了稿费，他竟笑话她说："就这么几块钱？啊，我一趟郑州就赚个几十块！"

正逢80年代中期，全社会急剧转型，多数人在忙着经商，积累的奇观不断涌现，传统价值观正在动摇，解体，人在分化，人性中很多未曾显露的部分开始展现，也开始膨胀，明显的状态是，普遍的奋发意识和普遍的市场氛围，某种特别的交换方式，唯实唯利的风气……

丈夫的改变很大，当初为了给岳父钉个好棺材，连自己的床板都舍得掀掉，说不睡了，不睡人，埋人要紧！现在，那种实诚劲再也找不见了。他已从工厂调到运输公司，从事着社会上最"吃香"的行业——"听诊器、方向盘、人事干部、营业员"……

多少有点像苏联电影《两个人的车站》，只不过不是火车，拥有"方向盘"的丈夫从此来来回回跑运输，四面八方交友甚广，不断地给这个那个捎带东西，酒肉朋友一大堆。

对他的那些朋友，张淑琴同样也是看不上。

团圆使得空间距离消失了，却又变换出来严重的心理距离，相互间冲突尖锐，谁也没法渗透谁，符合谁，只有一次次当着女儿面吵架。

她看他越来越陌生了，有时候变得特别狂躁。

张淑琴：他撕过我的书，扔过我的笔，一骂起来就是：你臭知识分子怎么样、怎么样……

渐渐地，她不再对抗，只是沉默。她发现自己身上有种"病"确实没法治——她软不起来，冥顽的性子好像大山中的岩石。

她审视这场婚姻，已经早没有爱，所以，也就不可能再有接纳与安慰，妥协与理解……事情明摆着，他们之间堵着厚厚的水泥墙，心灵是隔绝的，精神交流存在巨大的空白，对于他的内在自我，她一直所知甚少，他也一样，根本不知道她的，双方关于生活的概念是如此不同，这样的婚姻再维持下去只剩下折磨。

可是"离婚"这个字眼在她这里又是十分排斥的。因为家庭的影响，她认为自己一直“传统得要命,是那种特别坚贞的女人”。

有一回,他俩吵架,她的母亲在一边看着生气,就跟她说:“不行和他离婚!”

她一听当时就哭了。

张淑琴:我就说我妈,怎么敢提离婚这两个字?多丢人啊……

在陇县农村时,有个知青伙伴特别执著地追求她,她直言拒绝他,说:“我有丈夫,你不应该破坏军婚!”后来又有一个追求者,他上了大学后又到医院来找过她。这个人戴着眼镜,文文静静的,是个很优秀的小伙子,他知道她的婚姻不幸福,为了等她,自己竟然一直没结婚。他给她写信,表示她如果离婚的话,他将如何如何。她不假思索地给他回信,内容很简单:“你给我说的,我怎么一点儿都听不明白?”

有一天,在和丈夫又一次爆发战争后,她对自己说,忍受的极限到了。她跟丈夫说,同意离婚,脸上的平静神情让丈夫感到惊讶。

他用眼睛闪烁不定地看着她,发现了一种令他奇怪的从容镇定,一时不由得疑惑,也许他从未抛弃过她,而是被她抛弃了。

从疲惫的婚姻中逃出来,她长喘一口气,有一种轻松自由的感觉。

这时两个女儿一个上初中,一个上小学二年级,她们搬到租的小房子里。看着身边两个可爱的女儿那么漂亮、健康,张淑琴宽慰自己:没有什么大不了的,我们的日子和大山里的农民相比,已经是进了天堂。

第三章　职业记者的文学圈

《卫生报》是个新岗位，她刚来，也像刚进陇县医院似的，什么活都想试着干，什么活也不挑拣，剪信封啊，搞发行啊，下去培训通讯员，样样她都努力去做，做到最好。她是从山里医生转行调来的，她明白必须要从最基本的起点开始适应新角色。

适应期因为她一向的干劲而迅速缩短，她很快就成为一名职业记者，骑着一辆自行车，穿行于西安城里的大街小巷，跑工厂，跑学校，跑大大小小的卫生院，手里离不开采访本子和笔。

她是个"文学人"，每天恨不得调动所有的感官去追逐新鲜事，从中发现有意思的关注点。

她感到时间比以往任何时候都要宝贵。即使下了班，兴奋一天的脑子也舍不得闲下来。除了给女儿草草地做饭洗衣裳，其余工夫全都扑在写作和读书上，一捆一抱地四处借书，夜以继日地爬格子。

眼下多少人在惜时如金的补课"充电"啊。时代在巨变，经历了"文革"的动乱和压抑，国家拨乱反正，社会开始了新的价值体系，日趋现代的秩序要求着日趋现代的人来适应。人们的政治神经变化了，感到知识和学历远胜于"路线斗争觉悟"，凡有志者，个人意识空前觉醒，集中在"为实现四化贡献青春"的目标下，焕发出自我完善的激情。每天在书店门口，排队购书的队伍总是那么长；在公共汽车上，乘客站着也要旁若无人地看书；更别说夜晚的马路上，各种夜校、职大亮着不眠的灯光，人们背着书包鱼贯而行……她感到从未有过的紧迫，天生的"与时俱进"的性格，她要不遗余力地跟上万象更新的大时代。

这期间顶属文学界最为活跃。一系列思想解放的内容总先以文学的样式问世，引导全社会的人思考。从诗歌到话剧，从话剧到小说，再到电影电视，这条路忽然显得宽阔，忽然涌现出激情澎湃的千军万马，有多少热血青年都融入了文学圈。他们聚集在文化馆、杂志社、报社、茶馆、快餐店,一有机会就要讨论、辩论这主义那主义,这技巧那技巧,来自西方的现代派、意识流、结构啊、符号啊,很多的字眼从未听说过。一时间似乎空气里都弥漫着文学,似乎“文学家们”又能重新创造历史。

张淑琴活跃其中。她体会到了文学的神力,身心之中有多少理想主义现在要由文学的翅膀来驾驭。以前在麻家台的小屋里,写作是独唱,如今身居西安大城市,周围尽是热情的文友和编辑,还有作家协会的老师们,大家都关心她,招呼她去听讲座,参加研讨会。在各种活动中,她认识了不少出名的作家,路遥啊、陈忠实啊,还有贾平凹,还有不少和她一样执著的文学青年。她家离着作家协会的小院不远,小院里好几个编辑部,有空她就喜欢过去,坐在一边,着迷地听他们侃侃而谈,有时是脸红脖子粗地争辩,她觉得比什么都要吸引人。

从一开始,她的写作就是非职业的,没有太多的“刻意、作意”,写作的动力来自于心里种种的经验和种种的痛。当一系列的感触通过有魔力的词语铺展到作品中时,她给自己找到了一个释放的最佳途径。于是写作对于她,首先是如水一样地诉说,是心理的按摩师,让她感到精神焕发。

这时她的写作对象主要来自在山区农村大量接触过的农民病人,尤其是那些命运悲苦、心地善良的农村妇女。在《延河》发表了小说《马兰花》后,她又无师自通地写了一个以计划生育为题材的电影剧本《满月》,没想到被西安电影厂看中,拍了出来,而且这部电影还获了个“白鹤奖”(由国家四部委评选)。

所以说,她虽然是离婚了,一个人带着两个女儿艰难度日,却觉得每天的生活别具滋味。

舆论界沸沸扬扬,有人提出来享受的观念、消费的观念,提出来“爱自己,会生活”,“活出自我”,“活在当下”等口号,新鲜得要命,还说这些跟“资产阶级作风”没有什么瓜葛,是人之所以为人的合理目的……改革开放使得国家经济增长了,生产力大幅度上升,市面出现了花花绿绿的消费品,世俗的欲望由此蔓延,尤其随着洗浴、麻将等各种娱乐项目的兴起,物质世界的躁动与狂欢令人们眼花缭乱。

有朋友对张淑琴的生活现状表示关心,问她说:“你怎么样了?你懂得什么叫生活吗?也得学得世俗点了,不是说善待自己,善待生活吗?”

她不置可否地笑着，跟他们摇头。她工资低，带着两个女儿，现在说“善待自己”、“善待生活”，不是一种奢侈吗？

但这也还不是主要原因。她认为自己可能是在大山里待得年头太久了，对于“生活”，怎么就那么容易满足，那么没有“进取心”，更不要说有什么“品位意识”……

张淑琴：本来嘛，我每天一门心思地忙采访、忙写作，两个孩子也都忙着上学，谁也顾不上谁，哪还有工夫想那些？什么叫“善待”啊？这么些年了，我好像从来就没有仔细琢磨过。

求索篇（一）：心系高墙

第一章 天生"帮人命"

她把进取心都用在了工作中和写作上,某种敏感度是超常的,这天赶上一个去汉中监狱采访的机会,立刻让她全身心地投入其中。

原来监狱里边并不像她想象的那么黑暗压抑,而是如部队营房一样井然有序,每个监室里床铺干净整齐,连杯子里的牙刷都朝着一个方向。她消除了紧张和防备的心理,把眼睛停驻在角落里一个老年犯身上,注意到此人与众不同。他白发苍苍神态安详,两只耳朵上戴着一副助听器,正孜孜不倦地看着手里一本《新华字典》。她走上前去和他搭讪,得知他已是九十多岁的高龄,已经在监狱里服刑十几年。

为什么他会如此认真地读书看报?他有怎样的经历?为什么会犯法?犯的什么法?那是她第一次接触罪犯,限于时间场合,她不能对这个老年犯人了解得更多。但是一种强烈的职业感叫她抓住机会又跟另一个正在院里卸煤的犯人攀谈起来。

这犯人大约30岁不到,精神萎靡不振,说起话来声音低哑迟钝。他是"致死人命罪"。6年前,他在地里干完活正往家里走时,遇见一个因劳累而昏倒在地的老太太。他把老太太背回家,给她喂水吃药,救过来后又把她送回了家。老太太很感激他,此后常叫自己儿子赶到他这里来帮着干点活。哪里想到,慢慢地,他的媳妇竟和老太太的儿子偷偷好上了。事发那天,他先在麦场上晒粮食,感觉口渴,便回家来喝水,不料劈头撞见自己媳妇正跟老太太的儿子滚在炕上折腾。他奔过去,抄起烧火棍把那家伙打了一顿。那家伙挨过打,抱着脑袋跑出去。哪想到,外面忽然雷雨交加,那家伙没跑多远一头栽在雨地里,再也没起来。

本来,他以为自己只是使了一根烧火棍,以为自己打人打得不会有多狠,但是,偏偏赶上了雷雨,又加上那人刚刚做过一场激烈的房事,眨眼间连累带吓带挨打,一条命稀里糊涂地就在雷雨中交待了……

作为凶手,他以故意伤害罪被判处15年徒刑,从此,一辈子甭想再亮堂了。可是,他一辈子也想不通,当初要是没把那个老太太救醒,以后他还会造这么大的孽吗?

两行浊泪顺着犯人发黑的脸庞瑟瑟地流下来。她心里涌动的怜悯之意突然袭来。毫无准备的她,赶紧把头埋得低低的,生怕被犯人发觉,但是采访本上已是模糊一片。

才知道汉中监狱是省内的重刑犯监狱,犯人大都是长刑重刑,尽管卫生状态良好,秩序井然,但稍加细看,便会发现这里警备森严,处处铁窗电网,"双岗双哨"。一千多名男犯在四面高墙中埋首改造,日复日,月复月,年复年,这里没有亲人的说笑,没有放松的举止,连阳光都是灰色的!

离开汉中监狱,她一路心事重重,心里的天空变得忧郁。怎么会那么悲哀?怎么能在犯人跟前流泪?她失去了平静,被一种无法形容的东西紧紧攫住。她想,人生有多少领域是从未接触从未认识的;犯人,他们每一个的背景和每一个的灵魂都是如此不同。

她是不是天生的"帮人命"?对人对事总也学不会冷漠。那几天脑海里不断盘旋着汉中监狱的一幕幕。从医十几年,叫她养成了一种职业习惯,她关心身边的每个病人,不管他们是什么样的,她都会一视同仁地上心,想方设法地救治;当记者、搞创作,促使她对所有接触到的生活,也是全身心地投以"职业精神",不仅无法抑制探索欲,还有一种关怀的冲动。第一天在高墙内的体验,对她来说至关重要——初次走近犯人,让她惊异,还让她伤感。她发现,这里有一个特殊的人类群体,一个复杂的人性领域,一种强烈的力量揪扯着她,让她难以摆脱。

以那个看字典的老年犯为对象,她先写出一篇调子很阳光的通讯,名为《一朵奇异的文明之花》,发表在《陕西日报》上。

没过几天,监狱局领导请她过去参加一个座谈会,是关于罪犯改造的。她在座谈会上很动情地发言,坦率地讲了自己那天采访时一连串难以释怀的感受。

她的发言连同她的文章令监狱局的领导大为赞赏,他们发现,面前这个形貌端庄、眼睛透亮的女记者实在是个难得的人才——她不仅是口才好、笔头快,而且人看着是那么的诚恳、执著、热情似火。

主持座谈会的副局长一散会就把张淑琴叫住了,问她,愿意不愿意调到监狱局来?

——调来干什么?也是编报纸,报纸名为《新岸报》,是为了帮助犯人“回归”而办的教育性的报纸。

她听了心里一阵猛跳——“帮助犯人回归改造”,这事儿真的来找她了?她稍加思索,提出来一个让人觉得好笑的问题:

“要调到你们这儿,我能不能也穿警服?”

副局长不禁大笑,明白告诉她:“那是当然了,警服是一年四季都应该穿的,并且,也要享受民警级待遇。”

她听了立刻响亮地回答:“那我没有意见,我同意调过来!”

“不过,房子的解决一时可能会有困难……”副局长提醒道。

她不以为然地说:“那没有关系!”

第二章　女囚搬运队

1985年夏末初秋时，还是溽热天气，张淑琴穿着一身橄榄绿的警服到陕西省监狱局的办公楼上班了。她头发剪得短短的，制服穿得一丝不苟，一看就是一个特别标准的英气勃勃的女警官。

因为是转调过来的，她只赶上领到一身冬季的棉布警服，领口不是便服式翻领，而是严丝合缝的制服领，并且因为是套棉衣时才穿的，单穿着就显得有些宽大。

领导上下打量她，笑说："小张啊，我咋看着你这身警服穿得不对劲呢？哦，你把冬天的先穿上了，热不热啊？不行先换下来，还穿你自己的衣裳。"

她说："换啥呀，我觉着挺舒服的！"

张淑琴：就是那种冬天的制服，人家女警察都不爱穿，就是我一天到晚老穿着它，穿了洗，洗了穿，后来又发给了一套，也叫我整天穿得发白了，那会儿也没条件，没有照个相片留下来。

警服这一穿，你就是法律的一个代表了，就是制度的一种化身——报到的一刻，她心里不平静，这样严肃地想。

也正是从穿警服报到的这一天开始，她和那条特殊战线结下了不解之缘，从此，脚步不断踏入灰暗走廊的深处，人生中的许多日子都交缠着酸与痛……

《新岸报》后来改名为《特殊战线报》，以服刑人员教育改造为主要内容，主要反映省内各个监狱有关犯人的改造信息，并且要经常性地培养犯人写稿、做通讯员。

虽然张淑琴一身警服，满面英气，却还是女记者的职业面孔最为突出。开始，她勤跑女子监狱，叫她看到一个完全属于经验之外的女囚世界。她接触过太多的来自社会底层的弱者，初看上去，觉得她们跟她知青时期朝夕相处的农村姐妹们没有什么两样,很多过去的生活片段又接上了。然而,真实的境况却是千差万别的,尽管她们都说着耳熟能详的乡音,生着很沧桑的土黄色的脸,但是,她们内心世界里的阴暗以及所有的言行举止全都远离着真正的生活。

不同于那些训练有素的管教们,她的做派明显是有些“业余”的,既摆不出冷面孔,又喊不出严厉的词儿。当她平等耐心、口气和缓地跟女犯们谈话时,眼神里掩不住诚恳和暖意,让女犯们感觉十分异样,她们立刻去掉了戒备,将她视为朋友和亲人。只要她人一到监室,立刻就有一大片的眼光热乎乎地追过来,叫她觉得受不了。

张淑琴:说实话,我觉得受不了,尤其我见有几个六七十岁的老年犯,你走到哪儿,她们就端个凳子,拿个扇子,叫你坐下来,给你扇扇子,你只要是挪一步,她们就跟着你挪一步,端凳子、扇扇子……叫我觉得心里很难受,可不忍心了。我跟她们说,你们千万别这么做,你们这么大年纪了,比我妈还大,我虽然是干警,你们也不能这样。

我觉得,本来她们犯了罪,法律已经通过程序惩罚她们了,在服刑当中,在人格上,她们还应该受到尊重……当然了,她们那样对待我,是为了讨好,可也是从内心里确实想和你说话。我体会到,这人一旦犯了罪,简直就跟孙子一样了,可我真不愿意她们那样,就好比我向来不愿意看见贼偷东西,但是,也更不愿意看见人们打贼。

有人类就会有犯罪。人一旦犯了罪必须要受刑,必须要被惩罚,这是不用说的。问题是,99.99%的罪犯最终还是要回归社会,还是要重新做人,而那样的自我歧视,以及社会上一些人给他们的各种蔑视和鄙夷,像沉重的巨石压在他们背上,这样的情形贻害无穷,又该怎样改变?

作为《特殊战线报》的编辑记者,她的行为很快就超越了本职,成为一名超专业的“特殊园丁”,不断地给犯人们上开导课,给她们讲人生道理,讲自己的经历,教她们怎样看书、写心得、写稿件,怎样与他人沟通,怎样爱人、爱生活。她给她们讲,犯罪确实是一段做了恶的过程,但是它不能覆盖整个人生,要想重新做人、走向新岸,首先你自己要用心反省痛悔,靠自己精神上的力量挣脱黑暗回到光明中去……她一副好口才,把女犯们说得个个掉眼泪,把她们种种深藏在心中的苦痛与压抑一层层钩出来,诉出来。

女犯们全都需要她,那种无声的拥戴叫她感动。她想,被需要,这是一种多好的感觉!以前在山里,是各种病人,现在在监狱,换成各种犯人,她并不在意两者间有多大的区别。反正是老天爷在那儿都安排好了,她的责任总是推不开,别管在哪儿,总得要苦心孤诣地当“大夫”。

她是心地光明而暖热的。她相信大多数犯人都可以变好,都可以“回归”社会,她也相信自己的“医术”高明,他们再怎么邪恶也是一种人性上的病态——因为人是“性本善”,而非“性本恶”的,每个犯人身上都存有一定的良知,不管曾经犯过多么大的罪,都有可能被治愈。

她找到女子监狱的监狱长,说:“给我选个最苦的中队下去蹲点儿吧,我跟她们干活去!”监狱长拦不住她,她便下到一个女囚搬运队。

每个星期有两天她要过去和她们干活。是给服装厂搞装卸。每天卡车来来去去装卸成捆的衣服、成卷的布料,有时是大号的纸箱子。她一向不在乎干活,体魄又结实。她注意到,那些女犯身手可灵巧了,她们很少硬扛,而是有一大堆窍门。卡车一来到,就听有人在那里叫:“快快,搬运队的!”她模仿着她们的架势干起来,扛纸板子、纸箱子。

女犯就说:“哎呀张记者,你千万不敢扛啊,你不骂我们就好得很了,你千万不敢扛呀!”她说:“……我为什么要骂你们!”

带班的队长从来不干活,总是一边坐在凳子上,时不时就骂人一句。这个队长说,一开始她不是这样,也是帮着干的,可是,“时间长了,谁还会天天跟着她们干?”

张淑琴心想——我要是个队长,我就天天跟着干,那才像个队长嘛。

不装卸时,她就和犯人们一起坐在潮湿霉味的工棚里聊天,听她们讲心里话。然后在给她们讲课时,讲得更为贴近,结合她们的现实情况,给她们讲认罪服法的道理,讲家庭中各种矛盾的处理等,她讲到她们的心坎儿里,引来掌声一阵阵的。

犯人们底下议论她:“你看人家张记者,干活是一把好手,讲课又这么实在,像这样的人跟着咱,咱还有改造不好的?”“你看那队长,比男的还粗暴,就会骂人……”

队长听到议论,心理不平衡,站在那里发牢骚:“咱不会说啊,不像人家记者,什么开导呀、关心呀,哼,给你们撒点白糖,你们就忘了自己是哪块料了!”

▶周羽艳与郑老师

周羽艳在女监里属于比较少有的“三无”犯人:无亲属探视、无亲属汇款、无亲属书信。她文化不低,人长得美,平素穿着数她最整洁,可她却是女监中最落落寡合的一个。她刑期20年,已经在牢里蹲了15年多,几千多个苦涩的日日夜夜挨过来,竟没有一个亲友来看过她。

张淑琴听作协小院里一位老编辑说,他曾经认识她,他们以前一起在农场劳动过,那会儿知道周羽艳的丈夫是个大学教师,因为反革命言论罪给执行死刑了,她就没了亲人。她一心想要给丈夫翻案,就和省里的某个领导勾搭上了,然后就被抓了起来。

老编辑跟张淑琴说:“你没见呐,那个周羽艳当年有多么漂亮,像一个电影演员,走起路来,简直就像在水上漂!”

张淑琴对女犯中所有的巴望和盯视都能一一捕捉到,可是总也触不到周羽艳的眼光,感觉苍白的周羽艳比所有的女犯都要孤独,她的问题纯粹是精神上的。

她和周羽艳谈心,周羽艳很封闭的神情,只是冷淡地对她说一句:“我没事,我就是准备把牢底坐穿!”

张淑琴心里咯噔一下子,她心想,现在说什么都是隔靴搔痒,这个“冷美人”周羽艳,眼睁她还有那么长的刑期,太需要有人来看望了。怎么办呢?

想来想去没有辙,她又跑到作家协会的小院里,动员那位老编辑:“郝老师啊,中秋节快要到了,您能不能来监狱看看周羽艳?就以她丈夫以前的老同事的名义……”

郝老师一听这话愣住了,赶紧表明自己的清白:“我跟那个女犯人可没啥关系,一点关系也没有啊……”

任张淑琴怎么动员,他也坚决不肯上监狱去看周羽艳。

看来,一般人首先是要顾及自己的“影响”,非亲非故的,谁愿意和一个女犯瓜葛?

张淑琴正犯愁,没想到,郝老师身边的另一位老编辑郑老师这时忽然抬起头来说:“这事其实是个好事,也不难办,就让我去一趟吧。”

张淑琴顿时高兴了,赶紧给郑老师做“导演”,“您就说,您是周羽艳爱人以前的老同事,好了,就冒名顶替一把吧,只要叫她高兴起来就行!”

她们队上规定,不是直系亲属不允许探视,但是,张淑琴在那个队上蹲点儿,安排人家来监狱,先要告诉好人家,到时候就说找她就行了。这天张淑琴先回家里,找出一些可以换穿的衣物,给周羽艳装了一包,郑老师又提前准备了一些糕点。

刚好这天下午队长没有在,张淑琴紧紧张张地把周羽艳给叫出来,她大声在走廊里喊一声:“周羽艳,有人接见!”(监狱里把探视叫“接见”)周羽艳闻听立刻呆住了,很不相信地走出来,迟疑地问:“谁接见?”张淑琴告诉她:“他是你爱人以前的老同事。”

周羽艳一听就哭了……

这么多年了,从来没有任何人来监狱里看过周羽艳,现在,对犯人们来说这也是个大新闻。她们呼啦一下子全都站起来了,围在叫做“二门”的铁栏杆前面盯着看。这时监狱的条件还比较差,没有一个专门的接见室,谁家来了人只能就待在院子里,放上两条凳子。大家都挤着铁栏杆,把眼睛睁得老大——看看看,谁接见周羽艳啦?

忽然间队长出现了,她严厉的声音从大铁门那边传过来:“喂,喂,周羽艳,你怎么出来了? 怎么回事?”

张淑琴快步走过去,迎着队长说:“周羽艳丈夫的同事来了,他来看看她……”

这队长是“左”得很,她板起脸来说:“那不行! 只能是直系亲属才能接见!”

张淑琴说:“周羽艳没有直系亲属,她丈夫的老同事赶来看看她改造的情况,这也没啥不对吧?”队长还是口冷:“不行,规矩就是规矩!”张淑琴和缓着说:“你看,我已经叫他进来了。”队长不耐烦地甩手转身:“快点,叫他赶紧走!”张淑琴诺诺地应承着:“好,好,这就走,这就走……”

这边郑老师抓紧时间跟周羽艳说:“我代表你们老孙来看看你,往后你有什么需要的就告诉张记者,让她转告我,这包衣裳是她给你带的,点心算我的一点心意,你好好改造,注意身体……”

周羽艳不停地抹眼泪,哽咽说:“只要你能来看我,我就满足了……”

一场接见的戏圆满落幕了,可真不容易。张淑琴欣慰之下,不忘记把早预备好的一张编辑部开好的证明拿出来交给队长,上面早写好郑老师的大名、单位,并且注明:郑老师系中共党员。队长看了证明不说话,反正她是不高兴。

从那天开始,周羽艳的精神面貌有了很大改观,人变得开朗起来,还当上了“改造积极分子”,一年后又被宣布减了刑。

几年之后,当刑满释放时,周羽艳写信告诉张淑琴,她在监狱里的所有东西都没有带出来,唯独张记者给的那包衣裳,一直被她仔细留在了身边。

第三章　劳改农场里负伤的动物

夏季里的一天，张淑琴随监狱局领导一行去劳改农场检查工作，他们下到作业站站点里听汇报。一个队长年纪只有19岁，已经当了将近3年的队长了，他带着一班武警管理着数百名男犯人，每天下田种麦子、种豆子。汇报涉及了一系列数字，如200亩黄豆、500亩小麦、400亩玉米等，引起张淑琴特别注意的是，整个站点女性的人数是空白，武警也好，犯人也好，统统为清一色的男性，这虽然是监狱界内司空见惯的现象，却令她心绪凝重。

汇报结束，场部组织十几个犯人为前来检查工作的领导同志表演篮球赛。那时劳改农场任务繁重，生活枯燥，平日里一般没有什么文化生活，打一场篮球赛就算是调剂了。那场面她也是从未见过的。犯人一队穿着红背心，一队穿着白背心，在简陋的场子上打比赛。视野之内，但见四面环抱着巍峨的大山，牛羊在山坡上悠闲吃草，山脚下铺展着一片片金色麦田，空气中弥漫着浓郁的庄稼收获的香味。她从小喜欢这些山乡风景，但当此时，坐在那赛场边上，只感觉视野里的一切反差太大。打篮球的犯人个个青头灰脸，神情郁闷，跑动很不积极，她想起自己当年在坪头中学的日子——那时候她多喜欢打篮球啊，她身手敏捷，尤其是抢篮球的本领，总是叫人喝彩……

正看着想着，场上走下来一个犯人，他把脚给跌破了，走下来蹲在那里解鞋带。鞋带解开他拔出脚，脚面上有一片鲜红的血迹，他想找个东西擦，看见边上有个烟纸盒，便够过来，正要擦，她上去挡住说：别别别，一面从口袋掏出一沓卫生纸递给他。那犯人埋头接了纸，一擦发现是沓卫生纸——他抬起头来，才发现眼前的警察竟是个女的！他不擦了，把那带血的纸团往口袋里一塞，把鞋子一蹬，又跑上赛场了。

正是摄氏36度的大热天，张淑琴和下来检查的领导们一样，都是严肃地穿着一身制服,只将头上的警察帽换成了草帽,草帽是那种男式的,她将一头短发掖在了帽檐里,加之又是细高的个子,因此看上去,她就是一个男警察。谁会想到,一沓卫生纸暴露了实情。

场上的气氛发生了很大变化。假如说刚才的比赛算是例行公事,没有什么出彩点,现在却是真正的拼抢了。她感到脚下的地面忽然间又抖又跳,球场上仿佛刮起一阵风,他们疯狂地争起来,奔跑横冲直撞,并且还不断叫嚷:投篮、投篮、赶快抢!他们的跑速越来越快,篮板筛糠似的砸得砰砰响,两个犯人夺球时失控,重重地摔倒在地。

也许从来还没有过一个女警察坐在这里观看过?也许已经好多年,好多天了,这里没有女人近距离地出现,他们已经忘记自己是个男人了,现在一下子发现,有个端庄的女警察,如此定神地坐在这里看着他们,某种感觉突然恢复,他们猛醒过来,却是在巨大的压抑中,只有在疯狂的拼抢中表现和宣泄……

空气中充满了震颤,一种酸痛刺心的感觉袭击着她,眼里盈满了泪,她不敢眨眼睛,让泪水快点收回去,却将草帽摘掉了,头发披下来——火一般的太阳底下,女性的风采显露无遗……她待不住了,起身离开球场,进到场部搬出一只凳子,又抱来一摞茶缸子,给凳子上的每只茶缸里都倒满了白开水……

水倒完,她快步走掉。刚一走出场部大门,眼泪便哗哗地淌下来。

她解释不清自己,为什么要摘掉草帽?又为什么要这样猛流眼泪?身为女人,在那种特殊的场合里,她看不清他们的眼睛,只是无比真切地感到,他们个个都是负伤的动物,她听得见他们内心里挣扎的叫喊——他们都是些壮汉子啊,大多是有老婆或者是曾经有过老婆的人,可是他们犯了恶、作了孽,只能有家难回,只能长年累月地服刑劳改。

然而她一直在想自己,怎么会那么难过?是怜悯,是同情?是女人的母性的反应?也许还远不止这些?她想不清楚,只是心里明白,那里需要像她这样的“业余干警”。

▶一线劳改点　激情犯罪

此后只要是有机会,她便往那些一线劳改点跑。她风尘仆仆跑遍了不少的地方,犯人的号舍,工厂的厂棚、车间,农场的庄稼地,甚至是煤矿的巷道,哪里都挡不住她的脚步。她已经是报纸的副主编,希望每个犯人都来关心他们的报纸，都能积极地写稿当通讯员。

她看出重刑犯集中的地方并非就是一个禁忌地带。仔细加以分析，发现他们当中有不少人还是属于激情犯罪。就是说他们本来不是坏人，但是性格褊狭固执、缺少理性，在某种特定的情境下，怒发冲冠，犯下不可饶恕的罪行。比如陕西某大学的一个老教授，撞见自己的老母亲在被妻子虐待，情急之下恶火攻心，竟把妻子给掐死了；一对新婚夫妇，在饭馆吃饭时媳妇嫌筷子不干净，在人家的锅子里涮了一下，正好被要往锅里下面条的小伙子看见了，小伙子不乐意，破口大骂，抢走了她丈夫的手表不说，还对那个新媳妇当众进行调戏，于是刚做了丈夫的男子咽不下这口气，抓起桌上的水果刀把那小伙子捅死了。

很多的罪行听起来总有这样那样的理由，然而实质上，皆是因为个人的性格因素，以及对他人生命的漠视，其结果是害人者对自己的生命也以同样的漠视——面对无法逃避的因果报应，每个服刑者只有痛悔深省自己的罪行，纠正错误理念，从此珍视生命，重新做人……她讲这些关于“回归”的大道理，也许很难讲出更多的新意来，但是，情形也跟在女子监狱一样，正是她那种真诚关怀的口吻，平易近人的神情，叫男犯们感到无比信服。一个个消沉的脑袋抬了起来，没有光亮的眼睛开始闪动——他们渴望能跟她谈一会儿话，把跟她谈话视为精神上莫大的“荣幸”，他们想把自己所有的烦恼都说给她，即使是心灵深处最疼的伤口。

在崔家沟煤矿，一个说话结巴的劳改犯向张淑琴诉说自己对母亲欠下的心债。他的母亲是个不幸的女人，当年相亲时，是弟弟替哥哥来相亲，到结婚时母亲才知道嫁的男人又瘦又小并且一身病。母亲原是个出众的女子，婚后因为有了孩子，就没有离婚，单位里一个小伙子同情母亲命苦，跟她好上了。这时父亲已经成病痨，做情夫的男人便和母亲私下里想法筹款给父亲治病。这番情况做儿子的并不知道。事发那天，父亲在病床吐血，儿子赶到了看母亲不在，听他的姨讲，你母亲不好，正在什么地方和情人逛去了，做儿子的一听就火起来，奔出去找母亲，刚好在街上见到母亲和一个男人正在一起——本来他俩刚卖完了几筐橘子在清理垃圾，钱还没有来得及数，这儿子抢上去二话不说，就把那个男人捅死了。母亲见状当即昏倒，苏醒过来第一个意识是叫儿子赶快走，她说自己要去投案，起因就说是为了分钱争执造成的。母亲投案自首了，在公判大会上,做儿子的远远地看着,感觉良心上受不了,思量之后跑到看守所去,承认是自己杀的人。然而,母亲还是犯了包庇罪,为他蹲了3年牢,他也从此到监狱煤矿服刑。现在,媳妇正在闹离婚,他说离就离吧,我没有理由拦人家,只是整天整夜地惦记着老母亲,估计她该服完刑了,也不知道她生活得怎么样?

张淑琴叫这个犯人给母亲写一封信,她准备代他去看望。转天晚上下了班她没回家,揣上地址骑着自行车,绕来绕去地找了好几个街区,最后终于在一片凌乱的平房里找到了。天已经是很晚了,那位母亲还在蒸馒头,平日里她就靠着蒸馒头来养活自己。狭窄的屋里灯光昏暗,昏蒙蒙的光里裹着浓浓的蒸气团。

张淑琴对这位犯人的母亲说明了来意,然后一点儿也不见外地说自己正饿得很。她要了一个热馒头,看桌上有一碗咸辣椒,便夹着吃起来。一边吃一边向那位母亲说明,你的儿子现在一切都好,他踏实劳动服从改造,就是对母亲很惦记……

做母亲的听着就抹起了眼泪,她说自己已经出狱一年多了,母子间还断绝着音讯。她说儿子把她的脸给丢尽了,她从此只能是凑合着活,可是,母子连心啊,她还是念着他、惦着他,给他做了好几双鞋和鞋垫,正想着该怎么给他寄去……

同样是做母亲的张淑琴坐在那长喘一口气,心里一阵欣慰。她想,这一趟算是没有白跑,能叫他们母子俩尽早地互相宽恕,互相慰藉,用母子情深消解了母子情仇,这是今天难得的收获啊。

▶办报室的险情　心有余悸

她成了监狱局里最操心最忙碌的人。比如,为了培训通讯员,她要上监狱教学组或办报室,可是一进门,就会有一些文学爱好者的稿子要请她提意见,所以只要她人一进屋就很难再出来。也像做大夫似的,总有各种犯人像挂号似的等着找她,和她叨叨这个事那个事,有不少个人的事得麻烦她。今天是张三家媳妇要闹离婚,张三痛苦不堪,干活时把手指头故意给弄残了,号里一个犯人代张三来找她,请她帮着给张三家里做做工作;明天又是王二过来告诉她,有个犯人病得很厉害,想麻烦她给申请"保外就医",并且希望她给帮着重新写个申诉材料……反正是这些犯人只要一开口,尽是些麻烦事,没办法,想躲你也躲不开。

张淑琴：我这个人，从来不会说不，只要是你有事，我能办的一定给你办，我觉得，他们求我，我自己再难也要给他们跑，我那时，业余时间基本上都是给他们跑东跑西没有个完。当然了，很多麻烦事因为是我给办，差不多总能给他们办下来，可这么一来，麻烦事也就更多了……

当她说这些话时，似乎已经忽略了“他们”的犯人身份，似乎在意识中，在心理上，她所把持的尺度和界限已经是很浅的了。那时监狱还没有电脑，电话机也很少，在监狱里根本提不到会有今天独立隔间的机房，或者是那种互相打电话的玻璃窗，那时在一线劳改点，连有武警监督的专门谈话室也很少有。当与犯人个别谈话时，往往就是连铁栏的挡隔也没有的“真正的面谈”，像那样的面谈，也不知道有过多少回。

有一天，她突然遇见了“险情”。那是在一所监狱的办报室里，通讯员的培训课讲完之后，有个犯人留下来跟她念叨自家的麻烦事，一边说一边还拿了支笔，又写又画的，这就把时间耽误得久了。

等到外面忽然间电闪雷鸣，她才发现，办报室外面走道里的大门已经上锁了。她立刻感觉事态严重——走道外面竟然连一个干警也没有，因为干警已经交班了，该来换班的人一时还没有到，也许是因为忽然间赶上了大暴雨，把他给截在半路上了……这下可糟了，怎么搞的？是哪个粗心的干警在上锁时，把她给忘里边了！

尽管她是有胆量的人，此刻也慌乱起来——办报室的小屋连接着犯人的监舍，走道外面的那把结实的大锁，意味着她已经和犯人们同处一个世界，而他们并不是一般的犯人啊。其中好几个都是重刑犯，杀人的、抢劫的、强奸的，应有尽有。恐怖感纠紧了神经，她不敢深想“万一”这个字眼，屏着呼吸留心观察监舍那边的动静，听见自己的心在咚咚乱跳，窗外那狂暴的雨仿佛从头到脚浇透了她……一直熬到一名干警水淋淋地开门走过来，她才算解脱了。

她把那天的“险情”跟几个朋友说时，自己还不免心有余悸。

朋友们马上借题发挥，都说她：“你还知道害怕呀？害怕就好！赶快打住吧，你不是圣母，是警察！”

“做警察的，动不动就跟那些渣滓们坐一块儿，还动不动就给他们当雷锋，是不是太过分啦？”

“我看是太天真了，那些家伙根本改造不了，别再叫他们把你给改造了！唉,你哪能把自己也捎进去呢?”

“好好想想,值得吗？那都是什么人啊,杀人放火,无恶不作!”

她知道朋友们说得有道理,监狱里面太复杂,一般人很难判断,只有站得远一点,并且让灵魂长出蟹壳般的硬盖,才有可能保持清醒,正常工作。

但是,显然从一开始,她看罪犯的角度就和一般的干警大不相同,她尤其反对歧视。她面红耳赤据理力争——有人类就有犯罪,犯罪就像一种瘟疫,对我们每个人来说,谁都有可能染上,因为人性有太多的弱点,我们不能掩耳盗铃,假装看不见。犯人是因为案发进去的,我们从此就觉得他们脸上烙了字,管他们叫“渣滓”,叫“局子里出来的”……想一想,假如我们都不理他们,不帮他们,让他们心里永远装着恨,放出来以后,再对社会形成更大的危害?

求索篇（二）：特殊战线

第一章 “把自己整个捎进去!”

▶ 大墙文学 化腐朽为神奇

——“把自己整个捎进去”,她真是这样一种状态吗?

她分析自己,明摆着的,她对监狱,对罪犯的眼光不仅仅是一个警察的眼光,显然也还有记者的眼光,作家的眼光,以及母亲的眼光和女人的眼光,她更关注的,总是罪犯身后的东西。

也许她确实是有些天真,因为她确实想了解他们,想走进他们心里去。她承认,越是和他们处得久了,那种传统的歧视观念在她眼里就越显得粗糙荒谬。她发现,和他们处得久了,有时还会替他们感到阳光的可贵,甚至能够闻见阳光的暖烘烘的味道……

阳光的伟大神圣,不正是在于一视同仁的善待与宽恕吗?

警察与圣母,这两者间所具有的重叠内质,也许她早就意识到了。不管怎样,她坚信一条,在法制社会里,以暴制暴,以暴惩恶,永远都不是最高境界,而只是一种不得已的下策,因为,打动人心,叫人回头是岸,只能是凭借道义的阳光,道义的力量,才可能最终有效。

——你代表道义吗?当然,她是应该,也是必须,要努力叫自己去代表。但是,仅仅靠着白天一身警服风尘仆仆地奔波忙碌,这还不够。她是手里有笔的人,创作的欲望比以前任何时候都要强烈,她希望到晚上,手里那支笔,也能呼风唤雨、教化人心,所谓“化腐朽为神奇”。

现在她的意识全都在大墙内部,文学的所有触觉伸入其中,不写出以犯人为主要人物的“大墙文学”是不可能的。一篇《妻子》,直接登在犯人们成天看的那张报上,占了一大版。写一个强奸犯给自己的家庭带来的灾难。犯人的家里上有双亲,下有孩子,做妻子的不得不整日地去砖窑打工,同时还要伺候公婆照料孩子。农村妇女大多数相信命运,嫁鸡随鸡,尤其做了母亲之后能够咬牙离婚的极少。但是,作为“犯属”,她的日子从此没有任何快乐,老太太的脸终日浮肿，每天以泪洗面，老爷爷的身体一天天瘦下去……

《母子情仇》也是个悲情故事，依据的是崔家沟煤矿那个犯人的典型案例。坚持以第一手的事实和第一手的讲述为切入点，来关注和探究人物最真实的内心，以及人性的本质。她提出问题，到底是命运在掌控，还是人性的必然?

作为一篇非虚构的作品，《母子情仇》里的几个人物都具有解剖的价值——那个母亲之所以没有离婚，是因为有了两个孩子，后来他们父亲的病越来越重，她更不想抛弃他们；那个情夫适时地出现，是因为不顾一切的爱情，也是因为要帮助那一家人，尤其他一心想叫那位病痨父亲好起来；然后做儿子在毫无准备的情况下发现了实情，一时激愤，他把母亲的情夫杀了，儿子是褊狭冲动，只想着维护父亲的尊严；母亲面对惨剧，第一反应是为保全儿子的性命自己前去顶罪；儿子先是躲了起来，但是终于他还是良心发现，毅然地自首，把母亲给换了回来。人性的亮点在这个自首的行为中得到了震撼人心的展露。

她开始有一个大的计划，试图写 100 名女犯，想重点研究那些在家庭内部犯了故意伤害罪的女重刑犯，她们的命运一个比一个可悲。在她看来，这些女犯大都是善良人，看上去，她们大都显得那么弱势，平时好像连个鸡都不敢杀，甚至有人胆小到连毛毛虫都害怕，却就因为长期受不了丈夫虐待，或者是忍受不了第三者插足，她们便以罪恶的方式结束婚姻、杀死丈夫，让自己的生命从此进入更为绝望的黑夜……

省监狱局的档案处设在监狱局的院子里，整整一座小楼，稍有空闲，她便钻进去翻查。那些发黄的案卷够得上浩繁，一沓沓的庭审记录和审判书，无不翔实、逼真，让她顿感震惊。多少年了，家庭纠纷和女性犯罪的案例始终占着最重要的位置，许多案例是难以想象的惨痛，并且，在现实中，它们一直在循环重复着。

她越来越觉得，大墙文学不同于一般意义上的写作，它和娱乐的目的相差很远。她想她的写作首先是思考，一种完全独立的思考。

张淑琴：我觉得，真正的监狱文学必须是严肃的，必须要依据实例，活的人性，既不能简单，也不能戏剧。现在有的书和电视剧不负责任，叫人一眼看出来他在那为了娱乐而胡编，叫人一眼看出来谁是好人和坏人。其实好作品一定要承认人性的复杂，大多数的案子表面上看，似乎很相似，其实仔细分析，都是很复杂的，层次非常多。

第二章　电视剧　金剑奖

最能代表张淑琴独立思考和探索的作品，是电视剧《特殊的战线》。

那是1992年初春时节，当陕西省电视台率先开播此剧时，影视界立刻掀起了不小的轰动。中央电视台以及全国二十几家的省市电视台纷纷予以播出。此剧由上海电影制片厂拍摄，张瑞芳做艺术指导，主演是吴喜千。顾问请了监狱局的领导来担任，又请了全国政协副主席马文瑞给做的题词。有趣的是编剧张淑琴还在里面像模像样地客串了一名女法官。

一年之后，这个电视剧（四集连续剧）获得了广电部和司法部共同颁发的“金剑奖”。

国家权威部门给了此剧以如此高的殊荣，首先是对张淑琴多年来亲身经历的实践积累和深思熟虑的创作探索给予最大的肯定和赞赏。

一篇影评写过这样一段特别正面的评语：

电视剧《特殊的战线》，引起了社会各方面强烈的反响，它以独特的艺术手法朴实生动地展示出大墙内外震人心扉的人生戏剧。该剧通过陕北某劳改农场即将离任回城的老场长，却因种种原因一再推迟行期，最后在救灾抢险中光荣殉职的一系列感人的故事情节，成功地塑造了一位“献了青春献亲人，献了亲人献终身”的老干警的光辉形象，热情地讴歌了我管教干警崇高的奉献精神，弘扬了我们社会主义祖国在人权问题上的正义立场和博大襟怀。

——蔡肇发：《浅谈电视剧〈特殊的战线〉》，

《陕西日报》1992年3月19日

评论者注意到了编剧张淑琴的最大特点是“以情动人”——她不追求离奇古怪的情节，不热衷血淋淋的刺激，而是以一个“情”字紧紧抓住人心。诸如老场长和老伴的夫妻情，管教干警之间的同志情，犯人和恋人的爱情，军、警、民三方的鱼水情，甚至犯人与犯人的同乡情，她都生动地加以表现,并且让它们互相关联,“使一个普通的小故事产生了特殊的魅力,奇特的震撼力,成为一部时代感、现实感较强,令人难以忘怀的作品。”

凡是优秀的作品,总要探触事物的中心,揭示它的本质。《特殊的战线》之所以产生了奇特的震撼力,在于张淑琴坚持以自己的感觉去琢磨和审视,窥视人性深处的某些层次,她没有任何窠臼地抓住了一个最实质的问题,那就是“怎么把犯人当人看”?她自觉地将这一点当作剧情发展的一个原则,从这个原则出发,再来谈及那些众所周知的劳改政策,即“教育、感化、挽救”。

——一名逃犯伺机逃跑,焦急慌乱中,他从山坡上不小心蹬下一块大石头,眼看朝着下面紧追不舍的老场长砸去,他见状大喊一声快闪开!老场长不慎摔伤了,他又跑下来救起老场长,老场长负了伤,仍殷切地对他进行教育:“你能够赶过来救我,证明你还有颗人心……”

张淑琴说,剧中的这段情节最让犯人们感动了,在监狱里放映时,他们看到这里时都忍不住说:“张老师,这段你写得最好了,我们也是人啊!”

本来,劳改农场是一个执法单位,对犯人施以强制性劳动改造,监管人员在工作中难免严厉或者犯不耐烦的职业病,但是,发展到新时期之后,现代式的科学管理离不开一整套的文化教育和心理疏导,尤其是需要注入人性真情,坚持人性化管理。在这次创作中,张淑琴充分表达自己的思想,并且特别强调了一个环节,那就是,尤其在特殊的情境下,我们可以将人道主义的感化作用提高到非常重要的位置。

——一场灾难性的暴雨降临,离着农场最近的村子里很多窑洞坍塌了,救援人员的力量不够,场部领导当即决定,集合全体犯人一起参加抢险!这时,那名“反改造尖子”在禁闭室里待不住了,他强烈要求离开禁闭室也跟随队伍前去抢险,老场长毫不犹豫地同意了,并且上前亲自把犯人手上的铐子解开。最后,正是为了掩护这个犯人,老场长被泥流冲倒了,在暴雨中,那个“反改造尖子”跪在老场长的遗体旁痛不欲生,最后,干警与犯人一起将牺牲的老场长抬回场部……

电视剧到这里,达到最高潮,监狱里的观众产生了共鸣,干警们在落泪,犯人们也个个哭出声来。

张淑琴说,写犯人救灾是依据了真实的事件。那一年,青海唐格木发生了大地震,当时一所学校整个坍塌了,劳改农场的犯人正在旁边的地里劳动,闻讯跟随干警一起前去抢救,把很多的老师孩子都给及时救了出来。让人震惊的是,附近一个弹药库也坍塌了,武警带着犯人一起钻进坍塌的库房,将枪支弹药一支支、一包包地递了出来——那不是别的,是枪支弹药啊,沉甸甸的武器!那年安康发大水,在汉江边上一所监狱,犯人们听从调遣,整队救人,好几个犯人一头跳进汹涌的江水里救起市民。

张淑琴:都是监狱简报上通报的事实,我们能否认吗?不能,到了紧要关头,犯人也能挺身而出,甚至比常人还要勇敢……所以我一直是把他们当人来看,也把他们当人来写,我有足够的依据和理由。

▶马兰花与马兰草　两座山头遥遥相望

电视剧《特殊的战线》在播放时,开篇有一段醒目的题语:“谨以此片献给那些为了社会的安宁而长期战斗在特殊战线上的劳改干警们!你们为了保障社会主义建设事业的顺利进行,为了全社会的安定团结而默默地奉献出自己的青春和毕生的精力,全社会向你们致敬!”

这个题材以及立意都首屈一指的“特殊”剧本,的确是个贡献之作,它抒发了张淑琴个人对工作在监狱改造第一线的干警们的敬佩之情。

因为常去那些地方,感情被深深地触动,她和干警们处得像是一家人。

张淑琴:我可体会他们了,不是有个农场名叫马栏吗,我在一篇散文里,就说他们都像马兰花和马兰草,在山沟里,在石头缝里……他们默默无闻,艰苦奉献,一年又一年,一代又一代。他们是非常普通的,说是特殊战线,其实人是一点也不特殊,他们个个都朴素得很呀,有的平时也抽个烟袋,满身黄土,本来那些工厂和农场都建在最偏僻的山里嘛,冬天风雪大,封了山,你出也出不去,家属们也都得跟着。他们就这样日夜在那些不为人知的角落里警戒着、工作着,特别平凡普通。

那时农场的条件十分艰苦,无论是干警还是犯人,都有一个生活观得过。一种窝窝头叫“缸缸扣”,因为玉米面如果和得太松了它就捏不到一起,太紧了又不好蒸熟,所以想办法,用个小茶缸来扣,大家就给它起了个名字,叫做“缸缸扣”。饭是由炊事班给送到地里去的,大家都蹲在地头上吃。赶上刮风时,沙子石头往碗里灌,人人要边吃边拣。——电视剧里确实有这样的细节,风刮来了,人们赶紧把碗搂到怀里挡住。

吃完饭，犯人们东倒西歪地在那休息，负责看押的武警却一会儿不能歇，得把眼睛始终眨也不眨地紧盯着犯人们。尤其当庄稼长高时，犯人们随时可能钻进庄稼地里跑掉，别管你插了多少杆警戒的小旗子，他们说越过去就能越过去。所以说，管理他们是又苦又难还又危险的工作。

她倾注着满腔的情感，在剧中描绘了两座郁郁葱葱的山头遥遥相望——一座是干警及其家属死后埋葬的大山，另一座是犯人们的。

她纯属性情中人，既热情豪爽，又诚恳秉直，每次去任何一个农场，无论是帮教、采访，或者是培训通讯员，都给干警们带来莫大的喜悦。干警们和她真诚相待，就像一家人一样——她在这边正梳着头，看见一个干警走过来，一路抓挠着头发，她把手里的梳子递上去，旁人见了就感慨："哎呀，咱监狱局里就这一个张淑琴！"

他们都知道她最爱吃辣椒，到菜地丰收时，一定给她晾上些辣椒留着，等她一来，给她香喷喷地炒上一盘子，再倒上一杯老陈酒，她高兴说："你看你看，你们对我太好啦，这样的待遇都赶上局长啦！"

他们盛传着一个她"喝酒不要命"的故事——监狱局有个石渣厂经费困难，在一次订货会上，厂长请张淑琴过去给他帮忙"吆喝"。这时一个银行行长久闻张淑琴的大名，很想见识一下她的酒量，就跟她打赌说："你要喝下一杯，我们就给石渣厂贷款 10 万元，我俩要是碰一杯，贷 5 万元……"张淑琴听了把脸转过来问厂长："你们厂不停产得要多少钱？"厂长告诉她得 100 万元。她稍加思索，请来一名证人，叮嘱他做记录。她叫人再拿来 6 只杯子，一字摆开，全都斟满了酒，她对行长说："我也不跟你碰杯了，还是这样爽快些！"说完她便脖子一仰，六杯酒相继下肚，场上人全都惊呆了！只见她从容地问证人："多少了？"答说："70 万元……"她握起酒瓶子，还要喝，那位行长慌忙把杯子都捂住，说："大姐，你别喝了，我服了，这钱我一定给贷！"石渣厂厂长感动得热泪盈眶，当下对她鞠躬，激动说："谢谢了，谢谢了，往后只要你张记者有事需要我，说一声就是……"

那是张淑琴在喝酒史上最为悲壮的一次。没有人知道，她的承受力已经到了极限。当场子散了，人们都走掉，她悄悄地躲到一个朋友家里，长醉不醒。

有胆识的人，她的作品肯定也充满了胆识。她是为那些她所敬佩的人而倾心倾情写作的。她相信自己能够写好，也希望能得到他们的认可和支持,所以每一次的改稿都不辞辛苦地带过来,不厌其烦地征求他们的意见。

不仅是干警们的,犯人的意见她也想认真听听。那些犯人不能小看,有些是知识分子,墨水比她喝得要多得多,还有一些人也是特别热情的文学爱好者。说起写作的事,她和这些人毫无陌生感,几乎就像一班同学似的。

于是,一种十分罕见的情形出现了——干警和犯人全都热情洋溢,每天收工之后,便在一起讨论她的"大作",大家七嘴八舌,一点不见外地给她挑毛病提意见,不少的妙招被人一一记录在案,叫她又惊又喜。

为了她改稿方便,几个犯人还主动给她印刷稿子——用"文革"时期那种很普遍的印小报和传单的油印机,先把一百来张的稿子拿铁笔一字一字地刻到蜡版上,再一页一页推着墨滚子油印出来。那得花费大伙儿多少工夫!

因此,到后来,她不止一次地这样说:

——我的文学生命是山里人给的,而这一生命的茁壮成长,则来自大墙内特殊战线的生活,有那么多的人帮助过我……

第三章　男犯的情书

文学是人与人之间最好的沟通方式，张淑琴的监狱题材的作品鲜明地弘扬人道主义，殷切地关注犯人的人性复苏与回归，并且尊重和理解犯人的感情世界，这无疑给很多犯人在心中点亮了一盏灯。然而，让她始料不及的是，因此竟被一名男犯苦苦地暗恋上了。

这个犯人是一所监狱的教学组成员，文化程度较高，有时他被安排给犯人讲文化课，课讲得挺有文采，平日里他还擅长写诗，是《特殊战线报》的一名不错的通讯员。他十分关注张淑琴的作品，想方设法把她的所有涉及监狱题材的作品都找到，越看越觉得感动，越看越觉得她是自己难得的知音，于是他写起了情书，把自己满腔的感情和对未来生活的美好期盼，全都写进那滚烫的字里行间。他一下子连续写了十几封，并把它们集存在一处，想了个法子，把一袋子的信装得结结实实，转寄到张淑琴手里。

接到厚厚的一袋子信，她心中甚是纳闷，晚上一边看着一边就想，那写信的犯人现在在监狱的大墙里，不知道是哪一个？

恰好赶上了中秋节，她打算亲自去找找。就去了那个监狱，召集那里的通讯员开个茶话会。当点名时，她注意到，一个面目清瘦的犯人隐在一个彪形大汉的后面，他神色紧张，把头使劲低着，眼睛绝对不敢与她对视。她立刻猜到是谁了。

她不再往下点名，开始给大家讲新一期的报纸，介绍其他监狱最近又有什么样的动态，送来了什么样的稿件。然后，她停住了，从口袋里掏出一把钱，交给队长，提议说，今天是中秋节，我们大家在这里聚聚怎么样？买点月饼和水果……

当摆桌子时，她抓住了一个机会，跟那个犯人匆匆地说话。一席话大致是这样：你的信我全部收到了，你是一个真正的男子汉，你敢于把信寄给我，我珍惜你的这份感情，但是，现在我不会考虑这个事。你的信已经在我这了,你如果要的话,我想法还给你,你如果还是愿意给我,我会把它们珍藏好。

那犯人一直在等待着这个时刻——听她拒绝,他有足够的准备,但是,他嗓子里发出非常低哑的带着颤抖的声音,同时又飞快地回答她:我希望张老师能够保存下来。

环境所限,她不能再和他多说什么。后面的座谈会,她也避免去注意他,但是,能感觉到他远远观察她的眼睛——那种男性倾慕者的热切的盯视……

她承认,对那样的目光她已经很陌生了,颇有些不自在。第一反应告诉她,肯定不会和那个人发生什么故事——但是,你爱还是不爱,这是另一码事,要为人家考虑,人家并没有错,表露给你的也是一份真实而纯粹的感情,对此你只有表示尊重,同时,为他保密。

以前在监狱里发生过这类事,女管教接到男犯的求爱信,当即向上级告发,称自己是被"污辱"了,犯人因此受到严厉的警告。她不会那样做,根本没有必要。

她了解到那个男犯的背景。他的父亲原是右派,"文革"时在牛棚中冻死了,母亲找了一个市里的干部改嫁了,并且带走了他的妹妹。剩下他孤身一人,决心要为父亲翻案,可是身无半文,想到去铁路上扒火车偷窃为生,不久被警察抓获,判刑后又越狱逃跑,然后再被抓获,刑期翻了一倍。

她觉得有必要跟他面对面地正式谈一次话。她给他倒水,递凳子,给自己点了一支烟,再给他也点一支。但是,突然感到一种沉闷凝滞的气氛,叫她无法像平时那样侃侃而谈。

她记得,他干干巴巴地解释自己:我盗窃是因为求生,也是因为一种情绪,眼下,我不指望任何同情,就是把剩下的日子过完,把刑期服完。

他说,他喜欢的东西只有纸和圆珠笔,不过,写字就是写字,写字并不是思过的工具。当他这样说时,眼神显得凝重,毫不躲闪,只是冲着空气惨淡一笑。

她没有和他再接触过。有一天,忽然碰见一个干警,看见她就说:"哎呀,我说咋回事?那个犯人,他手里刻个章子,是你的大名,成天到晚他在那儿不停地盖呀,张淑琴、张淑琴,到处都是张淑琴!"她心里一震,无以对答。

随后，又听说，都知道那男犯患上单相思，一下子病了十几天起不来！

她心里感到难受，深深的歉疚难以排遣，这天和一个老年犯人谈心时不由提到了这件事，她说，准备给那个犯人送一套秋衣秋裤去，天不是很冷了吗？

没想到，老年犯人听了立刻阻止她，竟然睁大了眼睛说道："千万不敢啊，张老师，我们这些犯人，在这种处境里，你哪怕只是给了他一张白纸，他也会当作信物的，张老师，千万不敢啊！"

她迟疑了，心里想，也许换一个比她还要强梁、还要无畏的女人，现在也只能束手无策了。

一年之后那犯人出狱，托干警给张淑琴捎来一双崭新的皮鞋，39 码的。是他在监狱的皮鞋厂劳动时给她亲手制作的，好些地方密密麻麻钉了结实的细钉子。

她想起来，曾经在某次的讲课时给学员们说过的，自己生了一双 39 码的大脚，如何如何……

她查询地址，打算去看望他——带着一种在人格上完全平等的朋友的关心。她费尽周折，终于找到他的住处。却发现他人已经很颓废，跟一帮品行不端的人整日混在一起，乌烟瘴气，一心琢磨歪门邪道。在做派和性格上，他已经完全变了样。

世事无常，人生难料，现在她仍然束手无策，一份歉疚只能永远地埋在心底。

求索篇（三）：你如此重要

第一章　妈妈跟你说

问题是，为什么束手无策？

关于那个男犯的前前后后，给了她一个对很多人来说可能很平常，对她来说却是难以释怀的提示：无论你是多么的能干，你的本事总是有限的——发生在身边的很多事，尽管件件都很重要，但是，你不能都把握得到位，都顾及得好，这是因为，人的能力是有限的，精力也是有限的。

最明显的事实是她的家，始终也不能操持好。现在有个词儿叫"经营"，都说做女人的，第一就是要把自己的家想办法"经营"好，她做不到。不要说她对不起自己，首先她对不起的是孩子。她觉得自己不是一个好母亲，好家长，离婚之后，该给女儿再找一个好爸爸，把生活的空当补上。她没找，是自己主观上就不积极。别人曾给她介绍过这个那个，她压根不往心里去。有一个搞文学评论的单身男人向她提出来交往，她也给人家拒绝了。

你到底是怎么回事呢？那天，她写了一篇散文，叫《燕子，听妈妈跟你说》，陕西人民广播电台给广播了。播音员后来来电话，说那是她播讲的最好的一篇，她一边播着一边眼泪就在眼眶里转。张淑琴心想播音员还不知道，自己写时眼睛里也是含着泪的……

那天早上，她太激动了。天还没亮她就爬起来备课，说好了当天要去少年管教所给少年犯们讲课。当闹钟响时，她叫小燕快点起床。小燕这孩子学习成绩不太好，老师带来了条子，让家长配合严格监督。看小燕在那里磨磨蹭蹭的，她有点儿着急，赶紧帮着小燕勉强洗个脸，便骑着自行车把女儿带到小学校门口。扶着女儿软软的小身体下车来，不知为何她觉得有点不放心，又跟着女儿进到学校里。

到了教室，就见小燕趴到桌子上，老师走过来，当着母亲的面批评孩子，说小燕怎么怎么不听话、怎么怎么坐不住。小燕呜呜哭了起来，并且说，现在“胃疼”。

做母亲的突然来火了，当着老师的面说女儿：“胃在哪儿，你知道吗？你别装病了！”说完把女儿领出了教室，没想到女儿窝着身子“哇”地一声吐起来。她赶紧擦，擦着就看见孩子胸前挂着门钥匙，她心里立刻就难受了。

她在散文中写道：燕子从小就被妈妈锁在山里的小屋中，因为那时妈妈要出诊。到燕子四岁多点时，她脖子上挂了一把门钥匙，从来也没抱怨过妈妈……燕子用她孱弱的小手帮着妈妈，扶着妈妈，走过了一道道难关和险关，做母亲的，忘不了燕子在梦中的笑容，更忘不了燕子在梦中皱着的眉头……

——看到小燕吐了，老师建议她先把小燕领回去。她把女儿带到了医院，医生问她，你给孩子吃什么了？她答说不知道。医生说她，你怎么连孩子吃了什么也不知道？她愣在那儿，不知再说什么好，只想着讲课是绝不能耽误的。拿了药之后，她把女儿托给报社里的一个女同事，当扭头骑上车子时，听见女儿在身后乖乖地说一声：“妈妈再见。”

就这一声“再见”，一下子扯出了她的母性的愁肠。她飞快地骑车过马路，恨不得闯红灯，觉得扑面的晨风里都挟着酸酸的苦味——女儿啊，你不是累赘，你的妈妈应该是个慈母，她太不是一个慈母了！

一路敲打着自己，骑到了少管所，看钟表的指针，已经迟到半个多小时了！她快步走进会场，一片等待已久的目光，静默中充满了如饥似渴的盼望。她振作起来，迅速恢复职业形象，警服穿得一丝不苟，满脸的庄重与恳切……

女人最要命的，就是在心理上对男人依赖，被这种依赖所控制，一辈子也没有自己。长期以来，这就是她的“女人观”，她的世界也因此成为工作的世界。

她喜欢工作带给她的那种兴奋和紧张，正是工作，使她充分地释放自己，摆脱了女人离婚的抑郁和单身的孤独。她常受上级的表扬，写作也日益获得成功。一次大总结时，统计出她一手培训的通讯员已经有 25 期，犯人达到了 1000 多名！因此，听到圈里有人夸赞她是犯人们的“回归天使”。

但是，又有同事委婉地劝告她，张淑琴你不要太顾此失彼啦，你的生活越来越“狼乎”啦,天使只能天上有,不会落在地上的,你应该把自己调整一下,趁着年龄还不老,赶紧找个好丈夫,做个家常女人,小鸟依人嘛,这才是女人最起码的!

——女人要生活,又要爱情。她知道,这是所谓“最起码的”。但是,她还能拥有爱情吗?像她这种一工作起来就是至情至性的脾气,长相厮守能与谁?

她虽然意志刚强,却又是心软肠柔的,那个男犯的十几封求爱信,不是没有让她心生波澜。她突然间发觉,自己作为一个女人的悲哀:在爱情上,她从来就没有满足过,某种东西正在消失,或者是生来就没有,或者,是生来就没有让它成熟发展的条件?当她还是个孩子时,就学会了承受与独立,坎坷的人生路一段一段地摆在那儿,她怎么可能悠哉悠哉地“做个家常女人”?

什么叫“小鸟依人”?如果女人天生就不是个小鸟,那又怎么办呢?

有时,在下班的路上,尤其是从劳改农场或是工厂往回返时,独自坐在颠簸的长途车上,被飞扬的尘土呛着,脑袋里会想起家里的方方面面,一些不仅是柴米油盐的难题。在干警们中间,在犯人们面前,她是怎样的一种活力四射、热情洋溢,而在返回的路上,总会意识到一份突然袭来的孤独。

但是,在内心深处,似乎永远埋藏着一种让人生畏的力量,这力量占据着生命的主导地位,时时在追随她,提醒她——抓紧时间,集中精力,做眼下最重要的事,你是为了工作而活的,不是为了个人和小家的“经营”而活的——鱼与熊掌焉能共存,忠孝难以两全……性格即命运,命运叫她越来越没有选择,越来越像一架战车,行驶在自己认定的道路上!

第二章　郭容二进宫

——第二代罪犯

在少年管教所讲课，对张淑琴来说是件特别难受的事。走进会场，一片黑压压的小脑袋叫她心里发颤。都是些孩子呀，成百上千的孩子，最大的才15岁，他们的眼睛熠熠闪动着，掩不住少年的稚气。讲课结束，他们开始体育活动，在操场上，立刻恢复了活泼与天真，那种无忧无虑的欢闹声和正规学校中的孩子们没什么区别。

为什么有这么多的孩子正当人生花季却成了少年犯？

“六一”节这天，她又一次来到少管所，是跟着一个女犯人坐着囚车来这里看她的儿子，一路心中颤缩。母亲服刑，孩子没人管，在街上跟人打架动了刀子……母子见面，抱头痛哭，那场面太凄惨了。与此同时她还看到一对父子俩，在走廊边上互相扶着肩膀，低着头，始终默默无语，一句话也说不出来。

她把那对母子相见的照片加以编辑，登到《特殊战线报》上，叫犯人们看看，为人父母犯了罪，同时会给孩子带来多大的灾难，孩子实际成为家中的被害人，有可能从此产生第二代罪犯。

一代人犯罪，有可能导致第二代罪犯的产生，这样的恶果，是否仅仅归咎于犯人？

晚上下班回家，她发现台阶旁边蹲着一个女孩，是郭容。郭容是女子监狱里一名少女犯，还不到18岁。8岁那年，郭容的父亲因为有外遇把妻子杀死，而后伏法，小郭容从此变成孤女，离开了学校，在镇子上捡垃圾为生，有一天她被一伙窃贼拉拢，开始合伙偷东西……现在，郭容出狱了，找不到地方去，想起来“记者张阿姨”，她说话和气，肯定有着妈妈一样的好心肠,于是便东打听西打听,终于找到这里。

就当我又多个女儿吧,张淑琴这样说着,把饿得发晕的郭容领回了家,她叫大女儿小丽先回到她奶奶那边住,床铺空下来叫郭容睡。

这郭容长相俊俏,在女监里参加了文艺组,经常演节目,还独唱。张淑琴觉得她正逢成长期,可塑性很强,先给她联系了一家服装学校,郭容却说,眼睛不好,又送她进一家餐厅里当服务员,她干了几天就不干了。然后,她整日在外面晃荡,也不知道干了些什么。有一天,张淑琴出差回来,看到郭容给她留下一张字条走了。

事隔也就几个月工夫,这天,张淑琴从女子监狱的号舍前走过,被一个怯生生的声音叫住了,她扭头一看惊住了,怎么是郭容?郭容又进来了!

这孩子面容大变,从前白净圆润的脸,现在蜡黄而憔悴,昨日的苗条身材也不见了,整个人像个黄脸婆似的弯腰驼背,连脑袋也歪歪斜斜地耷拉着。最要命的是,这郭容一脸的不在乎。

张淑琴又急又恼。犯人们中间经常调侃,称又回来的犯人为"二进宫"、"三回头",有人甚至有过"六回头"的历史。这样的犯人往往就此破罐子破摔,很难被改造成真正的"回头"。可是,郭容她还是个孩子!

从干警那里了解,郭容在外面找过几样临时工,总是到了最后被人家"炒"了,她没有办法,又回到原来的哥们儿那里,然后便是染上了毒瘾,重操旧业,继续与人合伙盗窃,情节要比过去更严重了,他们偷厂子里大包的漆泡线还有大块的铝锭……

她听了没话可说,只是满心自责地数叨自己,都怪我,怎么就没把郭容给带好呢?

想起来在哪本杂志上看到过一个高中生的告白:

——在评价我之前,你们应该先了解我那痛苦的生活,你们只顾说是我不好,却看不到我的童年。

这话多像是郭容说的!

第三章　宋媛媛有三个妈妈四个爸

郭容带来的伤心还没有消解，这天又遇见了宋媛媛。得知宋媛媛解除了管教却有家难回时，她又毫不犹疑地把宋媛媛带到家里来。

宋媛媛有着复杂的家庭背景——她有三个妈妈四个爸。她原是上海知青和一个新疆当地人的私生女，出生之后被新疆的一个干部给收养过去，长到了5岁时养父母相继去世，家里的保姆心地善良，做了她的第二个养母，带着宋媛媛嫁了人。可是新的养父又遭遇车祸，他以前的子女把她们母女俩扫地出门。养母为了生活只好又嫁了人……几年后，宋媛媛跟邻家一个小男孩在一道玩“霍元甲拳”的游戏，一脚不留神，把对方钩倒在房檐台上，跌死了。养母把她带到了公安局自首，她被判过失伤人罪，这时还不到17岁。三年之后，当放出来时，她发现疼爱自己的养母已经去世，陌生的继父找了个新老伴，新老伴带着自己的3个女儿，把宋媛媛原来的家全部给占完了。

对宋媛媛的印象，张淑琴比对郭容更要深一些。那年宋媛媛在大墙内过18岁生日，张淑琴专门拉上了教育科，给宋媛媛组织一个别有意义的生日活动，在《特殊战线报》组织了一版“大墙内外师生情”，让宋媛媛给老师同学们写信，老师同学们再给宋媛媛回信，搞得情真意切。这个知青的私生女，从生下来就像个皮球似的，从这家骨碌到那家，最后进了监狱，现在终于出来了，她多希望有个像家的地方啊。

怕宋媛媛再成为第二个郭容，张淑琴尽量给她细致周到地安排生活，比如饭桌上给她设了一个固定的位置，还让她每天负责督促小燕的功课，并耐心嘱咐她：以后你要当好小燕的姐姐，给妹妹做一个好榜样等，给宋媛媛培养出一种“自家人”的心情和感觉。

宋媛媛长着一双灵巧的手，张淑琴给她报了一个裁剪班学习手艺。

3个月过去了，聪明的宋媛媛顺利拿到了结业证，可是没想到工作一时很难找到。眼看着她那脸上的笑容一下子就没有了。为了调整她的情绪,张淑琴又咬咬牙,把准备给两个女儿买过冬衣裳的钱拿出来,再给宋媛媛报一个电脑速成班。这叫宋媛媛感动得直掉眼泪,她用娇柔的手搂住张阿姨的胳膊,半天不松开。

电脑班正在上着时,女子监狱释放了一个宋媛媛的“好姐妹儿”小秦,小秦和自己过去的男友来找宋媛媛,说是要把宋媛媛一起带到广州去闯荡。

此时宋媛媛已经在张淑琴家里住了八个多月了,张淑琴不同意放她跟小秦两个走。可是心思已经浮躁起来的宋媛媛非要跟着走不可。没有办法,青春的饥渴与梦幻,眼下是最不可战胜的,无论张淑琴怎样发火劝说都无济于事。

宋媛媛走时,还留了个心眼,把张淑琴家的门钥匙也揣上了,张淑琴看见了也没有要回来。在心里她只觉着,哪天这孩子还会返回来。

三天之后,小秦的那位男友忽然出现,他说广州还没有去,宋媛媛跟着小秦在他家住了一晚,转天发现,他家好多东西都被偷走了。张淑琴根本不信他,说,宋媛媛在我家住了这么长时间也没有偷过一样东西,怎么到了你家刚一天,就偷起东西了?

“——本来在我这里好好的,你们非要鼓动她去广州,我不同意,你们硬是带她走,现在我还要问你,到底把她撂在哪儿了?”

他被问得没话说,走掉了。又过了一段时间,宋媛媛出现了,告诉张淑琴说,自己已经从广州回来,跟小秦吵翻了。现在,她在本市李家村,正跟着一个男友在学理发……张淑琴原谅了宋媛媛,说:“不管怎样,你现在在学一门手艺,又有了男朋友,这总是好事情,以后有什么问题还要过来找我。”

不久,宋媛媛过来告诉她,自己和男友要开发廊了,张淑琴听了喜出望外,和同事商量,开业这天一起前去祝贺。开业大吉嘛,他们一身警服非常威风地站在那里,还邀了两个报社记者给照相,大家一起给宋媛媛两个撑足了面子,热热闹闹地放了好一通的鞭炮。

哪知道好景不长。这天宋媛媛来电话说,有一个人要带她拍电视剧去,机会难得,她想把发廊盘出去。那个男朋友呢?宋媛媛说,他俩已经分手了。张淑琴有点着急,骑上自行车就到发廊去找,人家说,宋媛媛已经把这个店盘完走人了。

再次见到宋媛媛，是一天傍晚下班，看她浑身上下穿着比较时髦，却像好几天没吃过饭的样子，进门就坐到了饭桌前。张淑琴叫她先吃饱了，然后问她，电视剧拍了没有？她说，拍完了。问她，具体是怎么拍的，拍些什么内容？她索然无味就是一句话：拍完了就是拍完了呗。

不用再问，张淑琴料定她又被人骗了，很生气地说她："你是哪步都不听我的，怎么才能叫你走上正道呢？"宋媛媛似笑非笑，眼神来回躲闪，低头不语。看她的模样和神情，还是稚嫩的，却已经多少带了些粗俗……什么样的香风毒雾曾经侵染过她？张淑琴想象不出。

转天，宋媛媛在床上歇够了，发现张淑琴和小燕都没在家，她爬起来，把门一锁，不知去向了。

然后知道，宋媛媛又住到另外一个"好姐妹儿"家里，住的时间比较长。有一天，宋媛媛忽然跑来跟张淑琴诉说，那个姐妹儿大概是个同性恋，晚上非要跟她睡到一块儿不可，她如果反抗，就得挨打，闹得总是大半夜俩人从床上打到地上。并且，那姐妹儿有点霸道，专门反对宋媛媛找对象，只要人家给介绍一个，她就给破坏一个，而她的父亲和弟弟也不是正派人，都想要占宋媛媛的便宜……可是，宋媛媛觉得，自己确实跟那姐妹儿有"深厚感情"。

张淑琴毅然打断她："那叫感情吗？那叫欲望，你要不赶快离开那个地方，早晚得叫他们折腾死！"

临走时，宋媛媛总算答应了张淑琴，保证从那个姐妹儿家里搬出去。虽然她是搬出去了，但以后也没有走正道——她去往四川老家（实际是那个养母的老家），在那边整天跟着"出老千"，也就是入伙赌博。

好不容易才在电话里找到了宋媛媛，在电话里她跟张淑琴说，"我反正就是那么回事了，早就已经完蛋了"。

我哪有未来呀？我不知道未来，因为也没有未来……

宋媛媛就这么丧气地说话，声音有气无力的。

张淑琴听了心里发酸，含着眼泪写下了《老娼和她的女儿》：

母亲哭了。这是比血还要珍贵的眼泪啊！因为身体的任何部位都能流血，而泪，只有心碎了才能流出……

这天，女儿小丽向妈妈转告："妈妈，宋媛媛来过一个电话，给你祝贺生日,叫你注意身体!”张淑琴忧闷地想,这孩子还知道记着我的生日,也许是在心里,她一直把我当成个亲人吧。

她又何尝没有把这个无依无靠的宋媛媛当做女儿挂在心上?晚上睡不着觉,不由自主地老是想着宋媛媛自从生下来就躲不开的苦命,相比小丽和小燕,宋媛媛同样也是花季女孩,可是,她们的命运之路,相差这么大。她无奈地叹息,宋媛媛在电话里说的话,明摆着就是冰冷的事实:“我哪有未来呀?我不知道未来,因为也没有未来……”

每个人都无法选择自己的出生和家庭,但是,总有权利选择自己的明天和未来——这个道理,今天我们已经用不着再来申明,再来论述,可是,为什么,在郭容和宋媛媛这里就是行不通呢?曾经行医多年的张淑琴,她有多少救死扶伤的本领,熟知着多少治疗孩子各种疾病的良方,但是,面对着郭容、宋媛媛的灰色人生,竟也只有空自心焦,毫无良策。

当然了,她绝不能听之任之,而是一定要顽强地探寻:到底该用什么办法改变现状,让更多的郭容和宋媛媛从此脱离灰暗的人生路,站到光明的世界里?

挑战篇（一）：酷暑一九八七

第一章　麦田里的婆孙

1987 年 7 月，正是陕西历史上罕见的酷暑天。一个星期六的晚上，张淑琴独自一人上了从西安开往武功的火车。她计划当晚在武功县氮肥厂一个老同学家里落脚，转天早晨再坐长途车赶往扶风。

去扶风干什么？她身边人都觉得不可思议——她要替监狱里的一对犯人夫妇探访他们的儿女。处长不同意她去，她非要去。

即使是张淑琴自己，这时也还预料不到，此一行非同寻常，几个小时的行程将要穿起来她整个的后半生——此次的付出，将成为她人生之中一个意义重大的开始。

两天前，她采访了一名立功受奖的犯人。这犯人因为及时检举了狱内的暴动预谋（杀死警察、抢夺钥匙、警服和汽车，爆炸氧气车间等）而获得减刑七年的重大奖励，这样的立功之举在监狱里是极为少见的。采访时，张淑琴问起这个犯人的家庭情况，忽然注意到对方的脸色变了，痛苦闪现在他的眼睛里。他说，他的老婆也正在服刑，五个孩子全都扔给了老奶奶，最小的孩子当时只有两岁，可是老奶奶年老体衰，自顾不暇，大一点的孩子只好退学帮着种地，因为太过劳累，大女儿病倒了，又没钱医治，很快竟瘫到床上，在他们到监狱还不到一年时她就死了。

犯人泣不成声，浑身憋屈地窝成团，张淑琴劝慰他："别难受了，把地址给我，我替你去看看老人和孩子。"

离开那个减刑犯，张淑琴又去女子监狱，告诉那个犯人妻子自己的打算。女犯闻听顿时泪流满面，哆嗦着一双手掏出平时积存的几双袜子、裤头，还有两双小鞋，把它们一件件仔细理好了，用方布裹紧，悲悲切切地交给这位穿着一身警服的女记者。

在后来写下的名为《儿女们》的报告文学中，张淑琴一上来这样开头：

——也许因为我是个女劳改干警，也许因为我也是孩子们的母亲，想见到他们的心情竟是那样强烈。于是，顶着那火辣的太阳，我上了路。

那是头一回，她替犯人去看孩子，之前谁也没告诉，个人行为嘛，她甚至连警服也没有穿。她说：“那时候，自己总有一股子劲，特别冲，我行我素的，好像就喜欢自己给自己找事。”

她手里拿着提前买好的桃子和水果糖，又卷了一包女儿的小衣裳，一路风尘仆仆地来到了扶风县。一踏进连绵深阔的大山里，就有一种回家的感觉。蜿蜒的小路显得很长，不断地上坡下坡，空气里卷着灼人的热浪，仿佛是老天在考验着什么。

她走得满面赤红，汗流浃背，终于找到了犯人的家。

——那是几孔靠着土崖、用土墙围起来的小土崖洞，阴暗、潮湿，还有股子发霉的味儿……几个没有见过世面的乡下娃娃，大的 14 岁，小的才 6 岁……孩子们没有读过因果经，不知道什么叫报应，他们只知道三年前的一个清晨，父亲走了，母亲也走了，他们这个靠着土崖被土墙围起来的几孔小破窑的小院子里，就剩下他们和婆婆……又一个收麦的季节到了，门前那一大片麦地，原是他们一家八口的责任田。别人家的麦子是用汗水浇灌的，他们家的每颗麦粒里，都饱含着他们婆婆孙子的泪水。

眼前的情景叫她不忍睹视：老奶奶忍着一阵阵剧烈的咳嗽，领着四个孙子割麦子，因为年老衰迈她常跪着割，并且叫大一点儿的孙女把麦捆捆得小一些，好让年幼的弟弟妹妹往家里扛……张淑琴注意到，那大一点的女孩子一直不敢抬起眼来正视生人，她的妹妹后脑勺上扎着一对蝴蝶结，脚上穿烂了的拖鞋上绑着绳子，一只红一只绿，大弟弟的胳膊上吊着绷带，老奶奶说，那是给村里人打折的，小弟的门牙也是被人打掉的，竟然他家的鸡也叫人拿药全部给毒死了……

进到土崖洞里，看那炕上，只有一条破被子，席子也没有，铺的是硬纸片，因为洞里大量积潮，用手一摸，到处都是湿泥巴，看那洞顶已经倾斜得厉害，眼见着就要坍塌下来。

张淑琴的心缩紧了，一股火气直冲上来，她抓住大女孩的手走出去，拐了几个沟口找到村委会，进去便劈头盖脸地一通喊：“你们也不过去看看去，一个快死的老太太，带着那么小的孩子收麦子？他们那个窑里还能住人吗？再下一场大雨，破窑塌了咋办？都是你们的村民，父母犯罪，老人孩子也有罪吗?他们的死活你们管不管?”

村干部叫她一嗓子给镇住了,知道这位红头涨脸的女子是省监狱局来的干警,并且又听说打村里押走的犯人立了大功减了刑,村干部赶紧表示,这就给他家帮忙去。张淑琴站在那儿给他们把道理说清楚——你们也是代表政府的干部,有责任安置好服刑人员的一家老小,关心他们的生计问题,不然的话,那些犯人怎么会安心改造?

村干部哪里招架得了她,只是不住地点头,一个劲儿说:“哎呀,你们的工作做得真细呀,工作都做到了家里来……”

告别一家老小,张淑琴走到山沟尽头的向阳坡上,在那个死去女孩的小坟茔前驻足,默默地蹲了好一会儿。她顶着烈日,把汗擦擦,让自己的情绪消停下来。静默中,觉得心里像是有一种奇怪的感觉,仿佛眼睛透过坟头的青草和黄土,看见了里面沉睡着的小女孩。

夕阳如血,大山无言,四野之间仿佛贯穿着一阵低低的抽泣声,像坟里的小女孩在哀叹自己生如蝼蚁的命运……

当夜她写下一篇《儿女们》,在结尾处,她表达了心中深深的哀痛:

——现在,这里已是墓草青青,我没有办法见到她,不知道孩子的眼睛是睁着还是闭着,可我敢肯定,不管她的眼是睁着还是闭着,她肯定会望眼欲穿地盼着她的父母亲;我不知道孩子的嘴是张着还是合着,可我知道,她的心会发出大声的疾呼,呼唤她在远方的亲人……

乘上东去的列车,我的心久久不能平静,我后悔没有代表他们的父母向孩子们说几句话,我后悔没有代表他们的父母在那早逝的女儿坟前添一把土,更后悔没有在那白发的婆婆面前替她那不孝的儿女给她一个衷心的忏悔。

从山那边飘来一片白云,悠悠地向东方飘去……

返回西安的火车上,她心里一直觉得不安。对那一家婆孙老小的生活再做设想,老奶奶已经病入膏肓,眼下她还在勉强撑着,几个孙子孙女像是小毛鸡围着老母鸡转悠,但是,一旦这老奶奶一口气上不来,倒在炕上,那该怎么办?破败的土窑半夜里要是塌了怎么办?

回到家里,神情倦怠,满心凄然,她把自己关进小卫生间里,没完没了地冲凉水。然后,招呼女儿吃了睡了,自己又坐到台灯底下写个不停。只有写个不停,才能缓解自己。写着,她心中又发颤,想起当最后往回走时,路过了小河边，看到那家的小女儿正在石头板上搓洗衣服，女孩散乱的发辫遮着脸蛋，小屁股撅着，洗得用力而认真，她脚上穿着绑了绳子的烂拖鞋，一只红、一只绿……

第二章　恐惧的眼睛

——几双眼睛　一群孩子　恶性循环的怪圈

那是她人生中一个特别悲哀的下午，像遭遇了一场难以治愈的灼伤，一种持久的隐痛和深深的忧虑在她心中蔓延开来。

她跟自己说，你可以摆脱，也可以忘记，没有人强迫你老是想着，可是，那麦地和窑洞里的一幕幕，如此顽强地印在脑子里……你不能假装没有见过，没有如此逼真地面对过！

为什么，那几个孩子的面孔，几双眼睛，如此着实地印在了脑子里？

她记起有一回，在看守所里，看见一个女犯罪嫌疑人戴着手铐进来，一个黑瘦的小男孩紧随其后，审问过程中，那男孩眨着一双恐惧的眼睛，一直用手抓扯着母亲的衣角。已是晚上，当她办完了事再回办公室，看见那个男孩团着身子在干警值班室的条椅上睡着了，母亲已经押进了囚室……

突然之间，那几个孩子变成了一群孩子——那一群特殊孩子的命运，成为她心中永远撂不下的事。

《儿女们》拿到报社来，处长不同意登，在那一个劲儿嘀咕，这么大的一篇稿子，有没有让厅长看过啊，有没有让局长看过？张淑琴说，以前比这还大的稿子也是咱们自己编的。

好在有一个副处长很支持她，他把这份稿子分给了教育处的几个人，让大家一个一个地轮流看了一遍，然后他再问大家："稿子写得怎么样？对犯人有没有教育意义？"大家个个都说写得好，肯定是有大的教育意义。这样，那个新来的处长才同意签发，登到那一期的报纸上。

整整一大版的文字啊，同时叫美术编辑给配了逼真的插图。报纸一下子发到省内各个监狱，没几天就接到四十多封犯人来信。其中就有那个减刑犯。他写道：

——我比任何人都难过！插图上的老人就像我的老母亲，小孩儿就像我的小儿子。我是一个父亲，我不能尽到父亲的责任，我是一个儿子，我不能侍奉我的母亲，却把生活的重担转嫁到老母亲身上，我还算个人吗？

不少犯人在信中反思忏悔，因为自己犯了罪而毁了孩子，有犯人说自己的孩子正被人虐待，或者正在流浪，有的犯人担心，自己的孩子已被人贩子拐走、下落不明……犯人都希望政府能帮助他们找找孩子……

张淑琴把犯人的来信加以摘选编排，登到另一期的报纸上。

她开始有意识地研究“服刑人员与未成年子女”的问题。问题是普遍而严重的。

现在看到一个粗略的统计，按全国各级人民法院每年审判 40 万案件计算，罪犯人数至少在 40 万以上，其中有 70% 为已婚者——按照国家《监狱法》第十九条规定，罪犯不得带子女服刑，因此全国每年至少会有 28 万的孩子进入服刑人员、或者是被人称为“犯属”的子女行列，这其中，又会有多少万的孩子属于纯粹的孤儿！

如此庞大的一个特殊群体，他们怎样生活，怎样长大？

——商洛地区一家敬老院里长期住着一个“杀人犯的小女孩”，她的破房子里没有门窗，随时可能遭受坏人的袭击。为了能在敬老院里“白吃白住”，她整天为残疾老人端水端饭，或者给敬老院养的猪打草，稚嫩的小手上留下一道道刀痕。她本是一名品学兼优的三好生，年仅 8 岁，平时爱好画画，梦想着长大后要当画家。可是这家中忽然发生灾难。在可怕的家庭恶斗中，母亲联合外公将她的父亲打死。然后，杀人者锒铛入狱，小女孩流落街头，被路人送进社区敬老院，成为一名逃学的小帮工。

——陇县妇联接待了一对生活无着的兄妹，大的 11 岁。他俩哭着来告状，村长收走了家里的责任田，因为他们是罪犯子女。他们的父亲是杀人犯，已经伏法。父亲因为找了第三者，把他们的母亲杀死了，此后两个孤儿不仅被亲戚鄙弃回避，所有的村民也都变得冷漠。他们离开了学校，不敢出屋，先是靠家里留下的粮食充饥，然后晚上从别人家的地里挖红薯，掏邻居鸡窝里的蛋……终于一位邻居大伯看不下去了，给了他们半袋麦种,告诉他们,该下种了,赶紧把家里的承包地收拾出来,种下粮食后好养活自己。兄妹俩明白了,拿起镰刀铲子割草整地。谁知道种子撒下没过多久,村长强行收回了他们的承包地,理由是,罪犯子女无权承包责任田。

妇联应该是保护儿童的,但是,对于两个孩子的困境一时也是无能为力。

——女子监狱来了一对小兄妹,他们要求探望母亲。母亲因盗窃入狱,父亲失踪,兄妹俩为了生计很快也开始行窃,不久即成"贼林高手"。尤其是八岁的妹妹,身手矫捷如同壁虎,3 米高的墙轻易就能翻过去,手更巧得像钳子镊子,据说在某家电厂里一次就偷了3000 元! 俩人来到监狱看妈妈,表情透着得意,手上拎着葡萄、方便面,还有新皮鞋,妹妹的手里还攥着几张钞票……母亲立刻就明白了,只觉得天旋地转! 她跪在监狱长面前哭着哀求:快把俩孩子送到少管所吧,要不然,等不到我刑满释放出去,他们两个都得进来……

在汉中监狱门口,有两个六七岁的小兄弟坐在台阶上哭。他们是从一千多里外的农村沿着火车道一站一站地找来的,整整找了几天几夜,饿了就吃路边的生庄稼,渴了喝河沟里的水,俩孩子一心想见到监狱里的父母,以为只要找着了父母就可以跟着他们在监狱里面住了,那是他们的家。可是那个监狱他俩还给找错了,不管警察怎么劝说,他俩也听不明白,只是一个劲地哭个没完。最后警察买了些吃的,凑足了路费,好不容易哄着他们离开了。

一个女犯几天之内头发全白了,她听说女儿在给姥姥买药的路上遭遇车祸被轧死,死前女孩受尽了同学的嘲讽打骂,因为她的妈妈毒死了她的爸爸,做女儿的只好逃学住到了姥姥家……

这是一个阴暗寒冷、悲苦交加、被人遗忘的角落,父母犯罪,子女无法脱罪,人们把对罪犯的痛恨和怨怒延伸到他们的子女身上,没有人愿意收留他们,连亲戚也避犹不及,生活一夜之间被斩断,家庭瓦解,众叛亲离,他们成为弱势中的弱势,从此在生存的底线苦苦挣扎。

因为不属于政府福利救济的对象,相比那些孤残儿童,以及贫困山区的孩子,这些罪犯孩子的贫困是双重的,除了饥寒之苦,被歧视、遭唾弃等,精神上的痛苦更让他们恐惧绝望。在恐惧绝望中,他们不知道生活的意义何在，成为一群真正的失语者，少年式的沉默呆滞在他们的脸上一览无余，因为每人心里都藏着家庭恶性变故的秘密，他们知道自己属于特殊的异类，于是逃离学校，离群索居，或者是流浪乞讨，捡拾垃圾，或者是做苦工，在山沟里，在旷野上，他们衣衫褴褛，饥寒交迫……没有根的生活让他们过早地饱尝世态炎凉，整日里战战兢兢，像随时提防外界袭击的动物。

他们还有权利往下活吗？他们的人生还有什么光鲜可言？等待他们的，就只有和父母一样的灰暗前景吗？也许现在，“丛林法则”可以发挥作用了，流离失所的境地有可能被某种游戏所改变——他们变成一伙“孤独的狼”，把社会给予的歧视和重压转化为恶念和报复，只要遇见机会便会铤而走险，从说谎偷窃，到黑道犯罪、行凶杀人……恶性循环的怪圈就这样形成了：

被（父母和社会）鄙夷抛弃—孤独无依—恐惧绝望—心灵扭曲—冷漠仇视—报复犯罪—监狱服刑……

上世纪50年代，风靡一时的印度电影《流浪者》努力批判的观点，在今天的现实中仍被大量印证着，罪犯的儿子还是罪犯！一个多么可怕的怪圈，一个多么危险的隐形犯罪的群体！当国家职能部门对犯罪的父母绳之以法的时候，却忽视了他们身后弱小的孩子，他们因为年幼无知，不辨是非，不知道父母对社会形成了多大的危害，脑袋里只是深烙着父母被警察铐走的情景，仇恨的种子埋在心里，随着年龄的增长，可以说危机四伏，随时可能走在犯罪的悬崖上。

怎么办？难道这样一群特殊的孩子，就不能再有未来了吗？难道他们的归宿非此即彼：不是死于疾病，便是与其父母一样，也将在某一天堕落下去，直到进入监狱的高墙？

第三章　人类的难题

——舐犊之情

小丽和小燕发现，妈妈最近变得异常沉默，不仅沉默，还比以前更忙更累了。常常很晚时候妈妈才扛着自行车进门（她们住在监狱局宿舍第五层楼），这时两个女儿已经早就自己吃过饭，做母亲的好歹吃几口剩的，然后就在小卫生间里哗哗冲一通凉水。等到她俩都睡醒一觉了，看见妈妈还在那桌子前，不停地翻着什么，写着什么，一夜一夜的舍不得灭灯。

为什么哗哗地冲凉水？当然是为了清醒，为了冷静。

这是20世纪80年代的后两年，现代社会的发展进程越来越快，有太多的世界性的难题接二连三浮出水面。从东方到西方，人类面临的各种难题，远远超过了一些杰出的政治家、哲学家和社会心理学家所能够理解和思考的程度。这些个难题困惑着人们，不仅需要重新思考，而且需要大量的实地考察，从而找出有效的解决办法。

炙热的太阳底下，张淑琴跑遍省内二十多个监狱点，农场、煤矿、男监女监，详细调查发现，服刑人员未成年子女的安置问题，直接影响着犯人的教育改造，只要解决不好，就会造成巨大的精神痛苦，导致犯人抑郁不安、烦躁焦虑，无心改造，及至发生对抗，甚至越狱。

马栏农场有个男犯越狱逃跑后被抓了回来，他告诉追捕人员说："我确实是不想跑的，我就是想看看孩子，想知道他们的消息。"

女子监狱一个女犯因为长期得不到女儿的消息，精神失常，一天深夜把手绢撕成布条系到床帮上自杀，痛苦中她来回翻身折腾，每翻一下身就喊一声孩子的名字，直到天亮被人发现，抢救过来仍一心求死……

水泥厂一个外号叫"黑老大"的犯人，现在开始转变，因为监狱里近日破例让他歇工回家给18岁的儿子奔丧。他本是重刑犯,几次扬言出去后头一件事就是要报仇了结私怨。他老婆跟他离婚,他一滴眼泪也没掉,可是闻听儿子患了癌症,立刻痛不欲生。他说老婆可以再娶,可儿子只有这一个。他感谢监狱给了他奔丧的机会,决心今后努力改造,做个好人……

这天张淑琴亲眼看到一个死刑犯在赴刑场前与儿子诀别。儿子年纪太小,临来监狱时警察只告诉他,你爸爸要出远门。犯人拖着很响的重镣向儿子一步一步艰难地走近,他揽住孩子的手,低头说:"爸不懂法,不学法,捅下了这乱子……爸要出远门了,也许要三年五载不回来……"话至此,他终于失去了控制力,在儿子面前失声痛哭。

那是她生平第一次听见一个杀人犯与孩子生死离别时,如此撕心裂肺地哭。

美国有个冷面杀手,在接受电刑前给自己母亲留下一封长信,其中有这样的独白:

——我不可能在一夜之间接受一直被我否定的东西。

——也许我根本不是人,我的人性只够怜悯我自己。

但是,这个杀手再怎么冷面,却还知道给母亲写信,并且使用了"怜悯"这个字眼。假如说,他真的是只动物,还管什么怜悯不怜悯?

她陷入沉思。作为人,任何人,哪怕他是杀人犯,也无法否认心中尚存的人性真实。

既然我们承认人的复杂性和犯罪行为的复杂性,那么什么样的罪犯,内心深处也不能消除其人性中最为柔软和脆弱的部分。眼下已经有太多的案例都在说明,通常犯人最无法消除和难以忍受的情感,就是舐犊之情,这舐犊之情可以让他们翻然醒悟,也可以让他们自暴自弃。

张淑琴印象最深的是,女犯之间常闹不和,扭打起来往往你死我活的,然而,只要谁家来信说到了孩子的事,女犯们全都会支起耳朵来听,要是谁家来信说到孩子没钱治病,总会有好几个女犯站起来慷慨解囊。

毋庸置疑,人最根本的感情是爱,而血脉相连的亲子之爱,正是第一位的,也最能化解人的各种极端情绪。既然总是强调,要最大限度地调动犯人身上善的因素和良知的力量,要使天使战胜魔鬼,那最有效的良药是什么?当然是舐犊之情,恋子之情。

结论很清楚,我们对犯人应该铁面无私,但是不能铁石心肠,假如能够妥善地解决好服刑人员未成年子女的安置问题,一定会最大限度地促进犯人回归社会,重新做人!

挑战篇（二）：问题悬而难解

第一章　曲高和寡

作为一个惯例，每年临近春节时，省委的一些领导同志总要到少管所来看望一线的干警们。这次，当茶话会刚刚结束时，随行做新闻报道的张淑琴立刻赶上前去，向省委书记直截了当地作自我介绍："书记，我就是张淑琴，前些天的那封信就是我写给你的！"

她感到高兴，这位书记站定下来，脸上笑容可掬，并且还当着她的面立刻把旁边的一个政法委书记招呼过来。书记指着她，对政法委书记表扬说："你看看，这就是张淑琴，那回我批给你的信就是她写的，真没想到啊，她能够这么深刻的思考，很不容易，你要详细听她的汇报，一定要重视这个问题！"

她一下以为问题得到重视，很快就能解决了。哪想到，等她认认真真又写了一份可行性报告之后，便再也没有消息了。在报告中，她依据自己的调查和所思所想，提出具体建议，比如监狱工作合理性外延，可以在系统内增设这样一种机构——成立一个专门的安置办公室，其职能一是帮助刑满释放的犯人出狱之后找到出路，二是帮助犯人在服刑期间其未成年的子女有人抚养……

漫长的等待对她来说太过煎熬。电话很难打通，她就约时间等，等也等不上，干脆直接约到办公室面谈，约也约不见，她提前登门，终于硬闯了进去，于是把书记给惹火了。劈头盖脸砸过来一通批评，完全是否定式，不带任何商量的，那个书记说她："这个事不是你想管就能管得了的！你那些全是空想，是坐在办公室里的想当然。我们只管墙里，不管墙外，墙外那是犯人家属的事，剩下的，也是由民政部门去研究怎么解决；我们只要把犯人管好，把生产任务完成就行了！"

仅此而已，问题的提出仅仅是作为提出，可行性报告也仅仅是作为报告。她失望极了，开始意识到自己也许是想得太简单了。原以为只要是工作需要,自己就可以去做,而且自己也有能力去承担……想来想去不甘心,又上民政局去当面咨询,负责人说,他们的权限确实只在孤寡老人、烈士遗孤以及贫困儿童,安置罪犯子女从来都不是他们的责任。她再到人大、政协、政法系统其他的一些部门,连省里的综合治理委员会办公室也找了。报告一次次递上去,她努力说明——刑满释放的犯人走入社会得不到相关的安置,就业艰难,重新犯罪的现象十分严重,尤其是罪犯在服刑期间他们未成年子女的抚养问题和教育问题更为严重,这是一个大的特殊群体,这个特殊群体的命运正岌岌可危,希望领导重视正在发生的一切,考虑怎样在系统内部设置新的职能部门,以防止巨大隐患的产生,如果认为目前机关里人手不够,可以让退下来的老同志和退休干警前来参与,比如每个月定点做家访,一个月跑上几个家庭……假如这项安置工作搞得好了,还可以成为我们政府的一个形象工程……

张淑琴:我那会儿就是太胆大了,可能写电视剧写得太顺,认识了不少领导,包括司法部部长、副部长,一直到监狱局,我全都找遍了,从上而下地找,我就是建议领导深入考虑,怎样改造犯人才能更有效,怎样才能真正的预防犯罪,尤其要以及时的措施救助"特殊孩子"这个群体……我甚至希望政法委增设一个新部门把我先调过去,因为政法委那是个协调单位,我可以着手做我想要做的事。

虽然一直没人理我,我还是相信自己没有错,邓小平不是还讲过,法制教育要从娃娃抓起吗?孩子是无辜的,你不管他,你不帮他,他就会遭罪,他就会犯罪!

我是从1987年起就向上级机关提出建议的,好长时间没得到支持,都说我是空想,说大可不必,说我们把监狱这点事管好就不错了。结果到了现在,我们每个司法厅都有了一个基层科,每个基层科都增设了一个安置帮教办公室。这至少证明那时我是很有超前意识的吧?几年以后,中央出台了文件,要求加强对刑满释放人员的安置工作,因为重新犯罪率一直持高不下,成为一个很大的社会问题。

她说"超前意识",并非是自诩,时间到了2000年,当她历经千辛万苦先后办成了5所儿童村后,曾经得到一个机会,就是随司法部的一个调查组去香港监狱考察。考察中她发现,在香港的每所监狱里,都设有至少两名的专职福利官,他们不穿警服,专门负责解决犯人的家庭问题(香港的司法机关允许女犯人带着未成年的孩子进监狱)。此后,当北京的太阳村越来越具有规模和现实意义的时候,外界好评如潮,对于国家的公检法部门、办案人员的行为以及一些相关政策的制定等,产生了不可估量的影响。

然而,问题的提出与构想,毕竟她是从1987年开始的,当时,那个后来具有巨大现实意义的联合国《儿童权利公约》还没有出台(此公约在联合国第44届大会上审议通过,于1990年9月开始生效,是世界上有史以来得到最广泛接受的国际人权条约,包括中国在内的193个国家进行了签署)。因此,作为一种“超前意识”,一种前瞻性的构想,张淑琴这时所触及的,实在是一个太重要太普遍,又太尖锐太棘手的难题,涉及国家政策长期忽视的一个空白点,注定是要遭受冷遇,被判为“空想”的。

第二章 仁爱思想

——司令员善待日本遗孤

冷水浇下来的唯一好处，是叫人更深入地斟酌思考。她琢磨身边一位领导批评自己的话——为什么说你是空想？那么多贫困地区的孩子、还有烈士的孩子，还都管不过来呢，怎么还要去管罪犯的孩子？立场在哪里？

“立场”——问题的症结正在这里，是观念上存在着分歧——巨大的根本性的分歧，这肯定是所有的障碍中最难逾越的。

在西安附近一所农村小学里发生的事充分印证着这一点。那天，学校操场上高音喇叭向同学们发出号召：“让我们伸出友谊之手，帮助被罪犯杀死了父亲的同学郑玉宇！”失去了父亲的郑玉宇是不幸的，她的同学范绮丽也和她一样不幸——范绮丽的父亲因为恼怒妻子与情夫通奸，逼迫妻子与自己联手一道杀死了情夫，也就是郑玉宇的父亲。而范绮丽在学校的高音喇叭下感到了被隔离、被唾弃的命运，无数双鄙视的眼睛盯着她，她无地自容，跑回教室，拎起书包出了校门，从此再没回来……

观念是最要命的东西，约定俗成，人云亦云，牢不可破，即使是一些领导者，在脑海里也一样会烙着陈旧的偏见；即使是年幼的小学生，也无一例外。所以“文革”时期以出身给人划分等级的“血统论”才会那么迅速全面地铺开，所谓“龙生龙、凤生凤，老鼠生儿打地洞”，“老子英雄儿好汉，老子反动儿混蛋”，这些口号一时迫害了多少人！带着血腥味的“血统论”，它的可怕渊源，来自于古代社会森严的等级制度，封建社会“一人犯罪，株连九族”的残酷法律，在社会意识形态中还是占有一席之地的。

然而，一旦跳出传统观念的偏执，进入到华夏文明优秀的主流当中，就会发现,千百年来的儒家学说中蕴涵着传统文化的精华,尤其是孔子的仁爱思想,所谓“仁者爱人”、“泛爱众,而亲仁”,宣讲的是博爱大众,是教人广施爱心,亲近仁德之人,孔子仁爱的理想境界,是“人不独亲其亲,不独子其子,使老有所终,壮有所用,幼有所长,鳏寡孤独废疾者皆有所养。”到孟子,孔子的仁爱思想得到继承,更强调人人应有恻隐之心,应做到,“老吾老以及人之老,幼吾幼以及人之幼”。这些阐释“博爱之仁”的古训,作为儒家伦理规范的灵魂,充分肯定了人的尊严与价值,教诲后人以善者的风度对天下人施以爱心,这爱心体现了博大的胸怀和善良的人道——多少年多少代,这些弘扬着人类真善美、代表着和谐人性的思想,作为引导着中华文明长盛不衰的美德,在今天飞速发展的现代化进程中,当然不能被摒弃或遗忘。

一个抗日战争时期的感人故事震撼了张淑琴——在著名的“百团大战”中,发生了一个“司令员善待日本遗孤”的故事:八路军一举攻克了日军固守的山西娘子关,打扫战场时,有战士在硝烟弥漫中发现了两个日本孤儿,大的四五岁,小的还在襁褓中。战士们立刻向聂荣臻司令员汇报,司令员让他们把孩子抱给他,在仔细查看了孩子的健康情况后,司令员把一个梨子洗了洗递给大一点儿的孩子,又让炊事员煮了稀饭喂给两个孩子。由于战事紧张,不可能让孩子跟着部队,聂荣臻决定将孩子送回日本。临送别时,司令员依依不舍地深吻着孩子,然后把他们小心地放在竹篮里,又选了几只梨子放在篮子周围。当战士要挑着竹篮上路时,聂司令员又想起应该写一封信给他们带上。他返回指挥所,挥笔写下:

日本军官员、士兵诸君:……中日两国人民本无仇怨,不图日阀专政,逞其凶毒,内则横征暴敛,外则制造战争。致使日本人民起居不安,生活困难,背井离乡,寡人之妻,孤人之子,孤人父母。对于中国和平居民,则更肆行烧杀淫掠、惨无人道……

但中国人民决不以日本士兵及人民为仇敌,至仁至义,有始有终。深望君等翻然觉醒……

聂荣臻司令员的仁义之举和这封言辞坦荡的信,无疑给日本官兵以极大的震动。这故事直到今天仍然作为人道主义的楷模,成为中日之间友谊邦交的佳话。

这段佳话太契合她的想法,甚至令她一时间愁闷顿消。但是,现在她也清楚地看到，在目前没有新政策出台的情况下，希望靠国家现有的管理机构来保护这些孩子已是不可能的。那么，应该怎么办呢？是否只有走民间道路，通过慈善公益事业来解决？

她又遍查所有能查得到的国内外资料。那时在慈善公益界，无论中国还是外国，都没有查到关顾过像这样的特殊群体。也就是说，目前没有任何的前车之鉴可作参照。她实在不敢相信，偌大的一个世界怎能没有一个角落对那些罪犯的孩子施行过救助！

尽管心存巨大疑惑，一番热情的幻想仍难以遏止，仿佛已化为一块红煤闷在了心里。她整天琢磨着，筹划着，幻想在某一天，一定会找到一种合理有效的模式。

暂时她也说不清那个模式是什么样的，只在心里存有幻想，也许感觉中好像动画片里的神奇画面：一只硕大无朋的鸟，展开一双金色翅膀，把那些孩子拢到温暖的身子底下，给他们遮风挡雨，隔离开命运的阴影，让一张张灰暗的小脸从此绽放笑容。

——她是那只大鸟吗？她有没有那样一双金色的翅膀？

第三章　大墙女作家

——心里的红煤

这年秋天，作家协会的老师给张淑琴争取到一个难得的机会，到西北大学中文系作家班深造。虽说学制只有两年，学历却是实打实的大学本科，因此要求学生全日脱产。她当然珍惜这个机会，但是很难做到全日脱产。多年来别管在什么地方，她从来就不是一个请假的人。为了不耽误本职工作，叫报纸该怎么编还怎么编，她只能脚底踩个风火轮，每天课堂单位两头跑。

这是西北大学的第一届作家班，算得上是人才济济，九十多个作家是新时期以来全国各地文学界正在走红的大小名人，比如迟子建、王刚、马力、肖岱，等等。课程也是十分丰富，包括文艺理论、美学理论、古代文论，还有古今中外文学史及其代表作。难得的学习时光，同学们都住在学校宿舍里，每当听课之后，大家喜欢热火朝天地争相讨论。各种流行的艺术主张和观点，吸引着大家的注意力，兴奋点尤其围绕着西方最热门的现代派理论，大家整天谈的都是这主义那主义，这意识那意识，要么是结构啊解构啊，方式或者形式，不好懂的高辞一套套的。她虽然听着，脑袋里面并不怎么进得去。常常是说走就走，比谁都忙。假如一时没走开，轮到她有了说话机会，她就会非常“现实主义”地讲自己耳濡目染的“生活”……

她是很有口才的，只要一开口便会滔滔不绝，毫不在乎对方的感受。有人走开了，有人还在那儿默默地听，有人上来截断她：张大姐，你怎么除了犯人就是孩子？呵呵，太悲天悯人啦，像你这样的菩萨心肠，哪适合在监狱系统工作？行了，换换频道吧，还是说说咱们的作业吧！

今天的作业是什么？解读 19 世纪作家批判现实主义的作品——如

果要问,在作家班,让她获益最多的是什么,她说那就是这一块。

俄国的大文豪托尔斯泰,是最了不起的高峰,他的《复活》是真正属于人性关怀的杰作,那个叫聂赫留道夫的贵族,他虽然没有进监狱,但是他犯下的罪恶一点不亚于今天的流氓犯。但是,在生活中,他永远都是贵族,只是心灵的债务叫他一生都在寻求救赎,老托尔斯泰是在用自己的良知来呼唤人类的良知!

作为作家队伍中的一员,她应该属于纪实性很强的"非虚构"或者"非技术"派。她像鱼儿离不开水那样离不开个人亲历的生活视野。当在医院工作时,她就写医疗战线的故事,到了监狱系统后她又成为大墙女作家。对她来说,重要的并不是纯粹与否,也不是有没有品味,这些追求当然是上乘的,但在她看来总有些奢侈。而另一些内容,比如说文学的眼光与情怀,才是更重要和更抓人的,那种热血的、敏锐的,同情弱者、关注民生的强大的社会精神,一直是她在写作中最希望把握的。

她希望在文学的殿堂里,自己不是一个人间的看客,不是一个实验家或消闲者,而是一个贴近现实的积极主动的思考者。也许她更乐意把自己当作一名普普通通的小报记者。什么叫"无冕之王"?是记者享有凌驾于社会之上的特殊地位——这是西方传过来的话,到了中国,意思是说你虽然没有职务,没有官衔,但也应该算一个真正的高官,因为你不需要借权威的名义,仍然可以给社会起到一定的作用和影响。

假如现在,有人将两部经典摆在眼前,一是《红楼梦》,一是《古代神话》,问她,你会挑哪一部带着去孤岛?也许她给自己挑的是后一本,因为那里有悲怆而激越的《精卫填海》和《夸父逐日》。

那年,他们作家班集体获得了第一届的庄重文文学奖,她个人在作家班的真正成果,就是那个跑了多少回一线劳改点才细磨出来的电视剧剧本《特殊战线》,当开播之后获得了国家司法部和广电部颁发的金剑奖。然后,她的又一部电视纪录片《监狱女警官》上镜,一部电视剧脚本《矿山救护队》问世——反映劳改煤矿服刑人员组成的矿山救护群体的英勇行为,连同一些短篇作品先后发表在报纸杂志上。她声名鹊起,首先是全国的监狱系统和报业同行都在为她赞叹,不久,《中国青年作家名典》也将她收录进去。

文坛老前辈陈荒煤在看了她的大墙文学作品后赞许道:"她是在用母

亲的心、作家的笔、女性的感觉探索着这片土地……”

《在离开父母的日子里》一书的著者常扬这样评价她:“重要的是,张淑琴以司法和文学工作者的双重职责,庄重而严肃地弘扬了文学之魂,人道主义!……张淑琴的‘大墙文学’是在中国文学人文色彩淡化的时候推出的,显出她固守崇高的可贵。更可贵的还在于,她把人的光环赋予不被社会看重的罪犯及其子女,并且热情呼唤他们人性的复活和真善美的回归。所以,她的作品就能在文学已经失去轰动效应的冷清时期,影响于监狱及社会。”

1995年,西安市文联举办“海龙王杯女作家奖”评选活动,在大量的推荐信中,有一封陕西省女子监狱联名写的推荐信格外引人注目。这些女犯人推荐她们“心目中最亲切的张管教”,称她是“一个用心血用生命爱着她们和她们的孩子的女人——张淑琴”。女犯们写道:我们是女监的犯人,曾读过《新岸报》记者张淑琴的许多文章。我们被她的敬业精神和作品表现的内容所感动。特此向评委会郑重推荐!

作家评奖,犯人写信联名推荐,这有点奇特。评委们难以想象,这些女犯们个个熟记着张记者的文字,比如说《老娼和她的女儿》,她在开头是这样写:“她的泪比血珍贵,因为身体不管任何部分破了都能流血,而泪只有心碎了才能流出来……”

评委们对张淑琴这个名字格外地加以重视。她获奖了,作家协会给她送来领奖大会的请柬,紧跟着,又是作品研讨会,等等。一时间,掌声与鲜花簇拥着她,她感动,激动,但是,陶醉不起来。

她忽然对文学圈里的活动不再像以前那么热心,有些小会能不去就不去,多少是觉得有点儿闹心,甚至于觉得厌倦。为什么会厌倦呢?曾几何时,她多么渴望当一名出色的作家啊。难道,真是像有人说的,生命体验型的作家,比之书斋感悟型的作家,更容易戛然而止?

生活就是这样,本来你可以沿着人生经过努力而终于开好的轨道走下去,但是,心里的某种引导却叫你忽然间停下来——即所谓“随心所欲”,这是她性格中一个固执的逻辑。是因为那块红煤还在心里烧灼着,那种暗暗的痛,与谁言说?

她在困惑中怀疑,文学还有多大的用场?文学能干些什么?她一再地感到,文学的大意义已经变成了小意义,甚至是无意义。以前总说文学理想和社会理想，这样的话题，在今天的圈子里似乎成为无人问津的“老调子”，似乎思想匮乏的时代已经到来，“文学为人生”的职能正在迅速衰退。一个很抢眼的口号叫做“躲避崇高”，它的号召性是空前的——我们经历了可怕的“文革”，太多的高调和谎言把我们害惨了，让我们回过头来投入真正的人生吧！

我们生活在一个多么舒展开放、其乐融融的时代里，我们终于可以享乐了！眼下最叫座的作品，就是写欲望，写性恶，完全可以一夜成名啊！喂，听说了吗，谁谁谁，刚又写了一本畅销书，那里边可是要什么有什么，一下就印了20万册，当然抢手啦，人家买了辆白富康汽车呢！劝你别走神，还得抓紧写啊……

在功利的漩涡里，不知卷进去多少狂热的写匠。有时听到编辑们在抱怨，稿件堆得比山高，可是，“真老虎（好的严肃的作品）”太少了。趋利的结果是泡沫严重，垃圾书满马路扔着，一元一本大处理，有的作家坚决反对制造垃圾，对甚嚣尘上的商品化世俗化嗤之以鼻，但是，他们又醉心于高雅和纯粹，醉心于隔岸观火，孤芳自赏，喜欢孤家寡人地走边缘，毫不在乎与现实彻底隔绝……

别管人家，还是用心写你的“大墙文学”吧，可是做不到。相比热闹的文学圈子，她虽然敬而远之而自成一家地写着，却常感到自己的笔力太弱，那种杯水车薪、远水解不了近渴的感觉叫人很难再兴奋起来，尽管感触和思考越来越多，写的却是越来越少，高峰状态说没有就没有了。她知道，自己是动力系统出了问题。

思虑中心总是那些孩子。那些孩子，他们需要文学吗？他们是需要一篇奇妙的小说，一个动人的故事，还是一口饭、一张床、一个上学的书包？

不错，文学应该是一种关怀，可以移情，可以言说，还可以参与社会、改良人生，但是，在中国，在当下，像鲁迅那样的文化战士已经少而又少，多的是四平八稳坐而论道的文人闲士，华美的纸页到处飞，像落在河里的树叶一样苍白无力。

挑战篇（三）：见义不为非勇

第一章　墓坑里的女婴

——爱在人间

正愁闷难解的时候，她采访到一件新鲜事。故事的主人公名叫齐文华，原是一个刑满释放人员，这天他在拾垃圾的时候发现，在一个废弃的墓坑里有孩子在哭叫。他赶紧把孩子抱上来，才一岁多的女婴，模样吓人，头发烧光了，脸也烧烂了，两只眼睛向外翻翻着，手指也弯曲难伸。齐文华心疼地想，怎么办？再放回墓坑，孩子就没命了，带回家养，养大了也是个残废。老齐对老伴说，总不能叫野狗把孩子吃了吧……老两口就把女婴抱回了家。

这个不幸的女孩名叫燕燕，原是由一对没有子女的夫妇收养的。因为麦场突然失火，燕燕被严重烧伤，迫于村民的议论，养父母勉强把燕燕送到村里的卫生站医治。但是大面积的烧伤，卫生站根本无力抢救，建议他们抓紧时间送到大医院去。大医院自然是要大开支，那对夫妇抱着孩子回来了，把心一狠，将烧伤的孩子衣服脱光塞进了墓坑里。孩子的哭声惊动了周围围观的人，一下子聚了有二百多人，但只有刚从"局子"里出来的老齐救下了危难中的孩子。

老齐夫妇生活困窘，找来村里的退休大夫给燕燕治疗。大夫说最好是住院输液去，老齐把家中仅存的几百块钱掏出来，全都买了退烧针和消炎药，让退休大夫在家里给燕燕治。几天之后，眼见着燕燕的身体有些好转了。老齐又找到自己原来单位的领导，说了自己打算收养燕燕的决心。单位领导很支持老齐，告诉卫生所给燕燕免费治疗。输液的事并不是一朝一夕的，由于孩子太小，老两口便轮流守护着。10 天过去了，孩子终于可以抱回家了，老齐的老伴却累得一病不起。经医生诊断，老伴患的是晚期肝癌。治疗已经太晚了,没过多久,老齐的老伴离开了人世,从此,老齐与伤痕累累的燕燕相依为命。

张淑琴敏锐地发现,齐文华救燕燕的故事不仅感人,而且意义非同小可,便立刻在第一时间以整版的篇幅在《特殊战线报》上写了一篇新闻纪实,题为《在墓坑中哀嚎的女婴》。又联合电视台和《法制日报》共同做了节目,把节目录下来拿到监狱里给犯人们播放。犯人们很受感动,当即自发为燕燕捐款3000多元,与此同时社会各界也为燕燕捐献了3万多元。

一个年迈的老人、一个"刑释人员",倾其所有救治并收养一名被烧伤的弃婴,为此耽误了老伴的病……这件事引起了公、检、法,以及妇联和共青团的重视。共青团维权办拍案而起,代替燕燕向法院起诉,官司打赢了,遗弃燕燕的养父母分别被判了刑。

张淑琴在想,齐文华的行为说明了什么?犯人是可以改造的,我们的劳改政策是正确的,这都不用再说,重要的是这件事透射出一个宝贵的信息——公民社会的伟大力量。她亲眼看到"爱在人间"的鲜活例证。她惊异地发现,从善如流完全可以成为一种趋势,这是因为,像齐文华这样善良无私的人,在社会的各个角落里不计其数——正是他们,创造出我们今天温暖光明的世界,正是他们,汇集着民间慈善事业的坚实基础!

第二章　独饮独酌

光阴荏苒。1993 年 12 月一个下雪的日子，张淑琴迎来自己 45 岁的生日。

这天傍晚，她没有回家。披着纷飞的雪花，她独自进到一家冷清的小饭馆里，给自己要了一瓶酒，两样菜，坐在角落里独饮独酌。

生日到了，最要紧的不是聚会，不是祝贺，而是应该好好想一想。她跟自己说，这会儿虽然没穿警服，也不好这么一个人闷头喝酒，可是，今天的日子不平常，她只希望酒把她的愁云解了，把她托到空中去。

自古以来，酒就是人生的一个要素，身体中的一个要素，血液里有它，骨髓里有它，无酒无醉的人生不值得活！微醉中，她吐出积压的惆怅，静默长思，生命苦短，来日无多，一下送走了四十多个年头，生命已经入秋、将要入冬，像是山里的酸枣棵子，一旦干透便会枯枝自落，黄叶飘零……人的一生能做多少事？做不了多少事！在人生短暂的舞台上，你想再收获什么？

电视上正在讨论"怎么才能达观地活着？"健身教练带着场上的一群中老年人跟着他弯腰伏地学爬行，说学爬行能让我们的五脏呈下垂状态，会如何如何地调整血脉……导游小姐举着小旗儿带领游客们在泛舟划桨，气势犹如龙腾虎跃般。人人都看开了，现在的时代是"讲究活着"的时代，是养生的时代，你傻不傻，还在想着干大事？

哲学家说："善于静默和退出，是人生一种伟大的艺术。"

可是，我们怎样才可能静默退出呢？怎样才可能把那些已经发生和正在发生的事情从脑中剔除出去？

——你不能假装没有见过，没有如此逼真地面对过！

为什么总是挥之不去，反复咀嚼？咀嚼他人的痛苦对你来说，也是一种痛苦，因为你的出身和你的经历，你的心肠和你的性情，你怎么可能麻木不仁地转过身去?

此刻,既然再次看清了生命的短暂与有限,就该抓紧时间确定下来那属于自己的唯一的任务——必须抓紧确定,不能再拖延,假如再拖延,会后悔,会来不及的!

一位哲学家说:“重要的是保持一种敏锐的正义感,不要错过一生中不站出来就会终生后悔的时机。”(何怀宏语)

几年之后,当梦想成真,儿童村真的办起来时,有记者问她,为什么要在人到中年时还打算做创办儿童村这样的大事?她回答,她一直是有理想的,但绝不是个幼稚的人,那时也是经过反反复复考虑的,想来想去,此事非我莫属……

张淑琴:我觉得自己所做的,都不是偶然,而像是命中注定——我觉得做这个事也像唐僧西天取经一样,取经是唐僧的使命,我把办儿童村当成了我自己的使命。唐僧经历了九九八十一难,我也要准备经历八十一难!为什么明知道难还要做呢?一个是因为自己有这个使命感和责任心,再有也是分析了自己能担当的条件。我在监狱系统工作,了解犯人心理,熟悉他们孩子的情况,我又是搞新闻出身,有新闻的敏感,还有,干任何事我都有一个刚强的精神,就是百折不挠……此外,也是觉得自己长得还比较端庄吧,不是面目狰狞的那种,要是长得像个母夜叉,那么凶,你怎么搞慈善呢?我想这又是老天爷给了我条件,他是要锻炼出来我……

就这样,一瓶酒,两样菜,她独自一人在小饭馆里一坐两三个钟头,没有人注意她,更没有人知道,那个晚上,她内心涌动着的决心和意志,一种强大的行动的渴望抓紧了她,从此便是义无反顾!

回到家里,先洗了个热水澡,再把两个女儿招呼到身边,一字一句地说:“妈妈把你们都养大了,现在想做一件自己最想做的事,也许要更累,更忙了,肯定会一干起来就没个完了,你们俩支持妈妈吗?”

她说明了自己的打算,两个女儿听了都很兴奋。一个说:“妈妈你喜欢你就干吧,今年我就能找到工作了!”另一个马上翻东找西,找出自己攒了几年的压岁钱,总共也没几十块,她用小手捧着,交给妈妈说:“你的事业无比伟大,我这就给你投第一笔钱!”

当妈的把女儿搂紧,喉咙里哽咽了:“好孩子,真是母女心连心啊……”

第三章 《未成年人保护法》

她一旦打定主意什么都无法叫她改变。

她写了一张请调报告,向局党委提出申请,调到基层单位——省少年犯管教所。那里有些少年犯属于"罪犯第二代",他们是她研究预防少年犯罪课题的直接对象。并且,那里的环境比较宽松,实际属于劳改二线的单位,她可以抽出时间和精力来从事自己想要做的"大事"。

要从省局大机关下调到基层部门去,这样的申请让领导感到不解。一直以来,都是犯了错误,或者是要解决家庭户口问题,也有的是因为重用提拔,这才有人愿意下到基层去,像她这样什么要求也没有就是自己主动下去的,在监狱局里还是第一个。有个处长在一边吹冷风,说她怎么回事,好好的报纸副主编就这么放弃了?……一个女同志,年龄也不小了,还不想平稳安生,非要自讨苦吃,瞎折腾个啥?

她不想再解释什么,偌大的机关里,能懂她的人太少,无数次报告和建议全都打了水漂儿。现在她心里真有一种"独上高楼,望尽天涯路"的感觉。

不过,虽然是有一点悲,却也不无一点壮。

人事部门没有阻止她的请求,监狱局的一位书记也对她表示理解,当她走时,还给她提了个副处级调研员。

这以后,她便把自己开创的事业与少管所的调研工作结合起来,虽然所里并没有人要求她,每年她还是坚持给上级交上一份翔实的报告。

这时的形势已经很不错了,报纸上见到中央发出的文件,多次提出要加强对刑满释放人员的教育安置工作,同时,联合国通过的《儿童权利公约》也在广为宣传,其中有这样的文字,读起来觉得掷地有声——

"儿童有权享受特别照料和协助","特别是在和平、尊严、宽容、自由、平等和团结的精神下,抚养他们成长","每一位儿童不因儿童或其父母或法定监护人的种族、肤色、性别、语言、宗教、政治或其他观点、民族、族裔或社会出身、财产、伤残、出生或其他身世而有任何歧视！”

几乎在同时，中国政府签署了1990年世界儿童问题首脑会议通过的《儿童生存、保护和发展世界宣言》以及《执行九十年代儿童生存、保护和发展世界宣言行动计划》两个文件，毋庸置疑，这既是对数亿中国儿童，也是对国际社会的庄严承诺——中国政府忠实执行联合国的《世界人权宣言》和《儿童权利公约》，为此在第七届全国人大二十一次会议上（1991年9月4日），又通过了《中华人民共和国未成年人保护法》。

此法详细规范了“对未成年人家庭保护、学校保护、社会保护、司法保护”的四大环节，其中，在“社会保护”一章（第二十条）申明：“国家鼓励社会团体、企业事业组织和其他组织及公民，开展多种形式的有利于未成年人健康成长的社会活动。”

细细研读《保护法》，张淑琴注意到，其中没有任何文字将服刑人员子女与烈士子女、贫困山区子女区别开来，更没有说明，服刑人员子女不在被保护之列。

然而，尽管如此，很少有人在阅读这些公约和法条时，能够意识到，罪犯子女也和别的孩子一样，在人格上平等，同样享有生存、受教育和发展的权利，也同样是在被保护之列。

▶ 志同道合　宽阔的桥梁

终于，心里坚定地揣着想好的大主意，她去找几位老政法，把自己长期以来萦绕心头的所思所想合盘端出来，希望几位素有见地的老领导能跟她一起筹划，看以什么样的民间组织形式，来帮助那些刑释人员，同时及时地救助那些无家可归的孩子？

几位老领导算是找对了。一位是原陕西省政法委副书记赵伯森，一位是原陕西省司法厅厅长田林，还有一位方强，时任司法厅副厅长。这三位经验丰富的老同志算的上是志同道合者，一直以来他们都在密切关注着张淑琴提出的问题，脑子里早都有一本本的账，现在脱口而出——资料表明，刑满释放人员在现阶段的重新犯罪率，已经高达20%，是当地初次发案率和犯罪率的十倍左右，并且犯罪手段恶劣，危害更大，甚至一些地区还出现了具有黑社会性质的犯罪团伙。而当服刑人员未成年子女大量流落社会，更使得问题恶性循环，积重难返……

已经离休的赵书记和田厅长，以及正在岗位上忙着的方厅长，都非常赞成张淑琴，对她想要创办一个社会团体的提议，他们感到很是惊喜，认为小张的构想了不得，很大胆，也很有必要！现在中央强调要加强对刑满释放人员的教育和安置，并且又出台了《未成年人保护法》，这个保护法明确了保护未成年儿童是国家法律规定的社会责任。我们的社会毕竟是政府和人民组合的，社会责任就需要政府和人民来共同承担。

“所以我们当然要全力支持小张的想法，让我们一起来搞一个公益事业吧，一起来呼吁全社会，呼吁更多的人，帮助犯人回归善良，回归爱心，回归责任！”

三位老政法不愧为老当益壮的前辈，他们审慎考虑后认为，回归是一个巨大的社会工程，我们的组织应该是一只脚在墙里，一只脚在墙外，为大墙内外架起一座宽阔的桥梁。但是，因为工作的难度很大，不可急于求成，最好还是分出步骤来，将救助服刑人员未成年子女的工作纳入到教育和安置刑满释放人员工作的大框架中，就是说，眼前我们亟待要做的事情是第一步，先筹备成立一个民间帮教释放人员的再教育组织，在此之后，当有了经验和平台之后，我们再考虑如何救助那些特殊的孩子……

几个人互相启发，共同完善，谈得越来越契合，越来越到位。谈得差不多时，平时也喜欢著书立说的方厅长忽然把话头一转，用眼睛看着张淑琴，很体恤地问道：“小张啊，你想好了吗？社会活动可是一条非常坎坷的路，你有没有足够的准备？现在你的创作正是如日中天的时候，你真的打算放弃吗？”

她听了坦然一笑，平静地说：“我早就想好了，现在社会上作家多得是，可是，投身做这种事的人还没有一个。”

“好样的，小张，你给大家带了个好头！我们的古人说得好，见义不为非勇也，现在，你头一个站了出来，那就轻装上阵吧……”

“是啊，我们虽然老了，也会为你稳稳当当地撑起一副结实的肩膀，你只管放心大胆地踩上去！”

奋斗篇（一）：回归研究会

第一章　“回归社会工程”

事情就这样决定下来，经过反复斟酌，他们给即将成立的新组织取了一个意义鲜明的名字——回归研究会。

张淑琴：回归这个词，我们平时常用来称呼刑满释放人员，管他们叫“回归人员”，现在，我们给自己的组织起个名字也叫“回归”，我查字典，主要取的是返本归源之意，一个是希望通过各种形式帮助刑满释放人员早日回归社会、回归善良的人生，一个是希望人人伸出手来帮助那些孩子，让他们早日回归做儿童的权利，和父母团圆。

名字起好了，张淑琴关起门来埋头起草章程和宣言书，然后，去省民政厅社团处咨询，得知社会团体必须得有一个具体的挂靠单位。她一口气连着跑了几家，都没有谈成，家家推说有困难，正焦急时忽然想到，能不能找一下省委宣传部长王巨才？

她又想对人了。宣传部长王巨才一向爱才，有趣的是他也写小说，还写了一手漂亮的书法。那时，《特殊战线》在陕西台首映，王巨才特别惊喜地发现，省监狱局还有一个出色的女作家！得知这位女作家眼下一心要投笔转行，为了改造犯人救助儿童，执意挑头办民间组织。王巨才考虑之后表示支持，他在第一时间给社科院长打过去电话，挂靠的问题于是迎刃而解——陕西省社科院做了回归研究会的业务主管。

接下来，烦琐的事情还有无数，要详细拟定筹备小组人员名单，理事成员名单，以及顾问、会长、副会长、名誉会长，帮教团等等，前后竟然得找齐三百多位大员！全是具体的人和具体的门啊，随着那些门一扇一扇敲开，话也跟着一车一车说透，赶的又是闷汗的大暑天，脚下的交通工具只有那一辆二八型永久车……

说起当年“疯狂的执著”，到今天她自己也觉得有点奇怪。每天她扛个车子上下五楼，锻炼并且消耗着自己的意志和能量，每天绕着西安城来回骑车找人十几个小时，屁股磨得可疼了，她又患着功能性子宫出血，舍不得上医院，自己服药顶着，总觉得时间不够用，从来没有歇礼拜的概念，而且别管多热的太阳也穿一身警服——“起码像个保护伞似的”，她说。怀里揣一张省政府通行证，出入各大机关十分方便，别管什么人的办公室，她都会毫不迟疑地敲门……

莎士比亚有句话，“既然犯罪是社会造成的，终究要放到社会中去解决”。为争取社会各界的广泛支持，她真叫使尽了浑身解数，用有些人的说法，可谓是“上蹿下跳”。

那时陕西的慈善组织还非常少，她必须掰开揉碎地跟对方讲，她一番的讲解真诚动人，满腔的热血激情足以引发他人的良知——到后来她自己都觉得，那炉火纯青的化缘演说的本领，有可能就是从这时候起得到了最扎实的“演练”。

一个夏天跑下来，业绩十分可观，她把整个西安的党政系统、教育界、文艺界，无一遗漏全都“折腾”起来，先后请来了理事 177 位，顾问 58 位，会长、副会长 11 位，名誉会长 6 位，并游说出四个志愿者帮教团……所有人都觉得不可思议，偌大一支浩浩荡荡三百多人的帮教队伍，从头至尾都是靠她这“一个人的宣讲团”给张罗起来的！

一次全体会在监狱局招待所的会议室里开，兴隆火暴的阵势是监狱局里从未见过的，居然请来了省政协主席、人大主任，还有政法委各位领导、方方面面的名流、退休的老战士和老政法，志愿者帮教团等等，大家热热闹闹聚在一起，共同商讨回归研究会的诸项大事。此动静非同小可，把监狱局机关整个给搅动了，不理解的人议论说：“咱们平时正儿八经地开个会，领导都请不来几个，现在这一个张淑琴，也不知她用的什么手段，把这么些个领导都张罗到了一块儿！”

张淑琴听了，不以为然地一笑：“我还能用什么手段？难道是用了非法的手段？”

艰难的筹备过程只有她自己甘苦自知，她难忘副省长徐山林，没等她说完便毫不犹疑地给她鼓励和赞赏：“好，早该有人举起这面大旗了！关注服刑人员及其子女，早该是我们必须得做的事！”

继副省长之后，国家司法部有关同志又协助张淑琴与当时的原全国人大常委会委员长乔石的秘书陈冀平取得了联系，时任中央综治办主任的陈冀平深知此事的意义重大,很快接见了张淑琴,鼓励她:“要把回归研究会办好。”

1995年8月10日,被司法部部长肖扬称为“回归社会工程”的陕西省回归研究会,终于在各级政府部门和企业家、事业家,以及作家、艺术家们的共同关心和支持下宣布成立。陕西省副省长徐山林、省人大副主任毛生铣等出任名誉会长,赵伯森任会长,田林、方强等任副会长,张淑琴任常务副会长兼秘书长,阵容庞大的常务理事会荟萃了陕西各界名流……

犹如一石击水,回归研究会的成立,在全社会,尤其是监狱改造界,掀起了一阵强烈的惊涛,一股呼唤人间善良与道义的温暖大潮牵动着每一位公民的心!

第二章 “清水会”与“红舞鞋”

——回归之路

实际上,回归研究会属于真正的“清水会”,几乎没有什么办公经费,办公地点只借了几间企业赞助的小屋,它们隐在闹市中,紧邻市井小街,窗外叫卖声不绝于耳。不过这并不影响研究会的严肃和神圣,经常有很多研究会的成员骑车或者步行来到这里开工作会。他们大都是些离退休的老政法,各行各业的志愿者,或者是监狱劳教部门的工作人员,大家研究刑释人员的教育问题,探讨回归工程的各种事宜。

没多久,这里设置了刑满释放人员的中途服务站。犯人一旦出狱,先在这里安歇几天,配合社会的就业安置与介绍。这里又组织起老年志愿者帮教团,由一些老作家、老艺术家,退休的老战士、老法律工作者组成,他们对服务站里暂住的刑释人员分别进行心理疏导,解除他们的压力感和自卑情绪。一行人又走进大墙里,与即将出狱的犯人深入谈心,了解他们对今后生活的设想,打消他们的后顾之忧。女志愿者组成的帮教团成立之后,她们在监狱门前摆起了桌子,专门接待前来探监的家属,和他们当面沟通,及时解决一些生活难题。

这年中秋节,回归研究会组织艺术家、老战士、女志愿者三个帮教团到西安监狱,与服刑人员共度佳节。几天里,他们在监狱的接见走廊挂起大字横幅,“陕西省回归研究会法律咨询处”,对前来探监的家属进行法律宣传和咨询,又组织即将出狱面临就业的犯人召开“再就业人员座谈会”。另一支“回归会”的队伍同时奔赴宝鸡市与金台区人大常委和区政府一起召开回归人员安置工作座谈会。

那些日子回归会活动很多,张淑琴欣喜地发现,社会工作确实是一个大有可为的舞台,而她脚底下也不知不觉地穿了双无法停下来的“红舞鞋”。她满心鼓舞,看到“众人拾柴火焰高”,原来那么多的朋友、同事、志愿者,他们个个都有一腔热情,真可以说是善者同道,一呼百应……

为了进一步动员社会人员,她和大家商量,组织一台专题晚会《回归之路》。但是,怎么筹钱呢?从来没有为了钱向人低过头的她,现在可要满世界地求乞化缘了。

她先找了一些老关系,跟司法厅和劳改局分别说好了,到时候各拨两万元给他们。她觉得板上钉钉了,便按部就班地请演员,借场地,一一安排好了,兴冲冲地前去拿钱。哪想到,人家领导竟然矢口否认,态度有些蛮横:“什么大型晚会,全是胡来!”

她有点懵了,忍着心里的不快再抓紧找另一位领导,这位态度比较平和,反复说他这里也没有钱,可以去找一下劳教局,让他们给出,然后再到律师所去找所长要……她又相信了,并不知道人家是在踢皮球。找到劳教局,那个局长还没等她把话说完,就不耐烦地打断她:“别再磨了,我不听,没有钱!”

她哪里能甘心,回来睡一觉把火气消化了,转天又打电话给这位局长,想再好好地把意思说清楚,可对方一听是她,便恼怒地质问:“你到底想干什么?”啪,电话给挂了。此时回归研究会里几个老同志正在开会,一屋子人都望着她,眼看她眼睛里迸出了泪水。她却把泪一抹,电话又拨了过去,一字一顿地说道:“告诉你,没有你这1万元钱,看我们的晚会能不能搞起来!”

她又蹬上自行车一家一家跑公司。也是非常不顺,客气点的,会说着对不起把她送出来,不客气的就甩着难听的话,把门一关。两手空空白跑了好几天,眼看就要到演出的日子,她真是急疯了。

终于还是老天有眼,天道酬勤也酬善,海信集团被她的执著精神所感动,在她心急如焚时慨然赞助10万元。

《回归之路》的大幕如期拉开了!

她的笔杆子又有了重要的用场,整个的策划、一些解说词都由她来写,把自己忙得不亦乐乎。难得的是,当晚电视台应允做了同步直播——当几百名犯人含泪合唱《佳节倍思亲》时,场下观众、电视机前的观众,以及几所监狱里数万名犯人无不为之动容:

月儿茫茫，

星朗朗，

风儿轻轻地吹，

吹过了高墙，

请你捎句掏心的话，

迷途的羔羊想亲娘……

整台晚会群情热烈，会场内外不知有多少人被人道主义的感化精神强烈震撼着。

晚会之后，专家们评论说："这次晚会呼唤社会友情，关心失足的人，也呼唤失足者积极自立。"观众们的评价是："晚会充分体现出我们社会各界的人都对失足者怀有一份由衷的企盼与爱心。"

犯人们说："《回归之路》这台晚会我们一辈子也不会忘，它第一次在社会的大舞台上给我们指出了一条回归之路！"

回归研究会以各种形式的活动推进着回归工程，给监狱的改造工作赋予了全新的含义，它让全社会的公民都明白了一个道理：改造犯人不是监狱一家的事情，它需要全社会来参与，一个人犯了罪受惩罚是天经地义的，但一旦他们释放回到社会，我们不能歧视他们，不能将他们打入另册，而应该帮他们一把；救助了他们，也就等于给全社会增加了一份平安和一份温暖……

专家分析：民间帮教利国利民——近两年，全国各地逐渐有了一些民间的帮教组织，它们分担了一部分政府和社区的帮教工作，收到了良好的社会效果。1997年(实际是1995年)，警察出身的张淑琴在陕西成立了我国第一个民间帮教组织——中途服务站……到去年(2002年)"深圳阳光下帮教协会"成立，全国已经有多家民间帮教组织。

中央社会治安综合治理办公室协调室副主任季勤认为，这些民间组织的工作过程，在监狱和社会之间搭起一座桥梁，在某种程度上也可以验证监狱改造。

——引自阳光下：《走出高墙》

第三章　论证儿童村

——一锤定音

转眼间，作为在大墙与社会之间搭起的一座神圣之桥，回归研究会已经成立半年了，在这半年里，每一天张淑琴都要想起那些个“法律孤儿”。有时她和身边人一起探讨，怎么才能为那一群生活无着的孩子做点事？能否搞一个救助性的基金会？或者，搞个倡议，号召社会上的有识之士都来参与，每家代管一个孩子？

……这些想法都没有可能落实。

终于，到了转年乍暖还寒时节，在一个平常的下午，还是那间简陋的平房里，回归研究会召开常务理事会，最后论证并审定关于创建儿童村的提案。

议题重大，大家坐下没有任何闲话，直切议题。张淑琴首先依据大量事实讲述服刑人员未成年子女的生存现状，再次说明创建儿童村的紧迫性。

由于长期以来的积郁，她的讲述撕心扯肺，引得大家也不禁跟着落泪。

然而，毕竟是一件前所未有的难事，感情不能代替理性，沉思过后，大多数常务理事仍持反对意见。理由主要是：办儿童村并非眼前的当务之急，现在社会上很多企业不景气，不少职工正在下岗，我们却花大力气去管那些罪犯子女，只会影响回归会的形象。并且，资金问题是个大问题，我们回归会一向是清水会，一没钱，二没地，小孩子可不是只吃一顿两顿的，只要是管上了，他们就要天天吃，还要解决上学问题、医疗问题等，这些事只有政府才管得了的，我们为什么要管呢？

张淑琴是有备而来的,对各种质疑都言之凿凿解答。

张淑琴的说理大致集中在以下三点:第一,回归是一项复杂艰巨的系统工程,不仅需要做好回归人员的教育和安置工作,而且必须要顾及父母服刑致使子女生活无着流落社会的问题,这两者密不可分,后者对前者有直接的利害关系,弄不好,子女为生活所迫,更因此受尽歧视,有可能会步父母后尘,成为罪犯的后备队,于是又会导致前者重新犯罪!第二,我们建回归会的宗旨本来就是替政府化解矛盾,分担压力。在现实生活中,《未成年人保护法》的阳光很难照到那些特殊孩子,大量的事实摆在那里,我们有了最有力的依据,就要坚信方向是正确的,这些孩子是我们一直面临的工作课题,再不解决,积重难返!第三,站在孩子的角度想,什么叫以人为本?人是唯一的准则,只有在关爱生命的前提下,才能做到对生命的救助;什么叫保护儿童?儿童是我们的未来,如何对待他们,是每个成年人面对的道德判断,父母犯罪,孩子无辜,我们要还给他们一个纯真的童年,以此真正促使他们的父母早日回归善良人生!

她永远学不会"饶有风度"的发言,永远学不会举重若轻的说理布道,但她那满腔的热血激情加之直通通的性子,让所有人一时哑然缄默。很明显,长期以来她的思考已经达到完善的地步,没有谁能驳得倒她。

张淑琴:来自国外的资料有一种说法,说罪犯的子女有犯罪的基因,这简直是胡说。所有孩子的生存、教育、就医,就该是一视同仁,人人有份的。父母入狱,家里的财产被姑姑、叔叔们,舅舅和姨们一抢而光,谁来帮孩子们说话?不分责任田,没有继承权,孩子连起码的权利保障也没有,这事谁来管?怎么能不管?

她又讲了聂荣臻元帅当年搭救日本遗孤的故事,引导大家纠正思想上的谬误,纠正潜存于心的"基因说",所谓"坏人的孩子天生就是坏人",或者,"他们就该为自己的父母赎罪",等等,统统是错误的——就是因为我们习惯于把对罪犯的痛恨和厌恶延伸到他们的子女身上,而把对英烈的敬佩之情转移到英烈的后代身上,所以才会在无形中制造了一个非常不幸的特殊群体……现在都什么年代了,我们为什么不想想,那些孩子也该有春天?我们也该对他们负起责任!

她挑战传统偏见,彻底亮明自己的观点。

张淑琴:不管是烈士的子女,罪犯的子女,还是贫困山区的孩子,他们都是平等的！他们应该享受同等的权利，因为他们都是孩子，孩子没有办法选择自己的父母，父母犯罪，孩子无辜……

那位率先在媒体上称赞张淑琴的女记者，10年之后在一次电视访谈中这样说道：

刘三田：我想她张淑琴那时怎么可能说出，“罪犯子女和烈士子女都是平等的”？她说出这个话，简直是对传统的一个冲击和破坏，我觉得，她当时能说出这样的话，脑子里得有多么强烈的平等意识！让我是怎么也想不出来的！

——阳光卫视《人生在线》

也许更多的人总归属于“沉默的大多数”。那天会上，无论张淑琴怎样热血沸腾地力陈道理，难解的困惑依旧是写在大家脸上。她如何才能把大家说得心悦诚服？把种种的顾虑全都打消呢？

会场陷入僵局时，副会长方强和常务理事刘建勋赶到了。这可是回归会里两位学者级的人物，他们又能有何高见呢？

司法厅副厅长方强，同时还是一位法制心理专家，他的一番话说起来力求切准人心：

方强：我来晚了，没听到大家的发言，但从气氛看来，此事难啊。我看难就难在我们以什么身份、什么角度看待罪犯子女。我们大多是法制战线的老兵，对自己的职责很清楚，目前改造罪犯有法可依，有监狱管辖。但罪犯子女是个漏洞，这不正是我们老兵的用武之地吗？管他们就像民政部门管孤儿，劳动部门管下岗职工一样。管好了，还是一个突破，一个创造，一个绝招，是我们的老有所为，是陕西的光荣，是中国维护人权的一个有力证明！既然如此，我们何乐不为呢！

方强说得大家愁眉舒展，气氛开始活跃了，接着是大学教授刘建勋发言。

刘建勋的思维方式一向是有理有据，有条不紊。他先说，他已经认真研究了《儿童权利公约》和《未成年人保护法》，后者明确提出：“保护未成年人，是国家机关、武装力量、政党、社会团体、企业事业组织、城乡基层群众自治组织、未成年人的监护人和其他成年公民的共同责任。”并且，此法还鼓励社会团体和其他组织，开展多种形式的有利于未成年人健康成长的社会活动。所以我们首先可以相信，创建儿童村在法理上没有任何问题……

刘建勋：我认为，创建儿童村是回归研究会一件值得大干快上的实事，一个研究的制高点！进入20世纪以来，人的生存、发展已经成为时代最根本的问题，近几年的世界哲学潮流大会都把“人”作为主题。显然，人的问题已成为当今时代突出和主要的问题。一般所说的人，都是正常生活的公民，而我们直接去关心救助社会最底层的罪犯子女，更显得我们的眼光超前……

刘建勋说“眼光超前”，是充分理解和肯定了张淑琴开风气之先的构想，大家的头脑忽然被教授高屋建瓴的思路点拨开，原有的思维定式被打破了。

现在的确是观念需要更新转变的时代，我们的各种理念都需要进步，尤其是传统的社会伦理观——为了社会的安定和谐，我们怎样才能把对事的关注转向对人的关注？把复杂的社会矛盾转化到尊重生命的主题上？从而坚持“生命至上”的原则，推进人性化的进程，缓解社会冲突，提高全社会保护救助儿童预防青少年犯罪的自觉意识……

讨论越来越深入、达观，群情越来越兴奋。这时再说到资金问题，似乎已经构不成实质性的障碍了，有回归会半年多来一次又一次社会活动化缘筹款的经验，大家相信，事情只要是一干起来，一定会群策群力，把财神爷适时地请到。

最后，看火候差不多了，回归研究会名誉会长、省人大副主任毛生铣一锤定音：

毛生铣：我看儿童村可以办，办大了不实际，先办一个小规模的作为试点。旗帜树起来，就会有经验，就会得到支持。

多好啊，今天是个什么日子？

1996年3月29日——张淑琴在那里飞快记录，陕西省回归研究会今日下午通过议题审定，决定创建中国第一家罪犯子女儿童村！

当晚，张淑琴代表回归研究会向副省长徐山林做了汇报。分管司法工作的徐山林在回归研究会成立时，就欣然接受邀请担任名誉会长。现在，听了张淑琴的汇报，他立即表态，创建儿童村是一件善事，一个义举，也是一个创造，不但有利于父母改造，还能预防孩子将来不要去犯罪，这事儿是替政府化解矛盾，所以我们不仅要办，而且要办好！作为政府机关,除了政策上的支持,还会在舆论和物质上给予必要的帮助。

徐副省长当即批了5万元给张淑琴作为儿童村的启动资金。最后,他提醒张淑琴,儿童村一旦开村,别忘了告诉他,到时候他一定要亲自出席并主持!

从徐山林副省长这里,张淑琴不仅看到了一位父母官的赤诚之心,更看到了政府在保护儿童权利上的毫不含糊的鲜明立场。随后,她又上监狱局党委报告回归研究会商定的新决议,刘廷启局长听后也表示非常赞同,说儿童村一旦建成,不仅那些服刑人员子女会得到照顾,对于稳定犯人的思想情绪,促进他们思想改造,也会起到积极的作用。

当夜,张淑琴兴奋得失眠,她辗转反侧,踌躇满志,开始在具体的操作上大动脑筋——第一个儿童村应该选在哪里建?应该怎样筹措资金?孩子们又应该怎么找?

奋斗篇（二）：刻不容缓

第一章　郭建华和东周村

一次座谈会上，张淑琴结识了郭建华，她立刻认定，此人正是筹建儿童村的最佳人选。

作为“西北第一村”的带头人，郭建华时任三原县大程镇东周村支部书记、东周实业公司总经理，曾当选为全国优秀乡镇企业家、陕西省劳动模范。在改革开放的时代潮流中，郭建华以极大的魄力和过人的才智，把贫困的东周村一举领上“小康示范村”的前列。一份数字报告说明了这种巨变：1978 年，东周村人均收入仅为 131 元，至 1995 年，人均收入跃进到 5600 元——增长了近 42 倍！是全省农民同期人均收入的 7 倍。党和国家领导人、外国首脑、新闻媒体，纷纷前来参观。每位来到东周村的客人，都会惊叹地发现，东周村充满了欣欣向荣的现代气息，处处小楼别墅，花草掩映，全村人信心十足地走在勤劳致富的幸福路上……

这位不负众望的村支书，不仅有胆有识、生财有道，而且还特别具有扶危济困的人道主义情怀。当年，郭建华是全村走出去的第一个大学生，在外辗转多年，历经磨难，回来后的第一件事就是看望母校。看到当年的校舍已是破烂不堪，教师收入难以为继，他便发下誓言，等到有能力时一定要将母校重新修建，让东周村的孩子们从小就有一个美好的起点！果然，1983 年，他引领东周村村办企业首次赢利数万元，在办公会上他力排众议，将东周村的第一桶金全部捐给母校。于是，破烂的校舍鸟枪换炮，多年的石板桌和砖头凳换成了漂亮的木桌椅，孩子们免费入学，老师们补发工资，甚至还破天荒地拿到奖金……几年间，郭建华号召富裕起来的村民集资办学，他自己先带头出资万元。于是，村办校环境进一步改善，有了成龙配套的现代设施。

为表彰郭建华等重教兴学的义举，三原县人民政府特意在校园里立碑昭示：

“郭建华同志、大程地区各家企业及东周村村民重教兴学，嘉惠子孙，精神可赞，风尚永存。因勒石记事，以激励今人，昭示后世。”

郭建华不仅“重教兴学，嘉惠子孙”，还替国家分担“农民卖粮难，国家储粮难”的包袱，又兴办淀粉厂，建起了葡萄糖生产线和玉米淀粉、有机溶剂、机械制造等联合企业，年产值超亿元。1986 年，一些地方严重受灾，玉米歉收，为了顾全大局，郭建华将村里库存的 72 万斤玉米全部上交国家，迅速向灾区调拨。为了解决村里吃水难的现状，他出资修建了一座水塔，把自来水送进各家各户……

然而谁会想到，这位“精神可赞，风尚永存”的模范村长，曾几何时竟是一个刑满释放的“回归人员”。

1961 年，郭建华毕业于陕西师范大学历史系，“文革”中他被造反派戴上“现行反革命”的帽子，入狱劳改长达 9 年。9 年的磨难中，他伤痕累累怨苦难言，但是叫他最刻骨铭心的事只有两件：一件是久别的弟弟长途跋涉来监狱看他时给他捎来了儿子的信，这信让他心痛欲裂：

爸：

自从你进了监狱，全家人都遭了殃。村里的人看不起我们，我的学上不下去了，14 岁就外出干活。干活的日子也不好过，人家总骂我是狗崽子。我不服，他们就打我……爸爸，你快点回来吧，没爸的日子不好受啊！

想念你的儿子

捧着儿子的信，郭建华泪如泉涌，自己的犯人身份给幼小的孩子带来多大的灾难啊！

还有一件事令他无法忘记：那一年他在劳改中因骨折而住院，有一天一个囚犯病友将要死去时，给他留下临终遗嘱，说自己行将入土，没有什么可惜的，唯有一个心愿未了，就是至死见不到自己无家可归、受尽歧视的儿子。这位囚犯病友拜托老郭：“出狱后，你一定替我看着儿子，我也能在九泉之下闭眼了！”

苦难的记忆和经历，使老郭对于罪犯子女有一种特别的恻隐之心。他是艰难困苦玉汝于成的男子汉，“文革”给他带来的苦和怨他可以付之一笑，但是，也像张淑琴一样，一旦面对那些无家可归的“法律孤儿”，他也必定会做出“见义不为非勇也”之举。

老郭不愧是豪爽果断之人，当张淑琴把创建儿童村的计划全盘端出来时,他一拍大腿,当即应承:这是好事嘛!

郭建华:儿童村是一个难得的善举,在社会主义大家庭里,罪犯的孩子同样有生活和学习的权利,东周人富了,靠的是党的政策好,我也是被这个时代拯救的人,我和村民们理应好好地回报社会,为国分忧。首先,我代表全村无偿提供20亩地,为儿童村盖楼,让那些没家的孩子们都来我们这里,快快乐乐地生活!

这位有肝有胆的同道者,说话行事真叫立竿见影,张淑琴不禁喜出望外。

转天,她带着回归研究会的会长副会长赵伯森、田林、方强等人,一起来到东周村进行实地勘察。

几人将四围环境一一录入镜头,这时,他们心里都涌动着热切的希望,仿佛眼前已经看到,一个称得上是史无前例的"回归儿童村",在这片古老的黄土地上如期建成,四面八方回荡着孩子们欢快的笑声。

第二章　女监调查表

地划出来了，可是，建筑筹款的落实却难上加难。张淑琴跑了东家又跑西家，因为资金并非小数，也因为救助罪犯子女的想法确实有些惊世骇俗，她跑的几家企业一概是竹篮打水。

她有点沉不住气了，急急火火地再求郭建华——"老郭你是有识之士，菩萨心肠，好事还是做到底吧，要不然，你把那 20 亩地先收回去，在村里给我们腾出几间空房，让孩子们先有个落脚的地方？"

郭建华又被张淑琴将住。他把全村所有的房子在脑子里过一遍数，最后有了主意，在村民代表会上，他跟大家商量，能不能把刚落成的办公楼划出两层来，作为儿童村的栖息地？东周村村民的代表们大都是通情达理之人，没有费多大的劲，提议顺利通过了。

郭建华打电话告诉张淑琴，那座办公楼是新的，面积宽敞，样式别致，又是紧挨着公路，孩子来到后如果就近上学也会很方便，而且，我们村代会不仅愿意把房子给儿童村划出来，儿童村内的全部家务也打算一包到底！

救星一样的电话啊！张淑琴兴奋得喊起来："太好了，老郭，我们回归会全体成员都要感谢你！向你致敬！也感谢东周村全村的父老乡亲，你们真是一村的好人啊！"

这回太应该喝点酒了，为了有这么好的老百姓，为了儿童村，一杯不够，再来一杯！

郭建华君子一言，多大的困难也要克服。张淑琴此时还不清楚，那是一座没来得及装修的毛坯楼，按一般装修进度，最快也要 3 个月。但是，郭建华希望给张淑琴"交卷"的日子是要赶在"六一"儿童节之前——时间只有两个月了……

黄金般的 60 天里，东周村人齐声响应村委会的号召，把建儿童村的事当成了自家的事,甚至一些老人还时时地催促郭建华:抓紧呀,娃娃们没个家,咱们看得好事速办!

全村男女老少都行动起来了,最好的施工队主动地来了,他们义务承包大楼地面墙面、水暖设备的全套装修,一些能工巧匠则为孩子们打制桌椅和小床,一些村民还从家里扛来了席梦思床垫,他们说,让那些做噩梦的孩子们在咱们东周村舒舒服服地做美梦吧!妇女们抓紧拾掇出被子褥子,备齐了脸盆毛巾和碗筷、书包文具小画书,一对裁缝夫妻整宿为孩子们赶制新衣裳,那是30来套活泼漂亮的小水手服!

58天过去了,儿童村所占的两层楼,约有500平方米,全部装修到位。一层设有办公室、餐厅、伙房和浴室,二层共有七间孩子的宿舍,里面宽敞明亮,依次摆放着六张小床和床头柜,宿舍对面是文体活动室、图书室等。

应该把谢冰心的美丽诗文送给东周村村民:

爱在右,同情在左,
走在生命路的两旁,
随时撒种,随时开花,
将这一径长途,
点缀得香花弥漫……

有关部门也该为淳朴善良的东周村村民立碑昭示,“勒石记事”。时间是上世纪90年代中期,正当全国各地纷纷忙于经济地位的改善时,东周村村民不忘发扬传统美德,集体性地践行“幼吾幼,以及人之幼”的仁爱古训,为那些“特殊孩子”的到来,敞开了温暖宽大的胸怀。东周村村民大公无私的奉献,说明了什么?华夏民族普遍而深厚地孕育着伟大的慈善精神。

也正是因为有如此伟大的慈善精神作为社会的民间底蕴,才可能从根本上保障着张淑琴等人开创的事业最终走向成功!

东周村那边正齐心合力地修葺着儿童村,张淑琴这边则紧锣密鼓地忙着找孩子。

她和回归研究会的一班人首先详细地调查陕西省女子监狱,将200多份“服刑人员未成年子女情况调查表”分发到女犯手中。没过几天,90多名女犯把表格交了上来。那是90多颗母亲的心被沉痛搅动了——她们无不带着声声悲泣，把自己对流浪在外无人照料的儿女的思念与担忧全都注入到救命的表格中，她们纷纷申请恳求，快把可怜的孩子送到儿童村吧！

汇总这些调查表，张淑琴和大家抓紧确定特困户，大致有29家，作为儿童村第一批需要立刻寻找救助的小村民。这些孩子，小的两岁，大的不到15岁，他们主要分散在陕西省的贫困山区，要找到他们，必须长途跋涉、翻山过河。

张淑琴又找来地图，和大家挑灯夜战，跟研究作战方案似的对省内地貌一厘一毫地查对，按照调查表提供的乡镇线索，决定分兵几路，立刻出发。

第三章 “退娃”黑豆

——侏儒代养人翻山趟河

阳光就要照到黑豆那个阴冷的脏窝了!

黑豆,一个虎头虎脑的4岁小男孩,他的苦难在他还没出生时就已经被注定。黑豆的母亲是包办婚姻的牺牲品,10岁那年,她为自己的哥哥换亲,嫁到蓝田县一个陌生的陈姓家庭,丈夫比她大十几岁,形象像是武大郎,性格却是武大郎所没有的凶狠,一天到晚总是打骂小媳妇。当时社会封闭,漫长的苦日子里,黑豆的母亲很认命地扮演着为人妇为人母的角色。直到改革开放,她的生命意识忽然被唤醒,看到了自己婚姻的悲剧,她想冲破现实,重新生活,却不懂得什么叫“争取幸福的合法手段”。由于是和年纪相仿的小叔一起长大,俩人情投意合,爱火越烧越旺,最终合谋将黑豆的父亲杀死。行凶那天由于慌张,竟连孩子在场也无心顾及。以至黑豆6岁的姐姐因为亲眼看见了血腥现场,连续几个晚上梦见吊死鬼,从此这女孩再也不肯吃肉,见到血就害怕……

是黑豆的舅舅报的案。后来,小叔子被执行死刑,黑豆的妈妈长年监禁。姐弟俩一下子成了孤儿,他们该怎么办?

乡党委书记考虑再三,决定在全乡为姐弟两个招募代养人,条件是,谁代养孩子,可以每月补助30斤粮食,110元钱。条件打出来,黑豆先被姨妈抱走了,随后一位村支书领走了姐姐。但是好景不长,黑豆父亲一家人整天向黑豆的姨妈发泄仇恨。姨妈还有自己的家庭和孩子,她没有力量为杀人的姐姐背负孽债,于是打算退还黑豆。

黑豆被姨妈遗弃在乡政府,主管民政的干事像讨饭似的抱着黑豆挨户讨求,整整一个星期,竟无一户人家愿意代养。几天后一位名叫习小北的善良农民实在看不下去,前来领走了黑豆。习小北家孩子好几个,生活不富裕,所以他先给干部说好了,一旦有人愿意长期代养,他就交出黑豆来。

3个月过去,一个残疾人来到乡政府,他声称愿意长期代养黑豆。民政干事一时有些犹疑,这个中年男人不仅腿患残疾,而且还是一个矮小的侏儒,他本人已经属于民政部门救助的对象,哪里还有能力再代养一个男孩呢?可是,乡干事想,习小北是暂时代养,随时有可能再把黑豆还回来,而这人虽说是残疾,却是愿意长期代养的。这样,黑豆就进了侏儒代养人的破家寒窑。

谁会想到,幼小的黑豆从此饱受凌辱,遍体鳞伤。刚过4岁的孩子,每天不仅要刷锅洗碗,背柴洗衣,还要上山放羊。似乎侏儒人一心想把身前这个可以随意使唤的孩子"打造"成跟自己一样的类型,每天是百般虐待,像对待狗一样的残害,最擅长是用烧红的拨火棍烫黑豆的头。不到一年的时间里,可怜的黑豆越长越抽抽,身高不足92厘米,体重仅15公斤,头上疤痕点点,难看的疤痕分布在前额和上唇,牙齿脱了好几颗,面颊凹陷像个小老头,双腿佝偻着,走起来和那位代养人一样是又瘸又拐。有一天在放羊时,瘦小的黑豆被一只高大的羊从山崖上给顶下来,把腰摔断了……

当张淑琴一行人跋山涉水日夜兼程终于找到黑豆时,她们无不心痛落泪,眼前这个不到5岁的男孩浑身带伤,神情畏缩而呆滞,形容像个小老头。

有村民悄悄地赶过来,督促张淑琴:"快把黑豆接走吧,再不接走,孩子就没命了!"

可怜的黑豆把眼神投向陌生的阿姨不敢吱声,只是讨好地倚着侏儒人,但是当那个侏儒人刚一走开,他就把带着疤痕的脏脸转过来,对抱起她的阿姨说了一句:"我恨他!"

10年后(2006年2月8日),央视国际农业频道——《乡约》栏目组,在一次访谈中对张淑琴有这样的一节采访:

主持人(肖东坡)问:你还记得当时(1996年)第一次见黑豆的情形吗?

张淑琴:……当时孩子个子很低,头上全是伤疤,他那个嘴好像是被火钳子烫的,有的地方伤疤下面还流着血,走路时是一瘸一拐。

主持人:你见到他的时候,他在干什么呢?

张淑琴:黑豆当时是在一个侏儒家里放羊。当时我记得,他还没有羊高,也还没有锅台高,他要帮着洗锅,洗锅的时候,因为够不着锅台他是站在凳子上。稍有不对,就遭到这个侏儒的拳打脚踢。

主持人:当时见到这种情形,你心里是一种什么样的感受?

张淑琴:非常心疼。他在这个年龄的时候是没有能力保护自己的,他不该遭受这种灾难,遭受这种虐待,叫人简直接受不了。我都不敢相信,眼前的这个孩子还是一个孩子!我记得当时给他一个馒头他都咬不了,他的牙掉了,就一点点嚼,一点点嚼。

主持人:牙是怎么掉的?

张淑琴:被打掉的。给他把馒头泡在稀饭碗里边,这一顿饭别的孩子早早吃完了,他要吃一个多小时,当时看到他这个惨景,好多人都流眼泪。

黑豆还是幸运的,苦海有边,他的噩运在张淑琴等人来到的那天发生了彻底的改变。

两天之后,黑豆被张淑琴带着,去妈妈服刑的监狱探监。当黑豆妈妈看到分别一年的孩子竟像从地狱里刚爬出来的鬼样子,立刻失声惊叫:娃咋成这样啦!这是我的娃吗?当妈的将孩子一把抓过去,细细察看孩子脸上的伤疤、缺落的门牙,又接着找娃的小男根,发现小男根还在,她尖声嚎哭起来……

第四章　风雨秦岭

相比黑豆掌控在侏儒手中的暗无天日的噩运，小芹小艳姐妹的苦日子则是朝不保夕，命悬一线。

在女子监狱，一名女犯对着张淑琴和郭建华声泪俱下地诉说，她的两个女儿一个6岁一个8岁，眼下正在孩子的大伯家放牛养猪。那大伯的家在汉中大山深处，山道崎岖而艰险，两个孩子每天食不果腹，背着比自己的身体要沉重得多的猪草在山里来回穿行，因为人小力单，常常连人带草摔进沟里去，当猪草不够时，俩人要挨骂，黄牛滚坡了，又要挨打。到了晚上，两个单薄的女孩挤在一间没有门窗也没有被褥的破草房里睡觉，随时有可能遭遇坏人或是野兽的袭击……

两个女孩的妈妈受坏人怂恿合谋害死了丈夫，事发后她被判15年徒刑。两个女儿小小年纪在残酷的家庭战争中做了牺牲品——做母亲的结束了自己改变生活现状的美梦，开始在森严的高墙中噩梦连连。她夜不成寐，不是梦见小艳掉到沟里摔死，就是梦见小芹被狼叼走，神经几乎崩溃，整日地缠着狱警快点帮她想法子。忽然听说了要建儿童村的消息，她在张淑琴和郭建华面前长跪不起，号啕大哭："求求你们帮我找回孩子吧，哪怕她俩被狼吃了，你们给我一个消息！"

不能再有任何的耽误！张淑琴和郭建华，以及女监教育科科长高知非等人，于当天下午四点离开女监，急如星火地驱车奔赴陕南——一行人紧紧攥着一个母亲的哀求，攥着一个女人对自己行为的悔悟，全都成了第一线的搜救队员！

老天考验人，车至宝鸡时，赶上一场罕见的大暴雨，面包车冲破雨障，直入秦岭大山。崎岖山道上处处泥浆，路面被泥石流不断冲垮，只能且走且停，有时行车犹如行船，只好一次次地下来推车。雨柱中他们打着滚儿艰难前行，眼见塌方不断，这时翻山越岭等于是自蹈凶险。但是他们没有一个人退缩。为了搭救无辜的孩子,他们是明知山有虎,偏向虎山行。尤其是张淑琴,作为多年爬坡越岭的山区大夫,她何曾被艰险的山路吓倒过?儿童村在她心中已经想了太长的时间,当洋溢的生命力突然冲破堤坝,汇入了一条合适的渠道,她浑身就会显出来超常的勇力。

夜幕降临,风雨秦岭阴森可怖,车进凤县县城,店铺全关,一片漆黑,连一个问路的行人也难遇见。察看路标之后,他们调转车头向西疾驶,又过两当县,到了杨家店,赶上没完没了的堵车。因为是路况出了大问题,干等半小时不见动静,张淑琴急不可捺,推开车门下去当调度——不能再等了,畅通无望,调头返回,再找另外的道!车又折回了凤县,抓紧加油。雨下得更大了,路面的沙石被冲成一个个大坑,"嘭"地一声,车头栽进去,抛锚了。大家下去推车,再一次淋成落汤鸡。郭建华不禁打趣说:"我坐了9年牢,也没吃过这么大的苦!"

天亮时雨停了,凶险的山峦变得壮丽宜人,空气好不清爽,几人揉了揉熬红的眼睛,下车吃点东西,又驱车快马加鞭驶过留坝……从前日下午四点出发,一直到第三天,一行人辗转宝鸡、商洛、汉中、勉县、略阳等地,行程1500多公里,最后在黄昏时分抵达宁强县城。一打听,距小姐妹寄身的大伯家还有30多公里。忍着困乏他们继续前行,到龙王乡,天已傍晚,亘古绵延的幽深大山即将沉睡。

乡长叫来了村支书,说是陈家山里孤零零地就住了他们那一家人——"还有多远?"张淑琴急切地问。村支书答:"不远了,再蹚一道河,爬一座山就到了。"那河蜿蜒曲折,说是一道,实际要蹚多少次,爬山则只有一条羊肠小道绕来绕去。

总算寻到了孩子的大伯家,大家的腿脚已经肿得打不了弯了。稍事喘息,张淑琴向大伯说明来意,在油灯下铺开一份文件,是孩子母亲签署的委托儿童村代养孩子的协议书。大伯看了好一会儿,告诉张淑琴:"俩孩子放牛去了……"

"小芹……小艳……"张淑琴和郭建华站在昏暗的山崖间焦急地呼喊姐妹俩的名字,喊声在海拔2000多米的深山里久久回荡。终于,一片山阴后面,树林草丛沙沙响,两头黄牛走在前头,跟着是两个羊羔般瘦弱的女娃一步一步惊惶地钻出来。只见她俩衣衫褴褛,鞋帮露着脚趾头,满是泥汗的脸上披着乱发。张淑琴弯下身去把两个孩子紧紧搂进怀中。她从没见过这么小的女孩会有一双如此伤痕累累的手,姐姐的一根手指因为剁猪草已经剁掉了指甲……

天又要黑透了,为了让孩子早点见到母亲,一行人背着两个小姐妹,又是蹚河翻山,抓紧回返。回到西安时,几人已是整整 47 个小时没有合眼了。

把两个女孩领回自己家,张淑琴给她俩梳洗一番,吃饱了热饭。便给女监打去电话,安排母女见面。

离别已经 3 年了,母女相见,隔着栏杆哭得昏天黑地,张淑琴站在边上低声问监狱长,能不能让当妈的抱抱孩子?监狱长点头,张淑琴领着姐妹俩走出接见室,只见两个苦命女孩燕子似的扑向了妈妈的怀抱,当妈的痛彻心肺地叫:"妈妈对不起你们啊!"母女三个哭作一团。

张淑琴扭过身子,望着铁窗外高远蔚蓝的天,泪水夺眶而出……

奋斗篇（三）：伟大的创举

第一章　世态炎凉

——误解与打击

回归研究会集合了一批年富力强的实干家，他们多数都是政法系统的离退休干部。为了找回服刑人员下落不明、颠沛流离的孩子，他们个个像张淑琴和郭建华一样吃苦耐劳。在短短的时间里，他们日夜兼程，跋山涉水，足迹遍及陕西16个县市，行程达数千公里。

为了节约经费，他们大都是坐长途汽车，到不通车的偏僻地方，再换“蹦蹦车”（拖拉机），借自行车，或者步行。

艰辛的寻找之路，对这些实干家来说，不在话下，但让他们格外耗神的是，每一次的寻找奔波，往往不仅是解救孩子于危难中，更是一场体味世态炎凉，并与世俗偏见和冷漠环境进行尖锐冲撞的激战！

在渭南一个偏僻的山村，刘华伦和周月贵（一个是原女监教育科副科长，一个是原女监狱政科科长）乘着蹦蹦车一路颠簸找到女犯姜亚珍的父母家，上来就吃了个闭门羹，又找到姜亚珍的弟弟家。那弟媳板起一副冷面孔，座不给让，水不给喝，问起名叫姜涛的孩子，弟媳的话里充满了气恨和鄙夷：“这娃，跟他爸一模一样！”

两位女干警听了心中发凉。她们知道他爸是何许人。那是一个霸妻欺妻的流氓，因为无恶不作，逼得姜亚珍犯下了杀夫大罪。可是，年仅6岁的姜涛又有何罪？作为近亲长辈，她怎么能这么无情地说孩子和他爸一模一样呢？

姜亚珍服刑之前原是留下了两个男孩，因为她杀了丈夫，大伯家便理直气壮地赶走了“仇人之子”，一心图财的人贩子趁乱摸来，轻而易举地拐走了姜涛的哥哥。当邻居去监狱探监时，不经意地说出了这一噩讯，姜亚珍听了顿时五雷轰顶。她哭着跪求邻居:“求你做我小儿子的干妈吧!他再不能被人拐走了,他是我的命根子啊!”可是,这位邻居也不敢与罪犯家“沾包儿”,只是把姜涛领到了姜亚珍的弟弟家。

眼见这位弟媳现在满脸都是可怕的“血统论”,刘华伦和周月贵忧虑地想到,小姜涛的生活肯定也是昏暗无光。

等了半天姜涛放学回来了,果然是一副孤儿的惨相,尽管已是初夏天气,孩子还穿着脏兮兮的黑棉袄,蓬头垢面的样子就像是街上流浪的小乞丐,一双躲闪回避的眼睛里透着6岁孩子不该有的猜忌与提防。看着小姜涛,两个老干警心里发酸,她们更加感到,此行来得实在太重要了……

10岁的万江被刘华伦找到时,已经被他的亲妈和亲舅舅遗弃长达7年之久。

万江的父亲因盗窃罪被判刑20年,当时万江刚刚出生,勉强长到3岁时,当妈的忽然撂下儿子不辞而别,从此万江和年迈的爷爷艰难度日。上学后的一天,万江在街上意外地发现了舅舅,孩子追上前去,竟意外地发现,日思夜想的妈妈也近在咫尺!

可是,儿子喊“妈妈”的声音还没有落地,却见妈妈和舅舅着急忙慌地钻进了出租车!紧接着,是一个近亲为了希图爷爷的老房子,暂时领走了万江。没过多久,当这位近亲发现,老房子随着爷爷的去世最终也不能适时地变卖成钱,于是立刻翻了脸,打算退回万江。所幸万江爷爷的一位老邻居这时站出来收养了万江,但这位好心的老邻居却有几个儿女坚决反对收容这个“犯属子女”。

无边的苦日子使得小万江提前具有了同年孩子所没有的“维权意识”。在最绝望的时候,他给西安市的副市长张富春写了一封信:

市长爷爷:

我是西安市报恩寺街小学四年级学生。10年前,我刚刚出生,父亲因盗窃罪被判刑20年,现在铜川崔家沟监狱服刑。父亲出事后,母亲离家出走,至今未归。长期以来,我一直和爷爷生活在一起。今年3月,爷爷因病去世。爷爷的老乡张道明爷爷见我无依无靠,就收留了我。但张爷爷只是个普通工人,家中儿孙共十多口人,生活困难,住房紧张,我实在不忍心连累他们。

我才10岁,无力抚养自己,还要上学念书,请市长爷爷帮帮我吧!

……

副市长收到信后,立刻意识到,这不仅是一个服刑子女的生存问题,他在第一时间将万江的信批转报纸发表。此时恰逢儿童村刚完成紧张的筹建,张淑琴看到了报纸,马上托付刘华伦,务必找到万江,把他快点接到儿童村来!

站在冷冰冰的铁门外面,刘华伦拿出老干警的气势大声地跟万江的舅舅理论:"身为孩子的舅舅,你有责任劝说你的姐姐回家来,那样孩子就不会从小没有妈妈。可是你不但纵容你姐姐的行为,还为她一次次提供方便,你说你像做长辈的吗?现在告诉你,也麻烦你转告万江的妈妈,孩子我们照着他爸的意愿先送到儿童村去代养,你们当妈妈做舅舅的自己好好想想吧!"

与此同时,周月贵在蓝田县的那个村里指责黑豆的姨妈:"——你也是当姨的长辈,怎么能把那么小的孩子交给一个狠心的侏儒收养?你每天看得见孩子过的是啥日子,你咋就不心疼,不后悔呢?已经快一年的时间了,你不过去把孩子接回来,你还有点人性没有?现在我们如果不把孩子带走,孩子的命一旦没了,你咋跟你姐姐交代?你知不知道,到时候你也逃不了法网!"

在高陵县,张淑琴好不容易在一片野地里找到了郭婷和郭冲,眼见两个孩子满脸抹得都是柿子,肚脐亮着,衣不蔽体……那村子本来是个富裕村,却就穷了丈夫杀妻判为死缓的郭姓一家人。当有人凑过来告诉张淑琴说这两个孩子偷东西时,张淑琴很不客气地说:"今天他两个偷南瓜,再过几年,他们还要上房揭瓦,去当土匪!怎么你们这么富的一个村子,就没有一个人肯帮帮这两个孩子?哪怕你们一人一把米、一把面,也就帮了这两个孩子,你们怎么就忍心看着他俩成天到晚靠着摘柿子偷南瓜过活?"

村支书在张淑琴的说服下,终于同意资助大孩子在村里上学,让小一点儿的跟着她去儿童村。当张淑琴带着两个孩子到监狱里去看他们的父亲时,做父亲的扑通给孩子跪下,一个劲地痛悔哭泣,感谢政府……

一时间,儿童村的善举传遍了秦岭南北、荒山野岭。"寻孤托孤"的过程,同时也成为张淑琴一行人宣讲和启蒙的课堂——他们走到哪里,维护儿童权益的宣讲就进行到哪里。受他们的感召,有不少人想方设法提供支持,也有人不远千里带着孩子前来申请。一位老奶奶,因为儿子儿媳双双犯罪,为了养活两个孙子,她沿村乞讨、收捡破烂,坚持让孩子上学,忽然闻听儿童村的消息,她不敢相信会是真的,拖着一双老腿,拄着拐杖,牵着孙子,步行了上千里找到儿童村,老泪纵横地要把孙子托付过来……

然而,社会是复杂的,人是复杂的,并非因为是善举,事业就会一路绿灯,并非所有义正词严的宣讲都能够立竿见影地见到效果,很多时候,一些不理解和误解,嗤笑或者打击,叫张淑琴等人不得不承受。

在淳化县,曾经当了几十年少年管教所所长的苏永平,居然被当做"人贩子"赶出了村子。好在老苏不是轻易撂挑子的人,他咽下种种难听的数落和取笑,转天又重回了那个村子。这次他先耐心说服了几个村干部,再与犯人家属进行沟通,最终"完璧归赵"地领回犯人托付的孩子。

此时张淑琴等人一路风尘又赶到了咸阳城,连续打听了三十多个知情人,就为了找一个名叫陈海生的寄养人。据犯人提供的信息,这个陈海生收养了他的一对双胞胎女儿。当孩子终于找到时,发现收养人是一对年迈的老人,一个耳聋,一个心脏病,那对双胞胎姐妹又都患有先天残疾,一直辍学。张淑琴和当地的政法人员一起商定,把孩子带到儿童村去。他们拿给老人看一系列的证明信,告诉他们:"在儿童村,孩子会上学,还会去医院治病,等到她们父亲出狱,再把孩子接回来……"老人听了没有理由阻拦。

谁料到了第二天,正要带着孩子上车时,孩子的一个亲戚忽然打来了电话,说什么也不同意叫两个孩子去儿童村。

"不同意上儿童村,那为什么你们不收养孩子,却把她们甩给两个病快快的老人?"电话里不作回答,毫无道理地挂断了。

张淑琴一颗滚烫的心莫名其妙地浸到冷水里。

转天,在西安郊区,一个女犯托付的私生子被张淑琴找到,却又不能顺顺当当地带走。

女犯原来是个待业青年,好吃懒做傍上一个大款,大款待她生了孩子,不知如何处置,匆匆离去,女犯于是为了谋生开始四处行骗,直到入狱。孩子暂时交由一个保姆代养。保姆感到为个女犯人代养孩子很是吃亏,三天两头把孩子撂在监狱门口,扬言说,我养不起了!

但是,当张淑琴跟这个保姆说明来意时,她却又变了脸,说是你们要领孩子可以,得先付给我抚养费,至少1万元!

张淑琴说:“儿童村是靠社会赞助的慈善组织,我们哪来的钱给你?”保姆听了更紧地搂住孩子,不让带走。也许保姆心里最希望的,还是那位大款有朝一日良心发现能够回来找孩子,那时她也就能得着大钱了。

没有法子,张淑琴只能先教育她:“孩子还这么小,你要是真的做善事,就不要希图发财,不让我们带走可以,但是你要保证把孩子好好养着,等她妈妈出来也好有个交代……”保姆不说话,很是勉强地点下头。

张淑琴满怀疑虑无奈地离去,心里想,这保姆,她能把孩子好好养着吗?

第二章　寻孤托孤道义歌

——寻找失落的传统

在最初决定投身这项前无古人的事业时，张淑琴就准备好，要闯过唐僧西天取经的九九八十一难。但是，她绝没有想到，在寻找孩子的过程中，要忍受那么多无法理喻的排斥和自私，也许这些是最令人感到忧愤的。

回忆起这一系列的寻访，身为儿童村管理委员会主任的张淑琴并没有过多地沉浸在跋山涉水的艰辛中，而是哽咽着倾诉出心中的无限感慨："孩子们不该无辜地背负生活的沉重，他们的权利应该得到保障，应该得到社会的理解和帮助。在寻找孩子的过程中，我们感受最深的就是要寻找我们失去的东西，为什么我们这个时代，许多人只谈钱？为什么善良、爱心和责任感在流失？"

说着说着，张淑琴落下了抑制不住的泪水……善良、爱心、责任、道义，这些人类社会的基本价值，因一些无辜孩子的苦难人生而显得格外珍贵。

——阿计：《黄土高坡一曲寻孤托孤道义歌》，
《联谊报》1997年5月30日

在一篇札记中，以深山里找到的两个女孩为诉说对象，张淑琴做了这样的告白：

当初，张奶奶不愿看到你们因父母犯罪而遭罪，过早地在人生道路上饱尝磨难和辛酸，和她的同伴们奔走多日，找到你们的郭爷爷，当他听完张奶奶的叙说，这个刚强的汉子眼睛湿润了。很快地，他为你们装修房屋，购置好床铺被褥，营造起一个家，张奶奶和其他爷爷奶奶分头去寻找你们。你们这些孩子,有的在社会流浪,有的偷窃为生,有的外出做小工,有的被亲属皮球般的踢来踢去,你们是一群迷途的羔羊、失巢的小鸟,没有梦想的星星和随风飘落的叶子啊……

每找回一个,张奶奶的心就会增加一份沉重,张奶奶的感情世界就会经受一次强烈的冲击,我们看到父母的犯罪带给你们的灾难,看到你们在默默忍受无辜的沉重,看到我们这个时代失落的爱心、善良和责任感。我们哪里是在寻找孩子,分明是在寻找我们失落的、中华民族的优良传统。

——张淑琴:《寻找》,《西部文学报》1997 年 3 月 15 日

她以记者和作家的敏锐眼光,察觉到现代人心灵的盲点:"寻找",已成为现代社会一个严肃的大命题——"我们哪里是在寻找孩子,分明是在寻找我们失落的、中华民族的优良传统。"

那些孩子的命运,如狂风中的小草,任其漂泊无着,其原因既缘于父母的犯罪,同时也与环境的冷漠密不可分!

冷漠,这是什么样的世纪病?如果人人都躲在冷漠的宫殿里吃喝玩乐,心安理得,不去闻问宫殿外面的任何事,我们的社会会成什么样子?

德兰修女说:"饥饿并不单指食物,而是指对爱的渴求;赤身并不单指没有衣服,而是指人的尊严受到剥夺;无家可归并不单指需要一个栖身之所,而是指受到排斥和摒弃……";"除了贫穷和饥饿,世界上最大的问题是孤独和冷漠。孤独也是一种饥饿,是期待温暖爱心的饥饿。"

当我们以排斥和摒弃的态度来对待那些无家可归的孩子,不仅表现了一种无情的冷漠,同时也印证了一位哲学家对于现世的忧心忡忡的洞察:"当人们认为什么都富足的时候,匮乏的只有怜悯"(何怀宏语)。

处在"物欲横流"的时代,一种世界性的隐晦的疾病正是"富足的贫穷"——当人们对"利"的追逐成为最强大的社会潮流时,便无可避免地造成了健康社会思想和精神衰落缺失的趋势,道德因子在大量流失,譬如正直、诚信、乐善好施、扶助弱者,以及独立思考、批判能力等,这些"义"的流失,表现出普遍的人情的冷漠,因此当今时代,怜悯与同情,有着格外重要的意义。

什么叫怜悯?怜悯是一种同情他人的能力——以他人之苦为自己之苦,这种感情,正是一种自觉体验他人痛苦、无法忽略他人痛苦的能力——当我们具有了这种能力,人与人之间才会获得息息相关的联系,整

个人类才会具有共同的体温,才会在各种灾难中,人与人之间互相关爱,互相温暖。

当多数人都在想着怎么发财积累时,有一条精神之河在静静流淌,张淑琴等人的行为,以及三原县东周村从郭建华到全体村民的善行,其最大的现实意义,正在于对这种怜悯与同情的能力的呼唤——而“善良、爱心、责任、道义,这些人类社会的基本价值,因一些无辜孩子的苦难人生而显得格外珍贵”。

第三章 "善事善举,利国利民"

▶隆重开村 伟大的创举

1996年5月26日,一个格外阳光的日子,中国第一家救助服刑人员未成年子女的儿童村,在陕西省三原县东周村隆重开村!这一天,村里村外红旗招展,鲜花盛开,喧天的鼓乐声中,由最高人民检察院原检察长刘复之题写的"陕西省回归研究会儿童村"村牌,赫然醒目地挂上了东周村办公楼。16个不到12岁的幸运儿,身穿鲜亮的海军服,面色红润眉开眼笑,在儿童村村口站成一排,像小主人似的欢迎着各路来宾。

国家司法部副部长刘飏专程赶来,会同陕西省委、省政府,公检法的领导,以及社会各界众多的爱心人士一起参加开村仪式;司法部、民政部、中央社会综合治理办公室等国家机关纷纷发来贺电;全国政协原副主席马文瑞老先生还委派女儿送来亲笔题词:"善事善举,利国利民。"

在发言席上,刘飏副部长代表司法部表示热烈祝贺,同时郑重传达了政府的声音:

——据我所知,由联合国资助的国际儿童村在我们国家已不是罕见的事情。但是,完全靠我们自己社会的力量并且以服刑人员的子女为对象的,我想东周村这个儿童村在全国尚属首家。应当说,这是一个伟大的创举,它的意义已经远远超过了儿童村本身。它的成立是对西方有些国家对我国人权状况一再发难的一个有力回击,也弘扬了我们中华民族五千年传统的博大爱心和人道主义精神。创办者们付出的艰辛,也是对中国人权事业的一个了不起的贡献!

对儿童村的创立起了决定性指导作用的陕西省副省长徐山林,在发言中充分肯定了儿童村是"善事义举":

今天是一个非常感动人的日子,陕西省回归研究会和三原县东周村主办的这个儿童村,为父母犯了罪而无人抚养的这一群可怜的孩子们,提供了一个良好的生活、成长的环境和学习的场所,而且对这些孩子进行长期代管,长期抚养。这是一件善事,一件义举,一个创造,是精神文明建设的一朵新花。

轮到儿童村管委会主任张淑琴发言,她的嗓音因为劳累过度有些沙哑,一向的激情依旧显得浓烈,她向所有的到会者,以及所有没到会的关心者和支持者,向儿童村第一批幸运的小村民,以及他们正在高墙内服刑的家长们,一字一顿地做出承诺:

请大家放心,我们一定会善待他们,等到他们的父母回归社会时,我们一定会交给他们一个健康、快乐、活泼,有文化有教养的孩子!

▶爱心热潮　人类文明的制高点

不仅在开村仪式上,儿童村被认定为“伟大的创举”,“利国利民”的“善事善举”,而且在成立前夕,就得到了国家民政部的积极支持。当张淑琴和方强千里迢迢上北京汇报创办儿童村的计划时,民政部副部长阎明复立即给陕西民政厅厅长打过去电话,要求他加大对儿童村的支持力度。汇报结束,阎明复称赞说:“你们要办的,是一件民政部门想办都没办成的大事情,我们没有理由不支持!”

全国人大副委员长布赫与蒋正华看到儿童村的环境和设施后,兴奋不已地说,儿童村是近年来少有的大事,填补了这方面的空白……

与红红火火的开村仪式同步,陕西省民政厅、司法厅、妇女联合会联合发出倡议,号召社会各界、各方人士,积极支持“陕西省回归研究会儿童村”,给无辜的孩子献一片爱心!“为了他们的明天,请伸出你的手……”

紧接着联合倡议,新闻界全方位地形成关注焦点。先后有120多家中央和地方的报纸、电台、电视台进行报道。中央电视台连续拍摄了5部关于儿童村的专题片,张淑琴本人还参加了“亚洲名人”和“东方之子”等栏目组的访谈。

媒体对于儿童村作出深刻的评价:

因为有了儿童村,我们的社会因此而增加了一些良好公民的后备军,减少了一些不良分子的萌芽;

创建儿童村,不仅仅是为了助养几十个罪犯的孩子,它更是中华民族美德的生动体现,是人们对真善美的亲切呼唤。

创建儿童村,让罪犯的孩子也像其他孩子一样,享有同等权益,是一项富有特殊意义的希望工程。

伴随着新闻界的轰动效应,全社会掀起了爱心热潮。儿童村源源不断地涌来全国各地的爱心人士,捐物捐款的,题词撰文的,一时络绎不绝,不到半年的时间里来访者达数千人次……中国科学院和中国工程院的三十位院士认为,儿童村和他们一样,都在攻克人类文明的制高点。敬佩之下,他们当即捐款1.4万元。又赶上全国人大普法检查组来到陕西,3天的时间里,他们就在儿童村停留了大半天。一位老将军掏出身上的200元钱,很实在地说,一时也没有准备,先给孩子们炒个菜吧!同行的原安全部副部长于恩光夸赞说:"儿童村即使放在清朝,也都是好事,它不带任何的政治色彩,它是民族的,也是人类的……"

第一家儿童村的成立,因其开创性的创意而迅速超越了国界,在国际上引起极大反响,不到一年的时间里先后有26个国家的14个代表团数百名的外国代表——包括联合国教科文组织、欧洲议会代表团、英国儿童救助中心、美国《纽约时报》、法新社等国际组织和媒体参观访问。

开村仅一周时间,欧洲议会对华关系代表团就掩不住惊异之情前来考察儿童村。一行人对孩子们表现出极大的兴趣,他们为孩子们唱歌,教给他们做算术,把他们紧紧搂在怀里……团长德卢卡在接受记者采访时说:

欧洲一些媒体报道,中国儿童福利保障非常差,可我们看到罪犯的孩子们健康、活泼、天真、可爱,那些有父母的孩子更可想而知了。

墨西哥众议院土地改革委员会代表团参观儿童村,团长卡洛培·博特伊欣然留言:

人类的灾难,本不该降临在孩子们身上。但是,我们看到确有孩子正在遭受战争、饥饿、遗弃和虐待。对于正义社会的向往就是指孩子们生活在平静和愉快之中,可以获得知识和智慧,这样的话,他们就成为世界的未来。回归儿童村正在实现这一愿望。

法中友好代表团团长埃杜阿尔·贝雷在留言簿上写道:

据我所知,经济发达国家也没有重视这个问题,在法国像你们这样代养罪犯子女的儿童村,好像还没有听说过,更多的是罪犯式的儿童村,也就是说,所有的儿童村的儿童都是罪犯。

来自美国的官方代表团对儿童村良好的乡村环境和孩子们健康的状

态,由衷地感慨:

中国农民了不起!我们国家也有犯罪,也有流浪在街头的儿童,却没有人过问……

美国环球自愿者队长史达琳留言说:

这里的孩子受到的照顾使我非常感动。在此情况下,常常有许多儿童被抛弃。而我却在这里亲眼看到,一个村庄为这些孩子提供了幸福和成功的机会。

1997年1月20日至25日,张淑琴作为特邀代表,到昆明参加了由联合国儿童基金会和全国妇联儿童部中国儿童少年基金会共同主办的"中国贫困地区女童发展战略研讨会",并且在会上就创办回归儿童村做了专题发言。在发言过程中,她难以控制自己的感情,而在场的许多人包括联合国的官员们也都流下了眼泪。一位联合国儿童基金会的高级官员对张淑琴说:"你做了一件了不起的事情,我非常感动。我的眼睛在流泪,心也在流泪。"

此会之后不久,张淑琴又在深圳参加了由中国关心下一代工作委员会和联合国儿童基金会联合召开的"保护儿童权益公约研讨会"。当她准备做大会发言时,主持人一定要她穿上中国警察制服登台。当她向与会代表介绍儿童村的情况时,立刻引起了强烈轰动,当场收到捐款3800元。可见,如何保护和教育罪犯子女,使他们享有充分的权益,已经成为一个国际社会关注的大问题。

(参见《陕西日报》1997年6月2日)

跋涉篇（一）：光明的起点

第一章　怎么爱孩子？

▶ 助养爷爷和奶奶　警嫂服务队

历经周折，第一家回归儿童村终于宣告成立。鞭炮锣鼓响过之后，儿童村怎样运行？孩子们的新生活又是什么样的？

张淑琴在开村仪式上郑重承诺，也正是儿童村在代养委托协议书中明确说明的，在服刑人员刑满释放以前，将其子女抚养至18岁，全部费用均由儿童村负担——当孩子与父母团圆时，他正在健康成长，同所有的正常孩子一样有着光明的起点。

因此，儿童村从一开始就不是一个普通的收容机构，它的工作内容远超出一般性的慈善资助，既要养育管理，又要教育培养。

在寻找这些孩子的过程中，张淑琴、郭建华等人已经亲眼目睹了他们每一个人的悲苦生活状态。作为"犯属"，也作为事实上的"第二被害人"，他们幼小的心灵所遭受过的重创，是一般人完全无法想象的。因此，不用说，这些孩子更需要爱——

"要爱孩子！不爱孩子，你的工作能力再强，我们也不能用！"

张淑琴这样向工作人员强调。

儿童村是一个温馨的港湾。有许许多多比这些孩子的父母和亲人更要亲的人，为他们精心创造了文明的环境。走廊、宿舍、饭厅、学习室，无不宽敞明亮，整洁舒适；文化活动室里摆放着风琴和书架，孩子们的大照片贴在楼梯口显眼的位置。伴随着五颜六色的儿童画，这些照片告诉每一个来人，也告诉孩子自己，在这里，他们是真正的小主人，他们的生活正重新开始。

"好好学习，天天向上"，"美好的未来属于我们"——躺在松软的床铺上，孩子把眼睛睁大但睡不着，望着雪白墙壁上的大字标语，感觉一切像做梦似的。

儿童村的孩子文龙写过一篇作文叫《我的感想》：

——我叫文龙，有个妹妹叫文英，我的家在陇县。我的爸爸妈妈都不在了，我们原来有一个幸福的家，现在我们变成了没有家的孩子。

是我们村里的干部，把我们送到这个特殊的家里来的。我来的那天，早上六点钟就来到车站等车。我们乘上了车，车开了，在这漫长的路上，我的心里突然想到，我们要去的地方是个什么样子。在那里吃的穿的和用的都有吗？让不让上学？

走进大门，首先看到的是儿童村正在修建的四层楼房。第一层和第二层已经装修好了。一楼是我们的办公室、接待室、值班室、餐厅和厨房。二楼是我们的宿舍和活动室，宿舍有五间，每间房子里面有四张小床，床头还有小桌子，上面放着生活用品。活动室宽敞明亮，内有图书室和体育室，图书室里有各种好看的少儿读物，体育室里有各种体育用品，如跳绳、羽毛球等。对我们就像关心自己的孩子一样关心着和爱着，这真是和心里想的不一样。我能来到这最幸福的家庭，我的心里真是太高兴了。

作为儿童村管委会主任，张淑琴肩负着筹款重担，整日在外面忙着化缘，同时继续寻访一些急需救助的孩子。因此儿童村村长郭建华将村委会和企业托付给年轻人，腾出全部的时间在村内坐镇管理。他们给每个孩子都建立了档案，除了那份代养代教协议、家长案例的判决书之外，还有孩子的体检表、人身保险登记、学业基本情况等。郭建华嘱咐工作人员，在管理和引导孩子们的同时，要对每个孩子的基本情况做详细的了解，还要及时处理他们和家人的来往信件。他自己则像一个慈祥的爷爷，对孩子们的起居住行，里里外外的生活学习，事无巨细，样样上心。

不仅“村中村”的老师和阿姨为孩子们尽职尽责，全面呵护，整个东周村也都成了孩子们的家，村民们人人希望当孩子们的亲朋家属。他们三天两头出入儿童村，给孩子们送来自家做的小吃、自家收获的瓜果，以及各种文具、玩具、生活用品。到礼拜天，附近的理发馆、医务站，都为孩子们开放。这天，陕西省人民医院派来了两个“大夫”，专门为孩子们建立健康档案，确定每个季节定期为孩子进行体检，按期注射免疫针。

郭建华的弟弟郭建民也是一位成功的企业家，他首先带头助养了12个孩子，提供了长达10年的生活费。同时，西安兵马俑实业公司和西安美登高公司、西影厂特技摄影公司、三九集团陕西公安研究所等单位也都要求助养孩子,并签下了长期的助养协议。

继这些集体单位之后,西安电影制品厂的职工邹人倜和李爱春夫妇,来到儿童村,主动签订一个孩子5年的助养协议,承诺每月承担这个孩子的生活费。邹人倜的女儿邹子捷此时定居美国,得知父母的善举后也打来了电话,请求家人再代她签订为一个孩子提前出资的助养协议书。不久,女儿一家人回国探亲,来儿童村探望孩子们,同行的美国朋友派瑞夫妇也跟着一同前往。教师出身的派瑞在儿童村流连忘返,感动不已,他格外喜欢会画一手好画的女孩代海云,将要离开时,他牵着代海云的手,找到村长郭建华,要求允许他出资负责代海云的10年助养生活费……

还有江苏省武进县三河口中学的教师吕芹浒,河北保定钢厂的职工彭爱池等,出资助养儿童村孩子的爱心人士不胜枚举。

当冬天来时,孩子们的过冬衣裳,被"警嫂阿姨"们全数包了下来。这是陕西咸阳市杨凌区闻名四方的一伙姐妹组织的"杨陵警嫂服务队",它由干警的妻子们组成,旨在支持丈夫工作,消除丈夫的后顾之忧。成立之后服务范围逐渐扩大,在社会上敬老携幼,专做善事。从电视上得知儿童村的消息之后,队长张素慧带着姐妹们来到儿童村做实地考察,发现天气就要变冷了,孩子们冬天的衣裳还没有备齐。大家回去便翻箱倒柜搜寻孩子合适穿的衣物。同时她们买来新毛线,十几双灵巧的手开始突击性地打毛衣。没过多久,十几件手工编织的新毛衣新毛裤,以及毛袜子毛手套就送到了儿童村。那一天场面十分热闹,孩子们像娃娃一样试穿着一件件新毛衣,应接不暇之中,他们不仅看到一个个笑意盈盈的"警嫂阿姨",还见到了她们的警察丈夫。他们头一次发现,穿着一身制服的警察叔叔们也有一张慈爱可亲的面孔!

春节要到了,张淑琴建议儿童村的孩子们除了被村里村外善良的助养爷爷和助养奶奶领走之外,其他孩子都由回归研究会的工作人员领回家过年,大伙儿都说没问题,孩子们很快被"瓜分"完了。

腊月二十九,张淑琴给八个孩子穿好了新衣新裤,带着他们先到监狱里和自己的爸爸妈妈见面,然后再乘公交车带他们一起回到她那个两居室的家。此前几天,因为劳累,她患了气管炎,咳嗽不止,连续打了三天吊针,这才算控制住。是孩子们的到来让她恢复了活力。从除夕到大年初五,她家里简直热闹得翻了天。两个女儿成了最受拥护的阿姨,她们带着孩子们包饺子,包了一锅又一锅,碟子碗响丁当,总是热腾腾的饺子刚一端上桌便被一扫而光。饺子吃饱了,放鞭炮、发压岁钱,转天早上孩子们手拉着手唱着歌上公园去,登上高高的缆车,爬上旋转木马,每人手里牵着一只彩色气球,小脸上绽开欢乐的笑容……

可是,张淑琴注意到,在这八个孩子里,小文龙和小文英兄妹笑得很勉强,发糖时他们也不接,大家唱歌他们也不张口。她想到他们的心思还是在父母上面,虽然父母已经不在人世了——他们的爸爸因为有了第三者,把妈妈杀害了,因此被执行死刑。

怎么才能叫两个孩子融入集体,高兴起来?想来想去,借着清明的机会,张淑琴带着两兄妹到他们的陇县老家去,专程找到他们爸妈的坟墓,买了些水果和烧纸,她跟两个孩子一起站在坟前,教他们跟父母说,我们跟着张奶奶和郭爷爷到儿童村去了,你们不要操心了,张奶奶和郭爷爷会把我们带大……13 岁的小文龙很懂事,一面给爸爸妈妈烧纸,一面带着妹妹不停地说,爸爸妈妈你们放心,张奶奶和郭爷爷会像疼爱自己儿女一样疼爱我们的!

扫墓之后,张淑琴又带着两个孩子到村子里去看他们的外婆和几个关心他们的亲戚。然后,张淑琴对他们说,你们在老家的这段生活就算告一段落了,以后张奶奶还会带着你们来上坟,不管怎样,他们是你们的父母……这一次的经历之后,两个孩子变化非常大,有了笑脸了,学习也越来越出色。

第二章　没有规矩不成方圆

为了叫这些特殊孩子摆脱掉“特殊”的身份，儿童村根据每个孩子的不同情况，把他们分别送进附近的幼儿园、学前班、小学或者中学插班上学。村里的老师和学校的老师密切配合，发现他们有了一点好成绩立即表扬，表现出色的发给奖励。每个星期，儿童村开一次生活会，老师和孩子们一起讨论，一周里每个孩子都有什么样的进步，遇见了哪些印象深刻的事，及时发现和解决每个孩子的“思想问题”。

没有规矩不成方圆。建村之始，回归研究会的刘华伦和周月贵，不惜“抛家舍业”全天候地住在儿童村，一边照料这些孩子，一边研究制定《儿童村工作条例》和《儿童行为规范》。为了从最基础的工作做起，她们参阅大量的有关幼儿教育和管理的书籍，给孩子们立下人生第一课的规矩，诸如讲卫生，懂礼貌，爱惜粮食，热爱集体，自己能做的事情自己做，等等，并且教育他们要努力做到“四个特别”即“特别守纪律、特别能吃苦、特别爱劳动、特别爱学习”。

但是，真要落实这些规范，又谈何容易！一些孩子曾经有过良好的习惯和品行，一夜之间就被彻底改变了，在恶劣的环境里，为了生存，他们迅速甩脱了文明而沾染了野蛮。初到儿童村时，他们几乎样样不适应：

许多孩子席地而睡，或蹲在墙角打盹，阿姨觉得奇怪，软软的床为啥不睡呢？“习惯了。”“上去怕弄脏人家的床。”孩子们异口同声地回答道。

初来吃饭，疯抢乱抓，非吃得肚皮胀得像倒扣的锅，这才住口。临走，还要抓几个馒头，塞进口袋里，压在枕头下。

多数孩子不知道洗脸、刷牙、洗脚、剪指甲，更不晓得还要铺床叠被子，还得衣服整洁，仪容端正。在教育督促之下，刚刚洗过，很快就又蓬头垢面了。

他们不爱言语，不善交流，按原先的习惯各行其是，或孤坐、或自语、或打闹、或破坏公物、或随地吐痰，就是不爱学习，进学校头痛，看书瞌睡。

——常扬：《在离开父母的日子里》

没过多久，儿童村来了一位合适的老师王彦玲。她是东周村村民，是农村妇女中少有的教书人，从 23 岁起就做民办教师，已经干了 30 多年，中国妇女的美德和教师的师德在她这里集于一身，不仅培养了一批农民学生走出了三原县东周村，还将自己的 3 个孩子逐个培养成博士、硕士和学士。她放弃了跟儿子在日本的舒适生活，主动到儿童村来奉献，成为儿童村第一个特殊教育的启蒙老师。

不同于学校里的任课老师，王彦玲像老奶奶似的，给孩子们一字一句地讲解《儿童行为规范》中的一条条内容，以一种“零距离”的方式引领着孩子们从特殊走向正常。

为了教孩子们养成好习惯，她给他们不厌其烦地洗澡、除虱子、剪指甲，手把手地教他们怎样把衣服穿得整齐、怎样收拾床铺、刷牙洗脸，每个孩子的书包里面都有一定的次序，不可以混乱。该吃饭了，王奶奶告诉他们，怎样的用餐姿势才是文明的、合理的。该去上学了，又一个一个地给他们排队，按照高低个子整好队伍，儿童村的小旗子很亮眼地举在前面，一队穿着同样服装的孩子唱着歌朝气蓬勃地出发了！

晚自习时，他们又恢复了闹腾的野性，所有的坏毛病都暴露出来，狂喊野叫，上蹿下跳，或者趴在墙角里消极打盹，作业写得乱七八糟。他们中不少都是失学多年的孩子，有的八九岁了，还不识字，十几岁了看不懂拼音，晚自习等于是给他们重新上课，可把王奶奶给累坏了，她虽然能忍耐，却也会发火生气，严格起来像个凶神似的……但是，王奶奶毕竟是训练有素的，她研究出一套特殊的教育方法。每天虎着脸板住两个最闹的孩子，严格不苟“铁面无私”，渐渐管好了所有的孩子。然后，每天一次小总结，看谁得到小红花，每周一次大总结，表扬好的，批评坏的。

孩子们都是受过大苦大难的，心里的积恨不是一天两天就能轻易化解的。规矩定好了，往往也是表面文章。除非真正走近，真正成为他们心贴心的奶奶，教育的作用才能充分体现。

5 岁的黑豆是最弱势的一个，个子矮小、营养不良，既不天真也不活泼。张淑琴抽时间带着黑豆上北京去会诊，然后又回村里，交给王奶奶精心照顾。白天，王奶奶骑自行车带着黑豆去上学前班，晚上哄着他和自己一个房间里睡。吃饭时,特别注意关照他,讲故事时,先把他拢到自己身边……黑豆终于变样了,会笑也爱说了,最喜欢调皮地缠着王奶奶学唱家乡小调。有参观的客人来时,黑豆会唱出童声的秦腔,一时成为儿童村里最受欢迎的小明星!

小芹是个特别听话的小女孩,学习上很聪明又肯用功,还能歌善舞,很快当了副班长,可是男孩小虎总爱动手打她。小芹几次哭着找王奶奶告状。王奶奶就专门盯着小虎。教育小虎什么叫人间善恶美丑,给他读母亲从监狱里写来的信,小虎又想起探视时妈妈痛苦的眼睛,愧疚地低下头,发誓一定要管住自己的拳头。

但这小虎还有偷窃的毛病。那时是因为父母双双入狱,他和妹妹小秀在外面别无选择,仅靠捡拾垃圾为生,甚至还吃过树叶子。到了儿童村兄妹俩温饱不愁了,偷的习惯却不好彻底改,有一天班主任老师把小虎叫到办公室给他泡了方便面,还给他饼干,他却把班主任老师的一摞本子给偷走了,回到村里发给儿童村小朋友每人一本。这天他又偷了下水井盖卖了20块钱,给大家买糖果。小秀呢,专门偷村里来的大学生志愿者,看见人家亮眼的挎包撂在接待室里,一下子控制不住,拿了里边的100元钱。大学生发现丢钱了,就说了出来。王奶奶很着急,留心观察,发现小秀在晚饭之后跑小卖店买零食,经过追问,小秀坦白了。可是这个毛病却一犯再犯。王奶奶苦口婆心几次三番,“穿透灵魂的审讯”加之严肃的法制教育,小秀把自己拿同学作业本,又偷客人钱埋到院子里的“作案”行为全部“交代”出来。

看问题有点严重,张淑琴和郭建华配合王奶奶一起对兄妹俩采取了特殊教育。每天严加盯防;一天不偷,发给小红花,一周不偷,发给小奖品;如果管不住,就罚他们探视日不许去见妈妈。小虎很犟,根本不服管,还要闹自杀,搞得大家在楼下铺了好多被子……

张淑琴细心观察,小虎这孩子虽然脾气暴,有时候爱打架,却非常孝敬妈妈,并且很有正义感,尤其特别热爱集体荣誉,于是她因势利导,干脆试着把小秀交给小虎来管,还叫小虎当了个小组长,这下小虎开始改变了,很像样地帮助小弟弟小妹妹叠床洗衣服,然后没过多久,他不仅教妹妹改邪归正,自己也变成了人人喜欢的好孩子。

▶成长不能等待　恢复正规教育

张淑琴说得很对，“成长是不能等待的！”儿童村的孩子们一个最大的幸运，是结束了辍学生涯，在就近的学校里按部就班地及时恢复了正规教育。

尽管附近学校的条件比较简陋，教师的工资也不高，但是善良仁义的校长仍然慷慨地免掉了儿童村孩子们的全部学杂费。

儿童村不乏品学兼优的好学生。在家庭没有出现变故之前，他们中有的人已经在学校里有了不菲的成绩。比如张璐，小学时他一直就是三好学生，并且获得过西安市灞桥区“十佳少年”的光荣称号。然而突然的一天灾难降临，父亲被母亲杀死，母亲判了重刑，他从此没有了家，也没有了所有的荣誉，变成一个蒙受耻辱的异类。当苦难艰辛全都尝尽之后，他进了三原县西周中学，这时，已经是一名“来自儿童村”的特殊孩子——他怎么融入这个陌生的班级呢？

英语老师姚娟也像村里的王奶奶一样是个循循善诱的好老师，她给了张璐温暖的母爱，尽心尽力地为张璐营造重新振作的环境。她要求同学不准打听张璐的身世，更不准歧视他，稍有机会，她便认真地倾听张璐的心声。有一天，张璐主动向老师诉说了自己憎恨母亲的伤心事，姚娟帮他分析母亲走上犯罪道路的原因，作为孩子，既是受害者，同时也应该成为一个帮教者，这样服刑中的母亲才有可能再次回归光明的社会。老师的教导使得张璐脑筋开了窍，心胸也开阔起来，他开始转变了。这一年期末考试，张璐的成绩又进入班级领先的位置，还被学校推荐参加咸阳市的英语竞赛。竞赛结果，张璐获得了二等奖，这是整个西周中学从未有过的殊荣！以后张璐转到另一所重点学校，担任了班长，门门功课保持全优，最终成为儿童村的第一位“状元”，提前进入西安翻译培训学院。在入学仪式上，张璐激动地表示：“一定要勤奋学习，报答所有爱我的人！”

和张璐类似的还有文龙文英两兄妹，两个孩子在颠沛流离的生活窘境中最大的愿望就是回到原来热爱的课堂，甚至来到儿童村时，文英还随身带来了一直舍不得扔掉的红领巾和珠算书。他们的家是从一个让人羡慕的富裕户一下跌入了暴力与残破——母亲被杀，父亲受到法律的严惩，好端端的一个家一无所有了，只有墙上的三好学生奖状一直在破败的家里原封不动地挂着，美好的梦想深压在心底……所幸兄妹两个得到儿童村及时救助,又回到正规的学校,原来的良好素质很快又得到充分的发挥,文龙是诗琴字画全能,几年之后考上了美术学校,最终成为一名事业有成的雕塑家;懂事的文英在儿童村的第二年就做了老师的好帮手,当第三家儿童村成立时,文英被张淑琴很器重地挑过去,协助那里的老师"统领"20 个刚来到新家的孩子……

热爱画画的代海云又回到学校里,最喜欢的还是美术课。据说她刚到儿童村的最初几天,在活动室里看见疏离了好久的画笔,立刻像是找到了自己的魂儿,趴在桌上一刻不停地画啊画,照着儿童村的院子、窗子、枕巾和被单上的花鸟图,一气儿画了好几张。孩子那忘我投入的场面,叫旁边的张淑琴看见了不住地落泪。在学校里,代海云得到了美术老师的耐心点拨,到星期天,儿童村里来的大学生志愿者又给她热心地做辅导。没过多久,儿童村的小伙伴们人人都有了一张代海云赠送的作品。这天,陕西省一位著名的画家刘文西先生来到儿童村,一眼看见了代海云的画,不禁为她的天赋啧啧称奇……

在成长的道路上,让儿童村孩子获益匪浅的教育活动,是持续不断的"手拉手"。那是陕西师范大学艺术系团委组织的大学生和孩子们一起开展的美育实践。自从儿童村开村以来,那些多才多艺的大学生便利用双休日,一次次自费从西安乘公交车长途跋涉赶过来,为孩子们义务普及美术、音乐、舞蹈等专业知识,有时是大家一起挥笔作画或者活蹦乱跳地学表演。

那真是对孩子们雪中送炭的心灵抚慰与矫正!在共同的歌舞中,孩子们向大哥哥大姐姐释放出最纯粹的童真,最灿烂的笑容……

有一天,这些大哥哥大姐姐又请孩子们乘车到他们的学校,一起举办联欢会——联欢会主题围绕着儿童村特殊孩子,紫色的大幕上赫然升起两行金黄大字:"爱心唤回归,真情暖人间!"

那是孩子们有生以来第一次踏入大学校园,仿佛是走进了童话仙境一般,孩子们瞪目结舌,做梦也想不到,大学校园比连环画上所有的花园都要美妙!这天孩子们永远记住了高等学府中有那样的图书馆、教学楼,那样的大礼堂、大操场,还有洒着伞状喷泉的花池,笔直幽静的林荫道——在他们小小的心里,从此开始确立人生宏伟的目标和理想。

第三章　集体探监

——犯人募捐

《"世界第一村"喜庆周岁生日》，这是 1997 年 5 月 30 日浙江《联谊报》头版头条的新闻。报道陕西省回归儿童村迎来了它的周岁生日，陕西省政协副主席梁琦前往祝贺，众多新闻单位参加了庆祝活动——

回归儿童村专门代养因父母服刑、劳教而无人抚养的流落社会的未成年儿童。现有儿童 36 名，其中最小的 4 岁，最大的 15 岁。他们来时面黄肌瘦，衣衫破烂，表情呆滞，反应迟钝，自卑而怯懦，如今，都恢复了童年的天真可爱。他们在村里读书、唱歌、跳舞，生活幸福愉快。

这一天，儿童村组织了一次集体探监的活动。早上，孩子们收拾得干干净净，穿着一样的新衣裳，由老师们带领着乘一辆中巴车，去他们想去、又不想去的地方——陕西省女子监狱，探望他们想见、又不想见的妈妈们。

女犯们听到孩子们来了，一个个从号舍里跑出来。她们惊喜地发现自己的孩子没有丝毫的寒酸样儿，变得又健康又可爱，她们感激万分，把自己的孩子紧紧搂在怀里。当孩子们站成一排，集体合唱"世上只有妈妈好"时，孩子和妈妈，老师和干警，无不热泪沾襟。

到了中秋节，这样的集体探监搞得更为隆重。孩子们在会见厅里活蹦乱跳地表演精心准备的节目，并且把儿童村的月饼捧到妈妈的嘴边，做妈妈的含泪咬着甜月饼，满心说不尽的愧悔。

女监干警跟张淑琴说，儿童村代养了犯人的孩子，对犯人的改造起到了特别大的作用，凡是孩子在儿童村的，犯人的情绪就非常稳定，改造的态度十分积极。比如姜涛的妈妈姜玉珍，现在整个像换了一个人，她因为患肺结核,被送进监狱医务所,却舍不得住院,含泪请求早日出院参加劳动。由于她表现突出,杀夫而判死缓的刑期已经改成了有期徒刑……

回归研究会专门作了一个统计,发现犯人当中凡是孩子得到儿童村收养的,他们在监狱中都表现良好,已经有98%的犯人不同程度地立功受奖,得到了减刑。

一个女犯在一次心得中这样写道:“作为一个女人,一个孩子的母亲,我深感母子分离的痛苦,有几次都想到死。儿童村的建立,让我觉得社会没有抛弃我,使我鼓起了认真改造、争取早日与孩子团聚的勇气。”

一个飘雪的日子里,陕西富平监狱组织8名“宽管犯人”到儿童村参观,他们边参观边流泪说:“我们都是罪大恶极的罪犯,看到党和政府如此关心我们,照顾我们家中无人照顾的子女,内心十分惭愧……”(参见《洪新报》1996年12月25日)

正是出于深深的愧悔与感动,河南省第三监狱的犯人刘道根把本来准备给自己孩子的学费寄给了儿童村,他在信中写道:“我的孩子还有母亲照顾,儿童村的孩子更加需要帮助。请转告孩子们,我的这点钱是干净的!是我劳动得来的!”另一名犯人鼓建波,将自己在监狱首次科技成果评比会上获得的奖金寄给了儿童村,他附信说:“自闻讯儿童村收养罪犯子女的消息后,心情久久不能平静,我既为你们那无私的胸怀所感动,又为自己曾经危害社会而愧疚……儿童村的孩子们涌向我的脑海,他们太不幸了,他们比我的母亲更需要照顾和关心。所以,我最终决定把这些钱捐给他们,权当我对政府的再造之恩,对社会的一点点回报吧。”

这年冬天,女子监狱的犯人听说儿童村经费紧张,自发搞起了募捐活动。可是儿童村不忍心接受她们微薄的零花钱,他们就另外想法子,效仿去年冬天“杨陵警嫂服务队”的善行,也为儿童村的孩子们又织毛衣、又做棉衣。虽说不少女犯的孩子并没有在儿童村,她们也由衷地希望为孩子们尽一份微薄力量。毛线是女犯们写信叫家里人送来的,布料是儿童村在外面便宜买来的。女犯们飞针走线,义务劳动,狭窄的女监号舍一时变成了小作坊。

天寒手冷,针线生涩,可是她们仁慈的母爱是火热的。她们心灵手巧,还将一颗颗鲜艳的红心绣到了毛衣上——30多件毛衣加上30多件棉衣,在飘洒雪花的初冬季节完成了,一件件簇新的手工品托载着女犯们回归社会的善良之心,暖暖和和地穿在那些幸运的孩子们身上……

维克多·雨果说得好:"人类的真正区分是这样的:光明中的人和黑暗中的人。减少黑暗中的人数,增加光明中的人数,这就是目的。"事情是显而易见的,儿童村张扬人性的旗帜,点燃道义的火炬,其意义已经远远超越了儿童村自身。不仅将一群容易滑入黑暗处的孩子拉向了光明,同时也极大地影响和感化了他们在高墙内服刑的父母——在给孩子们全新打造光明起点的同时,儿童村也给他们的父母点亮了心中的明灯!

跋涉篇（二）：风雨兼程

第一章 “丐帮帮主”

——伸出你的手

开弓没有回头箭。不到一年的时间里，东周村第一家儿童村已经满员，孩子从16个扩展到36个。张淑琴等人几乎每天都要收到省内外一些服刑人员的来信，请求帮助寻找和代养他们的生活没着落的孩子，名单达到了400多名。1997年秋天，为了解决西安市区服刑人员子女的代养问题，张淑琴联系新城区政府主管民政和司法的副区长刘平，在西安最繁华的区域内，建立了第二个儿童村。

又过了一年，考虑到汉中地区有两个大监狱，经常接到他们干警打来的电话，问儿童村能不能接收孩子？张淑琴说服了一位上过作家班的文友，陕西金园方集团总裁刘金玺，在宝鸡钓鱼台的影视基地建立了第三家儿童村。

伴随着开村典礼那喧闹的锣鼓声和来自世界各地的热情洋溢的贺电，张淑琴肩上的担子也越来越重了。

儿童村纯属民间组织，国家没有任何财政拨款，所有的经费都源于社会捐助。多增加一位小村民，多成立一家儿童村，就等于化缘的负担再添一份、再压一车。3个儿童村，60多个孩子，每天在成长，日日的衣食住行、教育医疗，开销上再怎么节省，也不会是小数。

张淑琴：我们最头疼的事情就是经费。很多人都说钱这个东西不是万能的，但是在我们儿童村，没有钱确实是万万不能的。孩子的吃喝拉撒睡，特别是孩子的医疗，看病，你没有钱，连药都取不出来，有可能就会失去孩子这个病的治疗机会，冬天里没有煤，我们怎么给孩子保证他能够过一个温暖的冬天？

满世界地化缘筹款，成为摆在张淑琴眼前的第一件要紧事，像当年的武训一样，她费尽口舌，东奔西跑，将自己的勇气和能量提升到最大限度。

她当然不是武训，而是一名正经的高级警官，浑身上下穿着警服，一副天生正气的面孔，靠着严肃真诚的说理，她渴望迅速地感染他人，激起他人情同此心的善良与包容——伸出你的手，救救那些孩子们！

涉及筹款，有时候无论多么真诚的宣讲都像是一场烟云，在不少人眼里，罪犯和子女永远要画等号，像儿童村这样纯属“超前行动”的民间组织，在他们看来，不是“闻所未闻”，就是“调子太高”。

生活的本质是忍耐，这是一位叫昆德拉的著名小说家的话。张淑琴深深地悟到，做善事不仅需要巨大的勇气，更需要极大的耐心，不能有丝毫的焦躁。从早到晚，奔走游说，无数次地讲解再讲解，从回归研究会到儿童村，从黑豆、小芹的遭遇，到小虎、小秀的教育，加之一个个爱心人士无私奉献的故事，尽可能地全盘托出，然后便是一再地赔笑与等候……

看冷脸、听冷话、碰钉子的事每天都要面对。有一个月，她挨家地拉赞助。连续跑了 58 家企业，也没拉到一分钱！有时能拉到一些实物，也是求之不得。有个小厂子要倒闭了，处理架子床很便宜，正赶上新城区刚建的儿童村需要，她就想办法过去贱买一些。架子床运来，褥子和被子就叫身边的工作人员每人从家里找两床……有一家厂子送给儿童村几袋米面、几桶酱油和醋，儿童村上上下下都知足得要命。孩子们文具不够用了，她想到和几家杂志社的编辑们比较熟，就骑车过去直截了当地问：“你们能不能给我们孩子们匀点文具，纸呀笔呀的，有什么就给点什么吧。”她口里一边说着一边就往自己的书包里面装。

这天一家服装厂厂长忽然通知他们，有一批化纤次品布，可以给孩子们做点衣服！张淑琴一听就乐了，赶紧借了一辆三轮车，带上两个孩子过去拉了回来，再求一家好心的裁缝店给孩子们一人做了一身新衣裳……

这天又听说一家公司的老总有可能答应资助，她早早和同事赶到那里，在经理室的门外等啊等，整整等上 3 个小时！她严严整整地穿着警服，当然不能倚墙站着，更不能坐在地上，只好就那么站着，像站岗似的，她在走廊里一直傻站着，来来往往的人全都看她，她真想掉头走掉……

门终于开了，那位老总允许她们进去，但是听着她的讲解，根本不往脑子里进。最后他使劲摇摇头,说道:"我的钱也来之不易,再说,就是有钱,我也不能帮助罪犯的孩子,好人的孩子还管不过来呢……"

就这么两句风凉话,张淑琴和同事就被打发掉了。眼泪说什么也憋不住了,一边骑车一边甩着眼泪对空气恨恨地叫唤:"……有这么说话的吗?他可以不给钱,可是他不能这么歧视那些孩子!要是那些孩子能够选择自己的出生,谁不愿意钻到大老板老婆的肚子里去?谁会愿意生在那样的罪犯家里?"

"……有什么了不起的,东边不亮西边亮,中国有那么多企业,那么多好心人,我们怕什么?"

她这样鼓励同事,也鼓励她自己。

"丐帮帮主"的名声不胫而走,一开始她觉得很难听,时间长了渐渐也就觉得没什么了,甚至她还有几分自豪,毕竟靠着他们的四处化缘已经养活了一大帮的孩子。

张淑琴:……没关系,我觉得我去要,没啥丢人的,别叫孩子们脏着两只手抱着人家的腿要这要那……没关系,比较起来,能够叫孩子们长大、成才,这是最重要的!

——金色频道《陈蓉博客·两千个孩子一个妈》2009 年 5 月 31 日

化缘的过程如同炼狱,心里常常压抑得要命,有时一颗心突然间沉到最底处,甚至会怀疑整个世界包括自己。

在无助和茫然中,她苦想,如此奔走呼号,扯心扯肺,却少有大的响应,说明了什么?还是观念问题。他们闯荡的是一条超越时代、也超越传统的路,不可避免地要与习惯秩序发生冲突,以为仅靠几次的摇唇鼓舌就可以打出天下来,那是太天真了!

她和回归研究会的同事们商量,策划一台大型的文艺晚会,主题为"伸出你的手"。

主办方他们找到陕西文联和陕西妇联,以及总工会共青团等部门,一起联合发起为儿童村募捐义演专题晚会。演出阵容不仅庞大,而且破天荒地将几路人马汇合到一处,既有孩子和干警,又有社会各界的爱心人士和正在服刑中的犯人。

打算将服刑中的犯人整队地带出监狱来,登上群众性的晚会大舞台,这在监狱界实属"太冒尖"的事,事前,张淑琴很谨慎地向上级汇报,获得了上级的批准,陕西省监狱局为此进行了周密的安排。

在西安的陕西电视台演播大厅,晚会如期举行,嘉宾主持请来了著名演员陈强和央视主持人孙晓梅。他们感情真挚的开场白牵动了所有观众的心:

我们曾经主持过许多晚会,但都没有这场晚会特殊。它是救助罪犯子女的一个大举措,它是人道主义精神的大发扬!为了祖国的未来,为了下一代的健康成长,让我们伸出友爱之手吧!

雄浑的大合唱《伸出你的手》开始了,这是由陕西文联几位音乐家精心创作并指导排练的,演唱者为孩子、干警、各界群众和犯人,四排整齐的方阵紧挨在一起,汇合这人间大爱的海潮,一起发出深切的心声、强烈的呼唤,万众一心手挽手,共行人道筑长城!

当儿童村的孩子们稚嫩的声音齐声唱起《童年歌谣》时,全场观众无不落泪。

因为是首次带出一整队的服刑犯人参加演出,有关部门在演播大厅里布了些武警严阵以待地守在门口和窗口,这番气势更强化了晚会的严肃氛围——当然,险情丝毫也没有发生。

而这场从未有过的为服刑人员未成年子女募捐的文艺晚会,气势宏大地宣传了回归儿童村善行义举的道德主旨,场上的观众无论男女老少,从工人到干部,从大老板到小商贩,人人受到震撼,无一例外地将自己的爱心奉献出来。在座的企业家也纷纷登台慷慨解囊,西安海星集团的总裁荣海,一次性捐款10万元,为儿童村提供了第一笔专项基金。

一位台下的观众特意为儿童村制作了一块"爱心暖人间"的金字牌匾,要求儿童村管委会主任张淑琴上台受匾。张淑琴还正在台下忙前忙后地张罗着呐,闻听台上的主持人孙晓梅招呼自己前去接匾,不禁有些措手不及。她挪出身来往台上跑去,距离多少有点远,一不小心鞋子的后跟跑掉了,正要光着脚再跑,一位男士"见义勇为",把自己的鞋子先借给她,这才上台把那块牌匾接了。

这一次的《伸出你的手》专题晚会也像一年前那场《回归之路》的专题晚会一样,陕西电视台同时给予了直播,因此达到了最佳效果。人间社会善良仁爱的真情,中华民族扶弱济困的美德,像一股股的暖流,涌动在社会的各个角落。先后有20家企业、机关和学校,义务承担了孩子们日常的生活费、学杂费,并且送来各种急需的衣物、用品、图书和文具。

陕西省省长程安东接见了张淑琴,听取了回归研究会开办儿童村的工作汇报。他明确指出,儿童村的创办非常有意义,并批示陕西省民政厅,要给儿童村以资金上的支持。

第二章　一个人的宣讲团

不是没有别的声音，有时还很刺激人，带着不怀好意的诋毁。

随着电视媒体报道多了，有的人看不惯，侧目而视，说那些孩子政府都没法管，你张淑琴逞什么能？建儿童村不是吹牛是什么？有人使劲往歪处想，说一下子要做这么标新立异的事，为什么？目的肯定不纯，不是为了捞钱搞个人集资，就是为了捞取政治资本，要不就是为了做花瓶，给自己摆样子出风头……

一位领导干脆打来电话严辞斥责："你们这么搞，不是给罪犯的犯罪解除了后顾之忧吗？是助长了犯罪！贫困山区失学的孩子你们不管，希望工程你们不管，却娇惯那些罪犯的孩子？"

类似的责难振振有词，一种可怕的思维方式令人齿寒。

有记者很严肃地撰文反击道：

无论是封建时代还是"文革"岁月，中国人为此付出了多少道德的代价！更可悲的是，发这种论调的人既没有本事出这个"风头"，也没有为"罪犯的孩子"尽过微力，更未曾为那些失学孩子、为希望工程出过一分钱！中国的事情，往往就毁在这些道貌岸然的伪君子手里。

一件不平凡的善举却无端地被指责成出风头、助长犯罪，这委实刺痛了善良人们的心！父母犯罪，孩子无辜，这是普通的常识和人性判断，早该抛进历史垃圾堆的封建血统论至今仍被某些人捧做圣明，这委实令人深思。

——阿计：《黄土高坡一曲寻孤托孤道义歌》，

《联谊报》1997 年 5 月 30 日

紧接上文，一篇"新闻印象"的短文说得精辟：

中国封建社会有株连九族的传统，所以当陕西省回归研究会开办的专门收留罪犯未成年子女的"儿童村"问世时，会激起不同的反响乃至引来种种非议便一点都不奇怪了。就在过去不久的年代,不是还有“血统论”盛行吗?父母的罪行须由子女背负,在一些人看来,实在是合理的行为。

在这个伟大背景下看此项创造,我以为其意义近于伟大。

它昭示着对人的同情、爱等美德正在中国大地上复苏,而一个社会的宽容与进步总是成正比的。

这不只是一个有关罪犯和他们子女的故事,它的意义也不限于司法战线。读完此文(指上述阿计文),激动之余,我感到充满了对整个民族的希望。

归根到底,能够在历史上常胜与长存的是仁义之师。

——石久:《一种创造》,

《联谊报》1997 年 5 月 30 日

为了儿童村成立一周年,《陕西日报》发表评论员文章,呼吁道:“‘回归儿童村’是一个新生事物,全社会都有责任来关心它、支持它、爱护它……让我们为了明天更美好而献出一点爱,从关心和保护那些遭受不幸的未成年人开始!”

也是在这一天的《陕西日报》上,司法部监狱局研究室的副主任史迎新的一篇谈话,明确说:“回归儿童村发动社会民间力量,帮助那些因为父母服刑而流落社会的未成年人,是利国利民的善事,其意义首先表现在有利于罪犯改造……事实上,教育引导罪犯的未成年子女,是防止新一代犯罪的必要步骤。”

史迎新称赞回归儿童村的做法后,认为,这是一个新的社会现象,是社会主义精神文明建设深入人心的体现……帮助贫困地区失学的儿童是一项希望工程,而帮助服刑人员的子女健康成长可以算是另一种意义上的“希望工程”。

——何芳明:《另一项“希望工程”》,

《陕西日报》1997 年 9 月 24 日

国内外的主流新闻媒体都是支持称赞的,从中央到地方的有关领导也是支持称赞的。但是,一些诋毁与指责,哪怕只是只言片语,也会令张淑琴感到心里发凉。

毕竟她是女人,并且还是单身,脆弱起来,她也会闷闷不乐地想不开。

她已经受了多少委屈了！那会儿办回归研究会筹备庞大的理事会，就有人暗地里扇阴风，说她“上蹿下跳、网罗领导”，“有不可告人的野心”，“想要捞取政治资本”，并且有人专门在“品行上”朝她指指点点，说她是“独身女人出风头，抛头露面不正经”……

有段时间她的确很往心里去，甚至于不愿意出门。但是，事情赶在那里刻不容缓，她只能是“忍气吞声”，撇开那些胡说八道，和同事们长途跋涉翻山越岭，在莽莽山野间千辛万苦地找孩子。那时，一些难听话又紧紧地跟着她，说她是“人贩子”、“骗子”……

这就是社会，驳杂参差，各色人等，人与人是如此不同，想问题的角度如此不同，不理解的总会有，但是，极尽曲解，变本加厉地往歪处想，甚至不惜“上纲上线”，不惜用下作的语言来捉摸人、诽谤人，都是最可恶的。

打击之下，郁闷难舒，她抽烟喝酒，乱写乱画，没法子解脱，跑出去找几个好朋友倾诉。

朋友们一见她那张苦行僧似的脸便大声惊呼：“张淑琴，你怎么搞的？怎么又黑又瘦？怎么嗓子整个变了音儿了？不对，这不是一般的嘶哑，是裂劈啦！”

——声带过度疲劳症……

——你不是大夫吗，不懂得保护自己？

——你叫她怎么保护？一天到晚东跑西颠，口干舌燥喋喋不休，就好像是一个人的宣讲团！

朋友当中有文学圈的，翻出一张挺大的文学报，上面有醒目文章，称张淑琴为“回归使者”，是“中国文学界第一位女慈善家”，文章写道——

张淑琴再也不能平静地坐在她的写字台前了。给四川人民出版社答应的三十多万字的《女狱警十年纪实》只写了一半被搁在那里，一接到编辑李洪烈的电话她就请求宽限；反映劳改煤矿由刑释、解教人员组成的英雄群体矿山救护的八集电视连续剧《矿山救护队》几易其稿，剧本打印好又被她搁在那里；那天去她家，正碰巧接电话，北京来电催问她答应的二十五集电视剧《大同战俘营》，她又在告饶……她说全是那帮犯人和他们的孩子把她给搞乱了，她没有办法摆脱他们，能帮一个算一个。

——杨柳：《回归使者——论中国文学界第一位女慈善家张淑琴》，
《西部文学报》1996年7月15日

——你看看,你把自己全给贡献啦,什么也不写,一门心思做你那个慈善!可是你看看,干慈善要比当作家难得多啊!就像个没头苍蝇,四处化缘,八面碰壁,要是换了我,非疯了不可!

——你这个儿童村伟大是伟大,可就是太不易了,非得要突破禁区、挑战观念不可,人家说你吹牛,你还不服!

——谁叫你当"出头鸟"的,你不挨说谁挨说?就得受着点啊。

——想不到写小说你是现实主义,做起事来倒成了浪漫主义,太理想化了吧?

朋友都是最讲实话的人,在这样的朋友面前,她是最坦然,也最任性的,坐在他们中间不停地抹泪、叹气,甚至骂骂咧咧。

她说自己就是个没头苍蝇,她不是蜜蜂,乖巧不了,就在瓶子里横冲直撞,不停地碰壁,上下左右乱撞,直到飞出那个狭小的瓶颈!

张淑琴:可能我这人就有一种反抗性吧,有时我特别逆反,特别不服输,他们把电话打到我家里来,说我有野心,想要捞取政治资本,我说我的野心就是为了中国拿个诺贝尔和平奖!这也没有啥不好吧……真的,他们越是说我办不成,我越是要办起来叫他们看一看,并且,要是没个对手我还觉得怪没劲的,他们说我吹牛皮,那好,我就给你们把牛皮好好地吹起来……

有个老朋友一直被张淑琴当做师长,就是那个当初冒名顶替,陪她上监狱探视女犯人周羽艳的郑老师。郑老师总是很沉着、很冷静地帮着她分析——张淑琴,你现在需要超脱,这要有气量,脑子里要能排斥一些对立的东西。我们现在进入了一个价值多元的时代,人的价值标准很难统一,你不能要求所有人都理解你,赞赏你。当初,你是为了叫大家赞赏,才选择干这件事吗?不是。你选择的是一个职业吗?也不是。你说你选择的是个使命,既然如此,那你就不要在乎各种各样的风言风语。

——你要叫自己像一个火车头,认准了正确的目标,一往无前,你别管它东西南北风,咬定了青山就不放松!

——郑老师你说得太好了,不过不是我选择了这个事,而是这个事选择了我。

——那就更要走到底了,相信自己,相信这个事业正确,豁出去吧,哪怕它是一个长久的逆境,一条不归路……

她离开朋友，抓紧回家，自行车骑得飞快，一路生风。

心里忽然不那么委屈，也不那么郁闷了。

童年记忆中的老火车隆隆地响着从眼前开过去。那种昂首向前、义无反顾的气势，那股子一意孤行，丝毫不带折中的劲头，应该是她骨子里的精髓！

▶老领导辞职　无路可退

实际上，逆境早就开始，其最严重的阻力竟是离得最近的，它来自于组织内部。

在决定是否继续开办第二个和第三个儿童村时，回归研究会的会长和副会长就持反对意见。两位老会长，一直是承受压力的第一人，社会上的冷言冷语他们听得不少，频频受刺激——“人家又说咱们什么了”，“谁谁又打来了电话……”

老领导认为，“我们建一个儿童村已经够了。不要再建第二个第三个了。”

他们的担心越来越多——“要是没有钱了怎么办？”“要是孩子出问题了怎么办？”“要是一旦惹出麻烦来上法庭解决，责任谁来负？”种种的“要是”、“要是”不断地横在那里，让他们的畏难情绪越来越大。

不言而喻，其实根本原因，还在于两位老领导无法排解社会上的那些冷言冷语的责难。张淑琴反复陈说，我们每天收到犯人请求接纳他们孩子的信，那些孩子正在讨饭，流离失所，我们不能不管吧……眼下和今后有什么问题也都是正常的，我们群策群力去解决，车到山前必有路嘛！

两位老领导听不进去。

时间正是1997年，香港回归作为国家的头等大事，回归研究会也积极参与。他们在1995年办的自己的报纸，名字也叫《回归》，一次印刷发行几万份，影响很大。于是长安县有位特别热心的企业家直接找到回归研究会，说是想和他们一起搞一个纪念塔的活动。

那位企业家想得挺好，出资10万元，以回归研究会的名义，在广场上建三个纪念塔，分别为香港、澳门、台湾，表达祖国人民热切盼望国家统一的美好心愿。两位老领导一听很高兴，想尽快地同意。

张淑琴听说之后，立刻觉得万万不可。她劝老领导，一定不要答应啊——咱们当初在注册时写的是什么？是研究刑满释放人员回归社会的组织,这是咱们的宗旨啊!“怎么能够和香港回归扯到一块儿呢?这明明是两个概念呀。”

两位老领导不以为然,说人家就是想用用我们的牌子嘛。

张淑琴说,可是这里有很严肃的政治问题,不好混淆视听,人家出资要搞纪念活动当然是好事,国家统一我们人人有责,帮忙是应该的,给不给钱也无所谓,但是,要用咱们回归研究会的牌子,万万不可以,希望两位领导谨慎考虑……

他俩还是说,咱们不是缺钱吗?

张淑琴说,是缺钱,要说钱的事,我压力最大。

意见达不成统一。再次争论时双方都动了气。

僵持之下,两个老领导提出了辞职。

他们说,你张淑琴目中无人,一次次的不听话!张淑琴慌了神,赶紧把口气放软,希望他们原谅自己“不听话”的毛病,甚至于她写了检讨,承认自己判断有错误,很多地方不成熟——“看在我比你们年轻的分上,希望你们原谅我,不管怎样,你们两位老领导还要继续支持咱们回归会的事业,没有你们,咱们回归会成立不起来,也不会有那么大的号召力……”

然而,无可奈何花落去,不管她如何诚恳检讨,怎样努力挽留,两位老领导就是说什么也不想再干了。在一次例会上,两位老领导的辞呈被通过了。张淑琴伤心得很,她觉得天要塌下来了。

她想不通,为什么两位老领导就这么说辞就辞了?

又是热死人的苦夏,她一夜夜的睡不着。家里连个空调也没有,一个破电扇不停地吹着她的脑袋,她翻来覆去地看书,深想,人生有些事怎么那么难以掌控,是自己直愣愣的脾气太得罪人了吗?为什么总这么一根筋地死硬呢?

张淑琴:……我这人总是太直太硬,又胆子死大,什么话都敢说,用人家的话说,我属于没大没小的那种人,有时又能喝又能抽的,平时从来不注意把领导放在眼里。有一回喝酒,厅长说,你喝一杯酒,叫你当3天厅长。我喝完了酒就直截了当笑问他,那你咋不让我当呢?我总这么无所顾忌地说话。平时政治上又不求上进,不喜欢靠拢组织,尤其最讨厌上领导家去走动,可要是遇见看不惯的事却是第一个先跳出来!所以,不少领导都受不了我。在监狱系统,我一直算是有争议的人……

老同志最忌讳的就是你不把他们放在眼里。还有……他们当中有些人特别怕担责任。你就不怕吗?你是谁,永远的出头鸟?永远的个人英雄?他们说辞就辞了,你这个秘书长却没法辞,你要是再辞了,把那些孩子交给谁去?

所有的思想活动最后都要聚焦到孩子身上。那一群打入另册的无辜的孩子,那一双双无助的眼神。她感觉,那种燃烧似的动力又在身体中发热。

仿佛舞台上全都黑了下来,光集到她这一束。

别无选择的当口,无路可退,怎么办?

只有豁出去了,咬紧牙关,独立自主地在前面撑着!

就这样,两位老会长辞职了,张淑琴做了代理会长,从此为回归研究会和儿童村负起了全责。

第三章　肩膀一横扛最重的麻包

行善需要巨大的勇气、纯粹的正气，同时，更需要极大的意志和斗志。在她的性格中，那种坚不可摧的东西能否坚持到底？

回答是肯定的。她的意志力又回到了当年，把肩膀一横，扛最重的麻包。

儿童村进入了艰难时期。

在新城区建第二个儿童村时，为了抓紧安置20个孩子，暂时借用了新城老年公寓。先跟人家说好了，就免费借一年，到第二年盖了新的儿童村，就把房子还给人家。

新城区的刘区长和雷书记都非常希望能把儿童村建好，认为对全区来说是一个难得的形象工程，因此选择了环境十分适宜的含元殿村。村长肖永寿当场表示，地皮儿童村可以无偿使用，并且资助建筑费两万元。但是其他的资金呢？预算至少需要17万元，区长书记帮着落实最初的基建，接下来的大头还要靠张淑琴想办法筹措。

这时回归研究会已是7次迁移"大本营"了，他们以最便宜的租金租那种最简陋的老房子。办公家具是从各处淘汰下来的，连开会使用的茶叶，也是张淑琴从一些机关要来的。她和大家说："能省一笔是一笔"。

无论如何，儿童村的开销必须要满足。孩子们不仅需要合理的营养，还需要不生病和定期体检。叫张淑琴最怕的是孩子生病，不仅怕给孩子治不好，也怕拿不出高额的医疗费。眼下食堂里每天买菜，管理人员总要在菜农无奈的一再退让下，砍出最便宜的价钱。

现在他们的计量单位常常是按"几袋面粉"来衡量的。出一次差，哪怕是坐火车硬卧，也会想想，这200多元，够给孩子们买4袋面粉呢。张淑琴和同事小黄从西安跑北京，10天的时间，整个开销没出600元，这是她们坐硬座、住地下室、吃方便面节约出来的。

这年春节，中央电视台请张淑琴做嘉宾，寄来一张飞机票，她想方设法把它换成火车票，省下钱给儿童村买面粉，够孩子们一个月吃的！

一回张淑琴出差，先住在一个剧团的库房里，后来演员增多了，库房改为了集体宿舍，她只好搬到一个外出办事的朋友家。几天后朋友一家人忽然又回来，她收拾东西离开，满大街找廉价的住处，一直游荡到快天亮，终于在一家地下室的旅社里落了脚……

1998 年年底，儿童村的账目上只剩下 600 多元了。食堂的大锅里煮着最简单的饭食，没有任何零食，甚至没有肉，一个大家庭同甘共苦，老师和孩子毫无怨言。

眼看着就要弹尽粮绝了，张淑琴愁肠百结，打起了自己房子的主意。她想，能不能将现在住的房子抵押，借钱做建筑费？那是监狱局的集资房，只有部分产权。她环顾自己的家，缝纫机、电饭锅、烧水壶都给儿童村拿去使了，现在再没有一样值钱东西——电视机是旧的，屏幕上面总横着一条杠，单门冰箱流着水，早就不好好制冷了，洗衣机朝着一个方向转，小燕拿个钳子拧来拧去的修理不好，这一栋楼里唯有她家安不起天然气和防盗门。两年前小丽得了肾结石，需要大手术，做母亲的手头只剩下 400 元，只好四处借钱……

窗外正大雪纷飞，张淑琴夜不能眠地静坐着，好像一个守夜人。她想着惨淡的儿童村，心里感到酸楚，默默地对着沉寂的世界呼喊：不要抛下他们，不要抛下他们，他们需要遮风挡雨，需要顺顺当当地长大！

天无绝人之路，转天一大早，接到政协副主席的电话，说小张你别着急了，香港的 15 万元捐款已经落实。

握着电话，张淑琴泣不成声，是老天在保佑我们的孩子！

靠着这 15 万元，新城区的儿童村终于建起了新房舍。在年底最冷的日子里，张淑琴和同事们整整一个星期黑天白日地不回家，大家吃了几箱方便面，自己动手给刚建好的两层小楼完善收尾。给孩子们准备好新床铺，通上暖气，整理好学习室、活动室、厨房、餐厅和卫生间，赶在春节的前一天，他们把挤在老年公寓的 20 多个孩子全都接了过来。三九严寒的天气里，大家个个心里都暖烘烘的。

跋涉篇（三）：走向北京

第一章　挂靠单位千难万难
坚持登一座山峰

新的儿童村建好后，张淑琴大病一场，头发掉了一大把。

她仍然是焦虑的。每天总要接到电话和信件，有请求代养、寻找孩子的，有请求在他们所在的省或县里办儿童村的……她清楚地看到，千辛万苦办起来的3个村子，对于全国数十万计的特殊儿童群体，只是杯水车薪。

——能不能把儿童村这驾车拉到北京去？

这个念头已经想过多少回。曾经有几个老同志，包括民政部副部长阎明复等人，都和她陆陆续续地议论过，说是可以在陕西取得经验的基础上，在北京办一个示范性的儿童村，从而利用首都的优越位置，把陕西儿童村的做法逐步向全国推广，让整个社会都加以关注，伸出援手，撑起一片阳光天空，救助更多的无家可归的特殊孩子。

——走向北京，这是一个绝好的动议，现在应该拿大主意了！

同时，还有一个非常重要的原因，目前在陕西，儿童村困难重重，虽说社会上的主流舆论是赞赏的支持的，但是至今资金匮乏，无法开展儿童村科学的管理与教育。并且，在省内仍然有很多的人为阻力，张淑琴等人没法对抗。那些流言飞语在圈里圈外不停地散布着，受其影响，一些企业不像以前那样大力资助，即使仍有一些企业在资助着，总以这种等靠要的形式来维持也不是常事。所以说，走向北京，首先是回归儿童村生存发展的必须！

但是，能否在北京寻找到更多更大的支持，让回归儿童村的爱心救助事业发扬光大？这个巨大的未知数对于张淑琴来说，实在是严峻的挑战，当然，也实在是一个美丽的诱惑。她是不怕挑战的勇敢的践行者，事业之初，凭靠着一股子完全投入的热情，她一无所有、义无反顾地走出来，在不断碰壁的拼命闯荡中，理性思维逐渐变得练达成熟，自信心也更加的坚实执拗。

1999年开春的一个傍晚，在女儿小燕的陪伴下，还有一位助手同行，张淑琴等三人乘上火车直奔北京，在香山附近的小村子里租了一间房子驻扎下来。

现在张淑琴希望在北京独立注册一个特殊儿童的救助组织，但是按照国家现行的社团管理条例，注册任何民间公益组织，必须找到一个业务主管部门，所谓“组织机构方面有正式的挂靠单位”。然而此举实在千难万难。几个月过去，她们跑了一系列的地方，找了司法部、团中央、全国妇联等大的单位，无一愿做儿童村的“业务主管部门”。于是她们又想挂靠在某个NGO底下，比如中国人权基金会等，又是跑了大半年，将北京的一个个基金会都找遍了，仍是没有一家单位愿意把儿童村放进去。人家说，“我们从来没有管过这些孩子”，“这些特殊孩子谁敢管理？万一出了事怎么办？”

北京实在是太大了，也太陌生，她们几个外地人，天时、地利、人和，哪样都不占，每天连续十几个小时，跑了东家问西家，总是对方两三句话就把她们批懵了……这天，北京的地表温度已经达到了摄氏40度，张淑琴带着助手走在百万庄的大马路上，脑袋几乎要晒晕了，忽然发现一座楼前挂着个牌子，上面写着某某禁毒基金会，两人未及多想一头扎了进去。

一坐下张淑琴就开讲，说儿童村很多孩子的父母是吸毒贩毒的，我们要帮助这些孩子……结果对方根本不打算细听分明，推说有事先走掉了。这时，一个干事模样的小伙子，走过来递给她们一人一块浸了冰水的毛巾。张淑琴把毛巾捂到滚烫的脸上，一股热泪流了出来。

尽管没有解决任何问题，但是这个干事表示愿意帮助她们，介绍她们去找一位他认识的局长，并且说此人非常有开拓思想，同时他还建议，可以先把她们的住地往北京市里挪近一点。

心急如焚的张淑琴立刻给这位局长拨通了电话，向他求援。那人电话里听起来确实很热情，说曾经看过电视上报道，这是好事啊，很愿意支持你们，他竟然表示，这就腾出两间房子让她们搬过去。

电话撂下，张淑琴转忧为喜，像小女孩似的在屋里转了个圈儿。一切迎刃而解,前途一片光明!多日的沮丧与疲惫一扫而光了,抑制住心悸的毛病,她整夜不睡修改申请报告和实施方案。然后又是等啊等,足足等了一个半月,终于和他们约好了坐在一起吃饭谈。在前一天夜里张淑琴兴奋得睡不着,仔细设想着谈话中的每一个细节……

一起坐在饭桌上了,那位局长云山雾罩地胡侃起来,闭口不提一句正文。

张淑琴心中焦灼得要命,小心翼翼地向他探问:"您看儿童村业务主管的事……"没想到这位局长竟然一连三遍地说:"不可能。"

张淑琴强压心火,再问:"不是说叫我们先搬近一点吗?香山离着这边太远了……"

这人又是回答了三个字:"不可能。"

张淑琴忽然间要崩溃了,眼泪刷地涌出来。旁边的干部见状说:"大姐先别急,咱们先喝酒。"

张淑琴收住眼泪,说声:"行!"一满杯的白酒一下子直灌下去,怎么也得有三四两。

那位局长眼睛立刻亮了,说:"好啊,早听说你张淑琴能喝!"

他开始兴奋,并且以教导人的口气说个没完,说是你们别想得这么容易啊,北京这个地方怎么怎么地……

张淑琴拼命压住委屈,还是不死心,继续给他做工作。然而,说着说着,自己竟控制不住地抹起了眼泪。那局长发现她哭了,竟有点受刺激,脸色忽然变化,忽然不可理喻地拍着桌子,说:"哪有这么办事的,你这不是威胁吗?"

——怎么是威胁?我怎么威胁了?张淑琴语塞、愕然,泪水仍是汹涌。

女儿小燕这时再也看不下去,腾地站了起来,冲着妈妈吼道:"哭什么哭?眼泪咋这么不值钱!"

小燕说完举起一杯白酒,不卑不亢地对那位局长说:"我妈她不能再喝了,我来替她喝,但是,我要告诉你们,我喝这酒不是为了你们,是为我妈,她太难了!"

撂下酒杯,女儿把头快速转开,竟然也是满面泪水。

心里哀痛着,母女两个连回去的路也不认识。幸好随行的处长是一位好心人,很是同情地叫了一辆汽车把她们送回遥远的住地。

刚一踏进屋子,母女俩就哇哇地吐开了……

这是一段最不堪回首的记忆,她们在精神上遭受的打击是十分严重的。

——“现代人已经变得越来越小号了”;

——“有时社会坏到了这一地步:做了件好事竟会使自己害羞和让别人感到意外。这时,行善真是需要巨大的勇气。”(何怀宏语)

在张淑琴这里,这“巨大的勇气”,不能排除悲痛的眼泪。

对悲痛的眼泪,她曾经有过太深刻的体味——

“母亲哭了。这是比血还要珍贵的泪啊!因为身体的任何部位都能流血,而泪,只有心碎了,才能流出……”(张淑琴:《老娼和她的女儿》)

在现实环境中,种种的障碍与限制,种种的轻视、误解和讥讽,以及用商品价值来衡量人,对眼前需要改变的现状熟视无睹等,所有这一切负面的打击和刺激,几年来张淑琴领受的实在是太多了,使她难以控制地一次次流泪。

她由一个普通的母亲,普通的法制记者和作家,自觉主动地让自己变成一个为了关注社会问题、不惜身体力行来担当、来解决这一问题的先行者,她必须习惯面对无数的打击刺激和诋毁嘲笑,必须习惯顶着各种压力做事——迎风击浪,她必须得是一条结实的船!但是,再怎么具备刀刻斧凿的意志品质,她依然脱不掉一个女人内心绵软的本性,那种生就的悲悯与伤感,总会在某个关键时刻突然猛烈地冲撞她的心,于是所有的神经都会发酸,发疼,她只有哭,必须哭,无所顾忌地哭,为眼前面对的一切冰冷与麻木、一切伪善与搪塞,而悲哀,而厌恶,而愤怒!

春去夏来,夏去秋来,眼看着北京城满街的落叶纷纷,雨中带着风,吹得她头疼。吹疼的还有她的心。几个月又过去了,仍是日复一日的无功而返。

这天晚上,她终于有些动摇了,心力交瘁地跟女儿说:“我们回西安吧,那边那么多孩子我撂不下……”

小燕说:“好啊,回去也没人笑话你!已经办了3个儿童村了,何苦这么为难自己!”

然而半夜里,她忽然又坐起来,像受病似的又在那里点灯熬夜,一门心思地翻名单、找线索……

脑子里边清醒地敲打自己,你不是说过嘛,这事就像唐僧取经,就是要跟妖怪打,要闯火焰山,过通天河……取经是落在唐僧身上的使命,唐僧不会打妖怪,不会腾云驾雾,但是他取经的决心比谁都坚定,哪怕过火焰山,过盘丝洞,历尽九九八十一难,取经的决心也不动摇……

在人生的碾盘中磨难不断,只要相信:坚持登一座山峰的人,一定会达到顶峰!

第二章　中华慈善总会

——阎明复会长

就是从这时开始，她发现自己脸上明显地布出一种锋锐之气，她意识到，自己确实是有一种顽强抗争的本事——就是死不信邪，死不服输，并且，还可以和自己的各种极限作斗争，越是犯怵的地方越是要去。

一口气又找了好几个大机关，碰壁再碰壁，终于，踏破铁鞋无觅处，最后找到了中华慈善总会。

会长竟然是阎明复，这叫张淑琴又惊又喜！可是不巧，阎明复这时刚好出国了，姓张的副会长说，你们可以先把材料留下，等阎会长回来以后，我们召开办公会研究一下。

又有柳暗花明的感觉了。她心里紧张万分，盼星星盼月亮地挨着日子。总算挨到了阎会长回来召开办公会的那天，她哪里等得了，又坐了一个来小时的汽车赶了过去。

得知里面果然正在开会，她干脆就坐到大厅外面死等，就像等待宣判一样。

好半天了，忽听有人在叫她的名字，请她“进去一下”，见阎明复会长。

多日不见的阎会长现在满脸的笑容，他说：“小张啊，你知道，为服刑人员子女办儿童村的这件事我早就和几个人说过的，大家一直都是赞成的态度，只是那些部门当时没有人太注意……这样吧，现在给你们独立设一个项目怎么样？”

旁边一个副会长说：“这事你怎么不早一点支持？你在民政部当副部长时就应该支持啊……”阎会长听了一个劲点头，说：“现在我还是当初的态度:这是替政府化解矛盾,主动承担社会责任,政府还没有来得及做,就应该是由民间举起这面大旗……”

——“这样吧,我们不设单独的机构,免得手续太麻烦,我们就在总会设立一个项目,名字叫中华慈善总会特殊儿童救助工作部,不需要注册!”

阎会长说完叫来了秘书长,叮嘱人打开714房间,安排好两张办公桌,一部电话。

张淑琴已经激动得什么也说不出,气都喘不上来了,眼泪汪汪地盈满了眼窝。

阎会长发现了她的眼泪,把眼睛移开,瞧着她上下一身的警服,打趣说:“小张啊,你怎么会是个警察呢?你这么慈眉善目的,怎么会是个警察呢?”

“文革”时期,阎会长两次进秦城监狱,遭受过一大堆的冤枉罪,在他蒙难的沧桑记忆中,肯定是没见过像张淑琴这样满脑袋只想着救孩子的女警察……

挂牌问题眼下就这样解决了——中华慈善总会特殊儿童救助工作部,这是北京示范儿童村开始筹建时,合法合理的依托单位。

外面的天气已经很凉了,但是张淑琴的心里像着了火一样。

她整天围绕着偌大的北京城看地选址,不知道昏天黑地地跑了多少地界,满心里想的只是北京的儿童村要赶快建起来。

此时媒体已经有了不少报道,说是陕西的张淑琴要在北京开建儿童村,于是有人不断地打来电话,请她过去看地。一时间,怀柔、香山、通县,北京城外好几处的远地方,都有了她匆促的足迹。

但是也不顺当,有的人趁机索要高价,有的人附加上种种苛刻条件。她口干舌燥,挑来选去,最后在北京顺义板桥村一带,经人介绍去看一处闲置的院落,到了那里一下子眼睛就亮起来。

这地方面积大约有七亩大,现有三排旧房子,粗看像一片废墟,细看却是完全可以清理的。据说这里原是个老卫生院,一个企业家接手之后本打算办老人院的,因此三排旧房先已初装了一排,第二排还没有来得及再装,因为资金短缺项目就给搁下了。

张淑琴觉得,不管怎么说,整个院落还是完完整整的,尤其是前面的两排房子装修之后就可以住人。

“先干起来再说,先有破庙,再聚香火!”她踌躇满志地跟阎会长和张副会长汇报,两位领导表示同意,认为这里除了交通不便,整体上考虑还是很适合的。

院主马丹亚是一位有爱心的企业家,他曾当过知青,又是九三学社的委员,和张淑琴谈得投缘,很愿意出让这地方来建儿童村。

张淑琴向马丹亚坦诚交底说:我们现在很穷,没有钱支付你租金,只是有一个计划,你让我们无偿使用10年,10年之后我们在这里的所有不动产全都归你,以作为补偿,你看怎么样?马丹亚慨然应允。

协议很痛快地签好,马丹亚又借给张淑琴一辆夏利汽车。

好事成双,恰逢一家MTI公司的老总刚刚找到中华慈善总会想要做公益,阎会长立刻将这位老总直接介绍给张淑琴。闻听儿童村急需创建费用,这位老总上来就捐了5000美元,连同一辆半旧的依维柯。张淑琴太兴奋了,这是北京村接受的第一次捐助啊,可谓及时雨!

然而时令太不合适,眼见着又起风了,望着院子里成堆的垃圾和枯枝败叶,阎会长劝张淑琴:“天说冷就冷了,我们先回去做其他准备,等来年春暖花开时再搞基建不迟。”

张淑琴哪里肯听,把脑袋使劲地一摇:“我可等不了春暖花开呀,我恨不得明天就叫这里的孩子满院跑!”

第三章　北京市综治委办公室

张淑琴真是一天也等不了的。回到住地就给西安的大女儿小丽打过去电话。

小丽原来是搞过装修的,可以算得上是个专业行家了,并且在这节骨眼上,除了自己的女儿,还有谁可以招之即来,无偿帮忙?

然而小丽的丈夫这时正在卧床,一双腿已经完全断了——事故发生在这年春天,在为西安的儿童村跑捐赠时,小丽的丈夫出了严重的车祸。为了照顾丈夫,小丽只好辞职在家。现在忽然听妈妈从北京打来电话,声音是那么的急不可待:"……小丽呀,帮妈妈一把,北京的儿童村就要建起来了,咱们必须得在两个月内把房子准备好,叫孩子们年底就住进来!可是妈妈不懂基建,又不能随便去抓工程队,人家捐给的钱本来就很紧,我们不能浪费一分……"

母女俩商量的结果是,先把姥姥从宝鸡接到西安来,代替小丽照顾丈夫和女儿,省出小丽来立即赶往北京。

北京的冬季冷得叫人缩手缩脚的,但是清理院落的活干得热火朝天。小丽继承了张家女人的强干的秉性,招呼着几个工人,马不停蹄地运垃圾,竟连续运走200多车!

跟着就是修葺围墙,疏通暖气,安装上下水,再室内砌砖,粉刷墙壁,泼实利索的小丽一口气都没有歇。直到把孩子们接来,已经到了腊月三十这天,小丽才算给妈妈交差,放心地去挤回西安的火车,把自己家那边已经累坏了的姥姥替换下来……

此期间张淑琴设法与北京市政法委书记强卫取得了联系。强卫书记也像阎明复会长一样,非常赞同张淑琴创办儿童村的计划,当即批示综治委办公室的主任吴玉华、副主任牛青山:"张淑琴办儿童村,我在报纸上看过这个报道,我觉得这个事应该大力支持。"

强卫书记还特别指示:“可将此项工作纳入安置帮教的一项内容来对待。”

显然,强卫书记的指示特别具有远见,等于是把救助服刑人员子女的事情一下子划归到了政府系统的工作当中。

令人遗憾的是,尽管1999年,继《未成年人保护法》(1991年)之后国家又出台了《中华人民共和国预防未成年人犯罪法》,但是对于服刑人员子女这个特殊群体并没有做出特别的规定,只说“预防”,所以,由于各种原因,强卫书记的指示始终无法有效落实,其情形正如更早时,张淑琴多次向上级建议而没有丝毫结果那样。

直到过了2006年,中央六个部委终于将服刑人员子女的帮扶工作划归到政府管理的范畴。

这天,中华慈善总会忽然迎来了北京市综治办的主任吴玉华和副主任牛青山一行人,总会上上下下的人感到惊诧不已——张淑琴他们的那个“小项目”,竟然如此地被上级领导重视啊!

张淑琴此时正在西安忙着那边儿童村的事,这边顶班的武老师负责接待。之后,武老师赶紧给张淑琴打长途,说:“淑琴你快回来吧,可有了大喜事啦!”

确实是大喜事,不仅北京综治委和综治办的领导在关键时刻明确表示,大力支持张淑琴,并且中央精神文明建设指导委员会主任丁关根也给陕西儿童村批下来一笔经费。与此同时,北京市各区司法局,都下发了中华慈善总会特殊儿童救助工作部印制的情况调查表,为的是在服刑人员当中迅速展开关于未成年子女安置情况的摸底调查。

正万事俱备时,谁想到,张淑琴的家人却祸不单行——大女婿车祸的余悸还没有过去,小女儿又遭了同样的难。时间是接近年底的12月9日,小燕这天忙着开车去石家庄谈一批建材管材,偏偏赶上了大雾天气,夏利车行驶在高速公路上,被人从后面追尾,小燕不幸挨撞了,腰部压缩性骨折。此时,张淑琴正在西安儿童村和一家企业老板谈判。满身绷带的小燕躺在病床上,担心妈妈着急,不敢把祸事告诉她。

有一个同事悄悄地给张淑琴打了电话。张淑琴脑袋顿时大了,还没有弄清事情的详细原委,就拨通小燕的手机,上来不分青红皂白,先问车子撞得怎么样了?

——“你咋开的车呀？你不知道那是跟人家借的车？”

做母亲的狠狠地斥责女儿：“……你还嫌我不乱，又昏头了是不是？”

小燕未及分辨大哭起来，喊着说：“我死了算了，我都撞成这样了，你上来不问我，先问车，你还骂我，我就这么不算个东西吗……”

做母亲的这才冷静下来，担心女儿有可能终生残废，心里忽地抽紧了，赶紧跟女儿道歉：“对不起小燕，是妈妈昏了头，妈妈对不起你！一会儿下午还有个活动，完了之后我就坐火车去石家庄看你，小燕你不要怕，妈妈直接上医院……”

做母亲的心里跟猫抓着似的，一时不知道该怎么安慰女儿。撂下电话，满耳朵都是女儿委屈的哭声，她也不禁哽咽了……

全家人里，女儿小燕是最有理由委屈的，刚从部队回来，做母亲的就跟她说，小燕你刚走上社会，先得修德，就给我当助手吧。于是小燕开始成天到晚地跟着母亲忙得团团转，正赶上儿童村在北京艰难创业，这孩子简直就没有个松心的时候。莫说从来没买过一件时髦衣裳，连谈情说爱的事也顾及不上。

说起母亲对自己的亏欠，小燕总是“罄竹难书”。她当然知道妈妈这人大大咧咧心肠好，可是她最气妈妈满脑子工作工作，心里从来没有女儿的真正位置。

小燕总是牢牢记着，小时候妈妈下乡巡诊，整天没工夫照顾她，一旦赶上有产妇难产，她便只能独自待着——“人家孩子出了麻疹，我也出了麻疹，我妈就把我撂下不管，水瓶是空的，炉子是灭的，我还那么小，整天蹲在门口台阶上盼着她回来……我妈治过多少病人，又给多少孩子接生，可是我呢？她当妈妈的，总是撂下就走，撂下就走！”

“说实在的，从小到大，我一直没有安全感。这已经是一种心理病了，我就是怨她，哪有这样的妈妈呀？”

武海燕：我给我妈做义工，她也不给我钱……到北京了，我说我不再给你干了，你老不给我开工资，这不行，我都这么大的人了，老伸手给你要，这不行，说什么都不干了。

（阳光卫视《人生在线》）

和小燕一样要发牢骚的还有她的姥姥，张淑琴那位七十多岁的老母亲，一说起来，这位老人也是怨言不少：

张淑琴母亲：我说我这么大年纪了，我感觉累呀，又打扫卫生又做饭，我说我干不了这些，（以前在宝鸡时）我一个人在家，挺清闲的，早退休了嘛……她说，妈，你是为了我，我没办法了！

（阳光卫视《人生在线》）

人说，一家子人不讲理，张淑琴就是这样的"不讲理"。为了办儿童村，她的心一天比一天倾斜，向那些不幸的孩子倾斜，年年月月的，总是常常发动全家人为她当义工，一说起来就是，"你们为了我吧，我没办法了！"

甚至就连大女儿小丽的孩子也害怕"狼外婆"似的姥姥，说"狼外婆"姥姥一天到晚把她的玩具和衣裳捐给儿童村。不过最后这孩子也还是受了她姥姥的影响，会把自己小伙伴的衣裳洗干净了送到儿童村去……

舍小家顾大家，叫自己一家人四世同堂地都为儿童村尽力，张淑琴算是痴狂到头了，像她自己说的，"我是着了魔了……"满脑袋里她就只剩下儿童村这一条筋，不达目的誓不罢休。

小燕卧床整整4个月，终于能够起来了，很逞强地对妈妈说："我现在不能干重活了，不想给你增加麻烦，我出去找工作去。"

张淑琴很难过地说："小燕你是通情达理的孩子，你理解妈妈。"

然而小燕在外面找了两个月，工作很难找，当妈的又不放心了，对女儿说："小燕你回来吧，为了儿童村，你撞成了这个样子，妈妈怎么忍心把你赶出去？"

从此，小燕就继续帮着妈妈在儿童村做事。

尽管小燕那张刀子嘴总是说，"我一直没有安全感"，但实际上她也像事业第一的妈妈一样，把儿童村当成了自己朝暮难舍的家。她爱村子里那一拨拨的孩子，心甘情愿地为他们招之即来，忙东忙西。2004年夏天，小燕做了新娘，新郎是一家赞助儿童村的企业白领。简朴而又浪漫的婚事就在北京儿童村别具一格地举办。100多个孩子和来自四面八方的志愿者和爱心人士给新婚佳人以最热烈最真诚的祝贺。

这一年，正是北京儿童村全面完成新一轮规划的"基建年"，村里的太阳花开得无比斑斓……

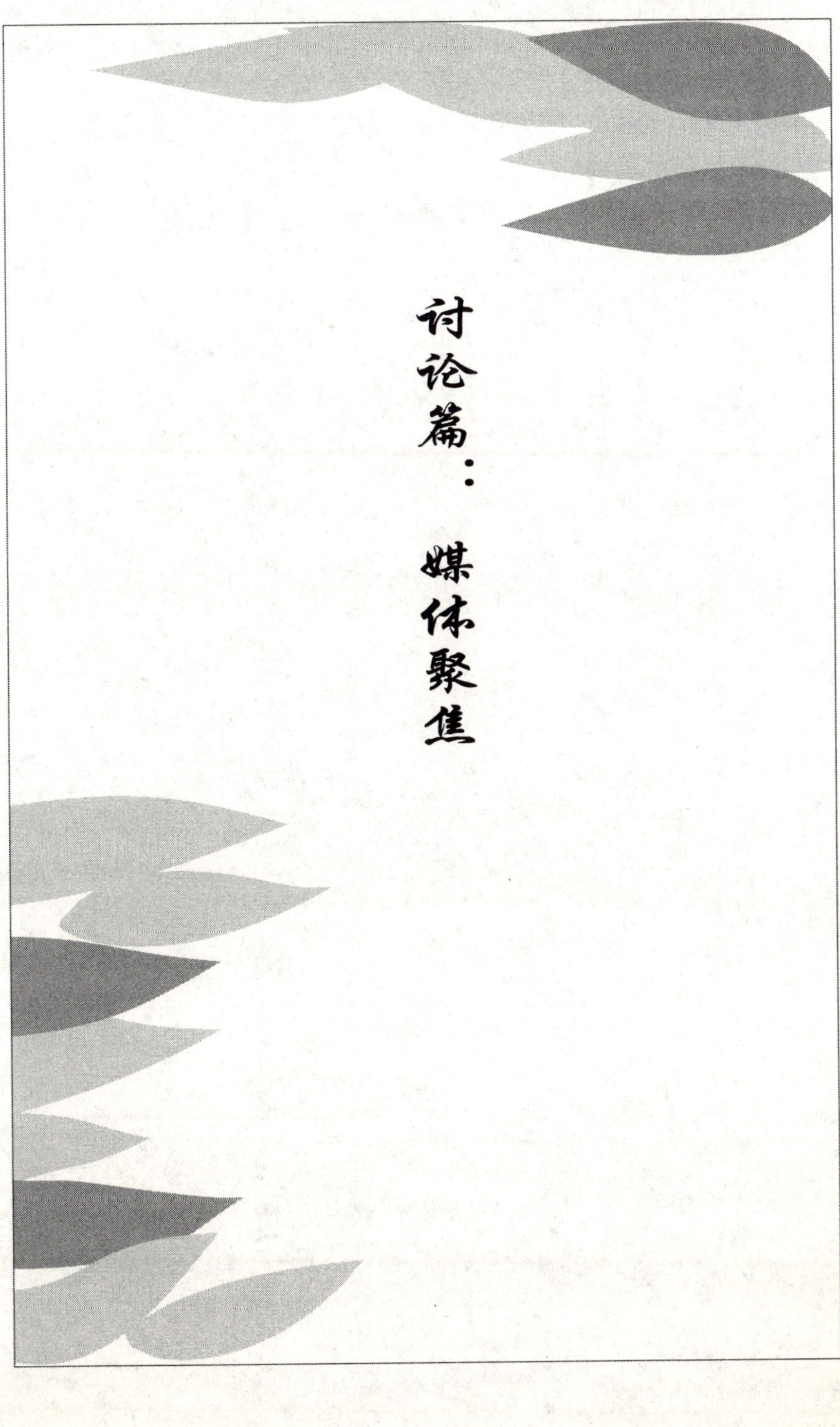

讨论篇：媒体聚焦

第一章　大红灯笼高挂　新家落成

2001年2月2日，新华社记者何俊昌拍摄的一张传真照片在北京的一些媒体上发表。照片上的画面醒目生动并且充满喜气，刚开张的儿童村，一伙新来的孩子正和老师聚在一起，往院门上方挂着大红灯笼，庆祝自己的新家落成。

院门垛子上挂着簇新的门牌，上面大字写着：

中华慈善总会特殊儿童救助工作部 北京示范村。

传真照片下边，记者的文字说明——

由中华慈善总会特殊儿童救助工作部在北京顺义区筹建的北京示范村近日落成。示范村专门为服刑及劳教人员代养无人抚养的未成年子女。孩子们在这里将得到家庭般的温暖，受到良好的教育，在社会的热心关爱下健康成长。

《中国质量报》记者将儿童村黑板报上孩子写的工整的粉笔字记录在案：

我们来到了儿童村，我们又回到了久违的校园。儿童村的老师们给予了我们母亲般的温暖。在这里，我们又找到了往日的欢乐。我们重新拥有一片蓝天。

记者在采访题语中写道：

这些曾经丢掉书包、流浪街头、为人洗衣做饭的孩子，这些曾经在山林间蹒跚放牧，在颠沛流离中遭受白眼的孩子，在这里终于找到了属于他们自己的童年和欢乐，找回了本不该失去的爱。

——苟铭：《特殊的家》，《中国质量报》2001年5月31日

此前，2001年1月10日，美国《纽约时报》记者在第一时间及时报道了刚刚建起的北京儿童村，文章说：

这群孩子不只在中国，在全世界都存在。该中心从法律上隶属于中

国慈善总会，但是张女士必须靠自己的力量筹集资金，例如来自公司、个人和外国慈善机构的捐款……在中国，张女士所推动的不仅仅是一个前卫的概念。其中一项，私人创办慈善事业的概念，就是在半个世纪后的今天才浮现出来的。因为在社会主义中国，理论上国家照顾一切人民所需。

毕竟是信息社会，也像当年在陕西东周村开办“世界第一村”时的情形，仅仅几个月时间里，命名为“北京示范村”的板桥儿童村牵动了社会的诸多层面，受到社会各界人士的赞许与关注。几十家报纸、电台、电视台，源源不断地给予报道，如《人民日报海外版》、《人民政协报》、《中国妇女报》、《中国质量报》、《中国改革报》、《南方周末》、《北京日报》、《今日中国》、《北京青年报》、《北京工人报》、《广州日报》、《每日新报》、《国际先驱报》、《环球报》、《参考消息》，中央电台，中央电视台，北京电视台，湖南卫视，日本 NHK 广播电台和电视台等。同时，美国、英国、法国、瑞士、瑞典、加拿大、澳大利亚等多个国家的代表团或友好人士也不断地前来参观考察，索要“示范经验”资料。

人们在高度赞扬的同时，纷纷伸出温暖的手，给儿童村捐送各种食品、用品。

如张淑琴当初的料想，之所以要在北京开办儿童村，并且冠以“示范”这个名字，就是希望在新的实践中，能够更大范围地造成影响，借此引来各路学者专家，及时开展相关的理论研究，深入探讨特殊孩子的心理康复、预防犯罪、教育方法以及权益保护等问题，从而总结经验向全国推广，最终推动政府出台专门的法律和政策，从根本上改变特殊孩子这一群体的命运。一时间，首都的各路媒体以空前的社会热情和巨大的社会责任感给了北京示范村以足够的支持，因此将几年前关于陕西儿童村是否应该建立的讨论更加广泛更加持久地推向了深入。

记者写道：不久前一则报道，河南破获了一个 39 个孩子组成的犯罪团伙，其中三分之一是这样的“孤儿”，看后让人揪心。20 年前，印度电影《流浪者》中有一句经典台词：“贼的儿子还是贼。”主人公拉兹努力抗争这种命运，然而，在现实生活中，这样的悲剧时常发生。大量的事实已经证明，重刑犯子女是少年犯罪的高发人群。在法制、文明的社会，在司法机关严惩犯罪的同时，能否给重刑犯的子女多一些关怀？怎样才能使犯罪不再成为一种“恶性”循环？这成了摆在社会面前的一个问题。它不仅关系着一个孩子是否会走上犯罪道路和一个犯人是否会安心改造,而且也体现了社会的文明进步程度。

"特殊儿童村"的出现,是一个了不起的善举,但一个或几个儿童村,又能收养多少个孩子呢?现实社会还流浪着一批"小拉兹",如何帮助、教育他们,并制订出一套收养和教育的制度,这是刊发这篇文章的意义所在。

——苟铭:《特殊的家》"编后",《中国质量报》2001年5月31日

《今日中国》"独家策划"记者提出一连串尖锐问题,同时发出强烈呼吁:

我们同情处于孤立无援的儿童尤其是孤儿,向他们伸出援助之手。但我们如何对待罪犯的儿女呢?他们的父母可能伤害过我们的亲人甚至我们自己,他们的儿女是无辜的吗?……罪犯的子女天生就带着罪恶的种子?是不是人类学中的畸形儿?他们是不是要为他们的父母赎罪?我们要向伤害我们的人的子女伸出友爱之手吗?……如何对待这些儿童是我们面临的一个课题,也是任何一个普通人面对的道德判断。

父母犯罪本身就是对孩子的伤害,更何况他们还要面对多数孩子无须经历的痛苦和世态炎凉。童年会对一个人的终身产生难以泯灭的影响,孩子是一张白板,是天使,抑或魔鬼,完全取决于我们如何勾画。不应让孩子脆弱的心灵,去体验灵魂的丑恶。靠仇恨和暴力无法得到真正的幸福。打着堂而皇之的旗号是没用的,爱是通向心灵的唯一的桥梁,感化受伤的心灵就需要更多的爱……服刑人员的子女同样是祖国的花朵,只是这花朵是那样的孱弱,他们弱小的肩膀也肩负着我们的未来,只是他们需要比普通孩子更多的重视和关爱。仅仅有张淑琴这样先知先觉身体力行的人是不够的,我们需要从政策和体制上重视这些特殊儿童群体,为他们的健康成长提供法律的保障,让他们的父母能够安心改造早日回归社会,也让他们自己健康成长。

"独家策划":《北京特殊儿童示范村见闻录》,
《今日中国》2001年7月

也是这一年,著名作家何建明出版了《恐惧无爱》一书。这是一部关于"另类孩子"——那些无人照管的街头流浪儿和孤儿的生存报告。

此书相当有力地印证了儿童村开办的理由。

何建明告诉记者，现有的流落社会的流浪儿中，约有三分之一是因为父母双方或者一方入狱造成的。在采访的过程中，他曾深入地对这些因父母犯罪入狱而流落社会的孩子进行过探究，发现这些孩子大都有如下几个特点：一是都不同程度地受到社会的歧视；二是这些孩子自身无法融入社会整体之中，他们认为自己是游离于社会主体之外的；三是这些孩子的生存状态非常的艰难，经常受到疾病、饥饿甚至是死亡的威胁。而这一切，都极易造成孩子对社会的一种仇恨心理，其直接后果，就是这些孩子最终走上犯罪的道路。

何建明在采访中发现，"这些因父母入狱而流落社会的孩子们的犯罪率高达30%。这些孩子由于社会长期对他们缺乏关爱而形成了一种对社会的报复心理，一旦他们走上犯罪的道路，就极有可能是对社会破坏极大的重大恶性犯罪"。

"这样的事例在我创作采访的过程中屡见不鲜。"何建明不无忧虑地说。

何建明认为，这些孩子是一个弱势群体，同时也是一个高危群体，如何安顿和处置好这些孩子的现状和未来，已经是刻不容缓的事情了。他呼吁，首先政府和社会应该建立相关的机制和体系去迅速救助那些生存在艰难之中的孩子，给他们以正常的生活与教育。其次，何建明强调，这些孩子最缺少的就是人们的爱护，他们最害怕的就是没有人去关爱。因此，他希望全社会都能行动起来。去关爱和保护那些在你身边的"另类孩子"。"对这些过早地流落于社会的孩子而言，最恐惧的事情就是得不到丝毫的关爱，他们期望着生命的关注与爱护！"

此版报纸上，记者同时采访了北京大学志愿服务与福利研究中心主任、教授丁元竹博士，他的意见是："罪犯子女不是一个小数目，光靠政府来建立相关的部门和保障体系来对这些孩子进行专门的救助，从政府的财力和精力而言都是行不通的，唯一可行的是由政府、非营利性服务组织和企业多方协力来完成对这些孩子的救助。"

舒迪：《孩子，阳光照你走出阴霾》，

《人民政协报》2002年11月11日

第二章　中央台《午间一小时》三人谈

这年夏天，关于儿童村的讨论空前集中，为此中央人民广播电台《午间一小时》节目连续两期举办三人谈，电台主持人和记者孙涛请来了儿童村创办人张淑琴，北京大学法学院教授康树华——康树华教授同时担任北京大学犯罪问题研究中心主任，中国犯罪学研究会会长，并为中国《未成年人保护法》起草人之一。

两期的三人谈内容十分重要，可以视为对这一时期媒体聚焦儿童村的归纳性的思考与阐释，这里摘录其中的主要内容——

从罪犯子女的成长谈未成年人保护——记者与法学家、儿童村创办者三人谈

（记者孙涛，下称孙；教授康树华，下称康；儿童村村长张淑琴，下称张）

康：国家的《未成年人保护法》第20条规定：国家设立团体、企业事业单位以及其他的组织和公民在自己力所能及的情况下，开展有利于未成年人健康成长的活动。你们办这个儿童村是完全符合《未成年人保护法》规定的，而且做出了很大的贡献。

张：谢谢康教授。

孙：你们对儿童的保护除了保护他们正常的生存权利、教育权利、心理健康的需要，其他还有些如社会交往的权利，亲情的需要，可能也在保护范围之内。

张：是的，我们的儿童村要保证孩子的健康成长，首先是对他们生活上的保障，孩子不要再流落社会，不要再遭受虐待，不要再遭受疾病的威胁。另一个要使孩子能接受教育，和其他孩子一样平等地坐在教室里接受教育，这是孩子的权利，也可以逐步减少对孩子的歧视。再就是他们亲情的需要，孩子们过一段时间就会想爸爸、想妈妈了，我们就要想办法带着孩子去监狱和他们的父母见面。

康:未成年人本身就是一个弱势群体,而你们收留的这些孩子应该说是弱势群体中的更加弱势的群体。他们本身就失去了父母,因为他们的父母犯罪,他们失去了父母保护。我觉得你们办儿童村是做了一件很好的事,是功在当代、利在千秋,我的评价,这是一个伟大的事业。

张:我们只是想给这些孩子一个遮风挡雨的地方,他们太弱小,没有能力保护自己,需要有人去帮助他们,扶助他们。我们办了6年了,包括北京的我们共办了四所,前后帮助了200多名孩子。越办我们就感觉到里面有许多东西值得我们去研究,去探索。特别是对这些孩子的权益保护问题,他们的父母一服刑,他们的财产问题,继承权问题就没人管了。比如这些孩子的房子被人霸占了,还有的孩子的自留地、责任田也被剥夺了,说他们是犯人家属,这些叫人难以接受。

康:按照我们国家的法律规定,儿童有他的合法权益。首先是生存权、名誉权、继承权、隐私权等,和成年人几乎是相同的。正因为他们是未成年人,所以很需要我们社会各个方面提出来,全社会共同来保护未成年人。

孙:首先要行动起来,张主任,你行动了6年,效果是比较明显的。

张:虽然办了6年,但我们没有像康教授这样去总结这些东西,只是靠我们的朴素感情来做这些事情。现在听康教授这样讲,我觉得我们的工作应该和理论结合起来,用《未成年人保护法》、《预防未成年人犯罪法》来指导我们的工作。这些孩子非常聪明,但是又非常不幸,特别是您刚才说了他们是弱势群体,我觉得他们是长期被忽视的弱势群体,同时又具有一定的犯罪隐患……社会对他们的歧视,包括他们本身的问题都可能使他们走到犯罪道路上去。

康:张主任讲得非常好。这些孩子是弱势群体,而且他们有许多合法权益是被侵犯的,得不到保护。因为首先保护未成年人合法权益的是父母,他们的家庭因为父母犯罪在服刑,没有人保护他们。所以儿童村使这些孩子有了家。孩子们把儿童村的老师当亲人,是他们生理上、心理上的正常表现……你是用伟大母亲的胸怀来关心我们的下一代。

张:没有那么伟大,这是一件普普通通每个人都能做的事。

孙:张主任进行这项首创性的事业,做到现在不但有具体意义,而且还有很强的社会示范效应。我觉得您说的北京示范村的“示范”这两个字非常好。咱们国家这方面的机制,或者理论或者研究方面可能都达不到,现在有了儿童村,在这些方面做了一些尝试后,可能更需要一些研究。

康:我们应该来共同研究,从它的发展实践过程来看是非常宝贵的,刚才张主任所说给我们研究犯罪,研究儿童保护等提供这样的一个场所,我觉得这是非常好的,我们很难得有这样的机会。

张:善事要大家做。像我们这些做具体工作的,没有时间去搞理论研究,而且也没有那么高的理论水平。儿童村接待了不少国外组织来考察、访问。像加拿大电视台,他们说他们国家也有这样的情况,他们觉得应该学习这个经验,还有日本、澳大利亚,他们都曾到我们这里拿过材料。

孙:儿童村成立以后,不但国内、国外非常关注,有些媒体也认为他们应该有这样一个组织,这是一个尝试。咱们儿童村是靠什么来维持儿童村正常的工作的?

张:主要靠社会募捐维持儿童村的开支,整个来说,还是比较困难。为了创建一个与其他孩子一样的环境和条件,也就是其他孩子有的,我们的孩子都得有,所以筹款的压力比较大。

康:我刚才讲《未成年人保护法》第20条规定,它的中心思想就是动员全社会贡献力量来共同保护未成年人的合法权益……张主任遇到很多困难。

孙:这些困难是很现实的。孩子的衣、食、住、行以及医疗教育都得管。这是不是和我们国家的福利体系还不是很健全有关系?

康:咱们国家的社会福利还不够完善。儿童村是对社会福利的一个很大的补充。儿童有受教育的权利,这是法律明确规定的,但是义务教育是九年制,我们在偏僻的农村,孩子没有钱,父母供不起他上学,所以我们搞了一个希望过程。这是靠全社会、大家共同捐助……我想救助罪犯子女的工作也应当呼吁全社会共同办好这个事情。

张:主要还是观念的问题,到现在,好多人对这些孩子的救助从感情上来讲不像对烈士子女、贫困山区孩子的救助那么自觉自愿的。

孙:主要还是把对他们父母的怒气牵扯到孩子身上。

张:是把对罪犯的愤恨情绪转嫁到孩子身上。也有人指责我们为什么不去帮助贫困山区的孩子而去管坏人的孩子。当然还有“文革”中血统论的流毒以及我国传统中那种“一人犯罪株连九族”的影响。造成了社会上对这些孩子存在的偏见和歧视现象。

康:主要还是观念问题。孩子本身是无辜的,他选择不了家庭。他有这样的父母,只能生活在这样的家庭环境之下。既然是这样,我们全社会就应该来帮助他们,这不仅是帮助孩子的问题,如果我们看到这个孩子从小就有不良习惯,进一步再发展到违法犯罪,那么将来他成年之后更要犯罪,对社会的稳定有很大的影响。我们从全局考虑这个问题。

孙:父母希望自己的孩子成龙成凤,孩子也不希望自己的父母成为罪犯,没有一个孩子有这样的想法。

张:我们常常带孩子到监狱去看他们的父母,特别是我们与他们的父母签订代养协议书的时候,在监狱引起非常大的震动。我们1997年在陕西做过一个“儿童村孩子父母改造状况”调查,98%的父母们,都得到减刑、表彰、记功的奖励。

孙:这种转变的力量是其他力量所达不到的。

康:所以这个儿童村的意义还应当加以宣传,让全社会都来了解儿童村。

孙:儿童村建成之后,我们很关注。因为这件事首先是开创性的,另外这项工作有多层的意义。对孩子、对父母、对社会稳定以及孩子将来的发展都有一定的影响,听说一对兄弟,由于没有得到照顾出了事。

张:他们母亲因与别人合谋杀害了父亲,母亲服刑后兄弟俩无依靠,便流浪社会。他哥哥因与人打架捅死了人关了起来。我们便通知村里将弟弟送到儿童村。他哥哥只能交司法部门去教育改造,弟弟我们要管起来,我们不能让他再走妈妈哥哥的路。我们不能保证儿童村的孩子将来没有违法犯罪的,但是我们努力在做这件事,尽量减少犯罪,预防他们走上他们父母那样的路。

康:我认为儿童村就是从犯罪源头上解决了犯罪的问题。因此,我刚才讲这不仅仅是救助几个孩子的问题,它是涉及我国长治久安,人民安居乐业的大问题。

张:有人类就有犯罪,有犯罪就会有这样的孩子。这些孩子是无人抚养流落社会的,像一些犯罪率高的地区,贫困地区,社会保障体系还不是很完善的地区都不同程度地存在这个问题,就是经济比较发达的地区,这些孩子也存在着心理康复的问题,这是一个大工程,而且是长期要做的一件事。所以我们非常希望有关部门能够重视对这一部分孩子的具体工作。

康:国外有一个犯罪学家叫龙勃罗索,他是讲天生犯罪理论,就是说父亲犯罪儿子也会犯罪,就是像在"文革"讲的龙生龙,凤生凤,老鼠生来会打洞,就是讲这个遗传的问题。其实,主要还是后天环境问题。本来一个人的成长过程中,主要是环境影响。讲到环境我再说一句,就是儿童生下来以后,生活在社会环境中,他必然和社会各方面有着千丝万缕的联系。先是家庭的,后是学校的,还有社会的。因此,我们的法律明文规定要全社会都要负起责任来,共同给未成年人创造出一个良好的社会环境。

孙:每个孩子天生都是善良的,天真可爱的。我们不能因为他们是罪犯的子女就歧视他们,康教授已经从理论上来探讨这个问题,已经讲清楚这个问题。我觉得我们首先是转变观念,然后行动起来,这件事情就好办了。

张:我也常讲,我们不能用自己的手将孩子推到我们的对立面去。对他们的歧视,漠不关心,甚至憎恨,都可能将孩子推向父母那一边。他们本来就在岸边,拉一把就上来了,推一把就下去了。这时候,我们都需要伸出手来。

康:是,非常正确。

孙:不保护他们的权益有可能伤害我们自己的社会,所以保护他们对我们自身也是有益的。

康:应该把社会看成一个整体,不能孤立地看着那些孩子,这样就可以理解了。国外的福利机构比较完善,比方说他们都有《儿童福利法》,在这方面法律就有明文规定。我们国家在法律上应该说显然还不完善。

孙:这个儿童村将来的发展怎么样?

张:因为我们是示范村,所以我们首先得总结一些值得我们示范的东西。特别是孩子的管理方面、教育方面,还有对他们的劳动技能、生活技能、心理辅导工作的开展,包括潜力的开发、团队精神、拼搏精神的培养,这些方面都得下工夫。同时我们要开展一些理论研讨,刚才康教授说的对孩子们进行心理康复的研究,预防犯罪的研究,权益保护的研究,教育问题的研究等。

孙:一步接一步地做下来,那么这方面的人才呢?

张:关于人才,我们欢迎社会各界的研究人员到我们这里来研究。这是个社会工作,得更多的人参与,我们不可能又做事又研究,我们给大家提供一个基地,我们努力把孩子管好,力争多帮几个孩子。

孙:由此看来,儿童村的意义还不仅仅是给罪犯子女一个温暖的家,帮助罪犯解除后顾之忧让他们安心服刑,在某种程度上它牵动了整个社会……为了免除这些无辜的孩子重蹈父母犯罪的覆辙,我们全社会有责任有义务关心和爱护这些孩子,使他们不再背负命运的十字架,不能再让他们蜷缩在社会的一隅,被忽视,被歧视,被遗忘,让这些特殊身份的孩子也和正常的孩子一样健康成长,拥有同样的蓝天。

——摘自《特殊儿童的特殊教育》中华慈善总会特殊儿童救助工作部编

第三章　救助体制的理想方式

北京儿童村开办三年之后，一篇醒目的新闻报告《明天的早餐在哪里?》，再次引起社会的广泛关注，其中专门针对创办儿童村的“救助体制”问题做了深入的调查与探讨，特别具有思考价值——

张淑琴认为，救助罪犯子女理想的方式是政府部门起主要作用，儿童村这样的民间机构可以作为补充。可是，迫切需要帮助的这些孩子，却恰巧生活在政府救助体制的缝隙里。

民政部门的主要救助对象是孤儿、弃婴等，而父母服刑期间无人照管的儿童在法律上没有明确规定由谁来扶助。民政部社会福利和社会事务司社会福利处处长王素英说：“在这种情况下，我们国家通行的情况就是由自己的亲属来照看。有些没有亲属或者亲属没有能力照看的有特殊困难的孩子，民政部门也可以给予临时照看。”

她强调，这些孩子不在民政部现有的职能范围内。

针对一些没有放弃监护权，实际上又对监护人不利，或者是没有能力行使监护权的情况——实际上儿童村的孩子不少处于这种情况，王素英表示这是现状所限，“现阶段民政工作本来就是一个低水平、广覆盖的情况，本身就是一个初级阶段的保障水平。”

司法部基层工作指导司安置帮教工作指导处副处长谢玉妮很抱歉地对记者说，罪犯子女只能说是她工作的一个边缘地带，她的工作主要是对刑满释放和解除劳教人员继续教育、就业等方面提供帮助，罪犯子女不能算直接的工作对象。

中央社会治安综合治理委员会预防青少年违法犯罪领导小组办公室协调处副处长张文涛说：“这一真空地带的出现，根本原因在于未成年人保护法规定得不是很详细，也就是说，谁来具体行使这一部分弱势群体的保护工作，界定不明确，操作起来也很难。”

张文涛分析，一个孩子的父母服刑在狱，理论上说这个孩子的亲戚应该行使对孩子的监护权，或者由社区街道来行使监护权，如果不履行职责可以转移监护权，但是目前罪犯对孩子的监护权被剥夺了之后究竟谁去行使监护权，究竟谁又对此监督，这些还是空白。

“在目前相关法律不健全、没有明确界定责任的情况下，这些孩子的救助只能靠公众觉悟，靠当地党政重视来保护。”

他个人建议民政部门应该代表政府，对这一特殊群体扶贫救困，承担这种职能。

中国青少年法律援助中心主任佟丽华这两年一直在呼吁完善中国的监护制度。他认为，现有的监护制度法律体系已经远远不能满足现实社会的需要。

对于张淑琴来说，最为头疼的事情除了募集捐助，维持收支，还有就是这个为政府分忧的机构的合法身份问题。

北京儿童村的登记注册，和其他的 NGO 一样历尽艰难。

清华大学公共管理学院博士后陶传进也认为这一事业完全由政府负责不太好，可以政府做一部分，社会做一部分，“中国人自古就有行善积德的传统，政府不必大包大揽，把这个机制扼杀掉。”

但陶传进同时认为，政府最需要做的是在这些团体的登记注册方面给予支持，为其创造一个好的制度环境，并给予部分资金支持。

——记者杨瑞春，《南方周末》2004 年 5 月 21 日

发展篇（一）：生存之道

第一章　悲情英雄

感谢时代，感谢媒体，不管怎样，北京示范儿童村已经越来越家喻户晓，得到了社会上越来越多的理解和支持，张淑琴不必再像以前那样终日单枪匹马地奔波化缘了。不少国内外的企业家和热心人都对这里表现出极大关注的热情，慷慨解囊的资助持续不断。天气刚转暖，一家绿化公司就给刚刚开办的村子捐赠了1000多平方米的草坪，一家瑞士公司为孩子们送来了电脑、食品和太阳能热水器，院子里的秋千和马蹄莲等，也都是爱心人士捐来的……

但是，当张淑琴站在村子里简易的水泥地上，一遍遍地向各方的来宾发表“化缘演说”时，她心里非常清楚，儿童村“行乞化缘”的处境依然没有本质性的改变，孩子们依然是靠天等雨的秧苗，而留在她记忆最深处的，总是一回回碰壁失败的情景。

办公室距离孩子们的宿舍不远，房间四壁贴着光滑的白瓷砖，在春天灿烂的正午也反射出冷光。屋里很有限的几件陈旧的办公家具和电器，都是捐助来的。每天她都会接到很多犯人来信，信里满是感谢党、感谢政府的言语。大多数的犯人都以为儿童村是政府办的，并不知道她多年来筹款的艰难。

办公室里最重要的东西是两个账本，上面详细地记着一些著名企业和基金会的名字，有的用红笔注明“已发”，表明申请捐助的信件已经发出，另一个账本上记录着已经为他们募过捐的企业和个人。她身后简陋的墙上，贴着一张很大的自制表格，上面仍是那些企业和基金会的名字，以及她定期发出的申请捐助信的明确记号。

到这一年，全国已经有四个太阳村，将近300个孩子，每年要有100多万元的运行成本，每个月没有八九万元钱就过不去。她不是富豪，也不代表政府，靠什么养活那么多的孩子？

记者这天与村里约定采访,同时打算带上几个国际学校的美国孩子和儿童村的孩子们交朋友。张淑琴接到电话后提议说,我们到时候可以搞拔河或者集体舞的活动,这样能叫孩子们一下子就热闹开心。记者说:“好啊。”张淑琴又说:“可是我们没有拔河的绳子,你们能捐一根来吗?”记者说:“当然可以。”

记者找了不少地方,却没有找到绳子,他就打电话问王府井体育用品商店,店里人说有,要200元一根,记者觉得真够贵的,便去天意批发市场再看看,竟连个影儿也没有,于是决定还是去王府井买吧,这时又接到儿童村打来的电话:“听说绳子很贵,我们就去镇上买了一团尼龙草,扭成几股,可以当拔河绳用……”撂下电话,记者不禁感慨:“——一根绳子都这么困难,儿童村的压力真没法想象!”

《募捐是困难的——一根绳子的故事》,《华夏时报·善报周刊》2001年3月23日

记者去的当天中午(星期四),孩子们的午餐是黄瓜炒肉片和米饭。食堂里只能听见筷子和碗发出的撞击声,没有一个孩子说话。赵老师说,这是因为已经好几天没见到肉了。

——苟铭:《特殊的家》,《中国质量报》2001年5月31日

张村长说,刚才有人来电话,说要捐给我们一台微波炉,我说我们根本用不上。其实我们最需要的是资金,但是,由于现在大家对慈善事业缺乏信任,很多人和企业只愿意捐物,而不愿意捐钱。

张村长说,孩子们遇上好吃的,可能吃呢!上次我们吃炖鸡翅,一个小女孩吃了5碗米饭还要吃,吓得老师都不敢让她吃了。张村长指着院子里一个蔬菜基地送来的几筐豆角说,明天中午吃豆角焖面吧,我来做。孩子们都在长身体,自然喜欢吃东西,喜欢吃好的,这里的孩子每周只可以吃到两次肉,也难怪他们馋了。

《北京特殊儿童示范村见闻录》,《今日中国》2001年7月

入村前,孩子们因为生存条件艰苦,长期缺乏营养,大多数孩子看上去都是面黄肌瘦,缺乏起码的体能,有的甚至连基本的身高都达不到。

张淑琴找到营养专家列出最省钱又最能达到健康的日常营养搭配表,先用有限的钱买了一台可供几十人喝的豆浆机,每天让孩子们喝到新鲜的豆浆。

借助难得的报纸版面,儿童村向社会发出详细而又紧迫的"求助热线"——

儿童村的需求:一、心理辅导——来自城镇乡村的数十名孩子,亲历家庭裂变,甚至目睹父母凶杀,或者身受恶父摧残,继而流浪街头,饱尝饥寒交迫和欺辱,这一切的经历将使孩子的心灵扭曲,使他们难以健康地步入成年。二、技能辅导——下午4:30从幼儿园、小学、中学返回村里的孩子们,除了作业时间外,其余时间和周末,都无法享受正常家庭中的娱乐游戏或者家教辅导。这些时间村里盼望有音乐、舞蹈、美术、英语甚至电脑的爱好者来做村里的"家教",用知识技能充实孩子们的业余生活。三、课外读物——你最想要什么?很多孩子回答:"最想要看书!"但是,村里的阅览室几乎是空的。无钱买书。文学、科幻、漫画、百科全书、历史、地理、异国风情、报纸杂志……新的、旧的,均受欢迎。四、娱乐器具——跳绳、球类、球拍、电子琴、画板、玩具等,凡适合6~16岁孩子的体育娱乐器具,都能给孩子带来惊喜,向他们打开精彩世界的大门。五、生活设施——洗衣房堆满了几十个孩子换下的脏衣裤,一个小洗衣机在日日不停地旋转,真需要再有一台大容量的洗衣机。此外,寝室里没有桌子、床褥单薄很硬。六、义务工作者——儿童村仅有六七个工作人员,孩子们吃饭、上学、换衣、嬉戏、打斗,已经让这几个工作人员忙得团团转。首都经贸大学、外语学院的大学生近期常去儿童村,而这些志愿者总是让孩子们非常快活。七、资金——把资金放在最后一项,其实它是儿童村最需要的。钱能买到需要的大米、面粉、维修房屋、聘请老师、带孩子们出去参观……

——《华夏时报·善报周刊》2001年3月23日

这并非一篇简单的求助热线,字里行间处处可见儿童村捉襟见肘、惨淡经营的窘状。在无数场合,一村之长张淑琴总是喋喋不休村子里的拮据现状,她开口就是:"钱!我们需要钱,钱不是万能的,但是对我们来说,没有钱是万万不能的!"

张淑琴跟记者说:"这个社会太现实了,要养活几百号人不是仅仅靠几次捐赠就能做得到的,衣食住行哪一样不需要钱?并且又不能总是在需要的时候才出去讨钱……"

钱,钱永远高居生存之第一位,永远像一块大石头横在那里。

张淑琴：像我们真的是身无分文，纸无一张，从西安到北京，等于是一步一磕头，一把鼻涕一把泪地告诉人家，孩子多么苦，求人家给我们吃的，求所有可能的帮助——当然我们不在乎人家怎样说，丐帮帮主就丐帮帮主，但是，好事也不能总是这么个做法吧？总是靠社会同情，靠社会捐助，这样实在是没有保障。因为社会要不捐助，孩子也还是得吃饭，不是说社会不捐助，我们就少做点善事，你捐不捐，孩子都要上学、看病、穿衣服、看父母。必须要开销，这就逼着我们自力更生。自力更生一直是我的愿望。

作为第一个吃螃蟹的人，作为挑战观念的勇士，张淑琴一直是在摸着石头过河，磕磕碰碰地走在现有制度的设计和经验范例的前面。几年来，为了筹款，她不惜沿门乞讨，成为一个悲情英雄的形象出现在公众的面前，她所走过的道路，显然也正是中国民间组织必须走过的路。然而，这是否就是唯一的道路呢？

她一直都在困惑，思考，也一直都在探索，内心深处按捺不住地生长着自办产业以求发展的种子。她曾经做过多少次的大胆尝试。当时在陕西创办回归研究会，接着先后建了 3 个儿童村，为了缓解经济困难，也为了解决那些刑释人员的过渡性安置，她一直试图搞经济实体，先后办过砖瓦厂、煤炭厂、摩托车修理部，还为刑释的女犯们组建过一个服装生产车间，却都因为缺少经验而没有办成。

第二章　万株枣树林

现在为了生存，也为了尊严，她再次想到，不能再等了，必须要凭靠自己的力量，发扬延安精神，开办产业。

傍晚，她劳累一天，独自走在田地里，心潮澎湃。巡视着长势良好的庄稼和蔬菜，她在想，为了孩子，我们愿意低下头去求人，但是，有了产业，我们就可以挺起腰杆来做事了……

这里是北京顺义赵全营镇的特殊儿童示范村，何谓示范？这并不是一个好看又好听的字眼，而是一个重要的承诺，如何办好一个堪称示范可向全国推广的特殊儿童村，她肩负的责任要多重有多重，也许，只有这脚下宽广深厚的土地才能提供最佳方案。

眼下，为了解决孩子们的吃菜和部分粮食，他们已经租赁了一小块土地，现在，她打算再租赁更多一些的土地，种什么合适呢？

一家名为锦绣大地的农业公司老板向张淑琴提议，你们可以种杨树苗。因为北京申办奥运成功之后，北京城肯定要大面积搞绿化，这可是个大好的商机。张淑琴听了很兴奋，认为这个提议非常可行，便抓紧跟板桥村又扩租了 100 亩地。锦绣大地的老板向她无偿提供速成杨的插枝，说好来年按照一元一棵的价格跟儿童村收购。

听说儿童村要大批量地栽杨树苗，阎会长也表示支持，他曾经跟张淑琴说过，你们可以多租一些土地搞合理种植。现在，阎会长就建议，植树时可以搞一个大的活动，给儿童村扩大影响。于是，那一天，红旗飘飘，歌声阵阵，北京市里来了 200 多人，著名的播音主持李扬也来了，大家热火朝天地给儿童村义务帮忙，那番红火的场面有点像大跃进，媒体又跟踪做了新闻报道。

谁料，到第二年发现，全北京一窝蜂地都种了速成杨，几乎成了灾了。这时张淑琴再找锦绣大地，人家要不了了，她也不好意思再为难人家。几十万株的杨树苗就窝在了手里。她懊悔自己头脑实在是有些简单，怎么也不去好好地计算成本，考虑一下风险呢？

忽又听说，两年生的杨树苗要好卖一些，她便让人将一部分树苗砍了当柴烧，剩下的留着发出新枝，掰下来再栽，设想着可以用卖树苗的钱买一辆粪罐汽车。这天联系了一家河北某县的买主，这边他们出运费把树苗拉过去，那边的人却挑剔这批树苗有虫子，不要了，最后只好当柴火就地出卖。可是这头的土地还要照付租金，时间不等人，张淑琴索性带领员工把剩下的树苗全部砍掉，补种上豆角、黄瓜和玉米。

并且，一不做二不休，再圈上了100多亩地，这回是带着一口井的枣林和麦田。

张淑琴：……说起来，那会儿真是特别困难，好多人都不看好我这些尝试。砍掉了杨树后，板桥村里的人都过来随便拿，给他们自家搭个豆角架什么的。看到我们又要搞枣林，他们不大理解，有人还笑我是屡战屡败。我说，不对，我是屡败屡战，总会成功的。还记得以前有个六六粉吗？人家做了666次试验才成功，所以取名叫六六粉，我说，我们还没有做到666次！

一下子土地租了有二百几十亩，形成了一个农场的规模，张淑琴依靠几个刑满释放后无家可归、无业可就的孩子的父母和农民工来种植，村里的老师孩子利用假日上田里帮忙，并有不少的志愿者和爱心人士在周日过来一起跟着锄草。枣园眼看着就发展起来了，成行的枣树间套种着的麦子也改换成黄豆。

收获的季节到了，孩子们高兴地喝到了自己种自己磨的香澄澄的豆浆，自己种的各种蔬菜也是一顿顿地吃不完，大家一有时间就帮着伙房腌制咸菜、晾晒豆角和萝卜干……

可是张淑琴却又发现了新的难题，怎么回事，咱枣园里结的枣子竟是苦的？并且，好多枣树还生了病，枣果长着长着尾部就发烂了。她跑出去请技术员来搞科学管理，自己也找到研究所去认真了解，晚上不停地翻看新买来的教科书。这才知道，种枣原来也是个麻烦事，不仅要施肥、打药、剪枝，而且树行之间的空隙利用也都有一定的讲究。她只好“向科学投降”，塌下心来细致学习。

终于，到了第二年，万株枣树果实累累了。这时，让收获的产品变成商品,再转化成生活工作之需却又是一个繁难的环节。假日里,村子里的老师组织孩子们到几个超市门前,以及外国人的居住区去卖枣,人力、物力搭上了不少,常常是枣子卖不掉,成筐成筐地烂掉。大家心疼得要命。

推销枣成了当务之急,枣树收入的滞后成为困扰全村的大问题。眼看此时正是孩子们快要开学,急需各种经费的时节。张淑琴整天地打电话,四面推销,一些企业、单位、学校,甚至“逼迫”监狱买枣。她把能想到的几家监狱都找出来,跟他们半真半假地胁迫道:“你们必须买我们的枣,要是不买,我们就把你们送来的犯人孩子给你们送回去啦!”

就靠着这种艰难的推销方式卖枣,能是个事吗?当然不行。虽然依靠一些熟人关系卖了一部分,但是大量的枣还是卖不出去。于是只好送人,送给曾经帮助过儿童村的爱心人士,送给老人院的老人和福利院的孩子们。

这一年,农场严重亏损。

据说,几年间不少的公益组织也都曾经试图自办产业,然后很快就在市场面前卡了壳,把好事办砸了,张淑琴也会这样吗?

第三章　爱心认树　更名太阳村

她整天地苦苦思索，眼睛里总看见有爱心的人们不断地来到村子里，探望和帮助孩子，他们带些食品、文具或其他临时性捐助，总是来到一天之后大家就离开了，村里没有一个很好的项目能把人们的爱心引导为一种长期有效的慈善行为。望着匆匆而来，又匆匆而去的爱心人士的身影，张淑琴脑子里来回想着陷入困境的枣园。曾经编过报纸的她忽然间计上心来，能不能叫大家像预订报纸杂志似的，通过爱心认树的方式，来提前预订秋后收获的枣子呢？

对，爱心认树，给枣树找主人！

——不是有那么多的好心人喜欢来我们这里吗？那我们请他们认植枣树，一棵树50元，将写有认树者名字的铁牌挂在枣树上，我们儿童村承诺负责枣树的一切管理，到了枣子成熟的季节，我们再通知认植者前来和孩子们共享采摘的乐趣。这样，爱心认树的人不仅献出了爱心，还收获了在郊区摘枣的乐趣，这样来为社会公益事业做出自己的一份贡献，何乐而不为呢？

问题迎刃而解，艰难的推销变成了“化整为零，一棵树一棵树地卖出去”。

——这样的做法，等于给枣园的种植开发出一个很好的生产项目，刚一出台，就受到了社会上的欢迎。“有人是冲着枣，有人是冲着孩子，有人是冲着好玩儿，有人为了家里过生日的老人认树，有人为了家里满月的小孩认树，还有人认一棵爱心树作为结婚纪念……”总之，皆大欢喜。

认树多的个人和单位，儿童村专门制作了铜牌，竖立在枣树前面，比如“中信银行爱心林”、“林依轮爱心林”等。认树的高潮起来了，2005年，爱心认树7000株，筹资35万元，加上秋采之后的销售，一共收入60万元。2006年，认树达到10,000株，还摸索出“可视认树”、“分块认植”以及“和爱心小树共同成长”等项目,以满足不同层次的消费者对于“慈善消费”的需求。

在爱心认树的人群中,有企业,有机关,有家庭,有白领,有学生,有知名人士,有下岗工人(其中自然也有以认树来对儿童村进行考察了解的)。大家都赞赏儿童村自力更生的精神,赞同他们用认树的方法来整合社会资源,搞自给自足。

儿童村的宣传牌上对爱心认树的宣传很感人:“100元的枣树可以为1岁孩子购买一个月的奶粉;500元的枣树可以支付一名小学生一年的教育费;1000元的枣树林可以支付一名中学生一年的教育费……是帮助孩子的机会,也是给认树人采摘的机会,是分享爱心果实的机会,也是传播爱心的机会”。

经历了屡败屡战的不懈摸索,示范儿童村终于从枣树种植上找到了可堪“示范”的生存之道。这就是充分利用自己的资源,自办产业,将自己的生存与企业和社会挂钩,在种植以及营销的环节上,将人们精神化的爱心变成物质化的实物。

在自己的报纸上,他们明确提出了自己的办村方向:

生存、创新、发展——自力更生,将社会的爱心资助,转化为自给自足的动力,将商业化的手段和公益手段相结合,开发产业,探索出一条自给自足的道路!

张淑琴叫人把自力更生、自给自足的口号刷到自己和员工住地的墙上。

之后,北京示范儿童村正式更名“太阳村”,并转为工商注册的独立机构。

为保证捐赠太阳村的善款善物的“社会属性”,法人代表张淑琴在注册的第二天便到北京市长安公证处做了公证。公证内容有两条:第一,太阳村接受捐助者的委托,帮助他们管理这些财产和资金;第二,张淑琴放弃所有权利,一旦太阳村注销或者解散,除了清算以外,所有的东西全部捐给国家或者其他公益组织,不属于张淑琴个人。

除此之外,北京太阳村每年聘请外部审计进行财务审计,所有财务数据都在网站公布——完全是NGO的运作方式,保持财务上的透明。

太阳村枣园的爱心认树被社会广泛接受,加之媒体的宣传,很快就步入了良性发展的轨道，同时也形成了自己的响亮品牌。一些热心单位听说太阳村有农场，都为他们感到高兴，有捐助农业机械的，也有捐助生产资料的，就连太阳村大枣的包装盒，也有印刷厂主动提出赞助印刷。2007年，太阳村的枣树已经发展到五万多株，大枣通过了正式商标注册，同时还通过了有机产品认证。就是说，太阳村枣园的产品是绝不使用农药、化肥、除草剂的有机农产品。同时由于产量提高了，品种增多，太阳村又对枣树的价格进行了调整（枣树品种现在有冬枣、梨枣，还有嘎啦枣等，价格有别）。

2008 年，太阳村农场发展到 500 亩地，枣园里又同时开发了桃园，树行之间合理地套种了葫芦、黄豆、花生、辣椒、白薯、萝卜等。采摘的季节里，人们除了摘枣，还可以尽情地挖花生、拔萝卜、摘辣椒。太阳村对远道来的客人们，不称斤两不收费，大门口一只募捐箱，爱投多少投多少，不投也没关系。实际上，投入募捐箱的远比实际收费要多得多。

2006 年，由于天气原因，太阳村严重减产，为了遵守承诺，太阳村从外地购买了几万斤的大枣，装进一只只箱子，补给前来采摘的爱心人士，并且坦诚相告枣园的减产实情，不少人拒绝领取“补枣”，同时继续认领新一年的枣树……

在太阳村所在地，实际已有十余家私人枣园，他们管理好、品种多，但是当大枣成熟后，由于交通和市场两个环节存在问题，也像太阳村枣园那时候一样，枣子卖不出去，只有被枣贩子压价收购。一时间几家枣园都打算放弃。2007 年，太阳村联合四家私人枣园，成立了枣业合作社，又专门成立了技术小组和销售小组。大家在生产设备、农业机械和资金上相互调剂，尤其是技术上取长补短。在人力短缺的情况下，太阳村组织孩子和志愿者们帮助他们一起锄草、摘枣，采摘季节还帮助参与接待工作。销售方面也由太阳村负责。收入按照股份分成。在大枣成熟的季节，太阳村一天最多时接待过上千人来采摘。于是当地家庭枣园商机不断，太阳村使得他们起死回生。

这一年，太阳村枣业合作社的枣园又全部进行了有机认证，严格按照有机产品的要求管理枣园，生产出真正安全放心的果实，不仅推动了这个地区的有机产品的发展，也为当地经济建设的发展尽了微薄之力。

清晨，张淑琴头戴草帽，走在丰收的田地里，俨然一名生产队长。在她晒黑的脸上,掩不住一份莫大的自豪。来回巡视着茂盛的庄稼、蔬菜和枣树林,她在想,当初,自己东奔西跑,最终选定了这块地方,就是有意识地想要在这块土地上为儿童村开拓自力更生的事业。

她生在农民中间,又是知青出身,脑子里最相信的就是种瓜得瓜的道理——在这世上,没有比土地更诚实、更深厚的东西了,土地向我们索要的,无非就是汗水和辛苦,当然还有决心,只要你认准目标,咬紧牙关埋头去干,就一定会有可喜的收获!

发展篇（二）：搭起太阳村

第一章　重修庙宇

——慈善产品

落户在北京顺义区赵全营镇的太阳村，最初只有六个孩子，三名工作人员，住在那个跟企业家借来的破败不堪的院子里。然后，很快，随着人来人往就越来越热闹了。“破庙”引来四面八方的香火，同时也引来了更大的责任。北京的法院、监狱、派出所，以及越来越多的相关部门都知道了他们，经常往这里转送犯罪嫌疑人无法安置的孩子。北京电视台、湖南卫视，以及日本的NHK广播电视台等先后对儿童村的孩子做跟踪报道以及各种回访节目，其中有些是来自陕西村那边的孩子，他们做完了节目便纷纷叫嚷着，“我们想要留在北京村，跟着张奶奶！”不到半年的时间里，北京村里的孩子增加到了40多个，并且还在继续增多，甚至出现了一个床铺上挤着两个孩子的窘状。

哪能这么挤孩子呢？他们个个都在长身体，“老院”的环境和设施实在是很简陋的，必须重修庙宇了，找一个几年以后都可以活动开的大地方。

实际上北京这个村子刚一成立，张淑琴就一直不停地翻盖和修补。先是给孩子们把厕所和危房重新整修，接着又建起了临时的图书室和活动厅。但是限于资金有限，地界也狭窄，一时很难再做大的修建。

随着太阳村的影响越来越大，这天强卫书记忽然看到了《中国青年周刊》，对上面整版报道的儿童村近期发展状况感到惊喜。他一下子就要了30本周刊，然后嘱咐人发到几个相关部门。没过多久，中国青少年发展基金会的主任徐永光给他的秘书长郑重致信，写道：“张淑琴同志几乎是靠一个人的力量在推动一件事业的发展，我们应该大力支持，考虑给予赞助……”

于是,中国青少年基金会为儿童村找到了第一笔可以用来筹划重建的资金——它来自诺基亚公司。这笔资金叫张淑琴备感鼓舞,踌躇满志地着手勾画太阳村的崭新美景。

本来,村里这时正租用着板桥村的56亩集体用地作为孩子们的劳动基地,这地界距离示范村很近,也是一个废弃的大院子,原先是镇政府的一个旧公司,里面堆放着大量垃圾,还有一排废旧仓库,这废旧仓库是个黑漆漆的破房子,大约有两百多平方米,村民说那是熏木料整黑的。张淑琴想,眼下我们别无选择,就是要利用这个地方来搭建新村,废旧没关系,破烂也没关系,关键只看我们怎样干。

张淑琴:一说到重建,我的眼前立刻满是想象,我想,我一定要叫这里开满鲜花,建成一个漂漂亮亮的儿童村!

她把自己关起来,日思夜想的图景现在终于可以画出来了,多好啊,这一天真的到来了吗?她在心里已经酝酿了那么久!

那个荒废的大院子,一定要把它建成一个美丽的童话王国,一定要建起来一幢幢漂亮的儿童小屋,为孩子们遮风挡雨,生发梦想。她还要让那里盛开各种各样的花,生长果树,种植蔬菜,叫孩子们亲手培育丰收的果实……几天里,她茶饭不香,昼夜颠倒,埋头做了一个全面而又细致的规划——包含宿舍、食堂、活动室、图书馆、幼儿室在内,大约十几栋的建筑,此外还有各种小型园林、花园、葡萄架、秋千架等娱乐设施,一个漂亮如花园般,能容纳一百多个孩子、五六十名员工的堪称宏大的规划!

就是在这时候,张淑琴给未来的新村子起了一个响当当的好名字,“太阳村”!她希望这里是一个充满阳光的地方,孩子只要来到院子里,就能够走出阴影,充满欢笑,健康地生活……

然而,当这个规划拿出来,征求大家的意见时,人人都被吓住了,完成这样的规划怕是需要几百万元,我们到哪儿去找这么大的一笔钱啊?

张淑琴倒是镇定自若,她吸取了枣园化整为零、爱心认树的成功经验,将偌大的太阳村分解成若干个项目单元。比如一栋宿舍,一个食堂,一个图书室,一个大棚,一个小乐园等,有10万元的大项目,也有几万元的小项目,甚至她把整个太阳村的绿化计划也拆解开来,细化到一片花圃,一行树苗,几百元甚至是几十元的最小的项目。

张淑琴拿着她的这个规划图开始了新一轮的化缘。凡是有爱心的企业或者单位,都可以出资认捐规划中的各个项目,也可以根据统一的设计规划自己包工承建,然后项目完成会挂上赞助机构的名称,永远不变,哪怕只是一株小树苗,也同样会挂上捐赠人的名牌。为了便捷,小屋的建材采用彩钢材料。一栋可供十四人居住的爱心小屋只标价6万元,却会收到良好的社会效应。现在太阳村不断受到媒体和公众的关注,以至引起世界各地多家媒体,及至联合国儿童基金会教科文组织等大机构的瞩目,并且不时有国外王后或总统夫人等社会名流到访,因此说,参与太阳村的基本建设,同时也就成为一种高传播率的公益形象的宣传。

张淑琴拿太阳村和企业这样做比较,企业要做的是让大众购买自己的产品,太阳村向大众"推销"的则是自己的"慈善产品"。企业推销产品都讲产业结构,太阳村也有自己的"产业结构",建造爱心小屋和兴建新的儿童村是"大宗产品","销售"的对象是企业和基金会。而好事需要大家做,太阳村的建设蓝图等于是向全社会发布了一件件互惠互利做好事的动员令!

最先参与小屋建造的是青鸟健身俱乐部。老板在第一时间赶来了,他很爽气地跟张淑琴说:"把第一间小屋留给我们来建吧!"继青鸟之后,是一个又一个的爱心企业和爱心团体与个人,热情参与到爱心小屋及其他设施的捐资行列中。他们分别是:几位德国妈妈,德国的戴姆勒·克莱斯勒汽车公司,中华慈善总会,北京京西国际学校,北京国际扶轮社,瑞士诺华制药公司,新加坡鲍德勒爱心家庭,香港辉煌基金会等。

坐落在新院子里的爱心小屋一个挨着一个拔地而起,它们统一由来自台湾的设计师匡向荣先生免费设计。看上去间间都是简洁实用,色彩鲜明,俨然是童话里才有的建筑。

当第一间小屋率先建成时,张淑琴计划要由青鸟健身俱乐部的老板和自己一起来剪彩。这时忽然得到消息,瑞士联邦主席夫人将来太阳村参观。她便和青鸟的老板协商,将剪彩仪式推后一段时间,请主席夫人来为小屋剪彩。青鸟老板很高兴,在剪彩仪式上,张淑琴把他安排在瑞士联邦主席夫人旁边最主要的位置。这天,不少企业的老板和爱心人士都赶来了,雨雪连续下了几天,却在这一早上停了,地面冻得硬邦邦的,大红的地毯上,嘉宾和企业家脸上都洋溢着喜悦,嘉宾们高兴,企业更是满意。

张淑琴：叫我剪彩根本没有那么大的价值，和夫人剪彩，他们可以合影可以宣传，他们得到的回报就远远超过了捐给这个小屋的钱。这样一来，第一次帮助太阳村就尝到了甜头，第二次他们还会来帮助我们。

张淑琴意识到，青鸟小屋的启示特别重要。就是说，你要打算发展自己，吸引企业，一定要给人家企业做设计，要为捐赠人着想，从他们的角度去考虑，看怎样才能为企业带来最好的社会效应。

第二章　移花栽木

而那间废旧的黑压压的仓库，张淑琴叫人重新收拾，怎么节省怎么来。先前熏黑的屋子眼下很难吊顶，她就让工人从半截吊。墙上刮腻子很不好刮，刮一层是黄的，再刮一层还是黄的，黑色顽固地渗出来，她又想了个法子，涂上一层清漆试试。清漆涂了之后再刮腻子，再刷白，这样终于算是把黑色全部盖上了。

然后，就在这间翻新的旧仓库里，一村之长的张淑琴安营扎寨，把自己在西安的那点家当全数拉过来，连收养的小狗也一起带来了。

北京太阳村粗具规模了，愿意为村子的建设出钱出力的企业越来越多。京城俱乐部，七彩虹电脑公司，丹麦格兰富公司，中央台交换空间，民生银行，第三极图书大厦，诺基亚公司、顺义国际学校等。这些企业特别愿意学着青鸟他们捐建爱心小屋，但是太阳村的爱心小屋已经足够多了，张淑琴这时就给这些企业家们出主意，你们捐助太阳村的道路和其他的设施吧，我们也照样会把你们的名字写在这里，叫过往的人们看到。于是，就又有了雪花大道、新世纪大门，还有了宝宝室活动厅、第三极阅览室、康乐中心，等等。如此一来，企业便由被动出资变成了主动参与，他们都觉得这样的捐资捐得特别值。

2004 年是太阳村的基建大年，爱心小屋和院里的一处处设施争先恐后地建起来，这时的张淑琴自己更是忙成一团。她东家西家地张罗联系，在院子里移花栽木搞绿化。她给院子里构设起来的一处处园林景观起了带着文学色彩的美名。比如海棠园名为秋海棠，樱桃园名为红樱桃，松树园名为青松岭，杏花园名为杏林春雨，合欢树名为合家欢乐，火炬树名为火炬林，碧桃名为新桃花源……人们来到参观，都说一听这些名字，就知道设计者是个文学家！一株株的果木林树栽种时因为买的都是成树，太阳村一下子就生机勃勃地装扮起来了。

为太阳村的绿化捐资筹款的尽是些大老板,比如中海石油公司,美国通用公司,惠普公司等。他们丰富了张淑琴的购树品种,又买来了青竹子、金银木、龙爪槐、榆叶梅等。兴奋不已的张淑琴半夜三四点就起来研究,琢磨怎么种它们才最合理,最好看。

国庆节,太阳村直通着大门口的工字楼落成了,屋子里边还潮着呢,张淑琴急不可待地说,不怕,搬!活动厅里的大舞台需要布置,她拽着一个老师跑到批发市场上,买最便宜的布料,给大舞台披上红红紫紫的大幕布,扎起大朵的纱绸花。老师和孩子以及办公室的员工们兴高采烈地过来,一看见活动厅里辉煌灿烂的大舞台,孩子们顿时欢呼雀跃,争先恐后地跑上去,大幕拉开,女孩子又唱又跳,男孩子打滚翻跟头……

几天后张淑琴到上海办事,看见人家院落里满地栽着一片连着一片的小花儿,好看得要命啊。她问旁边的保安,这叫什么花呀?保安说,叫太阳花,特别好长,北京人他们也叫“死不了”。她不禁大喜,找一个朋友带着,马上到花市里去买。还好,这花不贵,22 块钱就可以买上一大捆子。她一下子买了几十捆子,抱着拎着上了火车。

回到太阳村,张淑琴带着老师和孩子们把带来的几十捆子花栽得满院都是,转眼间,院子里到处红红闪闪,鲜艳夺目,太阳村里开遍了太阳花!

张淑琴:天底下有多少漂亮好看的花,可我就觉得这个太阳花好,只要是见点水,见点太阳,它就开花,特别顽强!我们没钱买那些富贵花,就是这太阳花在村子里最合适。

走在村子里,她总是忍不住几步一停下,低头弯腰,给道边的太阳花拔草,稍有点工夫她会给它们浇水、收拾,下过大雨之后,看它们都泡在泥里,她就拿把小铲子一棵棵地剜泥,这里剜完了剜那里,能侍弄多少是多少……

2009 年夏天,中影集团打算拍摄儿童电影《守护童年》。这部影片以张淑琴救助服刑人员子女的事迹作为原型蓝本。“讲述了一个越狱的逃犯向一个女警官生死托付的故事,通过寻找孩子、带着孩子一起寻找亲人的过程,表现了执法人员和社会志愿者博大的人道情怀。”

(2009 年 8 月 6 日《文艺报》)

摄制组一行人来到了太阳村。编导希望,张淑琴能详细讲述儿童村创建史,并给他们提供一个她日常生活中的“经典细节”。

张淑琴略微想了想,说:“那就是种太阳花吧,也不知咋回事,有点工夫我就喜欢弯腰低头地侍弄它们!”

第三章　生意经与疑惑

太阳村重修了庙宇之后，更加魅力四射，香火空前旺盛。尤其是枣园的发展，仿佛向社会开启了一扇广泛接纳爱心人士的大门，人们对爱心认树项目的参与热情日益高涨。

这一项目“因时制宜”地引进了目前京郊十分流行的农家乐和周末游——果实采摘项目的运作模式。当果实成熟的季节，认捐者纷纷从城市来到郊外，除了采摘，大家还可以到果园附近观光、野炊，在果园里劳动，到太阳村帮孩子们做事等。正是这些活动极大地提高和扩展了认捐者的参与热情。

不久，中国扶贫基金会对北京太阳村爱心认树筹资项目的成功经验给予了认定，指出：“它通过把农家乐这一商业运作已经比较成熟的城市郊区度假休闲项目引进到公益筹资项目当中，使捐赠者同时体验到献爱心和休闲娱乐的双重快乐，并很好地解决了两个主要问题，一是规避了公益产品的市场风险、销售风险和支付风险；二是将公众临时性的捐赠行为，引导为长期的爱心消费。”

——《中国扶贫基金会关于筹资管理的案例·北京太阳村爱心认树筹资项目》2008 年 11 月 21 日

2009 年，应大家的要求，太阳村又决定拿出十亩果园土地，为爱心人士开设“爱心家庭小农场”，每块地 30 平方米，由太阳村提供蔬菜种苗，负责日常管理，各“认养家庭”节假日前来参加劳动，所有收获，归认养家庭所有。于是，又有更多的家长们带上自己的孩子来到这里，体验在绿油油的田野里“锄禾日当午，汗滴禾下土”……

现在，红红火火的采摘项目又连带扩展了另一条资源线，大多数的爱心人士都喜欢在来时给孩子们带来各种“礼物”。有时是食品文具，有时是些旧物。村里人从来不会小看那些旧物，别看都是些旧衣服、旧玩具、旧家具、旧电器,太阳村知道如何给它们找到合适的用场。

其实,太阳村刚成立不久时就不断收到大量旧物,院子里几间临时性的仓库很快就满登登的。为此村里专门成立了物资中心,敞开大门向北京市民接收各种旧物捐赠,甚至报废的旧车也收来了。村里派了几个员工(包括太阳村安置的刑满人员)对大量的旧物进行分类、整理、消毒,能用的就用,不能用的加以维修,再联系出售,或者分配给外地的几个太阳村,或者是资助一些贫困地区。张淑琴说,我们这是变旧物资为善款,是节约资源,既扶贫,又环保,又启发人们的慈善意识。

为了方便来到的客人们及时就餐,太阳村在枣园里设了"小吃城"。当周末和假日里来人多时,村里的老师和孩子以及志愿者就地引炊生灶,为客人们提供价格便宜、经济实惠的特色风味小吃。小吃城的品种不断翻出新花样,又烧又做又经营,既锻炼了孩子们,也为爱心人士及时地提供了用餐服务。

作为太阳村的小主人,孩子们趁着络绎不绝的宾客的到来,在老师和志愿者的帮助下适时地举办义卖活动。这些义卖的物品大多是他们在课余时间自己做的作品,比如剪纸、刺绣、儿童画。一些企业或者社区为太阳村搞宣传筹募活动时,也会带上一些孩子们的作品,一来他们展示了村里素质教育和心理辅导的成果,二来标价出售成为一种很难得的筹资方式。当蔬菜丰收时,孩子们开办小型的农产品集市,大大方方地销售自己的劳动果实。据2004年的统计,太阳村食堂和小集市的收入达到2万多元。

"生意兴隆"的太阳村通过各种途径发布信息,欢迎那些有爱心、有奉献精神、热爱公益事业的高素质人才加盟,特别是外语流利,有现代企业管理经验的人才,成立太阳村的产业部、项目部和发展部。信息的发布告诉全社会,太阳村的一个大方向就是要让产业成为事业的坚实后盾,真正改变慈善组织对于捐款的依赖——慈善也有"产业结构",张淑琴一本正经地念起了生意经!

随着脚步向市场迈得越来越大,太阳村有了越来越浓重的"经营"意味,有时让太阳村的设计者自己也多少有些犹豫:我们这样做合适吗?这样在村子里又收又卖的,会不会给人一种开店做买卖的感觉?会不会影响太阳村在大家心目中的公益形象呢?

望着丰收的果园,望着村里村外满载而归的“农家乐”客人们络绎不绝的身影,这位无所畏惧的女战士忽然有些疑惑。

发展篇（三）：确立模式

第一章　大学生调研

▶以太阳村实践调研为例

似乎正是为了澄清张淑琴脑中的疑团,2009 年夏末,一篇厚重的学术论文寄到了太阳村。作者是北京交通大学经济管理学院的三名即将毕业的大学生——徐黄华、谭舰、尹静(指导教授林玳玳,论文为"挑战杯课外科技作品")。他们在论文的扉页上以醒目的黑体字写明:谨以此作献给北京市太阳村儿童教育咨询中心。论文题为:《从福利多元视角看我国慈善机构民营化——以北京太阳村实践调研为例》。

文章的题语这样写道:

本文依据社会实践结果,选取"北京市太阳村儿童教育咨询中心"的发展模式作为研究对象,以公共政策和福利经济学若干理论为基本视角,重点探讨与论证了"太阳村"模式的民营化发展具有帕累托改进作用。结果表明,"太阳村"自筹资金、自办产业、自我管理的民营化发展模式不仅符合当前中国社会发展现状,也进一步推动了福利多元理论在我国的发展。

论文根据太阳村民营化的形成和发展过程,将太阳村的特点总结为四个"自",即自筹资金、自办产业、自我管理、自给自足。通过自办产业和自筹资金,并且使整个太阳村的运营完全独立管理,随着自办产业的逐步扩大,太阳村对外界的依赖性在逐渐减少,逐渐形成了一个自给自足的慈善机构……

文章明确分析了太阳村民营化模式的主要优势:

1. 对政府:有效地减轻了政府的负担,避免政府失灵的危险。太阳村帮助服刑人员抚养其子女,消除了狱中父母的顾虑,使之可以积极改造,减少再犯罪率,同时也避免了下一代再犯罪的威胁,有效减少了社会隐患。太阳村四个"自"的发展模式为我国福利事业提供了新的理念,将政府和市场的建设融入慈善事业中。同时鼓励志愿者的行动，有效地促进了市场、慈善机构、政府的协调与合作，有助于我国建立和谐稳定的社会。

2. 对市场和市场中的盈利企业：太阳村同市场中的企业合作，从市场中企业盈利的角度出发，增强了企业的慈善形象，唤起了企业的社会责任，促成市场与慈善机构的双赢局面。企业的慈善之举不仅在外界塑造了良好形象，对内也推动企业文化的构建。一个有爱心和社会责任感的企业，会让员工有强烈的归属感，有效增强企业的绩效。此外，太阳村也促进了当地经济的发展，更多的人来到太阳村旅游休闲和献爱心，这同时也为当地带来了商机。

3. 对慈善机构自身发展：太阳村自给自足的做法为其他民营化的机构提供了良好的经验，其发展模式有一定的借鉴价值——用自己的产业和人们的爱心促进自己的机构良好运转，这些对成长中的组织有很好的借鉴作用。而太阳村对于服刑人员子女的关注有利于这一弱势群体更好地成长，并且培养了他们吃苦耐劳的精神，在一个健康和谐的环境下成为社会优秀人才。在抚养孩子的同时，也解决了一些刑释人员的就业问题。

在上述的“优势分析”之后，论文也研究了太阳村自身存在的一些问题：

首先是资金方面的问题。根据目前太阳村的组织结构图，可见，对外筹资的工作基本上还是落在太阳村的创办者张淑琴主任身上，目前可以依靠她的个人魅力和声望筹集国内外资金，但可能由于其他成员缺乏专业知识及职业伦理，将导致组织缺乏长久发展机制。其次，太阳村现在开发了大片果园，近期还打算饲养孔雀，开展游览观光业，但是就目前太阳村的情况来看，他们还比较缺乏劳动力。随着其规模的逐步扩大，劳动力的问题将成为其继续扩大的制约因素。最后，目前的太阳村还是以一个企业的形式存在，没有有效地争取到政府的认同，特别是没有从政府那里争取到拨款的意识。

年轻学子们将问题直接地提出来，有没有解决的办法？他们继续深入研究，很负责任地为太阳村设计了如下的改进措施：

1. 加强自身的建设，科学发展，搞好爱心果园以及爱心游乐园的发展，并且与爱心义卖等活动紧密结合……在充分利用现有资源，积极开发新资源的情况下,运用一些先进的思想,结合现实的情况,进行新项目的开拓。

2. 扩大社会的宣传力度。在目前的慈善市场上,存在着很大的供需不平衡的问题。有很多人想向需要帮助的人提供援助,苦于没有合适的机会,也没有比较让其放心的途径。太阳村作为一个慈善机构,社会的援助也是其正常运营资金的组成部分,积极地吸纳社会援助是相当必要的……太阳村可以通过宣传捐款企业或个人来辅助宣传自己,从而达到双重宣传的效果。

3. 建立便于来访者到太阳村的交通环境。目前因为交通不方便,使得太阳村的宣传,以及一些相关项目的实施受到一定限制,太阳村可以积极地和交通公司进行协商,申请"太阳村专线",或者和旅游公司合作,开发专门的"太阳村旅游专线"。

4. 增强太阳村与社会、企业甚至监狱之间的合作。太阳村作为一个民营化的慈善机构,它的生存发展也受到了外部环境的影响,比如社会、国家,企业等主体,为了能够更加适应多变的外部环境,最好的方法就是和外部主体形成合作,协调共同发展的态势,只有这样太阳村才能更加长久地生存并且不断发展下去。

这篇论据翔实、观点鲜明的论文,充分研究探讨了太阳村的发展模式,及时肯定了它的优势所在,文章称赞说:

太阳村是在板结的土地上破土而出,在夹缝中艰难呼吸,等待着机会和政策,生存下来是第一位的。

……正因为太阳村人在不断地探索,不断地实践,用行动说明着问题,所以他们成功了,也为中国的民营慈善机构走出了一条阳光大道。

第二章　有关社会企业高峰论坛

在接到年轻学子们的论文之前，张淑琴自己也在拼命学习，努力用先进的理论武装自己，更新头脑。这年她参加了友成企业家扶贫基金会和英国大使馆文化教育处在北京共同举办的“社会企业”培训班，时间虽短却大开眼界，从根本上坚定了她“坚持办社会企业”的决心。

张淑琴：……这才知道我们这种做法是属于社会企业的做法。现在社会企业已经在国际上非常流行。照我理解，社会企业有三个特点，第一，目标是公益；第二，有商业手段；第三，还要有公益手段。我想，我们除了社会各界的大力支持，我们自己也找对了发展方向，那就是将社会的资助，转化为自力更生的动力，用商业化手段和公益手段相结合，开发产业，探索出一条自给自足的路子。

2009 年春天，在太阳村长大的孩子、现在成为老师的王龙在接待前来搞调研的大学生时，也十分自信地跟他们说：“我们太阳村现在就相当于‘社会企业’。”

大学生问王老师：“北京太阳村在刚开始建起来的时候就是自力更生的模式还是其他？”王老师回答：“刚开始只能是探索，我们没有前人的经验，只能是看着自己一点点地往上爬，不断摸索。后来发现有这样的路子，然后不断开发，挖掘市场的潜力。”大学生又问：“太阳村主要的资金来源是受捐助还是自己的产业？哪一部分比例更大一点？”王老师回答：“刚刚持平。其实现在最多的，或者说是最被认可的就是我们自办产业，我们要把产业做出来以后，要永久性地支持下去，要拿这些产业供养这些孩子……”

那么，什么叫社会企业呢？据友成企业家扶贫基金会的解释，社会企业是以推动公益事业和发展社会为目标，以执著、创新的企业家精神为动力，具备可持续运营模式的实体。

将《如何改变世界:社会企业家与新思想的威力》([美]戴维·伯恩斯坦著)一书翻译到中国来的吴士宏很明确地说,企业应该分为两种,一种是商业企业,一种是社会企业。社会企业的目标,是为了解决某一方面的社会问题,他们一般要做的都是雪中送炭而不是锦上添花的事情,他们做的是拾遗补阙的事情。而商业企业则一定是要去挣钱,基本上是为了挣钱。这两个一定要分开。当然,商业企业家也可能会多承担一些社会责任,但社会企业家,他们以社会责任为己任,他们为了这个事业而生存。

资料显示,社会企业大多是从弱势群体中出现的产物,而社会企业的概念在上世纪70年代被提出,其后迅速传播和进入社会实践。眼下在全世界,社会企业比较发达的有英国、美国等经济发达国家,其主要方向就是提供社会服务,扶助弱势群体。作为社会企业的领导者,社会企业家善于建立和利用由各方面力量和资源构成的多元化网络来一同解决社会问题。一个最经典的例子就是英国的"3B社区中心"(BROMLEY - BY - BOW)联合伦敦市的大公司、教会和志愿者组织一起寻找方法,解决犯罪和青年事业等地方性的问题。在美国,由詹姆斯·格兰特领导和"行销"了一场全球儿童免疫运动,挽救了2500万个生命。在巴西,因为法维奥·罗萨的努力,数以十万计的边远农村居民用上了电。还有美国人比尔·德雷顿,他创建了一个志愿者基地"阿育王"——资助和支持了一些社会企业家,将他们的思想撒播到了世界各地……

在欧美一些国家,随着福利国家的转型,社会企业在实践中大量涌现,西方理论界对社会企业进行了比较全面和及时的研究。20世纪90年代以来,我国也进入急剧的社会转型期,诸多的社会问题相继出现,与此相应,公民社会逐渐兴起,一些非政府组织和非营利组织在公益事业中发挥了积极作用,但是它们的服务范围仍然比较有限,社会企业因此可以成为我国公益事业、尤其是非营利组织实现可持续发展的一个新选择——正如里德比特所说的,社会企业具有社会性和企业型,它将创新和企业精神结合在一起,创造出了一种主动的社会福利机制,鼓励服务对象更多地为自己的生活负责,从而能够打破福利的僵局。

2009年,清华大学NGO研究所朱晓红副教授曾在一次相关论坛上提出:"随着经济发展和社会进步,社会企业家的概念越来越被关注……企业与社会组织的创新合作将成为推动社会进步的主要力量,大批社会企业家的涌现将带动整个社会公益事业的科学健康发展。”

可喜的是，当今中国已经出现了一些颇为成功的社会企业，尽管其中大多数者只是近两年才意识到或者是被告知，他们所做的事业叫做社会企业，如天津的鹤童老年福利协会、青海的吉美坚赞福利学校、南宁服务脑瘫儿童的安琪之家等。它们的产生和成功充分说明了中国社会对于社会企业的需求。它们的经验也使得张淑琴的头脑迅速开窍，她清醒地认识到，社会企业的道路正是太阳村的道路，是太阳村实现“可持续发展”的一个正确而必然的选择！

在《如何改变世界》一书中，戴维·伯恩斯坦介绍了西方很多社会企业家的卓越个体，用他们的故事告诉人们，出于社会的使命感，凭着坚定的决心和创造精神，个人也能够创造出非凡成就。伯恩斯坦以欣赏之笔描述这些社会企业家：他们是那些为理想驱动、有创造力的个体，他们质疑现状、开拓新机遇、拒绝放弃，最后要重建一个更好的世界。

另一位英国作家查尔斯·里德比特，在《社会企业家的崛起》一书中进一步描述道：社会企业家首先要具备企业家精神，发现那些未被充分利用的和被闲置的资源，来解决那些未被满足的社会需求；其次要有创新精神，他们常常将那些通常互不相关的几种方式结合在一起，用以创造新的服务、新产品和新方法来解决社会问题；另外还应具备改革精神，最重要的是，他们能通过发掘自我发展的可能性来改变他们所服务的近邻和社区……

有人说，当今世界，最“时髦”、最受尊重的社会组织是 NGO——非政府组织，“社会企业家”，它是一个比只会赚钱的“商业企业家”更为高尚的身份。应该说，敢想敢为、勇于挑战、十几年如一日，以太阳村的事业为己任的张淑琴，已经加入到中国社会企业家的精英行列中。她艰苦奋斗创造出一条能够使民营慈善机构自身发展基本稳定的模式，这种模式适应了中国当前福利社会的改革，有效地促进了我国慈善事业更好的发展。

2008 年金秋时节，亚洲社会企业家高峰论坛在韩国首尔召开。韩国、中国、日本、新加坡、印度、中国台湾地区、中国香港特别行政区等八个国家和地区的社会企业家代表出席会议。中国方面代表有北京太阳村、天津鹤童老年福利协会、北京富平职业技能学校、北京社区参与行动、四川中国兔王等机构组织的负责人出席了会议。张淑琴在会上作了详细的经验报告,题为《用企业家的思维发展太阳村,依靠产业的发展救助弱势儿童》,引起了此次高峰论坛的莫大关注。

两个月后,中国国家民间组织管理局和英国大使馆文化教育处合作主办的“社会创新与社会组织论坛”,又在北京亮马河饭店隆重举行。会议第二天,26 名与会代表一起来到北京太阳村进行考察。其中有民政部门的领导、英国使馆的官员和一些社团的负责人,他们在参观了太阳村孩子们的宿舍、图书室、爱心超市、刺绣房以及旧物资管理中心之后,又惊异地看到了太阳村农场500 亩大果园合理扩展的规模,对于太阳村自主创新、走社会企业之路的精神给予了很高的评价。

2009 年 3 月 8 日,张淑琴应邀去上海东方卫视参加“2008 年度中国十大非凡女人颁奖盛典”——此奖由上海文广新闻集团与天涯社区联合举办,表彰在 2008 年度中国大事件中具有非凡表现的杰出女性(网络评选形式、余秋雨为评委主任)。

出发前,张淑琴特地在村里的菜地采摘了满满一箱子黄瓜,她想给大家尝尝太阳村大棚里种的果实,她要告诉大家,村里的老师和孩子们是多么热衷于自力更生……

第三章 诺贝尔和平奖候选人

儿童村的知名度越来越大，张淑琴的见识越来越广，目标也越来越大……她已进入本年度诺贝尔和平奖的千名候选人。也许正是由于“开阔视野”，所以“野心”也很大。

——记者程芬：《诺贝尔和平奖候选人张淑琴》，

《公益时报》2005年8月10日

诺贝尔和平奖的候选人意味着什么？不言而喻，太阳村开创的事业具有一种普世价值，应该一往无前、“可持续地发展”下去，而“开阔视野”之后，张淑琴的“野心”又是什么？无非是推广北京太阳村的成功经验，在力所能及的情况下，继续在全国其他地区筹建新的太阳村。

2004年以来，在社会各界的大力支持下，并且凭借着北京村的收入，张淑琴找到地方民政局、“关工委”、妇联、监狱局等部门，又在河南、青海、江西等地创办了新的太阳村——基层太阳村，有的是和政府部门合作，有的是和民间组织合作，每个太阳村都有自己的独立法人，行政费用主要由北京总部这边提供——2007年，位于江西都昌县的太阳村鄱阳湖儿童救助中心里有两栋孩子宿舍是由太阳村农场枣园的爱心认树款建成；2008年，太阳村青海救助中心的启动资金也来源于枣园的爱心认树款……

为什么先要选择这样几个地区呢？张淑琴说，“第一，当地这样的孩子比较多，地区也比较贫困，犯罪率高，另外当地有相应的政府部门非常支持我们的工作。”

——在张淑琴的努力下，15年来，设在全国各地的太阳村已为16个省的2000多名服刑人员子女提供生活、教育和医疗服务。目前，有400多名孩子正分别在北京，陕西西安、陇县，河南新乡、江西九江和青海大通回族土族自治县等地的太阳村生活。他们当中年龄最小的只有两三个月,最大的已经步入了大学校门。此外,太阳村还提供部分资金给予在亲戚家里居住的服刑人员子女,保证他们正常的学习与日常开销。

——记者张东伟:《同一片蓝天　同一个太阳》,

《人民日报海外版》2009 年 5 月 29 日

到 2008 年,太阳村已经先后建起包括北京总部在内的六个村子,六个村子统一制定的约法三章是:一不贪污;二不拐卖儿童;三不虐待儿童。太阳村向社会申明,每年要请一家知名的会计师事务所为太阳村提供财务审计,同时在网上公开账目。

同时,张淑琴要求自己的同事也仿效北京的经验,以社会企业家的思维发展儿童村,因地制宜,充分利用自己的自然资源和社会资源,大胆创新,克服困难。

张淑琴:我们现在正在研究,希望每个太阳村都能够有北京的模式,因地制宜。比如江西太阳村,那里土地很多,是小山丘,适合种植金银花。这个项目很好,因为金银花主要的劳动是采摘,我们有孩子和志愿者去做。它的烘干、晾晒过程比较简单,好操作,投资少而且市场很好,可以做金银花露、金银花牙膏等。河南的太阳村也筹备做产业,那里离监狱近,附近是一个女子监狱,又是一个服装厂,走出监狱的人,我们需要一个中途宿舍来安置他们,也希望可以给他们一个干活的地方,所以我们想开发一个服装车间,让监狱分一些淘汰的设备给我们,他们的人放出来,可以在我们这里过渡,在过渡期间,他们可以在这里干活,我们发工资,既有路费回家,收入我们还可以养孩子,这就是过渡性安置。青海太阳村,我看好的是青稞麦片……总之,每一个太阳村我们都在自己想办法产业化,没有社会资助我们也要活下去,我必须学会这种企业家的思维。网上总有人批评我的商业行为,但是我们依靠自己的力量去养活孩子,有什么不好?这不光是我们,这是全世界的 NGO 组织都在学习和实践的一种模式。

模式的产生是解决问题的方法和手段,而解决问题的根本却是推动立法的改变。

当初创办儿童村时,服刑人员子女是个无人问津的真空地带,如今通过太阳村多年的努力,公、检、法、司诸部门不断地把没人管的孩子送到村里来,这自然意味着这些部门对太阳村事业的认可——特别是 2005 年,国家综合治理委员会办公室发出通知，要将服刑人员未成年子女的安置纳入到社会综合治理指标，这些孩子的问题终于开始有人管了。

2006年，中央六部委又联合下发通知文件，要求各级司法行政部门要加强《中华人民共和国未成年人保护法》、《中华人民共和国预防未成年人犯罪法》等与服刑人员未成年子女帮扶工作相关法律、法规的普法宣传工作，为未成年当事人提供法律援助，运用太阳村等多种形式协助民政部门做好监护人无法履行职责的服刑人员未成年子女生活照料和帮扶工作。

历经十几年的风雨磨砺，太阳村终于以自己的骄人业绩为世人瞩目，并且为政府推崇，促进了政府出台相关的法律条文。在社会各方的不断鼓舞和鞭策下，自2006年起，太阳村又对无法进到村里但确实需要帮助的特殊孩子实施了分散助养。具体内容包括每年为每个孩子提供1050元的资助，保障他们的基本生存权、受教育权，以及医疗保障等。分散助养项目所需费用全部由太阳村筹集，由监狱负责实施——为此又被人称道说，太阳村以此举拉动了政府参与，是“反哺政府”的第一步。

因为分散助养的钱是经服刑人员签收后由监狱转交给孩子的，大部分服刑人员感激的是政府和国家的政策，并不清楚太阳村的辛苦筹措，张淑琴对此很大气地说，“这也没什么，服刑人员知不知道太阳村并不重要，他们感激政府，就会好好改造，既帮了孩子，又改造了大人，最终达到了社会安定的目的，这不正是我们兴办太阳村的初衷吗？”

除了增加分散助养的项目，太阳村还将工作延伸到对孩子父母的帮助上。主要是那些走出监狱之后无家可归、无业可就的刑释人员。十年之前，张淑琴已经在陕西成立了一个女性刑满释放人员中途服务中心，试图将帮助孩子和帮助他们的母亲结合起来，现在在北京，太阳村也不断地安置一些这样的人员，让她们在村子里做农产品的深加工、旧货市场等工作。

2009年2月2日，春节的喜气还未褪去，太阳村六个村和两个办事机构的负责人，汇集在河南省新乡市，召开太阳村发展规划会议。会议期间，各村总结了自己各方面的工作，分享了教育孩子的成功经验，又就财务问题举行了专门会议，对到会的财务人员进行了专门的培训工作。会议还邀请著名的心理学家到会宣讲心理建设的理念，同时就大胆创新、寻找自我发展的路子、创办经济实体、开发相关产业、大力发展社会企业等问题展开有目标有针对性的讨论……

在这一期的《太阳村简报》上,报道此会的题目是“为了孩子们,太阳村在行动!”

张淑琴信心百倍地鼓励大家:“我们就是要紧扣‘生存、创新、发展’这六字方针,不愁在新的一年不上一个更大的台阶!”

教育篇（一）：人类的伤口

第一章　灰暗的标签与八次逃跑

一条弯弯曲曲的小路，几栋五颜六色的小房子，错落有致的花园、菜地和小树林点缀其间，宛如进入童话世界，别有一番情趣。伴着晌午暖和的阳光，第一次走进坐落在北京顺义区赵全营镇板桥村的太阳村，有一种清新、宁静的感觉……

自1969年落户陕西的第一个太阳村开始，在张淑琴十几年来的不懈努力下，超过2000名服刑人员子女在太阳村找到了依靠和应属于他们的爱。去过太阳村的人都会感慨：这是一个托起希望的地方，一个孕育亲情的地方，一个给孩子们温暖的地方……

——张东伟：《同一片蓝天　同一个太阳》，

《人民日报海外版》2009年5月29日

上述观感在许多关于北京太阳村的新闻报道中都不难见到，一幅幅令人欣慰的画面都在说明，这里的孩子们是幸运的，他们在太阳村里衣食无忧，重新获得了受教育的机会，也重新恢复了天真的笑脸。

然而，在这个充满了田园风光，仿佛是童话世界的地方，那些曾经的事实绝对不能忽略，那些灰暗的标签也绝对不能回避，芬芳的太阳村，远非一般意义上的校园和幼儿园，因为生活在这里的孩子，他们清一色地来自“特殊群体”，他们中每一个人都曾不同程度地受过严重伤害——“大人的罪错酿成了他们的悲剧，每个孩了都有一段阴暗的过去”。

北京村的孩子，三分之一来自于当地，北京郊区的比较多，其他为各地公安局在北京办案抓到犯罪嫌疑人时送来的孩子，因此，与其他几个村的孩子相比，生活在北京村里的孩子，似乎面貌更为“特殊”，更加叫人不省心。

这天天气很好，没有任何情况显示京西小屋里的嫣嫣有什么异常，午后四点多钟，有人发现，嫣嫣不见了，这已经是她第八次逃跑了。

8 岁的嫣嫣为什么要跑？她知道爸爸是杀人犯，她听见村里某个角落总有人叫嚷，要报仇，要砍死他全家！杀人犯的父亲已经被执行死刑了，可那些叫嚷要报仇的人似乎永远潜藏在身边……

嫣嫣的爸爸背了三条人命。一个是嫣嫣妈妈。当得知丈夫和另一个女人偷情并且商量好了要一起弃家出走时，嫣嫣妈妈想不开当晚就上吊了。偷情的女人看到那边出了人命，害怕起来，要和嫣嫣爸爸断绝关系，嫣嫣爸爸却恼怒得很，说是我为了你把我老婆的命都搭上了，你想叫我两头空吗？女人说，你要是再逼我我就喝老鼠药！嫣嫣爸爸把眼睛瞪圆了说，那你就喝吧。老鼠药一喝下那女人便口吐白沫不行了。嫣嫣爸爸感到绝望，既然她们都死了，那我就豁出来了！他原本已经听说那家丈夫四处扬言，早晚要叫他非死不可。事情偏也凑巧，当他撂下了女人刚一出门就遇见了那家的丈夫。嫣嫣爸爸立刻睁着凶恶的眼睛，上去挥刀将那人捅死。随后他自己也不想再活了，打算到媳妇坟前自杀了断。途经情妇家，他又想再进去看一眼，竟发现她人还没死，他又拔刀上前将她捅死。最后嫣嫣爸爸自杀没有成功，邻居把他救过来，扭送到公安局。

张淑琴接到公安局打来的电话，带上委托书直奔看守所，正见到嫣嫣和弟弟抱着他们的爸爸尖声哭喊："爸爸咱们回家，爸爸咱们回家！"站一边抹泪的还有孩子爷爷，老人也已经风烛残年。

杀人犯将被执行死刑了，服刑前满脸布着一种走投无路的沉默。张淑琴一言九鼎向他承诺："事到如今，你的罪谁也替代不了，你是个男人，就把头抬起来，该认就认了，你的孩子我来管，你的父亲我也来管，你什么也不要牵挂！"对方听完朝她点下头，郑重地说："大姐，我已经看过太阳村的资料，我愿意把孩子托付给你……大姐，我把我爸和孩子都托付给你了！"

张淑琴：那天我们都落泪了，我们离开三天后，他就被注射了……实际托付孩子时他已经很冷静，在看守所里，他已经把前前后后的事都想明白了。那天我还听见他跟孩子爷爷凑在一边商量，叮嘱说要把自己的器官全都卖了抵账，说这个多少钱，那个多少钱，咱们都给人家……这人的罪是太大了，两个家庭，四个孩子呀，对方也是只剩下爷爷奶奶，也都上了年纪。本来我们想把那边受害人的两个孩子也带到太阳村来，一想两家孩子不好相处，只好委托公安局，我们按月给他们寄费用，算是分散助养。

这边他们父子原是准备要把女孩留下,把男孩卖了,我一赶来,他们就都交给了我,我不能不管。那女孩来到之后一直不适应,连着跑了八回,小弟弟也跑过,我们锁上大门,他背个小包打门缝里跑,最后都给我们找到了。我把孩子搂在怀里,叫她跟我说知心话,她说她害怕,做梦梦见爸爸把人杀了,人家找她来报仇。我说他们找不到你们,这里有张奶奶!还有那么多的阿姨和小朋友。后来我把她爷爷也接了过来,安排在我们农场劳动,给他工钱,管吃管住。我和她爷爷说,等到姐弟两个初中毕业,再到十七八岁时,你再把他们带回去。就这样,每天可以看见自己爷爷了,姐弟俩才算安生。

在北京太阳村,像嫣嫣这样父母有一方是死刑犯的孩子,有好几个……

第二章　比恐怖更黑暗的记忆

相比嫣嫣，在赵慧脑海里萦绕的，也许是比恐怖更为黑暗的记忆——亲生父亲给她烙下的创痕，一辈子都无法消除。

赵慧妈妈患有精神病，爸爸是个强奸犯，曾被抓过一回。9 岁时赵慧被卖到河北农村，被舅舅发现后花了 3000 元钱把她赎回家，当爸爸的就开始强奸她。每天父女一个床，妈妈当然吵闹，却再怎么吵闹也不顶事。赵慧把事情告诉邻居，邻居认为这孩子和她妈妈一样也有精神病，不过还是告诉了居委会，居委会找到赵慧爸爸，叫他“管教女儿”。

就这样，没有人相信赵慧的话，赵慧被自己的亲生父亲猥亵强奸达 3 年之久。“有时是被铁链铐着，冬天里只穿一件单衣裳。”长到 14 岁了，赵慧才上小学四年级。在被送来太阳村的那天，检察院的人来找赵慧落实情况，她说出的事实叫检察官和张淑琴听着流眼泪，大家都心疼这个可怜的女孩。

在太阳村，赵慧显出“问题女孩”的诸多问题：平时喜欢追逐男性，追逐刺激，看见大学生或是警察来了，马上就要贴过去，一有机会就偷懒、偷东西，和身边的女孩子谁都合不到一块儿，沾点小事就吵架撒泼……

虽然赵慧有这么多的毛病，张淑琴还是爱护她，原谅她，这天专门给男孩子开了个会，叮嘱谁也不许欺负她。有个男孩在她头上放了一条毛毛虫，张淑琴气得朝这个男孩的屁股狠狠给了一下子，教他记住，一条毛毛虫有可能诱发她神经病，真的成了神经病就好不了了！她还让女孩们都团结赵慧，谁也不要疏远她。同时给赵慧请了心理专家，给她开了特效药，那是很贵的药，一瓶得几百元。发现赵慧有狐臭，张淑琴给她买来治狐臭的香皂，还给她准备了真丝内衣。可喜的是赵慧的精神慢慢改变了，情绪稳定，学习成绩良好，还很听话。为了帮她找回自信，张淑琴让她在舞台上朗诵诗歌，主持节目。有时叫她帮厨，给大家打饭。

赵慧模样出众,眼睛清亮,皮肤白皙,头发用彩色头绳扎了几个活泼的小辫,她一边打饭一边哼歌,干得很认真,也很愉快,一点看不出她有什么"特殊"。

可是,赵慧最终也没"正常起来"。一段时间里她整天吵着要见父亲。张淑琴拦着她,她逢人就抱怨:"张奶奶剥夺我看爸爸的权利!"没法子,张淑琴只好让两个老师带着赵慧坐火车去探监。哪知此行回来之后赵慧就不对劲了,有时突然间变得歇斯底里,大喊大叫,动不动就狂躁不安闹逃跑,甚至于那天跑到了村外的水塘闹自杀,都被张淑琴苦苦地给找回来、救上来。

17 岁那年,赵慧再次出逃,从此再也没回来。

张淑琴:那孩子白白净净的,长得好像林道静,她爸那样子特别叫人恶心,怎么会生出这么个漂亮女儿,我都奇怪。她是在 2 月 20 日这天来的儿童村。当时有台湾的两位客人,孩子们唱歌跳舞,这个女孩就在我怀里使劲哭。很多人以为是她不熟悉新环境,舍不得自己家,实际这个孩子是从来没有享受过这种温暖,她有个对比。要是有个正常的家庭,将来跳舞唱歌都是最棒的,她长得非常漂亮,多可爱的小女孩啊!这个时候我就感觉到一种责任,这种责任就是怎么样去保护这个孩子,怎么样去给她进行心理辅导,让她走出阴影,怎么样来帮助她,矫正她的不良习惯,使她像其他孩子一样完成她的学业。我不相信就帮不了她,改不过来她,平时注意发挥她的特长,第一个叫她报幕、朗诵。有一首诗是志愿者写的,叫《爱的太平洋》,写得非常好,让她朗诵,还配乐,台上台下,没有不哭的。我觉得这孩子最可怜,心里特别惦着她,想着好好护着她,叫她学打字学外语,长到二十几岁再走,不然交给谁我都不放心。

可是最后还是叫她跑了,跑的第二天她给我打电话,说张奶奶我找到工作了,你不要为我操心,让我锻炼锻炼。我说你找个打字的工作才适合你!她告诉我是美发美容厅,我一听就觉得不对劲,这孩子有勾搭人的毛病,我怕她在那搞色情服务。我就说叫你老板接电话,我跟那老板说,这孩子是太阳村的,我本来叫她找个办公室的工作,你让她晚上回来一趟我跟她谈谈,明天再送她回去,老板说行,她就回来了。第二天我派两个老师拿着我名片,又给她拿上吃的,裹了衣物,把她送去。我这边给老板电话,告诉她这孩子受过伤害(没说那么多),要多关心她。过了几天老板来电话，说她参加一个舞会，转天就跟人跑了，还把存钱罐的钢镚都拿上了。她跟谁跑了？我给她原来的街道办还有她舅舅打电话，都没影儿。过了半个月，她舅又把她送回来，她穿了一身很漂亮的运动服，是哪个男的给她买的，她也不吭声。她舅说她特别懒，本来说好的，给她妈妈做个伴，做个饭，她妈妈还住的是地下室。她却又懒又馋，什么也不做，好多毛病，她舅只好把她又送回来。可她就是不想再在村里待了，最后还是和她舅走了。说是到了街道办，找了个工作，没干多久又不干了。有一天我接到她从廊坊打来的电话，我说你一定要乖乖的，要听话！但是，她现在到底是怎么样了，她也不给你说清楚。

北京女孩青萍也曾是张淑琴特别上心的一个孩子。青萍的母亲因为不堪忍受家庭暴力，把丈夫杀了，知情人说，青萍妈妈在杀爸爸时，叫年幼的青萍在一旁帮忙，"拿盆子接血，挖坑，那时青萍还不足10岁。"

来到太阳村，青萍的才能很快显出来。她天资聪颖功课好，喜欢表演小品，模仿起赵本山和宋丹丹来惟妙惟肖，并且青萍还特别喜欢跟着老师练武术，当外面的大人来到太阳村参观时，她常跑到台上做即兴表演。

长到14岁时，大家发现青萍变了，变得又自私又冷酷，因为不喜欢小屋里的一个女孩，她拿根小针把照片上那女孩的眼睛给刮掉了。这件事没有引起大家重视。后来青萍考上了昌平的一所高中，在新学校里，青萍找张奶奶索要助养费，随即主动掐断了自己和太阳村的联系。张淑琴让太阳村的老师和学校负责人联系，得知青萍在新学校里编造了一个自己在和睦家庭中长大的谎言。这年春节，青萍破天荒回到了太阳村，连续住了几个晚上，她离开后，小屋里好几个女孩都发现丢了钱……

——她们为什么会变成这样？

——为什么投入的爱心和得到的结果不能成正比？

因为小时候，他们受过的刺激与伤害一直深深埋在心里，长到十几岁时，很多东西一齐爆发出来，比如以前受人欺负，没有条件吃好穿好，这些欲望一直压迫着，直到有一天，他们觉得自己强大到可以打倒别人了，就开始控制不了自己的行为？

一旦感到对哪一个孩子的教育很失败，张淑琴就会痛苦得几个晚上睡不着，她反复想，到底是怎么回事？我们养大的孩子，为什么会变成这样？为什么，他们的心会徘徊在太阳村之外？

张淑琴:我是个理想主义者,我原本以为,太阳村把他们养大了不容易,他们应该很感激,也应该很珍惜,但是为什么,事实不是这样?

▶见证人类伤口 特殊孩子特殊性格

有人类就有犯罪,父母犯罪,子女遭罪。嫣嫣也好,赵慧也好,还有青萍,在她们记忆的通道里,家庭是什么?父母又是什么?是寒冷的残雪,还是混沌的黑洞?小小年纪,她们已经经历了人间最惨痛的事,她们以自己幼小的生命见证了人类最普遍、最难治愈的伤口,应该说,在“犯属”的家庭体系中,她们属于“第一被害人”。

成长的烙印与创痕是比什么都要顽强的东西,因为你永远也剜不出去留存在眼睛里和身体中的血腥与龌龊,永远也甩不掉家庭中那些黑暗无边、没人能解的谜团,正是这些谜团凝聚起一页页恐怖至极的记忆,使她们永远有足够的理由和冲动隐匿或逃跑,不管今后的境遇怎样改变,这种隐匿或逃跑的念头将要左右她们的一生!

在北京太阳村里,有多少像嫣嫣、赵慧、青萍这样满身伤痛的孩子!

他们不是个别的,而是普遍的……

署名李律师的志愿者曾在《太阳村简讯》上这样写下自己的感触:

“在太阳村,你会看到孩子们跑来跑去,他们都很有礼貌,会跟见到的每一个人打招呼,可是当你跟他们的眼神一接触,辛酸的感觉就会直直地冒上来一直达到鼻腔,跟着鼻子就会发酸,因为在那眼神里你看不到这个年龄的孩子应该有的快乐和童真,他们的眼神总是很暗淡,充满了恐惧和防备,让人感到很厚重,好像包裹着一层厚厚的黑色的铁一样的东西,那是承载了太多的痛苦却又无可奈何后的沉积。从孩子的眼睛里看到这些让我害怕,再想想其中的背景,既辛酸又心疼……”

已经长大些的黑豆,至今还是不大会笑也不大会哭,现在他从西安村来到了北京村,因为急需看病吃药,北京的大夫说黑豆的内分泌有问题。他总是不长个儿,同班最矮的女生还要比他高上一头。

他长着一双忧郁的黑眼睛,坐在餐厅前面的台阶上看别人玩篮球。他说他更喜欢看足球比赛,但是却不能上场去踢。“我的腰不好。”他说。他的腰曾经被打断过……他被一个侏儒领走。侏儒很残忍地打他,逼他干各种家务活。他现在脸上、头上、嘴上依然满是伤疤。他的妈妈现在已经出狱,但是因为无经济能力,没有接他走。“我妈那儿有张我小时候的照片,我那时候比现在好看多了。”他没有表情地说。他总是表情木讷。

思思是儿童村里最小的,才两岁,还在爱哭的年纪,脸上总是挂着两道泪痕。她管李云飞(老师)叫妈妈,从幼儿园回来,她要先蹭在李云飞的腿边要抱抱。“她见别人都有妈,自己着急呀。”付秀珍在旁边笑着说——她在儿童村负责管库房,大家都叫她付奶奶。思思来到儿童村后,还在镇上一户人家寄养过,那是一对老夫妻,可是思思自作主张,管女的叫“妈妈”,管男的却叫“爷爷”。

思思的亲妈犯的是纵火罪。“她爸爸带了一个女人回家同居,她妈妈受不了,就从外边把门锁上,把房子点着跑了,她爸爸倒是没烧死。她妈在外边(与别人同居)生了思思,在思思一岁的时候投案自首了。春节的时候我们带思思去看妈妈,她根本不认,不往她边上去,她妈哭得那个惨呀……”李老师说。

5 岁的宋文很在意人家吸烟。刚来儿童村的时候,他仔细问了所有的大人:“阿姨,你吸不吸烟? 叔叔,你吸不吸烟?”儿童村的老师觉得奇怪,问他为什么要问这个。“别烫我”,他说。宋文的爸爸妈妈因为吸毒贩毒都在监狱里服刑,他最害怕父亲有一天会从监狱出来,再拿烟头烫他。

——杨瑞春:《孩子,别怕——关爱罪犯子女》,
《南方周末》2003 年 6 月 6 日

开始建村的几年,到村里做义工的老师回忆当时的气氛,都感到沉闷极了,孩子们对人不仅是恐惧和防备,有时甚至是很抗拒的,他们认为你打扰了他们的生活——“每个孩子都像一个雷区,轻易不敢触碰。”

一位经常来儿童村为孩子们做心理辅导的英国籍义工说,这里的孩子的心灵仿佛是已经枯死的植物,要用很长的时间才能起死复生,要精心浇灌它们,水不能太少,也不能太多。和所有的儿童一样,村里的孩子们需要爱,但仅仅有爱是不够的,因为他们是一群特殊的儿童。

——《北京特殊儿童示范村见闻录》,
《今日中国》2001 年第 7 期

第三章　像小土狼一样任性野蛮

特殊孩子的特殊性格多种多样，与幸福家庭的孩子相比，他们眼睛里透射出来的心理信息大都是复杂的。他们中孤僻早熟者和心理障碍者居多：有的心事重重过分敏感，过分喜欢察言观色，整日里不说一句话，乖得叫人难受；有的动辄浑身发抖、号哭不止，说是又见着了死去的亲人、妈妈或是爸爸的魂儿来看他了！有的对来到的叔叔阿姨一见如故，手牵着手黏腻不放，人家一走便窝在角落里不吃不喝；还有的习惯于撒谎、自私自利，要么是嫉妒心特别强，要么是小偷小摸怎么也改不了……

最严重的表现是"野"。像小土狼一样的任性野蛮，没有规矩没有纪律，常常砸玻璃、跳窗户，欺负弱小的孩子，有的莫名地喜欢自毁，冷漠、无情、"反群体、热衷暴力"、对他人不信任、对教育抵触，"老有一种仇恨的目光"，有时战斗突然爆发，令人猝不及防，狠起来时不惜拍砖头抡棍子，甚至张口咬人，"像一头红了眼的小豹子那么残忍！"

前几天一个应该值日的大男孩，自己偷懒，指使比自己小的男孩值日，小男孩的姐姐不服气，于是就吵了起来。那个大男孩拿起椅子就打，把上来劝架的老师的胳膊打伤了……因为他们遭遇了太多的不公平和歧视，村里的孩子往往追求绝对的平等，不允许一点点的不公平，即使是亲姐妹，你多分一块糖，我少分一块糖也不行。张奶奶拉这个孩子的手，另一个孩子就会不乐意。这里的孩子非常喜欢告状，采访过程中总有孩子跑来告状，鸡毛蒜皮的小事也是告状的理由。

——《北京特殊儿童示范村见闻录》，

《今日中国·独家策划》2001 年第 7 期

"人类所经历的最坏的疾病，就是被遗弃。被遗弃，是一种不治之症。感到被忽视，被轻看，那种感觉是一种不治之症。"（德兰修女）

在那些孩子抑郁的眼睛里，隐藏着多少秘密，也就隐藏着多少伤害。

家庭突然解体、被忽视和被打击的绝望困境、过街老鼠般的流浪史，造成种种潜伏性的心理障碍，心中阴影重重，初到陌生的环境，为提防新的威胁，他们过分注意防范环境，抵御他人，而比过分的提防更要严重也更危险的，就是仇视。

这天张淑琴想搞一个调查，叫村里的孩子们写一篇作文，题为《最难忘的一天》。令人惊心的是，大部分的孩子写的是，“爸爸被戴上手铐，我吓得躲在墙角瑟瑟发抖”，“我的妈妈被警察抓走了”，“我的爸爸被警察枪毙了”，“有朝一日，我一定要替爸爸报仇！”“我记得抓我爸爸的人长得什么样子，长大了我非要报仇不可！”“我可以忍受饥饿、忍受寒冷，但是无法忍受为什么和别的孩子不一样……”“长大以后，我一定要把那些说我坏话的人都杀掉！”

美国有研究机构指出，服刑人员的孩子，长大以后成为问题人或是罪犯的机会，要比其他孩子明显高出五到六成，心理学更是认为，恶劣家庭对于子女的内心世界建构具有破坏性，很容易塑造不良人格，因为父母行为的模式是孩子的最初示范。孩子是没有是非分辨能力的，他们不知道父母的行为危害了社会，不明白父母为什么会服刑，小小的心里埋了仇恨，甚至把失去父母、家庭破碎的账记到警察和周围人的身上，强烈的防范和报复心理，像一种潜在的怪病随时会发作。

即使不发作，一种冷漠的心理仍然很明显，有些孩子对儿童村没有感情，认为既然你们带走了我的父母，那你们养着我是应该的；他们不知道儿童村完全是依靠募捐建起来的。有一天，一伙男孩子把儿童村一个铝合金梯子（村里接电灯登高用的梯子）给卖掉了。张淑琴气坏了，训斥他们，“兔子还不吃窝边草，你们居然连自己家的东西都拿出去卖！”

甚至有的孩子不知道如何表达感激之情。一个女孩在学校里被老师同情和喜欢，老师经常给她买文具和衣裳，每次她接受东西时都是面无表情，看上去很不高兴似的，似乎她生来就不会笑，别人问她，你为什么连一句谢谢也不会说呀？她说，她说不出。但是，她却非常容易因为老师对一些小事的处理而生气，生气时就烦躁不安使劲蹬门。老师们这样分析，这女孩一直是被一种矛盾心理所煎熬，既同情正在服刑的父亲，又想念被父亲所杀的母亲，或者，她对身边所有人都怀有一份怒气？

正视这些孩子心理扭曲变异的现状，张淑琴和老师们忧心忡忡，孩子们的问题再多、再严重,也怨不得孩子本身,哪怕是来太阳村之前,他们中有人为活下去,不得不去抢去偷,有的甚至多次为贩毒的父母窝藏或递送毒品。北京村里,就有几个新疆孩子沾染过毒品交易——他们都是在被动和懵懂中成了"站在悬崖边上的孩子",如作家何建明在《恐惧无爱》中严肃呼吁的:这些孩子是一个弱势群体,同时也是一个高危群体,如何安顿和处置好这些孩子的现状和未来,已经是刻不容缓的事情了!

现状严峻,太阳村对于一大群特殊孩子来说可谓雪中送炭,但这些孩子受到保护和受到教育却是两回事,"仅仅有爱是不够的",养育完成的仅是第一步。太阳村面临的教育课题无比繁难,无比紧迫,张淑琴一班人在苦苦思考——怎样才能抚平孩子们的心理伤痕,让他们回归正常儿童健康的天性,让阳光驱散阴霾,真正照进孩子的心灵?

附录:《妈妈,您知道吗》

炙热的阳光烘烤着孤独的我,
寒冷的狂风吹着单薄的我,
我紧紧地搂着单薄的身子,
在寒风中默默徘徊,
在角落中默默等待。
抬起幼小的脸,
仰望满天的孤星,
在心中大声地呼喊:妈妈!你在哪里!
我好想您!我好孤独、好害怕……

(太阳村孩子　马奇兰)

教育篇（二）：示范特殊教育

第一章 《特殊儿童的特殊教育》

——心理救助

相比在陕西创办的第一个儿童村，北京村孩子的问题凸显得太多，这符合张淑琴的推断——问题越是暴露得多，越是说明全社会关注和参与的程度广泛深入。当初她决定移师北京，不仅是为了找到一个制高点，将陕西的做法向全国推广，同时更是为了在北京可以大范围地获取全社会的瞩目与支持，从而在新的实践中不断开展进一步的研究，包括这些孩子的心理分析与辅导康复，以及预防犯罪、健全教育、权益保护等一系列的工作，有待各路专家学者进行现代科学的分析探讨与交流，这样才能使太阳村开创的事业日趋完善，真正体现“示范”的价值。

借助大量的信息和建议，张淑琴把问题看得深而透，进入到 21 世纪，太阳村当前最重要的工作就是“心理救助”——要给这些或浅或深已经有些精神畸形的孩子们进行及时有效的心理援助与疏导，要重视健全人格的重新架构，让他们在太阳村里个个变得天真可爱，懂礼貌、讲卫生，具有良好的人格素质，具有美与丑的正确认知力；在学习上，不仅要他们学好文化基础知识，还要教他们掌握一定的生存技能，因为太阳村不是他们永远的停泊站，等到长大成人回到社会，他们必须要依靠自己的努力，在社会上找到自己的恰当位置，做一个自食其力、遵纪守法的公民。

心理健康教育成为太阳村孩子教育的当务之急，如何针对不同的特殊孩子找到不同的心理治疗方案，开始既无章可循，更无经验可借鉴。国际青年基金会一位副总裁给张淑琴建议说：“要教育孩子，得先有老师，应该先培训出教育孩子的老师。”这建议再好不过。为了使与孩子接触的所有人都掌握一定的心理学知识，了解与孩子沟通交流的技巧，张淑琴四处求助，要求太阳村的赞助者们协助邀请外面的儿童心理专家前来讲课，不间断地在村子里搞师资培训班，把提高老师们心理教育的职业素质作为重要的工作课题。一些北大和北师大以及外籍的教授专家，接受太阳村的聘请前来授课、做辅导师，有的长期提供咨询辅导。

几位心理医生不定期地来到村里，对孩子们进行集体的或个别的心理指导，有时带着孩子排练小型的音乐剧，叫孩子们在节目的练习中敞开心扉释放情感。由板桥中学、小学、派出所、医院和太阳村共同组成了管理指导小组，定期研究对孩子们的教育，设计具体的心理辅导措施。

作为一门新学科，国内凡致力于研究罪犯子女救助的学者，几乎都将北京太阳村视为一个难得的研究儿童教育和保护的“临床场所”，他们无不为太阳村孩子们在精神方面和心理方面所表现出来的异态而心焦。这些孩子限于人格障碍，大都不会倾诉，如心理学家说的，“摔跟头都不会手扶地！”张淑琴和专家们商量，要完善北京太阳村孩子每个人的档案袋，档案袋里除了健康体检表、家庭登记表，以及父母案情、委托代养子女协议书，还要添置一种重要资料，就是每个孩子的行为档案，比如让他们亲笔填写心理测试表——《我的愿望单》。

在署名林小弟（八岁，父母因贩毒被判服刑）的“愿望单”中，一些内容是这样的：

问题一：如果我可以过我想过的生活，这样的生活是：

林小弟回答：“天天吃烧鸡。”

问题二：如果可以实现三个愿望，我的希望是：

林小弟回答：“1. 有300万元可以买东西；2. 有一个机器人，让他干什么他就干什么；3. 有一把神刀，指到谁谁就死。”

问题三：长大以后，我的理想是：

林小弟回答：“当科学家。”

问题四：你是否曾经感到过A沮丧，B不被人爱，C被人抛弃？

林小弟在C上挑了大钩。

问题五：你何时感到了上述感受？

林小弟回答：“在母亲他们狠心把我和弟弟抛在河流里时。”

问题六：当你有这种感受时，你想怎样做？

林小弟回答：“杀人。”

涉及孩子们心理的状况,没有比“愿望单”再真实的东西了,那些白纸黑字暴露出这些孩子的冰山一角,潜伏的人格问题比比皆是。张淑琴要求村里的老师和来到村里的义工们,要给孩子做心理修复和疏导,在不刺伤他们的前提下,一定先要弄清楚孩子的具体情况,尤其要了解他们每一个的行为特点和心理真相,了解他们所失去的最宝贵的,然后再考虑对症下药。

张淑琴:我们这里老师一直不够,好在常有一些大学生、留学生来到我们这里做义工。我们就给这些义工提出任务:你来做义工,必须要和孩子们交朋友,和孩子们谈心。这些孩子有时对我们一些老师不怎么爱谈,但是对年龄相近的大哥哥大姐姐却非常信任,有时会谈得很多,他们帮我们把孩子的话记录下来,我们再把这些记录收集起来,就知道该怎么样去和那些孩子沟通,怎么样针对他们的毛病和问题进行矫治。

我觉得这些义工真帮了我们的大忙。我们聘请的老师有些就是大学生,他们对孩子的教育管理是有新法子的。我觉得就要想尽办法了解孩子们的心。我们要求老师要有几个知道——要知道孩子家长的犯罪情况,要知道孩子现在的心理情况,要知道孩子的特殊爱好,还要知道孩子家里的环境,对他们的亲属也必须要了解知道。只有这样,我们才知道怎么样去做孩子的工作,怎么样帮助孩子。

2001年年末,张淑琴在北京丰台找了间空房子,又一次把自己封闭起来,几天时间里埋头书案,编撰了一本教材小册子——《特殊儿童的特殊教育》(此书由中国青少年发展基金会海外部及诺基亚“心手相牵”项目资助出版)。书内编有“罪犯子女的特殊性”、“如何为罪犯子女进行心理辅导”、“联合国儿童权利公约”、“记者与法学家、儿童村创办者三人谈”等重要章节,同时汇集了两份颇有价值的参考资料,即《中德心理医院关于陕西回归研究会儿童村工作报告》、《德国心理学专家对陕西儿童村的鉴定书(节选)》。

此书虽然不过是一本小册子,却是在第一时间里发到了每个教育者手里,指导性地解答了那个十分棘手的问题——“面对罪犯子女,你会怎么办?”

第二章　爱心小屋:健康社会的模型

爱心小屋像一个健康社会的模型,北京村孩子的新生活就是从"爱心小屋"开始的。

九间条形的简易小屋分别坐落于荷塘四周,每间小屋的外墙上画着太阳花和卡通画,屋旁紧邻着小菜园子,园子外面圈着一排篱笆。张淑琴说,"有个小篱笆会更像一个家,小屋就像一个爱心大家庭……"

作为成长的一个新起点,太阳村安排孩子们以小屋为单元,在这家庭式的宿舍里居住,十几个孩子一间,男女孩分开,除 5 岁以下的孩子集中在"宝宝室",由专门的管理人员 24 小时负责照顾,其他学龄儿童都在爱心小屋里学着自己管理自己。这实际也是客观条件所致。平时虽然每个小屋常有生活老师来指导孩子们打扫卫生、完成作业、遵守纪律和管理好自己小屋负责的菜园,但能够全天候像妈妈一样随时守在身边的老师还是没有的,所以孩子们无论大小必须要在自我管理中学会自立。

为使各个小屋都能够建立起良好的"家庭秩序",也为了培养大孩子的爱心和责任心、组织能力和管理能力,老师们要求每个小屋里民主选举出两名大孩子担任小领导,也就是爱心哥哥和爱心姐姐,由他们协助老师照顾自己身边的十几个弟弟妹妹。

根据小屋里孩子的不同年龄和能力,爱心哥哥或者爱心姐姐安排弟弟妹妹担负起不同的任务。比如大孩子洗衣裳时小孩子晾衣裳,大孩子拖地、打水、擦桌子、收垃圾,小孩子帮哥哥姐姐摆拖鞋、整理床铺等。每个小屋都有自己的"排班表",像刷盆、打水、扫地、擦地、洗衣裳,这些事情具体由哪个哥哥姐姐帮助哪个弟弟妹妹,都有详细的分工安排。除了日常生活的琐屑事务,还有作业的完成、劳动活动、文体活动等,每个小屋大都采取一帮一的方法,一个大孩子一定要帮助一个小孩子,也有的是自由结合,小孩子自己选择小伙伴,然后大家经常搞评比,这样来调动每个孩子的积极性和参与性。在老师的引导和培养下,爱心哥哥和爱心姐姐学会了认真负责,成为太阳村管理者的得力助手,也成为其他孩子自尊自强正面引导的楷模。

每个月里,张淑琴抽时间给爱心哥哥和爱心姐姐们开会,为他们进行“家庭管理”工作的小结和讲评。

张淑琴:我说,张奶奶非常感谢你们,你们帮张奶奶撑起了这个家,把弟弟妹妹照顾得这么好,宿舍卫生这么干净,你们将来长大了,也可以办一个太阳村,张奶奶办太阳村,你们当村长……

这些大孩子真的像哥哥姐姐一样给小弟弟小妹妹辅导功课,帮助他们洗衣服,整理自己的卫生,带头打扫屋子。对他们的工作我们每个月有奖励,也就是50元钱,叫他们知道是劳动所得。但是他们又拿出一部分来奖励屋里的小弟弟小妹妹。

那天下了很大的雨,放学时老师给他们分雨伞也分不过来。我就问他们,那你们是怎么回来的?他们说是大孩子背着小孩子,哎呀我特别感动!大的背小的,孩子们跑着就回来了,因为学校离着近,大约有三四百米远。有时候,大孩子手里有个棒棒糖、雪糕,有小孩子出现了,他肯定会给他们的。

记者这样写下自己的印象:

在太阳村,孩子们分别住在一栋一栋由捐赠者捐助的“爱心小屋”里。孩子们白天上学,晚上回来住在太阳村,过着规律而简单的生活。

随意走进一间“爱心小屋”,整齐的桌椅,简单的家具,客厅的墙壁上贴着孩子们的图画和自己制定的“规章制度”。每间小屋有100多平方米,住着十几个孩子,有客厅、卧室和卫生间,也有电视机、洗衣机和饮水机……

每天中午,当自行车铃声响起,孩子们放学回来,宁静的太阳村一下子变得热闹起来。不一会儿,太阳村里处处是孩子们的欢声笑语。

——张东伟:《同一片蓝天 同一个太阳》,

《人民日报海外版》2009年5月29日

中午11点半,孩子们陆续回来了。24岁的“太阳村”员工柳志永走在去食堂的路上,一个骑自行车的女孩飞快地从她身边经过,回过头来,响亮地喊了一声:“小柳妈妈好!”

柳志永开心地笑起来,“这是我看着长大的孩子,小时候就一直叫我小柳妈妈……”

吃饭时间到了,大大小小的孩子们整齐地排着队,站在食堂门口,大声地背着唐诗:“锄禾日当午,汗滴禾下土,谁知盘中餐,粒粒皆辛苦。”末了,集体一鞠躬,说“谢谢炊事员叔叔阿姨!”完了他们才进入食堂吃饭。

在这里,年纪大一点的孩子会先到食堂,负责取饭菜,小一点的孩子则拿着碗坐在座位上等候,一切井然有序。

——刘沐洋、赵蓉翼:《特殊的爱心大家庭》,

《外滩画报》2009 年 4 月 13 日

在太阳村,人们看到了孩子们守纪律、有礼貌,相互间和谐友爱的诸多细节。上小学的孩子放学先回来了,他们在食堂里吃热面汤,盛完之后还把锅盖盖紧,叫上中学的大孩子回来后也能吃到热的面汤;食堂门口圈养着几只流浪的猫和狗,他们谁先回来了谁先喂;值日生刚刚撂下碗筷便拿起抹布和拖把,把食堂的里里外外收拾清扫,他们把水池刷干净、桌子和地面擦得锃亮……

带有创伤性经验的孩子,在小屋的集体中体会到了什么?大家庭的理念和氛围,团队精神的感召力,这些都是孩子处于社会化过程中健康成长的关键因素——如果你自私自利,你会遭到他人的谴责,如果你打架抡拳头,会有孩子上前制止你,老师批评劝解你,时间长了,对家庭之外“社会人”的信任开始出现,慢慢懂得尊重他人才能获得他人的尊重,懂得纪律和规则的重要性,处在互相帮助、和谐友爱的空气里,大家互相被感化和驯化。

肯定会有个别的心理异常的孩子最后仍是难以改变,但大多数的孩子,随着对小屋家庭越来越深的融入和依赖,非语言救治的心理修复不断地显出效果,内心的负重与情感的饥饿渐渐得到缓解,那些孤独的阴影、紧张的焦虑,以及乖张、愤懑等恶劣情绪,最终得到控制和消除。

幼儿养性,好的人格奠定时期正是在一个人的孩童时代,在这个可塑性最高,施教最易的黄金期,作为特殊孩子的特殊教育,各种美育手段也在全面实施。在学校的课堂之外,太阳村以小屋为单位,给孩子们安排内容丰富多彩的美术课、音乐课、体育课,一些志愿者定期来为孩子们教课,教孩子们学习演奏各种乐器,学习经典诗朗诵和背诵,学习各种舞蹈、唱歌,训练武术、体操、篮球、乒乓球,等等。同时还给他们加强传统文化的教育,要求他们熟背一些古代的经典名篇,像《弟子规》、《三字经》、《唐诗三百首》等。一项项文体教育既磨炼性情、陶冶情操,又开发潜能,对于某些孩子,学习加互动的参与很像精神的按摩,慢慢会使他们安静下来,发生兴趣,心灵得到释放,渐渐变得活泼外向。

美育培养了孩子们的"艺术细胞",每间小屋都表现出来不同的风格特色,孩子们把自己平日里写的诗、画的画,还有各种手工艺品都拿来装饰自己的小屋。根据自己的爱好他们设计自己小屋的布局摆设,尤其逢年过节,每间小屋里张灯结彩,美不胜收。逢年过节的舞台上,爱心哥哥和爱心姐姐组织自己小屋的孩子排练节目、自编自演,不仅是唱歌跳舞,还有诗文朗诵、模特表演、小话剧、武打体操等。这些节目构成太阳村孩子众多的比赛活动,比如"我爱我家小小演讲会","给爱心叔叔阿姨写封信"等。每间小屋里精诚团结,大家都希望自己的小屋获奖,充分显示自己的想象力和创造力。

曹湘黔(太阳村孩子):当我来到小屋门前,我就感觉到我的小屋是一个美丽的小屋,大厅的左侧墙上画着两棵大树,而且上面粘了一些图案和绿色的花,右侧是我们每个人画的两三张画,右边有个钟表,后边右侧还有个电视机,左侧有个图书架,后边的下面有个沙发。我的小屋是个乐于助人的小屋,当别人受到欺负时,有人会主动去劝他们,当你遇到困难时,我们会去帮助你,我们屋的爱心哥哥对我们可好了,当我们有解决不了的问题,他会帮助我们的。

刘倩(太阳村孩子):自习室原来是放一些杂东西的,现在我们老师把这间屋子充分利用起来,让我们有一个比小屋更好的学习环境,目的是,看着不爱完成作业的小朋友,让他们把作业完成,让这个自习室和学校一样,有的题不会还可以问老师。自习室是所有孩子学习的地方,里面有4行桌子摆放得整整齐齐,上面还放着一张张英语卡片,放学之后我们排着整齐的队伍,向自习室走去,一个个孩子在自习室认真地写着作业,一句句的问与答声,印在每个人的心上。

——《孩子们的心里话》,《太阳村简报》2009年第4期

心理学有这样的说法,如果你的童年记忆选择了悲伤,那么你的一生就有了忧伤的底色,反之选择的是快乐,生命就有了幸福基础。在简单而

有限的空间里，孩子们由老师辅导着，尽一切可能营造出家的氛围和秩序，大家互相影响、互相慰藉，在自我管理中不仅懂得了规则，也懂得了友爱，快乐的生活从此开始了。

作为一个大家庭，一些属于家庭的传统也都要有。在每个月的最后一个周末，村里会给孩子们过一次集体生日，每年至少有一次机会老师要带着孩子去各地的监狱探望他们的亲人。到过年时，村里还给孩子们发压岁钱。张淑琴说过，不管这一年的开支紧张与否，这个压岁钱我们年年一定要发——为此孩子们又养成了拜年的习惯，一大早就去敲张奶奶和老师的门，吵着要放鞭炮，要吃糖果……

有些长大的孩子已经离开太阳村，在外面有了工作，快到过年时还想着给张奶奶打电话，说张奶奶，我回来过年行吗？张奶奶不可能说不行。在她的眼里，他们怎么长也还是太阳村的孩子，孩子回家过年当然是很正常的，只要是回来，压岁钱一样要给。

附录:《我的小屋美如画》

快点走进温馨快乐的童话甜蜜小屋吧！首先映入眼帘的是满墙上画的树枝小花，可爱的小公主。大厅中间是一个大桌子，每到放学时，一群可爱的小公主们在认真地写作业。紧贴左边墙的是一个长长的书架，里面摆放着各种各样的书，在另一个书架上摆着各式各样的书包，还有平时玩的一些用品。三个小房间里有我们睡觉的床，还有一个是 WC。当我们渴了的时候会拿起杯子在饮水机前面畅饮，当我们无聊乏味的时候有电视、朋友和阿姨陪伴。在这个小屋里，有 15 个天真快乐的孩子在这儿快乐地生活。

（太阳村孩子　陈芳影）

第三章　参与付出是一种责任

研究太阳村经营和管理模式的大学生问太阳村的老师王龙："孩子们对于劳动干活这些事情是很理解的吗？"

王龙回答说："是很理解。但是有的时候确实也不愿意去。可是不行，你必须去。因为你毕竟生活在这个大家庭里面，而且我们太阳村本身就是以社会力量帮助他们的。不但是让他们懂得如何去接受爱，而且也让他们懂得如何去付出爱……"

常常有记者这样问张淑琴："咱这里有一大片的果园和菜地，你会让孩子们去做这些农活吗？"

村长的回答是肯定的。作为一个特殊群体的教育者，她非常了解劳动和劳动技能教育在人的一生发展中的作用，特别是对于这些特殊孩子少年时期的健康发展，能起到至关重要的作用。虽然太阳村发展的初级阶段现在已经过去，但是吃苦耐劳、自力更生精神的培养永远是作为太阳村孩子人格塑造的必修课。

而一直以来，太阳村对于孩子吃苦耐劳精神的培养，又是和劳动的现实意义——自力更生并行的。在给中央宣传部《思想政治工作研究》写的《太阳村孩子的品德教育》一文中，张淑琴明确强调，"对太阳村孩子进行吃苦精神的教育是太阳村坚持了数年的宗旨"；"太阳村有自己的600亩农场，种植50,000株果树，并且套种大量的农作物。太阳村院内有菜园，（三年级以上的）孩子会利用假期和休息日帮忙，参加一些力所能及的劳动，比如浇水、锄草、摘枣和拔萝卜等。每天有几个孩子放学后轮流帮厨，帮助炊事员打饭、清洗灶具，主要是学习厨艺……"

她从来不是一个回避现实的人，正如她坚持不抹掉一些孩子的睡床上印着"河北保定监狱赠"的字样，她告诫太阳村的孩子，你们要勇敢地面对现实，正视自己的命运！

张淑琴：因为我们的日子确实是穷日子。你们将来总要跟着你们的爸爸妈妈回家，也许大部分人最后还是回到农村去，所以你们必须要学会吃苦，首先要学会照顾自己，还有一个就是自食其力……

“非典”时期的假日里，她带着孩子们在田里锄草，有记者走过来，她告诉他们：

这里的10个雇工忙得不可开交，孩子们经常帮着锄草和施肥……去年我们收了47,000斤小麦，打了两万多斤玉米，3000多斤黄豆，除了给孩子们吃和喂养200多只鸭子，剩下的全部卖掉……

牛栏山镇的超市无偿为我们提供一个柜台，让孩子们出售自己种植的蔬菜。

——《北京青年报》2003年6月18日

自从太阳村旁边通了高速公路后，枣园日益红火起来，为了给那些树找主人，张淑琴尝试度假旅游项目，开放了太阳村，尤其春暖花开或是秋季的采摘时节，太阳村的客人络绎不绝。甚至有过一天到访13批人马的记录，来人最多时甚至达到了800人次。人们在太阳村慰问参观，看孩子们表演，帮着干些农活，同时还在村里或是枣园午餐，作为小主人的孩子们跑前跑后，忙得小脸红红，呼哧带喘。

多思多虑的张淑琴，这时心里又在不安。她觉得心疼，孩子们太累了，每到周末时，他们总要早起晚睡，为好心人排练节目，还要帮着老师不停地给客人们准备午饭……孩子们太辛苦，太累了！

她很矛盾，让这些受过伤的孩子一次次在众人面前展示，是不是合适？还有没有其他的更好办法？或许，我们还是应该关起大门来，让孩子们安安静静地学习生活？

2007年5月28日，张淑琴特邀做客新浪网的原创节目《锐话题》，与主持人马骧、太阳村的女孩马同学，以及中国青年政治学院的教授刘卫兵共同“聊一聊特殊儿童救助的相关话题”。

张淑琴黑里透红的脸上明显带出大田里阳光晒过的痕迹，她坦率地向广大网友直言他们是“怎么生活的”：

早上5点半下地，两个小时干很多的活，7点半回去吃完饭后洗一洗，换了衣裳开始一天的工作……“五一”长假时，农场里的260亩地围一圈是2000米，他们拉了五道铁丝网。

10,000米的铁丝网,得有多么长!是几个老师带着孩子们拉的,张淑琴的手里拿着钳子和铁丝,围了一段又一段……

没有人像我们这样做慈善的,真的是做得很累很累,为什么?就是要有一点尊严,用劳动换来,用劳动得到大家支持,赢得尊重,腰杆挺得很硬。

如果每年有一笔固定收入,或是拨款,我们会找一个地方,安安静静地去教育孩子,照顾孩子,进行心理辅导,但是不行。

眼下,还有什么比劳动更具有救赎的意义?还有什么比劳动更能充分证明,所有的生命都是有价值和有尊严的!

所以,想来想去,她还是坚决地否掉了"关门说"。不行,我们做不到,因为我们必须要奋斗,太阳村的孩子必须要学会吃苦,这就好比太阳村的院子里长满了草,是张奶奶一个人拔?还是大家一起拔?

张淑琴:实际下地干活儿又有什么大不了的?无非就是晒得黑一点,累一点。

我和孩子们说,"你们要懂事、要能干,要知道钱来之不易,别人捐给我们,我们也要懂得珍惜,懂得付出。"我叫大家这样想,我们是个大家庭,我是这个家长,还有工作人员和孩子们,大家都是家庭成员,既然如此,就都有一份责任,我是总管,我负责筹钱,有的人负责种菜,有的人负责做饭;孩子们在力所能及参与劳动的同时也要参与接待客人、表演节目,和到访者交流,这是应该参与的工作。

参与,是一种责任。张淑琴教育每一个在太阳村长大的孩子,要懂得这一点。要学习如何把握好自己人生的角色,学习如何给自己一个合理的认定。她提醒他们,要弄清楚自己的命运和位置,在太阳村的大家庭里,大家都是一分子,要了解自己在不同的年龄段里所应担当的不同的人生责任,因为你是太阳村的孩子,太阳村的每一寸土地都凝聚着全社会的关爱,你每天接受人家的资助,就是每天都在分享他人的劳动,当然你也应该施惠于他人——参与就是付出,付出人人有份。

太阳村老师张明哲,在《太阳村的小厨师》一文中这样写道:

如何让孩子学会自力更生、自强不息,如何履行家庭的"责任",都是太阳村一直思考并实践的问题。太阳村除了有爱心哥哥和爱心姐姐管理爱心小屋的各种事务之外,还有一支特别的队伍,那就是"小厨师"。他们主要负责做太阳村特有的风味小吃，帮助厨房捡菜、洗菜、切菜、打饭、打扫卫生等。只要到了合适的年龄，不管是男孩还是女孩，都要帮厨。这是太阳村孩子的必修课，每个孩子都要学会如何做饭，做太阳村的风味小吃。

别看他们是孩子，他们也是厨师，只要给予他们合适的机会，他们往往会有意想不到的收获。2008 年 8 月，太阳村孩子李宝参加中央电视台《美食美客》大赛，她将太阳村的建筑特点融于自己的作品中，获得了第三名的好成绩。

——这些小厨师，还得负责播种、管理菜园。太阳村的大多数蔬菜，比如辣椒、萝卜、黄瓜、白菜等都是太阳村的老师带着孩子播种、管理的。他们非常熟悉蔬菜是如何生长，而不像那些来到太阳村参观的孩子，对蔬菜的成长没有什么概念，不会拔葱，不知道辣椒、萝卜、花生是怎么生长的，更别说让他们去做饭……

——《太阳村简报》2008 年第 10 期

当年张淑琴从秦岭大山里救出来的女孩小芹，如今已经长大，离开太阳村在北京某个部门里工作了，曾经她也是一名出色的爱心姐姐。忆起当年自己在北京村里的“劳动生涯”，小芹细秀的脸上漾出来微笑，她很爽快地说：“我就没有觉得多辛苦，本来是我们自己家里的事啊，暑假里，我们跟着张奶奶一起拔草，秋天时收菜、卖菜，冬天拣树枝，真也没觉得多累。我还会做饭，会包包子，做凉皮……”

为了叫孩子们个个具备走上社会的自立能力，太阳村不断地为他们开设不同形式的劳动技能培训班，像小厨师、电脑、英语、木工、服装、理发、绘画、插花、刺绣、剪纸，以及蔬菜种植、果树管理等，各种实用技能课应有尽有。老师把每一个孩子的前途和未来都放在眼里，在他们初中毕业前，先对他们进行评估，对有能力上高中，有毅力上大学的孩子，村里会联系他们原籍的学校，送他们回去上高中，赞助他们的学费，鼓励支持他们完成学业，对学习成绩较差的孩子，则想办法给他们安排学习技能。

一天几个孩子叫张奶奶做模特给他们练习美发，那场面很有意思，张奶奶先套上个单子坐定了，扬手招呼他们：“没关系，你们大胆点，先学着给我吹头发，我把我的头发就交给你们了，只要别给我烧光了就行了！”

2008 年秋，北京太阳村四名年满 18 岁的孩子：柯成、袁阳飞、杨飞龙、王凯,到顺义区某汽车驾驶学校进行学习培训。近年来,在烹饪、服装设计制作、金融财会、物业管理等领域,都有孩子们陆续学习的身影。目前,已有不少孩子顺利走上工作岗位。

太阳村不可能成为孩子们永远的避风港,每个人最终都要靠自己的双手敲开社会的大门。职业培训的过程,可以帮助孩子们形成明确的职业意向,从心理上有效的过渡,更好地了解自己,认识到自身优势,树立自信心。在培养动手能力、社交能力、自我管理和组织能力的同时,树立正确的人生观和价值观,设定自己的发展方向。

——《太阳村简讯》2008 年第 10 期

第四章 《拍电影全记录》

都说人生如戏，戏如人生，今年夏天，太阳村的9名孩子和3位老师就体验了一回。中影制作的电影《守护童年》讲述了一个越狱在逃犯托付女警官的故事，是将问题家庭的孩子放在阳光下，让他们看到真诚和大爱之心，剧中的女警官是以太阳村的张淑琴主任为原型创作的，而电影中在"幸福儿童村"生活的孩子们就是在我们太阳村生活的孩子们。

开始，孩子们对拍戏都有"发懵"的感觉。从来没拍过戏，怕耽误功课，面对镜头的羞涩让小演员们面露难色。于是，曾经撰写过电视剧剧本的张奶奶告诉孩子们这部公益电影可以让更多的人知道太阳村，了解我们的生活，还可以到外面见见世面，学到不少知识，甚至还有宾馆住，孩子们开始为自己被选中感到庆幸了……

为了"复制"一个太阳村，剧组在本溪地区找到了一位退休的老刑警，他和夫人离开工作岗位后在农村买了块地，自己动手盖起了一座朴素而温馨的农家院。当剧组跟他讲述了孩子们的故事以后，老刑警毅然决定把自己的家无偿贡献给剧组。就这样，在这个山清水秀的地方有了一个"幸福儿童村"。大爷热情地用西瓜款待初来乍到的孩子们，每天清晨都打上甘甜的井水为孩子们解渴。为了这部戏的顺利拍摄，大爷家被道具布置得面目全非，墙也灰了，窗玻璃也卸了……但是骄傲感还是战胜了心疼。孩子们也非常喜欢大爷大妈，每天都和老师一起帮助打扫院子卫生、倒垃圾。大妈感慨孩子们这么小就会做清洁、洗衣服，殊不知这些基本技能他们早在太阳村里就学会了，只有这样才能在将来展翅高飞，更好地适应社会。

除了太阳村的9名孩子，剧组在当地找了9名孩子，于是我们的孩子就充当小老师的角色。在吃饭和玩耍中告诉那些孩子什么是太阳村的生活，怎样在拍摄中表现出来。相处不到2天，他们就融在一起，嬉笑打闹跟老朋友一样。此后,就像一家人的我们一起面对了种种拍摄的困难,导演要求孩子们不洗澡,冒着高温我们坚持了10天没有洗澡,女宿舍只有一个电扇,孩子们也没有中暑和闹情绪;开拍前的日子很单调,但是孩子们看书、写作业、讲笑话、猜谜语,时间也过得很快;面对当地孩子家人来探望时带的大礼包,太阳村孩子从没要求老师为他们买零食;拍摄白天的戏,很热、拍摄夜晚的戏,很困、拍摄洗澡的戏,很冷、拍摄吃饭的戏,很撑……这些困难跟从画面上看到自己的表现时的那种兴奋相比,真是不值一提了。

——卡卡,《太阳村简报》2009年第8期

爱心篇（一）：同一首歌

第一章　临时爸妈

“叔叔，树叶子为什么会变成红色的？”

“阿姨，快看我捡的叶子好看吗？”

满山遍野五颜六色的红树叶，把北京香山装点得美丽壮观。弯弯曲曲的山路上，一队队登山者拾级而上，其中有一支欢声笑语的队伍特别抢眼，妈妈牵着孩子的小手，爸爸把孩子背起来，一路尽显其乐融融的家庭美景。

这并非一般的家庭美景，这是2008年深秋时节，北京原动力俱乐部的十几个叔叔阿姨和太阳村十几个孩子临时组成爱心之家，他们相约一起登香山赏红叶。

山路逶迤，孩子们和“爸爸妈妈”们都累得汗涔涔的，却没有一个家庭想要“歇会儿”。终于登上山顶了，片片红叶红胜火，孩子们争相采摘，将它们一片片捧给爸爸妈妈。每个家庭都手牵着手，站在高高的巨石上远眺。在绮丽山色的映衬下，他们衬着斑斑红叶合影留念，组合成美丽的爱心风景线。

在北京太阳村里，丰富多彩的爱心风景线绵延不断。香山刚游过，下一个周日里，在腾讯公益基金会的组织下，秘书长王琪女士和香港演员翁虹、歌唱家陈羽凡夫妇又来村里看望孩子。客人们一下车，像早有准备似的直奔伙房，洗净手挽起袖子给孩子们包包子。当一盘盘热气腾腾的包子出了炉，端到孩子们的座位前时，陈羽凡和他的乐队为孩子们演唱歌曲。一曲“让我们荡起双桨”刚响起来，小朋友们立刻放声齐唱，美妙的歌声穿出活动厅的门窗，在整个村子里回荡。

陈羽凡的搭档胡海泉，两年前也曾来看望孩子们，就在那时他为太阳村创作了那一首让人听了心灵震撼的太阳村村歌《太阳花》。

另一首老歌也像《太阳花》一样，总响在每个孩子的心头——

“我想有个家,一个不需要多大的地方,在我受伤的时候,我会想到它……”

当中秋临近,思念父母,渴望团圆,是每个太阳村孩子无法抑制的想念。为了让孩子们开朗起来,太阳村和北京现代汽车公司提前商定,联合举办一次厨艺比赛活动,主题是“给孩子们一个温馨的家”。

这天上午,沐浴在阳光中的太阳村枣园小吃城,彩旗飘飘,炊烟缭绕,人声鼎沸。汽车公司赶来三十多位临时爸爸和妈妈,他们带着自己刚刚认领的太阳村孩子,兴致勃勃地忙碌不停。公司用车捎来的各种烹饪原料分配给了10组家庭,家长和孩子争分夺秒,自己垒灶台,自己捡柴火,然后是洗菜、切肉、预备调料。孩子们个个都是在村里训练有素的“过来人”,竟然有的年轻爸妈不得不给小孩子当下手。10个家庭带着10种阵势,锅碗瓢勺丁当响,几十分钟的工夫,家家的锅灶都是香气四溢。12点整,哨子吹响了,10个家庭排着整齐的队伍,将香喷喷的菜肴集中到指定的餐桌上。

评委们围在桌边一一进行评判。此时,烹饪水平以及菜肴的色香味并没显得多么重要,大家都惊叹这些临时家庭怎会在短短的时间里如此高效地烹出这么一大桌子的菜。最后评委为10个家庭全都颁了奖。开饭了,各个家庭的孩子都依偎在自己的临时爸爸和妈妈身边,互相又夹又递地吃得好香,在浓郁的家庭氛围中,大人和小孩一起欢度了中秋佳节。

然后是国庆节,应人们的要求,太阳村在院子里再次举办了一场规模较大的“迎国庆家庭厨艺比赛”。与此同时,中央电视台12频道“法制报道”和德国一家电视台也赶来进行了现场采访录像。

烛微尽善,从善如流,太阳村,这个远离市区并没有多大的地方,聚集了多少关爱,散发着多少温暖!有多少爱心人士从功利中脱身,想方设法给太阳村的孩子们送去温暖和欢乐,有多少人想效仿张村长,恨不能让自己生出一双翅膀,去佑护那些孩子。每天,太阳村的办公室不间断地接到各种咨询电话,各种邮件、包裹和快递寄过来,大部分的邮件都来自寻常百姓家。有的捐赠人根本没有留下详细的联系方式,不少人将自己闲置不穿的衣裳洗净分类分季寄到太阳村,为的是减轻太阳村员工的劳动……太阳村的图书室是由第三极书局投资建设的,里面有部分图书来自社会各界的捐赠,书的类别丰富,知识涵盖面广,特别吸引孩子们。常常有的志愿者一来,就直接进图书室,给正在阅读的孩子搞"陪读"。

2009 年是第八个中国儿童慈善活动日,北京市第一中级人民法院的法官们来到太阳村,给孩子们送来了电脑、药品、衣物和文具;5 月 12 日,张淑琴出席第三届中华杰出女性论坛大会,并在"幸福女性论坛"中做了发言。她语声刚一落地,与会代表便在会场上为孩子们进行捐赠。广西一位女企业家听说太阳村有广西的三姐弟,除了当场捐助 5000 元之外,还表示今后广西所有孩子的费用全部由她们女企业家协会资助。会后,几位女企业家又专程到太阳村看望了孩子。

紧接着,5 月 24 日,七彩虹电脑公司和中央电视台体育频道播音组又为孩子们赠送硕大的节日礼物——七彩虹儿童康乐中心落成剪彩。

太阳村老师边珂细致地写下报道,《七彩虹飘进太阳村》:

5 月 24 日对于北京太阳村而言是一个好日子,……从此太阳村的院子里就有了无论刮风下雨,严冬酷暑,孩子们都可以尽情歌唱,尽情欢乐的地方。

一大早,孩子们就将大院子打扫得干干净净。墙上、树上、高高的秋千架上挂满了彩绸、横幅、红花。有的横幅上写着"祝孩子们天天快乐!"有的上面写着"为了孩子的明天,请伸出我们的手!"长长的柳丝下的大理石乒乓球案上,堆着一大堆西瓜,上面有几个大字,"孩子们,节日快乐!"太阳升起来了,金色的阳光洒在太阳村的绿树红花上,洒在孩子们的彩色屋顶上,洒在孩子们汗津津的小脸上……七彩虹电脑公司的总经理带着他的员工们、《人民日报》副总编辑马莉女士率领着她的团队陆续到来。马莉女士是第一次来到太阳村,看着围在身边的大大小小的孩子们,她的眼眶湿润了。有一支身穿统一服装的特殊团队——赛福达出租车公司魏勇车队,多年来,这个车队长期关注着太阳村和孩子们,太阳村的上万份宣传册,都是由这个车队散发到乘客的手中。去年,魏勇车队除了学习用品外还为孩子们送来 40 个腰鼓。今天,孩子们只知道魏勇伯伯笑呵呵地和他们一起忙前忙后,哪里知道就在凌晨三点,魏勇伯伯的老父亲刚刚去世。一位身着大校军装的阿姨吸引了所有的孩子,她就是有名的北京军区司令部 6 年帮助 500 名临城女童的大校"韩妈妈"……

剪彩仪式在鞭炮声中,在热烈的掌声中,在孩子们悠扬的小提琴声中结束。鞭炮声一停,孩子、大人急不可耐地冲进康乐中心,刹那间,里面一片欢腾,乒乓球、拳击、象棋等各种比赛立马开始,掌声、喝彩声、尖叫声此起彼伏。一位客人感慨地说:“一个毫不起眼的300平方米的小平房,居然蕴藏着如此的热情,一个小小的太阳村,居然有如此的凝聚力,实在令人难以置信!”

附录:简讯

7月29日,V29组织近200人开展捐赠活动;

8月26日,荷兰大使馆一行5人,给太阳村捐赠医药用品;

8月27日,谷歌公司近百名员工与太阳村孩子举行“手牵手”活动,进行了捐赠、劳动、野餐、拔河比赛以及火炬传递;北京工商银行地安门支行近50名员工来太阳村爱心认树,购买孩子们的手工艺品;

8月29日,北京语言大学80多名香港学生和北京招商局10人爱心认树;

8月31日,圣诺亚爱心公益坛10名志愿者来太阳村从事志愿者活动;

9月1日,太阳村四名孩子参加汽车驾驶培训……

2009年9月、10月太阳村接待活动一览:

中科院动物研究所来太阳村看望孩子及捐赠;

释迦放生组来太阳村看望孩子及捐赠;

北京市101中学学生来太阳村捐赠及认树;

中华健康快车基金会来太阳村参观互动及义务劳动;

中国平安保险公司来太阳村捐赠及为图书室挂牌;

出口信用保险公司来太阳村捐赠及采摘;

京朝星文化传播有限公司来太阳村认树采摘;

北大附小四年级十班同学来太阳村参观认树;

中美大都会人寿保险公司来太阳村捐赠及认树,并启动“爱心火车专项基金”。

第二章　爱心无国界

在太阳村活动厅的正前方，挂着一条红色横幅，上面一行金色大字格外醒目——

一切为了孩子，为了孩子的一切，为了一切孩子！

这里的三个一切吻合了德兰思想的一个核心——

爱是没有界限的，人种、民族、国家、语言和信仰，这些都不应该成为一种限制。

太阳村挑战偏见与歧视，从平等、无差别的仁爱理念出发，对那些无家可归的特殊孩子坚持了十几年的救助善举，这些善举也引来了国外一些知名的大企业和爱心人士无比热诚地支援太阳村。

张淑琴：太阳村属于大家，属于所有爱心人士，在这里，真正能感受到爱心无国界。

太阳村里，要数名为“鲍德勒”的爱心小屋最受孩子们欢迎，因为捐建小屋的新加坡爱心人士林太太每年都会把住在这间小屋里的孩子接到自己在市区的家里住上几天。所以另外几间小屋的孩子们都“嫉妒”了，老师只好安排孩子们轮流住到“鲍德勒”小屋去，让他们轮流享受特殊待遇。一位丹麦商会的女士，为了给孩子们筹款，东奔西跑地到处求人，然后她来到村里找张淑琴，一见面直接把筹来的钱送到张淑琴的手里。张淑琴问她：“就这么简单啊？”这位夫人说：“就这么简单。张老师，我非常感谢你这些年来为孩子做的一切。爱是没有国界的，我有责任帮助这里的孩子们！”

张淑琴备受鼓舞，她对记者说：“我特别感谢这些孩子们的‘外国妈妈’，她们都是伟大的妈妈！”

太阳村老师高峰写过一则感人的小故事：《为了小雨那头秀发》——

太阳村有这样一位小姑娘，每当老师为她拍照时，她总是微笑着伸出两个小手指摆出胜利的姿势。多么阳光的孩子呀！然而，谁也想不到，她的背后有一段令人心酸的往事。

她叫小雨，今年5岁。爸爸刑满释放后死了，妈妈跑了，她被街道办事处的叔叔、阿姨送到了太阳村。吃喝玩包括学习和其他孩子没什么两样，只是一天到晚她的头上会扣一顶帽子，如遇到刮大风，她会紧紧地捂住帽子不让风刮走。每天起床后，不管在室内室外，还是天热天冷，帽子始终陪伴着她。很少有人见过她没戴帽子的模样。原来她得了一种怪病，刚出生时头顶上有个小秃斑，随着年龄的增长，长成了巴掌大的一块，不仅没有头发甚至连毛囊也没有。

经常来看望孩子们的德国妇女组织知道这件事后，非常同情这个孩子。她们先派出几名医生来为小雨会诊，同时在德国夫人们中间筹集资金，以解决小雨的医疗费用问题。通过多次会诊和到医院拍片检查。基本确诊为小雨在胎儿时期出现的问题。做毛发移植费用太昂贵，但庆幸的是小雨大脑内部未发现病变，目前只是视力低下，不生长头发。德国的妈妈拿走了小雨医院检查的所有资料，她们告诉小雨，她们是不会放弃的，她们会定期来看望她，而且还要找其他专家，因为女孩子原本就该有一头秀发。

——《太阳村简讯》2008年第11期

瑞士诺华公司是全球最大的药业公司，曾在《华尔街日报》排名第14位。曾经有报载：诺华公司向中国捐赠了近2000万元人民币的资金和药品。2006年，瑞士诺华中国公司获得了“中国慈善提名奖”。对太阳村来说，诺华的支持也是巨大的。从1999年至今，诺华中国公司每年资助太阳村孩子的医疗费用，包括注射预防疫苗、各种卫生防疫等数额十分可观，十几年来，诺华就像太阳村孩子身体健康的“保护伞”，尤其一些患疑难症的孩子，他们生命的春天离不开诺华及时雨般的搭救。

2008年春，乍暖还寒的深夜，一辆警车悄悄驶进太阳村，一位警官抱出来一个刚满3岁的满面污垢的男孩。介绍信说明，孩子妈妈贩卖大额发票被刑事拘留，爸爸不知去向。值班老师马上把孩子送到宝宝室，给孩子洗澡换衣服，再喂饱了牛奶，看孩子慢慢地睡着了。谁知到天亮时，老师们惊讶地发现，这个孩子不仅大小便严重失禁，而且不会站起来，只能在宝宝室里的地板革上来回爬行。

要叫孩子站起来,哪怕将来讨饭也得站着讨!两个老师抱着孩子几乎跑遍了北京所有的医院,最后被诊断为“脑瘫儿”。

时隔不久,诺华公司李总裁和瑞士总部的负责人来太阳村看望孩子,忽然注意到孩子群里有一个只能用四肢在地上爬行的孩子。他们的心里发紧了。李总裁当即决定,给孩子彻底治疗,费用仍由诺华公司担负。可是,当他们为孩子找到合适的手术专家后,却又找不到能够在手术单上签字的孩子父亲。时间一天天过去,终于有一天电话打来,警方找到了孩子的父亲!当那个灰头土脸的男人仓皇来到近前,老师们才知道,这不幸的孩子原来是个双胞胎,哥哥也是一个脑瘫儿。怎么办?救人要救到底,李总裁和老师们一起想办法,最后将两个孩子同时送进了位于顺义李桥的脑瘫儿康复中心治疗。了解到孩子的特殊情况,康复中心决定免收一个孩子的医疗费,并且为小哥俩安排出一个单间。每个月,李总裁一定要派人打听孩子的消息,了解治疗的进展。

终于,小哥俩先后缓缓地站起来了,他们在明亮的病室中颤颤悠悠地迈出生命中珍贵的一步,又一步!

2008 年中秋节的前几天,太阳村老师接到孩子的父亲从医院打来的电话,这个曾经仓皇逃离不知去向的人,现在在病室中抑制不住感激的泪水,他哽咽地说:“请转告张主任,孩子已经能走路了……”张淑琴马上拨通诺华公司办公室的电话:“请转告李总裁,孩子能走路了!”

太阳村老师们激动得要命,对于一般男孩子,能走路是再普通不过的事,然而对于患了脑瘫 3 年,在地上爬行了两年的犯罪嫌疑人的孩子,这事是多么的不普通啊!

手机金牌企业诺基亚公司也经常给太阳村在经费上以大力支持,并且为了号召和激励员工们关注社会奉献爱心,诺基亚公司始终不断地组织员工来太阳村开展公益活动。2009 年 1 月 16 日,为纪念过去一年的难忘岁月,鼓舞员工们的士气,诺基亚公司在首都国家体育馆为公司举行了一场别开生面的年会:“员工奥林匹克趣味运动会”。届时诺基亚大中华区总裁萧洁云女士为运动会揭幕,同时还邀请了太阳村孩子的代表李雨凤与她一道揭幕点灯。不仅如此,在开幕仪式上,又放映了太阳村的电视短片,号召大家都来关注特殊孩子这个群体。

深夜时分,带着欢欢喜喜心情的小雨凤回来了。太阳村老师王茜写下一页日记：

当开幕的音乐响起，在这个坐满近3000人的体育场中，我们的孩子李雨凤和萧女士一起走向舞台，把开幕的灯火点燃，在这个时候，我相信每一个人的心中同时也会点燃起一团热火，那是慈善的火，关爱的火。

诺基亚的“太阳村情结”实在浓厚，公司盛大的运动会召开仅两天后，诺基亚公司举办新年答谢会，又邀请了太阳村的所有孩子一道前往大剧院观看舞台剧，欢度新春。中国儿童剧院的童话系列舞台连续剧《西游记》，让孩子们感受到从未领略过的奇幻的舞台魅力。演出每到精彩处都是童声童语笑成一片，掌声不断。

在孩子们的心中，神通广大的孙悟空是天下的大英雄，可他们不知道，张奶奶在创办太阳村的艰难道路上，多少次以唐僧取经的恒心意志来鞭策自己，百折不挠、勇往直前……

叫太阳村孩子们特别难忘的，还有瑞典王后西尔维娅在太阳村为他们主持集体生日。那是2006年6月，在这个“幸运月”里，太阳村不同年龄的孩子一共有17个该过自己的生日。那天晚上在活动厅里，王后亲手为孩子们点燃生日蜡烛，给每个孩子分发了蛋糕，代表他们的父母给孩子们送上一份生日的祝福。在美妙的生日歌合唱中，美丽的王后泪光闪闪，她激动地告诉孩子们，这是她一生参加过的最大也最有意义的生日party！

瑞典王后西尔维娅时任瑞典世界童年基金会主席，那几天她与国王一起，应胡锦涛总书记的邀请访问北京。当王后了解到北京太阳村和瑞典世界童年基金会一样，也在从事帮助服刑人员家庭的项目时，立刻对太阳村发生了兴趣。在外交部和瑞典大使馆的安排下，王后亲临太阳村访问，并且为太阳村刚刚竣工的心理辅导室剪彩。转年春天，瑞典公主玛德琳又访问了西安的太阳村，经过实地考察，确定了与太阳村的合作项目。这年年底，瑞典世界童年基金会的赞助款全部到位。西安太阳村的一间爱心小屋正是以“瑞典世界童年基金会”的名字命名的，屋内悬挂着瑞典风景照和瑞典风格的建筑画，孩子们从小就深深记住了，他们漂亮的爱心小屋是遥远的瑞典阿姨和叔叔们捐赠的。2008年9月，瑞典世界童年基金会的总干事安娜女士又与太阳村主任张淑琴签订了一份年度合作项目书，并且表示要长期关注太阳村的建设与发展。

2008年,太阳村受地震捐款、煤炭涨价以及大雨造成农场严重歉收等影响,各方面的挑战屡屡不断,加之两年内有六个孩子考上了大学,村里的经费十分紧张。到初冬时,北京扶轮社一行四人来太阳村考察,检查了供暖设备后,他们决定,立刻资助太阳村的供热煤款,让孩子们过一个温暖的冬天。

扶轮国际也是一家全球性机构,是由商界、外交界及其他专业人士组成的公益性网络机构,北京分社是全球3万多个分社中的一个。2001年,北京扶轮社为太阳村捐助了体育设施,并且承诺为爱心妈妈们提供工资,2004年,他们又及时地捐助了一间小屋,为小屋配备了基本家具。每年春天,扶轮社成员们又亲自为孩子们粉刷这间小屋,让里外焕然一新。不仅如此,扶轮社还组织国外的心理专家为村里的孩子进行心理辅导,或者资助大孩子进行职业培训。至今叫孩子们记忆犹新的是他们在那年的冬天带着他们去滑雪场滑雪,那是孩子们有生以来头一回感受到滑雪能给人带来如此惊险和快乐。

一位名叫戴维比尔的美国老人,今年已经80多岁了,他看到了英文版的《中国日报》上关于太阳村的报道后便来到太阳村,为孩子们捐献了6200美元。他说,他在20年前来过中国,和很多中国人建立了深厚的友谊,他说:“我感到自己是中国的一员,我想为这个国家做点实事,帮助太阳村是第一步。”

满头银发的美国爷爷满面微笑,慈祥地看着孩子们在小屋里写作业,他说:“一切都在有序地进行中,孩子们纯洁的眼神和真诚的微笑深深地打动着我的心。”

爱心篇（二）：实践基地

第一章　爱的能量

张淑琴：太阳村自己不会发光发热，就是靠的大家。太阳村是依靠社会力量来维持生存的。在太阳村，方方面面都需要志愿者的帮助。

太阳村里各种服务多达几十项，每项内容都非常切实：草不锄就会长得更高，蔬菜不及时播种就没有收成，萝卜、白菜等不及时储藏就可能冻坏……尤其是2007年，太阳村的枣树通过有机认证，成为绝不施用化肥、农药、除草剂的绿色果品。在枣树的生长过程中，地里的杂草也长得旺盛，如果不及时锄掉，枣树的产量就会大受影响。为了保证枣树的正常生长，张淑琴和老师带着大孩子们，坚持每天早上下地锄草，但是力量总是显得微薄。于是，他们将枣园划分为爱心责任田，希望志愿者的各小团体包干负责，分块管理。众人拾柴火焰高，志愿者们积极响应，枣园里的草再怎么茂盛也扛不住大家火热的干劲。

张淑琴说得非常实在，对太阳村来说，志愿者的作用举足轻重。正是源源不断的志愿者们不断减轻着太阳村在生存上的各种压力。

在志愿者的各路人马中，数大学生来得最为频繁，并且是一支最积极、最朝气蓬勃的生力军。每次只要他们一进村，立刻就会"战斗力极强"地兵分数路听任太阳村老师调遣，或者去农场干农活，或者在村里辅导孩子，或者帮助大孩子搞环保画展、做手工作品的义卖、张罗小屋的"跳蚤市场"。初冬的一个周日，中国矿业大学机电学院团委学生会又来了27名同学，他们很快地进入角色："六位女同学在大棚里插月季，为花开时节的绚烂积蓄能量；两位男同学身强力壮帮助建灶台推起独轮车运土；剩下的'主力军'则来到了太阳村的桃园为冬日里即将施肥的桃树林清理落叶……"（志愿者　华鹏）

太阳村志愿者管理办公室的老师称赞北京工商管理专修学院大学生爱心社，说他们是一支特别有"战斗力"的方阵——

2008 年 12 月 4 日，寒风凛冽，滴水成冰。一个由 45 名大学生组成的队伍，穿着统一的服装，佩戴统一的胸卡，挤了两个小时的公交车，赶到太阳村，负责折叠报纸、分装和粘贴信封的工作。6000 张报纸、6000 个信封，如果用太阳村自己工作人员来分装，至少需要两个星期。而大学生团队只用了 6 个小时就全部完工。

北京工商管理专修学院大学生志愿者团队，之所以有这么强的战斗力，是因为有一个强有力的领导班子。社长宋晓华是一位年轻干练的女大学生，矫健的身影里透着一股子英气，是个典型的优秀学生干部形象。2008 年以来，她就多次组织同学们到太阳村做志愿者。晓华和她的同学们与太阳村的孩子们结下深厚的友情，给所有爱心人士留下了深刻印象。

然而，世上任何一种奉献和给予都不会是单一的。

“太阳村的太阳不仅是阳光，更是一种爱的能量！”志愿者童欣坦言，“从知道太阳村到走进太阳村，是一种偶然，也是必然，偶然的是在网上知道有这个特殊的爱心大家庭，必然的是自己一直在寻求一种有意义、有价值的生存和生活，这种追求，从我在太阳村做志愿者时起步。”

一位北京大学学生给太阳村留言道：

究竟什么才是当代大学生的青春风采？我们终于找到了答案，那就是我们拥有一双寻找单纯的眼睛。在太阳村我们终于找到了一些在城市里久违的单纯，又或许，我们可以在那里找到一些我们缺失的责任感。

走进太阳村心里总有一些难过与不忍，如果你看到那些孩子灿烂的笑容和无忧无虑的身影，你就会被孩子们的坚强所感动，为这里的每一个工作人员的努力工作而感动。想着这些笑容背后的心酸就觉得自己应该为他们做些什么，但与此同时又觉得自己能做的实在是太少，太少。

……太阳村对于我们来说，并不是一个需要我们的地方，而是一个我们需要的地方。

（北大志愿者）

——《太阳村简报》2009 年第 4 期

——太阳村“是一个我们需要的地方”；

——“太阳村的太阳不仅是阳光，更是一种爱的能量！”

因此，这个充满着巨大感召力的村庄，更像是一个散发着无穷魅力的爱心基地。

对于每一个热衷于公益事业的人,尤其是对于大学生志愿者而言,太阳村蕴涵的价值意义是如此的货真价实和不可替代。

满怀激情和理想,很多大学生都渴望着现实社会能有一个平台,可以让他们尽快地展现自我,发挥价值,同时又尽快地得到锻炼。正是在太阳村,他们发现了这样的机会——作为一个可以全面帮助青年人积累经验、回报社会、提升自我的实践基地,太阳村非常适合大学生主动参与社会帮扶工作。

北京科技职业学院社工系的5名大四学生,联系太阳村作为实习基地,两个多月里,他们和太阳村的老师一样,和孩子们朝夕相处,同吃同住同娱乐同劳动,因此对太阳村这样的草根NGO,有了书本之外的切身感受——

李艳:在大学课堂里学了4年的社会工作学,到了真正的社会生活中,书本上的知识仅仅只是个概念,NGO只是个符号。没有政府财政支持,要代养代教许许多多服刑人员的未成年子女,现实中的难度要比书本上描写的艰难许多倍……融入到这个大家庭后,方知什么是艰难,什么是执著,什么是伟大。

于浩:“勿以善小而不为,勿以恶小而为之”,这句经典传承了上千年,我觉得能够在今天仍然流行一定是有它的道理的,这就叫中华民族的传统,这也是一种美德,是一种国民素质的体现。

王梅:“太阳村”这三个字给人一种幸福的感觉!……他们真的很需要社会各界人士的关注,让我们伸出援手给他们一个温暖的家!给他们一个无忧无虑的童年!

李岳:太阳村,一个充满天真的世界,一个始终充满着活力的字眼。……我爱这里,爱这充满活力和奇思妙想的孩子们,让我们一起放飞梦想,展翅翱翔!

杨杰:在北京读书四年了,像是杯白开水……改变正是从做志愿者的那一刻发生了。这里有着欢乐和感动,这里充满爱。就是这样一个特殊的爱心大家庭,让我收获了太多,太多……虽然家庭的不幸使孩子们过早地尝试了生活的艰辛与痛苦,这些对于孩子来讲是无奈的,也是无力改变的,可是他们遇到了好心人,从此使生命中的爱、感动和幸福得到了延续。他们让人们感受到的是坚强和独立,而感染着每一位熟悉他们的人。

——《太阳村简讯》2009 年第 3 期

意识到在太阳村会获益匪浅，北京有十几所大专院校把太阳村作为长期的社会实践基地。学校和太阳村之间签约不断。

一份北京美语学院和太阳村签订的《爱心合约》有以下的内容：

1. 北京美语学院将北京太阳村作为本校师生爱心教育的基地，同时和北京太阳村一起承担帮助该村服刑人员的无人抚养未成年子女任务，度过离开父母的最困难的日子。2. 美语学院每周最少派 30 名志愿者到太阳村，在太阳村的安排下为太阳村及孩子们做些力所能及的工作。3. 美语学院志愿者团队承担太阳村孩子各种才艺比赛的组织工作，如朗诵、演讲、歌曲、英语、绘画与队列比赛等。4. 管理好美语学院责任田（由太阳村在果园划定）。5. 参与对太阳村孩子的学习辅导及技能的培训，尽可能利用节假日为孩子们辅导功课。6. 太阳村免费为美语学院提供最少 30 人的住宿。7. 对于美语学院志愿者，太阳村尽可能结合他们的专长安排活动，使大学生们能够人尽其才，在得到锻炼的同时对太阳村有所贡献……

2008 年年底，清华大学香港学友社的一百多名大学生顶着严寒来到北京太阳村，与孩子们开展“手拉手、心连心”活动。一天下来，大家都觉得是上了一堂生动的国情教育课，感受着太阳村爱心如潮的“特殊氛围”，不少同学参与了爱心认树项目。

2009 年 4 月 15 日，张淑琴受邀出席清华大学“非营利组织的领导力”主题讲座并做演讲。站在清华大学大讲台上，张淑琴侃侃而谈，以太阳村的创办历程和经验引导大学生认识社会，开拓思路。

几百名清华师生专注地聆听之后踊跃提问，现场互动的气氛一阵阵达到高潮。学生们看得清楚，太阳村的创办经验最宝贵的一点就在于勇于挑战和坚持不懈的精神。

演讲结束，几个学生团体当即在校内发起倡议，要宣传太阳村，学习和帮助太阳村。几个外校学生会也纷纷表示互相合作，一起组织论坛加入联盟，把太阳村作为最前列的社会实践基地。

第二章　小厨师训练营

不仅是高等院校，北京市一些小学校也开始发现，太阳村是给孩子们开辟德育教育的社会大课堂。

2008 年初冬的一个星期天，北京市万泉小学二年级四班的 34 名学生和他们的家长一起来到太阳村，与村里的 100 多个孩子共同开展“小厨师训练营”活动。太阳村里同时还设立了丰富多彩的小集市。在热火朝天的厨艺比赛中，一群生活在城里的无忧无虑的孩子们头戴着厨师帽，身上系了小围裙，向太阳村里的“特殊孩子”们学习“烹饪经验”，他们一会儿是争先恐后地拔萝卜，一会儿是吆三喝六地当“小老板”，丰富多彩的训练营自始至终弥漫着诱人的香气，境遇不同的同龄孩子在密切接触中活泼地交流，感受到一种别样的人生。

那天，我们孩子和太阳村孩子进行了一场别开生面的拔河比赛。我们班 34 个孩子对太阳村 34 个同年龄段的孩子，一共比了三局，双方孩子个个都摩拳擦掌，跃跃欲试。尽管太阳村的张村长和工作人员告诉太阳村的孩子，要礼让一下小客人，但是我们的孩子三局都是一败涂地……我们就不明白，为什么我们的孩子在营养好、生活好、个头高、医疗条件等各方面都占绝对优势的情况下，竟然每局都输给太阳村的小朋友。后来听老师说，这里的孩子们每人都有责任田，孩子从小都下地参加耕种劳动，从小就磨炼出刚强的意志，锻炼出强壮的体魄，培养出精诚团结的团队精神。所以他们一定能赢！

（万泉小学二年级四班王东怡爸爸、《人民武警报》王丹誉）

从他们参观爱心小屋的好奇中，从他们当小厨师的专注中，从他们当小老板的笑脸上，从他们拔萝卜的兴奋中，从他们拔河时的卖劲中，从他们书写信封时的认真中……我们看到的是孩子们成长中的脚步。作为成年人，我们也感受到太阳村的那种宽容的博爱，心灵受到洗涤，非常受教益。

（朱烨家长，万泉小学二年级四班家委会2008年11月9日）

——《太阳村简讯》2008年第10期

“太阳村美在她那浓浓的涌动着的爱意”——小学生朱烨的妈妈戴雯女士说。

作为万泉小学二年级四班学生家长协会的会长，当她知道了太阳村后，马上意识到这地方对孩子具有难得的教育意义，于是便和班主任以及家长们一起商议，发起了这次不同凡响的活动。班主任王老师十分感叹地跟太阳村的老师们说，让小学生走出教室，到现实社会感受人生，特别是让不同境遇的同龄人一起交流互动，肯定会有利于增强德育教育的效果。家长们认为，孩子们整天生活在蜜罐里，不懂得珍惜身边的美好生活，到公益机构来受受教育很有必要，等于是弥补了他们成长道路中的重要一课……

2009年春天，北京市昌平区三街小学的13名学生在老师的带领下也来到太阳村，他们实地采风，上了一堂生动的作文课。太阳村老师高峰写道——

这些从周一到周五，在学校教室里憋了五天的小家伙们，刚走进太阳村，就一下子被这里的特殊氛围所吸引……这些在家里饭来张口、衣来伸手的城里娃娃，对太阳村孩子自己动手的能力不由自主地伸出了大拇哥……在爱心画廊，他们看到了太阳村孩子自己亲手剪的剪纸、画的农民画和绣出的绣品时，个个惊叹不已……在幼儿室，当他们看到十多个1—5岁的小弟弟妹妹和大孩子们一起做游戏时，久久不愿离开。

在座谈会上，不少小朋友沉默不语，他们可能不曾想到，都是孩子，怎么会有这么多的不一样。不一会儿，就开始了争先恐后的发言，有的小脸蛋争得红扑扑的，述说他们的感想和心得。

——《太阳村简报》2009年第2期

秉承着开放性原则，太阳村在接受社会各界的参观访问和监督的同时，不断研究如何有序地安排各路志愿者团体到村里开设实践基地，这其中又包括了一个更新的开发项目——为幼儿园和中小学生提供教育基地（包括暑期劳动夏令营）。为了使孩子们从幼年开始就受到爱心的熏陶，得到吃苦精神以及自立意识和自立能力的培养，并且和大自然密切接触,北京太阳村决定,从太阳村枣园里划拨土地数亩(连及地面枣树),作为各个幼儿园和中小学的课外实践教育基地。

张淑琴:叫我感到高兴的是,太阳村不仅帮助了一批人,同时也感动了一批人,教育了一批人,带动了一批人!

附录:《太阳村爱心植树大聚焦》

植树节还未到,不少单位、个人、家庭纷纷打电话到太阳村,联系到太阳村来植树。由于每年植树节都有爱心人士到太阳村植树,几年下来,太阳村村里村外、农场果园、路旁道边,就连孩子住的小屋周围,也种满了各种树木。上面挂着写有植树人名字的牌子。最后,太阳村将枣园补苗作为今天的植树内容。不少爱心人士非常认可太阳村的做法,他们认为,种植一棵果树,会持续不断地帮助太阳村,会将太阳村和植树人紧紧地连在一起。

3 月 12 日(植树节)上午,太阳村接待了 300 多人前来植树,有父母带着孩子驾车而至,有好朋友们结伴而来,有车友会俱乐部,更有自发的 QQ 群。金泉国际旅行社带领的300 多人的植树队伍,更是将太阳村的植树活动推向高潮。大人,孩子,扛锹提桶,浩浩荡荡,俨然一支植树大军的样子。

北京市水政监察大队抓住时机,在太阳村院内进行了一场节约用水的宣传活动,并且从太阳村的小朋友中,选出 6 名水务监督员,当场给小监督员发了证书和红袖章。有位年轻妈妈与自己两岁的儿子合种下一棵树,她说:"这是一棵爱心小树,我希望孩子能和小树一起长大。"有对新婚小夫妻合种了一棵树,他们告诉大家,我们就是到太阳村来做义工时认识的,这棵爱心树,就是我们爱情的见证。不少前来植树的爱心人士,还为孩子们带来生活用品和学习用品。

太阳村的植树活动中,最辛苦的莫过于大学生志愿者。在整个植树活动中,有十七所高校的 50 个团队近 700 名大学生到太阳村做志愿者。他们有的帮助植树者挖树坑,有的帮忙运送树苗和劳动工具,有的在厨房帮灶。

在近半个月的植树活动中,共有 3000 多人参加了太阳村的植树活动。十年树木,百年树人。一位前来植树的老教授激动地说:"好多年没有经历这样的场面了，这不仅仅是植一株小树，而是在播撒希望的种子。同时对于植树人来讲，也是心灵的回归。”

（高峰　边珂）

——《太阳村简讯》2009年第2期

第三章 追随者团队与太阳村一起成长

在志愿者中，不乏与张淑琴志同道合的长期“追随者”，他们年龄不等，身份不同，为了太阳村的事业而走到一起，成为与孩子们朝夕相处的专职老师。他们是一股忘我投入的力量，每天和孩子们一个食堂里吃饭，一个院子里作息，每月拿着微薄的工资，把太阳村当做自己的职业岗位——在年长的老师心里，孩子就像他们的亲生骨肉，在年轻的老师心里，孩子们就像他们情同手足的弟弟妹妹……

这些默默无闻的园丁们大都身兼要职，从早忙到晚，节假日几乎没有。在北京村，他们有自部队转业来的高峰老师，负责太阳村的接待工作并主编《太阳村简讯》；从江苏南通退休的殷老师和邓老师是一对夫妇，他们一个管理孩子们的起居作息，一个终日在办公室坐班；管财务的王老师是银行的退休职工；崔老师是从河南南阳来的，主要指导小屋里孩子们的日常生活内务。年轻的老师有部队复原的王龙和柳志永，负责管理孩子们的教育；范丽娜，北京教育学院的毕业生，辞掉北京一家一级幼儿园的工作来到了这里，负责儿童村的日常接待工作；王丽丽，内蒙古民族大学的毕业生，数学专业转为实用心理学，在村里专门负责孩子们的心理健康教育；张明哲，北京科技大学的毕业生，在学校学的是社会工作，在村里负责志愿者管理，同时兼管太阳村网站；李文娟，中国传媒大学的毕业生，曾在北京画院研修过油画，在村子里负责孩子们的美术教育；边珂，中国农业大学生物系硕士，做主任助理……还有门卫张莲俊、司机王伟、电工肖岩和毕大爷，宝宝室里的阿姨，食堂里的大师傅，后勤以及旧物中心的管理员、锅炉工等，在太阳村，这些老师和员工们每天兢兢业业各司其职，为孩子们的健康成长保驾护航……

张淑琴在考虑，如何科学化管理，怎么样有一个更好的团队？她希望自己和身边的团队不断提高职业风范，包括掌握沟通交流的技巧、具备职业礼仪规范等，很多方面都需要“充电”。所以得广泛请教专家，想法引进切实有效的培训课程。

2009年5月15日，“西门子管理咨询培训课程”开到太阳村。太阳村30多名老师和员工分组参加了培训，重点学习的内容有品牌战略规划、筹募谈判以及沟通与交流等。西门子管理咨询培训课程让太阳村的工作人员了解到：作为公益事业的职业人，他的精神面貌和言谈举止有时比他要陈述表达的内容更加重要，每一个太阳村的工作人员，他的形象关系到太阳村孩子们的切身利益。西门子的培训教师指导太阳村的工作人员，如何有效地与其他的组织机构和个人进行沟通交流，如何积极主动地进行演讲谈判，这可能意味着最大限度地为太阳村争取机会，筹得善款，而太阳村的工作人员努力提高自身的综合素质，也会言传身教地影响孩子们，让他们从小培养与人交往的良好形象。

暑假里，太阳村开展学习《家庭美德指南》主题活动，请作家北野先生来太阳村主讲家庭美德培训课。这天北野先生讲授“关心”的主题内涵。张淑琴带着村里的老师和孩子们，加之村外的大学生和爱心人士，大家在鸟语花香的田园里席地而坐，一起学习，一起讨论：“什么是关心？”“为什么要实践关心？”“怎样实践关心？”

美德培养，无论是对成人还是儿童，都有益处，它是一个循序渐进的过程，贯穿我们一生。只有通过不断地认知实践，提升修养，才能完善提高人格素质。而集体讨论畅谈交流的过程，可以分享心得体会，是一个特别有效的学习过程。

——当我们感到自己对他人有关爱之心时，要努力寻找能够表达我们对他们有兴趣的方式，我们会以节制和温和的态度处理事情；当某人或某事需要你的关心，你要把他的信任看得非常神圣，倾尽全力去做；当你关心你所做的事情时，你会以热情和卓越来完成它……

最后，北野老师带领大家共同朗读人人需要自我勉励的话：“我关心自己也关心他人，我会以爱心来关注每个人和每件事，我努力把工作做到最好！”

把工作做到最好，这是太阳村所有的工作者不言而喻的追求。

那些天，张明哲一直在思考，对志愿者的安排和管理直接影响着志愿者服务的态度与效率——如何防止志愿服务出现“真空”、造成资源浪费,这是个亟待解决的问题。于是反复琢磨之后他撰文论述,又写下一篇文章:《太阳村志愿者管理的特殊性》。他跟村长和老师们就问题深入探讨,研究出实际解决的策略,制定具体的志愿服务项目,从而使太阳村的志愿者服务有序而高效地发挥应有的价值。

张明哲:每天当然是很累的,事情总压得特别多,但是,我很喜欢这里的氛围,有一种创业感……什么都是处在阶段中,一些职能还没有来得及细化,可是,就因为有很多的不确定性,挑战性也就很大,可以探索也可以收获,这样的状态才吸引我,刺激我,怎么说呢,也许用"享受"这个词可以说明我的愉快吧。

王丽丽的意识中心总是围绕着孩子们日常表现出来的心理状态展开工作。稍有机会,她就要和孩子单独谈心,更多时候辅导他们写作业,鼓励他们写日记和作文,或者写诗。她也常冒出一系列想法和计划,比如提出搞小小演讲会,名叫"我爱我家",为的是调动孩子们的热情和智力因素,同时在集体中树立正气。她让孩子们思考一个中心点:怎么树立我们的形象?

王丽丽和村长还有老师们商量,怎样创造条件给孩子们办一个他们自己的广播站,还有自己的小报纸。2009 年 5 月 2 日,星期六的早上,"小喇叭"开始广播了,小主持人以小屋为单位,播放他们喜欢的歌曲,朗诵他们自己的诗歌,从此,太阳村的上空经常回荡着孩子们清脆悦耳的朗诵声……

王丽丽:我知道,我们的责任是很重的,要给他们除去心理的阴影,梳理他们的某些情绪。有的孩子这两天变得好了,再过两天就又反复,怎么才能施行科学的心理健康教育,我们得下工夫学习,或者在网上搜索,订阅需要的报刊……我觉得,这里真的是一个很好的天地,我喜欢这里,还因为她远离闹市中心,有一种难得的乡野味道。

做一个关怀小孩的人是多么富有诗意,多么无愧于未来!

因为你是以爱的名义培植一颗颗受伤的种子,让爱生根、发芽、开出灿烂的花!

出于对一项事业共同的理解和热爱,这些来自五湖四海的有志者,作为太阳村里的"大人们",在给孩子们全心奉献、熔铸家庭温暖的同时,也给自己确立了人生目标的崇高定位——与太阳村一起成长,把我们生命中一段最灿烂的年华献给年轻的NGO——太阳村的完善与发展!

而太阳村的平台是如此广阔,既是爱心的家园,更是论坛的中心、实践的基地,足以让这些“公益园丁”们不断地发现自己,修炼自己,找到施展才华的最佳天地!

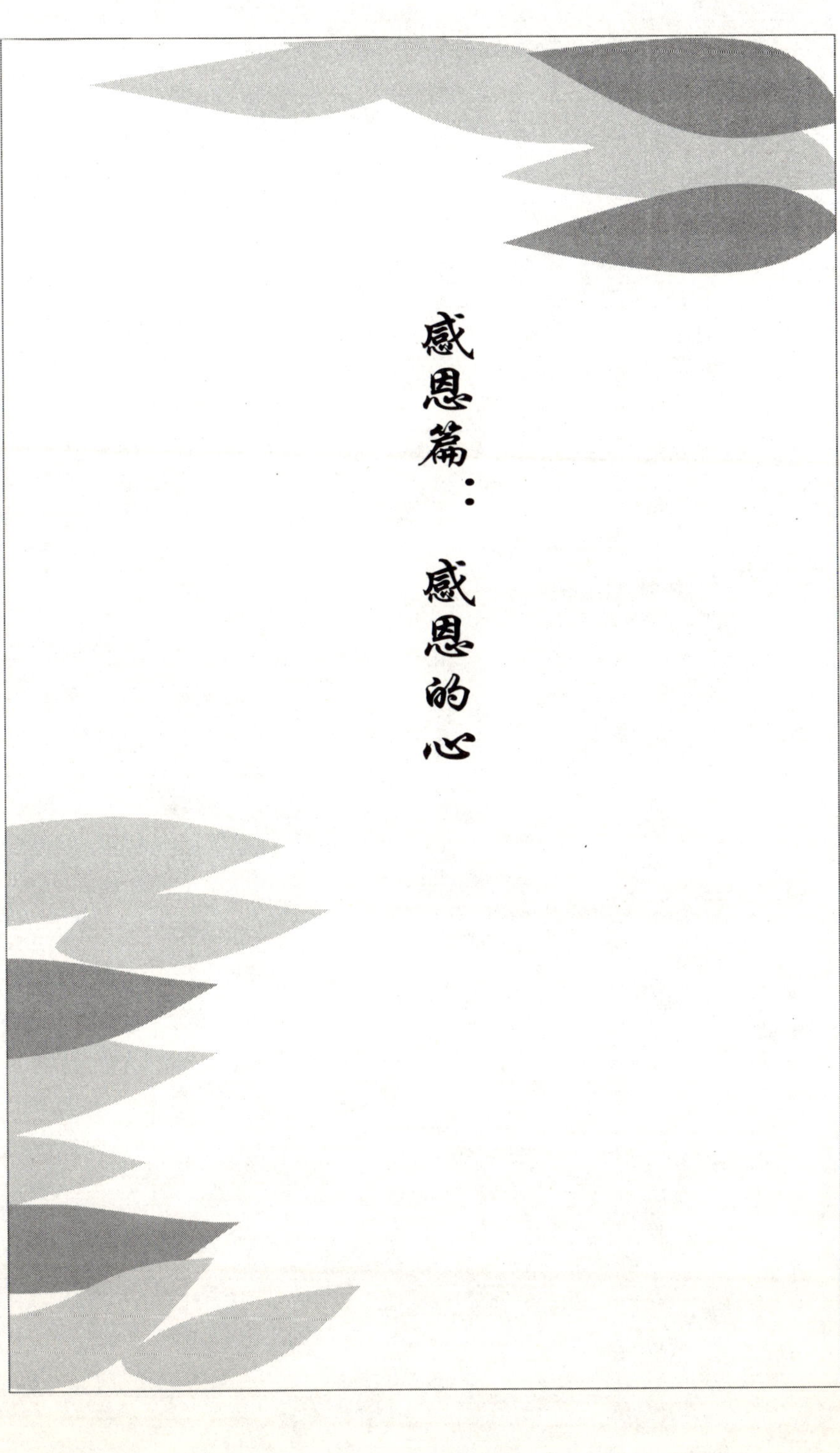

感恩篇：感恩的心

第一章　爱的回报与延续

又是11月月底了。星期五的晚上，太阳村每月一次的生日会开始了。活动厅的小礼堂里灯火辉煌，优美的钢琴声轻柔地响起。此次生日会从外面赶来几个有备而来的爱心阿姨，她们在钢琴旁边指导一个女孩照着谱子弹奏一首新歌，两个阿姨在舞台前给孩子们每人手里分发一张刚印好的歌词，然后阿姨一句一句打着拍子，耐心教唱。歌声中，一对澳大利亚的老夫妇款款走进来，他们送来一块特大的蛋糕，由老师帮着将蛋糕摆放到餐桌上，打开包装，颜色鲜亮的大蛋糕散发出奶油的甜香，精美的蛋糕看上去尺寸要比孩子们的课桌还大上一圈。两位外国爷爷奶奶眼睛里充满慈爱的笑意，站在一旁静静聆听着孩子们清纯的歌声。

太阳村里的孩子们会唱太多太多的歌曲，其中要数《感恩的心》唱得最熟，也最深情，并且他们一边唱一边从头至尾打着动感的手语：

我来自偶然　像一颗尘土
有谁看出我的脆弱
我来自何方　我情归何处
谁在下一刻呼唤我
……
感恩的心　感谢有你
伴我一生　让我有勇气作我自己
感恩的心　感谢命运
花开花落我一样会珍惜

每天，太阳村的孩子都在接受着人们各种各样的爱，“每天，感动无时无刻不在我们心中荡漾，点点滴滴的爱积聚在心里，很沉很沉……”太阳村的老师说。

只有被爱，才会滋生爱，深种在心里的爱，到了长大时应该滋生出更多,应该向他人播撒出去,因此,“感恩的培养”,在对太阳村孩子的品德教育中,颇受重视,被列为居于第二位的大主题。

张淑琴:感恩的培养不是小事,要教育他们懂得知恩图报,回馈社会,这是太阳村每个老师的责任。对孩子们进行感恩教育,我们先从一些小习惯上慢慢培养。比如,当收到礼物时一定要说谢谢,吃饭前一定要背诵“锄禾日当午……”并且要谢谢炊事员叔叔阿姨。过年过节时,一定要给帮助过自己和太阳村的人亲手制作感恩卡,给助养自己的叔叔阿姨写信汇报自己的生活和学习情况。再有,让孩子们到监狱里探望自己的父母,在假日里去养老院看望老人,当太阳村的大枣熟了,让孩子们给福利院等其他一些公益组织送枣……

志愿者李律师说:“太阳村是靠全社会的爱心托起来的,这爱像太阳,托起了孩子们的明天和希望。所幸的是,从孩子们礼貌的言行,刻苦自律的表现中,我感受到了这种爱的回报以及爱在孩子们身上的延续……”

李律师的印象当然不会是空穴来风。也许在秋天的萝卜地里,乖巧的孩子一边跟他拔萝卜,一边耐心地教他:“叔叔,你知道怎样挑心里美吗?”也许在枣园的小吃城里,孩子系着围裙、拿着勺子,有模有样地给他烙了一碟喷香的韭菜合子……

除了类似的日常体验,李律师应该还有很多更有趣更深入的见闻。

这天是教师节,正好赶上爱心姐姐魏晓娟她们小屋帮厨,孩子们决定,要出其不意地完成任务。从中午她们就开始准备,分工明确,有的准备材料,有的刷洗餐具,有的和面,有的切菜。下午放学回来,她们再到伙房里接着忙乎,将中午和好的面团搓成细条条,拧成麻花下锅油炸,再把面饼包裹上砂糖蒸小糖包,另外的一只锅里炒菜……十几个女孩子一丝不苟,精心做着几道材料简单但是工艺却不怎么简单的小吃。

魏晓娟:教师,一个多么神圣的职业,它如同园丁,如同医生,如同再生父母,教育我们,关爱着我们。太阳村的老师们,每天为我们付出许多,我们也想真心地回报他们……时间过得真快,这天我们整整忙碌了4个钟头,共做出了8种小吃,我们期待的这顿给所有老师制作的丰盛大餐和自己画的祝福海报一起呈现的时刻终于到来了,老师们惊讶的目光和感动的泪花让我们的内心也暖暖的。

老师,我们爱你们!祝福张奶奶,祝福全体老师,身体健康,永远开心!

在太阳村,老师每天是和孩子们一起吃饭的,因为孩子们每天都要轮流帮厨,老师吃的饭自然少不了孩子们的功劳。在教师节这样的特殊节日里,太阳村放手叫孩子们自己独立做饭,就像孩子们给自己的父母搞一次特殊的慰劳。

太阳村老师张明哲为此这样分析:

一般的社会服务机构只局限于为服务对象提供服务,而太阳村的孩子们通过参与,能够为老师服务,让老师在某种程度上成为服务对象,接受孩子们的服务,可以说是创造了一种难能可贵的服务模式。这种服务改变了太阳村老师单向地为服务对象提供服务,变成老师与孩子之间双向和互相的服务,老师既充当服务角色,又接受孩子的服务;孩子不光接受服务,而是在接受服务的过程中也承担起责任,这不仅是对孩子的一种教育,教育他们如何自力更生,如何回报太阳村老师,如何回报社会,这也是社会服务模式的创新。

——张明哲:《太阳村的小厨师》,
《太阳村简报》2009 年第 2 期

服务意味着回报,回报意味着感恩,而感恩,作为世间最美丽的语言,它不仅表明人与人之间最真诚的相待,并且还验证着一个道理:爱,可以从根本上改变一切。

当一个小孩在少儿时期遇上的是善待以及仁慈时,他才会懂得人间的温情,才会重情和善良……

2008 年 5 月 12 日,四川发生了大地震,灾难后的第三天,张淑琴给成都市妇联、四川民政局、四川监狱管理局打去电话,并且发去信函联系,说我们几个太阳村都已经做好了接受 200 名灾区儿童的准备工作,北京村里最少可接纳 60 个孩子……孩子们的小屋宿舍立刻就腾了出来,打扫得干干净净,生活用品和学习用品也都准备就绪,甚至连孩子们的入学就读问题也一一做了安排。

可是,盼星星盼月亮,灾区孩子一直没有过来。太阳村的孩子们有点着急,整天地问老师,怎么四川的小朋友还不来啊!

终于到了春节前夕,中国青少年基金会莲花爱心基金管委会主任蔡鹏来到太阳村,他询问张淑琴,他们帮助的 36 名灾区的孩子能不能到太阳村来过年?

张淑琴马上回答他,当然可以了,孩子们什么时候来?我们腾出来的宿舍一直给你们空着,连"年货"都备好了!

正月初四,蔡鹏先生和志愿者将灾区来的36名孩子送到了北京太阳村,太阳村里的小主人列队欢迎,欢声笑语充满了整个院子。整洁的小屋里,被褥床单全部是新换的,桌子上摆满了花生、瓜子和水果糖。在欢迎仪式上,每个孩子都领到了压岁钱和大礼包,村里的孩子们又为小客人表演了拿手的文艺节目。初五晚上,村里的小广场燃起一堆篝火,火光中,四川省青川地区的36名小朋友和北京太阳村的一百多名孩子,一起无忧无虑地唱歌欢闹,礼花腾空而起,孩子们的欢呼声感染着周围的老师和爱心人士,大家其乐融融,每张笑脸都被佳节之夜的熊熊火光映红了……

附录:太阳村孩子的习作

1.《有这样一位母亲》

有这样一位母亲,
踏遍千山万水,历尽千辛万苦,
只为给一群毫无瓜葛无家可归的孩子一个幸福的家。
有这样一位母亲,
当孩子感到孤单、自卑和绝望、失去信心的时候,
用慈祥的目光温暖着每一个孩子的心。
孩子们幸福地笑了,亲切地叫她张奶奶。
敬爱的妈妈,您辛苦了!

(河南太阳村孩子　廖春丽)

2.《不一样的亲人》

我原来认为亲人是指跟自己有血缘关系的人。来太阳村之后,才感到没有血缘关系的张奶奶和其他老师,比亲人还亲。

在太阳村,我可以和老师们说心里话,可以上学,可以和其他小朋友们一起做游戏,可以了解城市里的生活。还可以在老师的引导下,参加各种活动,充分展示自我。学校的操场上、博物馆的大厅里、动物园里都有我们的身影。

这些都是许许多多不知名的叔叔、阿姨和小朋友们奉献爱心,为我们创造的条件。我们心中充满了感激之情。

愿世界充满爱。我多么想快快长大,为建设伟大的祖国贡献自己的力量。

(北京太阳村孩子　王学琴)

第二章 遍地太阳花

“五一”劳动节的清晨，太阳村里的老师和孩子们又一起在院子里栽种太阳花。

时光飞逝，日月如梭，太阳村自建村 13 年来，孩子们一茬一茬地长大，正像那姹紫嫣红遍地开的太阳花一样。数不清的孩子从太阳村长大、出发，昂然走向社会，有的找到了工作自食其力，有的考上了大学刻苦深造，还有的当了兵，甚至做了雕塑家。

对每个离开太阳村的孩子，张淑琴和老师们都上心挂记着，一有空儿就念叨。

还记得黑豆吗？那孩子已经是小伙子了，越长越像个帅哥，现在在陕西蓝田的一所学校里学烹饪。

张海，今年 23 岁了，在西安一家乳业公司当送货员。在电话里他告诉老师，自己每天晚上 10 点准时上班，配送奶品，直到转天上午 10 点下班。

汪洁的工作还不错，在西安一家保健品连锁店负责做员工的培训工作。

刘亚丽落在北京，现在是中环假日酒店里的工作人员。她一步一步踏实地工作，从刷碗工开始做起，然后是客服部、洗衣房。赶上了千载难逢的北京奥运会，这孩子被抽调到奥运会的康乐中心做服务员。据她说，这个夏天里见到的歌星、影星多了去了！

2008 年高考过后，老师们接到喜讯，由太阳村助养的河南孩子李雨璇不负众望考上了上海立信财会学院。她是太阳村培养出来的第七名大学生……

作为 1996 年第一批入住太阳村的小村民，文龙如今已经在西安超人雕塑厂工作几年了。那次瑞典世界童年基金会总干事安娜女士到西安太阳村来，文龙将自己为瑞典公主玛德琳雕塑的半身铜像送交给她。看到文龙仅仅凭着公主的一张照片，就雕出来公主栩栩如生和惟妙惟肖的表情，安娜女士惊叹不已，连声说，太像了！

才华是埋不住的，除非自己掩埋自己。在西安超人雕塑室，小文龙是最刻苦的学生，几年来他用自己的汗水彻底改变了自己的命运，成为雕塑厂的主要骨干力量。如今，他已经有 4 件作品被国家博物馆收藏。他雕塑的周恩来总理、杨贵妃、翁同龢的塑像，赢得了国内外专家的好评。那天，听见太阳村老师们在商量，送给瑞典公主什么样的纪念品？腼腆的文龙忍不住在一旁建议："可不可以为公主塑一个肖像？"

这天，太阳村又来不少客人，讲解完展板的内容，张淑琴指着刚进来的太阳村老师王龙给大家介绍说："这是我们这长大的第一拨孩子，他刚从部队复员回来，就愿意在太阳村工作，在部队他入了党，并且被授予'救火英雄称号'……"

话音未落，憨实的王龙面向众人"啪"地立正，敬了一个标准的军礼！

张淑琴见状眼里登时迸出泪水。

张淑琴：我想我们的孩子多争气呀！有时他也叫我着急，我就揍他，很凶的。其实就是凶，那也是一种疼爱。

有些孩子，他们跟你撒娇、告状，甚至借钱，都是有感情的表现……我就是喜欢孩子，也不嫌他们调皮，不嫌他们脏，给他们擦鼻子，梳辫子，哪个都想抱到怀里。春节了，有的孩子来不了，老远的打个电话，说我是你的大孙子啊，你都记不住了，我说，不会，你们哪个我都记得住！

她说哪个她都记得住，是因为哪个她都了解，哪个她都放不下。

闹眼疾的张起特别懂事，眼睛里老带着一股子爱心哥哥的神气，又自律，又有责任感，把他们的"德国小屋"管理得特别好，自己也是逞强得要命，属于那种典型的"不要为打碎的瓦罐哭泣"的坚强孩子。张起学习一直领先，可一只眼睛早就视力模糊，另一只眼睛视力也越来越差，斜视越来越厉害，叫老师们担心，一旦彻底看不见了可怎么办？

张淑琴找张起谈心，夸奖他特别能吃苦。可是，你这么拼命，白天上学，夜晚复习，眼睛还能保得住吗？要叫张奶奶说，考不上高中咱们无所谓，首先还是要爱护眼睛，保住眼睛啊！到时候，张奶奶总能叫你找到一份工作。

张起却是固执的,“回也不改其志”,他写下这样的日记:

(在上海,受张淑琴委托)一位阿姨带我到一家著名的眼科医院进行检查。阿姨楼上楼下,挂号排队,我看到她额头上渗出细细的汗珠。当阿姨得知我的眼睛既不能做手术又不能进行药物治疗时,她的眼圈红了。我没有掉一滴泪。

在上海看眼睛的三天,我享受到太多太多的关爱,这些爱,足可以让我受用一生,足可以让我用眼睛去交换。我相信我是坚强的,我会按照医生的叮嘱,去努力锻炼,去克服一道道难关,走一条属于我自己的路!

有什么办法?只有成全孩子。那几天,张淑琴和一个老师出去找人,给张起还有另一个成绩优秀的男孩抓紧联系了牛栏山高中,让这两个“心比天高”的孩子暂时在那里学习一段时间,然后再想办法资助他俩,找一个更为合适的中学去借读。

老师们相信,这俩孩子这么努力争气,将来肯定也能考上大学!

太阳村有的孩子,想着长大以后,像王龙那样,把自己的人生志向拴在太阳村里,他们跟张奶奶说:“我们以后哪也不去,就留在这里,帮着张奶奶把太阳村管理得好好的!”

还有的孩子,一有时间就给老师们当小工,忙前忙后的不怕累。管财务的老师给他们发工钱他们也不要。

这天,张淑琴看见两个大孩子把展板上卷了边儿的解说词和照片一张张地都给粘好了。看着他们那样懂事,自己给自己找事干,张淑琴的心里说不出的感动和欣慰。

每个孩子都是能够发出光芒的星辰。太阳村的孩子也像所有的正常孩子一样,有一天他们个个都会破茧成蝶。即使大多数的孩子可能不会当什么“家”,可能活得平凡而普通,甚至长大了就在太阳村里围着老师和小孩们转,但是,像这么懂事的孩子,他们将来肯定会成为太阳村的顶梁柱!

第三章　宽宥的力量

感恩教育绝不能排除亲情的内容，亲情是非常重要的，张淑琴特别强调这一点。当年在陕西创办第一个儿童村时，她就定下了每年让孩子到监狱探视父母的制度，尽管儿童村要耗费不小的开支，但是这一条制度他们始终坚持了下来。

司法部在2005年专门成立课题组，展开关于"监狱服刑人员基本问题"的调研，调研报告显示了这样的内容："课题组在调查表中设计了'最希望谁来探视自己'的多项选择，近50%的服刑人员将孩子排在了第一位，其次才是配偶和父母……在'服刑期间最担心的事情'的多项选择中，有66.4%的服刑人员将'担心孩子遭受歧视、无人照管'作为了首选。"（2005年7月4日《中国青年报》）

不用说，从服刑人员的一方看，孩子是他们最主要的精神支柱。而从孩子的一方呢？更不用说，父母亲情也是比什么都重要。而只有当一个孩子从小拥有亲情、尊重亲情，他才会懂得尊重人情，进而尊重他人与社会。因此，父母再怎么犯错，孩子也必须相认，这不仅是为了父母，也是为了孩子自己。

那天太阳村老师王茜到板桥小学去开家长会，她一个人要代表太阳村在这个小学的五十多个孩子的家长。孩子们都从自己教室里跑出来抢她，这个说，"王茜姐姐，你到我们班来开会吧。"那个说，"你要代表我领奖状，你必须得来呀！"

王茜又犯愁又难过。

王茜：我不知道怎么办了，我恨不得把自己分成五十多份。孩子们真是需要父母啊，他们对家长依赖得很，有的经常就央求我说："王茜姐姐，我叫你妈妈，行不行？"

张淑琴：亲情是别人永远代替不了的。逢年过节，我们好多孩子想家想父母,有的就大哭起来……孩子们整天叫我张奶奶,那是非常亲的,但是带他们去看他的爸妈,他们手里有糖不会留给我吃,手上有电子表,一手戴一个也不会给我一个,因为那是给他爸带去的,所以说,亲情是没法代替的,儿童村再好也不能代替他们的家。

但是这些特殊孩子,亲情的表现也是特殊的。太阳村为数不少的孩子,父母中的一方都有重罪,甚至是杀人的罪,被害人正是他们的父亲或者母亲。在孩子的心灵深处,这种可怕的伤痛弥合起来需要过程。

北京村里有一家来自广西的姐弟三个。姐姐小珍(8 岁)和弟弟小奇(6 岁)、小峰(4 岁)。他们的爸爸有一天正在山上砍柴,被妈妈伙同自己的“相好”推下山去。而后那个“相好”被执行死刑,他们的妈妈判了死缓。对妈妈犯下的罪行小珍和小奇心里有数,因此在前往探监的火车上,当小峰说,咱们先看妈妈,再看爸爸时,小奇就纠正弟弟,告诉他,爸爸死了。小峰叫起来说,没有,爸爸没有死!哥俩就在那里争,小珍默不吱声看着窗外。王茜老师赶紧换话题,问他们,你们给妈妈准备什么礼物了?小珍拿出一篮子洗漱用品,小奇是 3 人的合影照片,小峰是画,画的太阳村。

但是到了监狱,两个大孩子说什么也不肯上前凑近,只有不知情的弟弟一下扑到妈妈怀里。该吃饭了,当妈妈的不住地给 3 个孩子轮流夹菜,两个大孩子只是矜持地愣着。幸好在附近村里看望助养孩子的张淑琴抓紧赶到监狱来,见到孩子“冷场”的阵势,她把小峰抱起来,叫小珍、小奇一边一个,挨近妈妈坐!她跟满面泪痕的妈妈夸奖小珍懂事,知道照顾弟弟,并且学习也好……当妈妈的不停地抹眼泪。

张淑琴劝导她,别哭啦,给你说小峰这孩子可爱得很!那天太阳村开朗诵会,几个大学生组织,小峰说的这一段:

妈妈的爸爸是外公,爸爸的爸爸是爷爷,大家的爸爸是祖国!

“——哎呀你不知道,咱们小峰说得多好,因为孩子多,小峰没有得奖,我当时就站起来问,为啥不给小峰?小峰最小了,孩子说得太好啦!后来一个大学生志愿者把一大包糖果给了小峰……我和他爷爷(在太阳村烧锅炉)说,我们要好好培养小峰!”

探监回来,张淑琴和老师反复给小珍姐弟做工作,叮嘱他们给妈妈写信。不久,妈妈的回信来了,念着信,小珍、小奇都激动得哭起来。

再写回信时，他们像大孩子一样开导妈妈：别惦记我们，我们在太阳村好极了。并且小珍还在信纸下边画了四个桃心：由大到小依次象征着妈妈、小珍、小奇、小峰，当姐姐的在每个心形里写上了祝福的话，祝愿妈妈健康，向妈妈保证，会照顾好弟弟，自己也会好好学习……

老师看得出来，孩子终究能够原谅妈妈，强烈盼望着妈妈早日出来。

从福州铁路公安局接来的刘强强快有两岁了，还不认识他的爸爸。从吃奶时他被抱进太阳村，因为先天不足反反复复住医院，没少叫老师们操心，眼看着这个孩子长得健康结实了，张淑琴想，该叫他们父子俩见个面了。这回夏天，一行人顶着酷暑上了长途汽车，辗转来到刘父所在的重庆永川监狱。那是位于山顶上的一个茶场。由于正在修路山上不通车，几个人轮流背着孩子往山上爬。得知眼前这个又白又胖的孩子就是自己的儿子刘强强时，犯人爸爸完全不敢相信。当他向儿子伸出手时，儿子惊异地往后退。已经会叫奶奶的刘强强从来不会叫爸爸。张淑琴拿出饼干一点点哄他，费了好大的劲，终于，一声稚嫩的“爸爸”脱口而出了，做父亲的又悲又喜。

监狱准备了团圆饭，当爸爸的抱着年幼的儿子一口一口和着泪往下吞……

这样的探监，十几年来，张淑琴和老师们不知经历了多少回，多少回他们拉扯着孩子辗转奔波。乘火车，挤汽车，赶山路，然后，身处监狱的高墙内，陪着孩子们一起流泪。在那个痛心的时刻，他们感到，亲情从来没有如此沉重过。亲情像一把巨大的重锤，敲击着罪犯的灵魂，亲情也像一场号啕的暴雨，冲刷着所有的怨恨与隔膜。

孩子究竟是孩子，单纯的心灵比什么都要透亮，宽宥的力量比什么都要强烈，甚至他们会产生一种难以形容的激动和喜悦！

得知第二天将要在没有玻璃隔断的会客厅见到父亲，孩子们都兴奋得不知该怎么打扮自己好，还纷纷请求老师把他们的指甲再剪一剪，头发再梳一梳……

孩子们把要送给父亲的礼物倒在床上检查了一遍又一遍。“姐姐，你知道这些礼物里最珍贵的是哪一样吗？”“姐姐想不出来，你说呢？”“是我们的照片！”这是此次襄樊之旅给我印象最深的对话。北京太阳村的孩子们每年都有一次探视在监狱服刑的父母的机会，孩子们会用自己平时积攒的零花钱给高墙里的父母买一些“礼物”,这些礼物有牙刷,有肥皂,有擦脸油。可是这些在孩子们心里都比不上精心挑选出来的送给父亲们每天放在床头看看的照片来得珍贵。“吃的吃完了就没有了,用的用完了也就没有了,只有照片可以天天看,所以照片最珍贵!”

……穿越重重铁门见到父亲们和赶来的亲人们的一刹那,孩子们顿时有了自豪感和归属感……见面的场景并非我事先想象的伴随着泪水和哽咽,而是充满了欢声笑语,父亲们大都得到减刑,看到孩子们长高长胖了,听着孩子们汇报着学习成绩,五家人都充满了希望。

——边珂:《太阳村孩子赴湖北襄樊监狱看望爸爸》,

《太阳村简报》2009 年第 3 期

第四章　感恩祖国

2009 年 4 月 13 日，北京太阳村与湖北襄樊监狱联合开展了“情满高墙，感恩祖国”的大型帮教活动。此前两天，太阳村老师带着监狱送来的 5 个孩子乘火车去看望服刑中的父亲。转天的帮教大会，监狱不但邀请了部分服刑人员家属到现场与服刑人员和孩子们团聚，还请来了社会帮教者、执法监督员，和襄樊市歌舞团的演员们。歌唱家王久林一首歌曲《天路》拉开大会演出的序幕，太阳村孩子小雨凤的发言，以稚嫩的声音吐露了孩子们的心声。

帮教大会在监狱操场举行，当孩子们沿着跑道走向坐席的时候，一千多双温和的目光一路追随着我们，我不知道这其中有多少是(太阳村孩子的)父亲，更不知道有多少父亲家里的孩子无人照管。当我们的 5 个孩子和父亲们一起表演手语歌《感恩的心》时，午后炙热的阳光下，全场鸦雀无声。一家艺术团专门赶来为大家表演了歌舞，多家媒体也前来见证这感人的一幕。

(接边珂上文)

太阳村与监狱的这种联谊活动每年都要有好几次，作为感化犯人的创举和探索，太阳村的老师们和监狱的警官们看到，这种联手进行的帮教工作意义非常重要，极大地唤起了服刑人员的感恩意识，也极大地教育并且引导了他们积极改造的决心和信心，在回归社会、回归人性的光明路上，他们能前进一大步。

服刑人员万虎在监狱的报纸上这样写道：

在太阳村来我监播撒爱心的活动现场，巨大的震撼在我心里激荡着。太阳村和她的创始人以及其他老师，不是很了不起，而是非常崇高，这不是一个简单的创举而是一项拯救灵魂的伟大事业，一种让社会更加安宁和谐的崇高行为，在呵护无辜的脆弱生命之时，挽救了诸多失落的灵魂。太阳村的这一壮举，不仅给孩子们提供了避风港，为孩子们构建了一个良好的成长环境,而且卸掉了服刑人员的心理包袱,给予了希望,增添了改造的信心和力量。太阳村,您给我感动,给我梦想,您是我心中不朽的丰碑!

2008年8月14日正午12点,北京奥运会上美国对加拿大的垒球比赛即将开始,组委会安排了特别的开球仪式:来自北京太阳村的李雨凤作为小小的开球手,走上了投手的位置,孩子气十足地掷出了第一个球,揭开了美国与加拿大比赛的序幕。

作为襄樊监狱服刑人员李有海的女儿,她有幸担当奥运开球手的消息在犯人们中间传开了,他们奔走相告,兴奋异常,无比骄傲!

小雨凤的父亲李有海在写给张淑琴的信中说:“得知女儿雨凤在北京太阳村荣幸获得国际垒球联合会主席唐波特的邀请,为美国与加拿大垒球比赛开球,我深为女儿自豪!这个骄傲源于您和北京太阳村的老师们的栽培和教育。对于孩子的健康成长和不断进步,我感到万分欣慰,无以回报!”

河南女子监狱的服刑人员李晓润,觉得2009年的春节对她来说像做梦一样,这天,已经十几年没有见过的、考上大学的儿子和女儿忽然站到了她的面前!

十几年前,李晓润伙同他人杀害了丈夫,被判死缓,此时两个孩子一个5岁、一个3岁,只好寄养在伯父家中,艰苦的生活条件加之邻居的指责,给孩子的童年留下痛苦的记忆。女孩宁飞12岁那年,伯父再也无力同时供她和哥哥一起上学,无奈她便辍学在家帮着干活。半年后太阳村得知了此事,将小宁飞接到村里,从此重新背起了书包。到小宁飞该考高中时,张淑琴考虑到这孩子学习成绩较好,决定资助她回到原籍上高中,为以后考大学做准备。此时得知宁飞的哥哥江飞已经考上大学,正为高昂的学费发愁。张淑琴马上给他们的伯父打去电话:“服刑人员的子女照样享有受教育的权利,你因为交不起学费,让孩子失去上大学的机会,孩子的大学学费和生活费太阳村给出!”就这样,兄妹俩在太阳村的及时资助下,都按部就班地继续着自己的学业。

当李润晓见到两个长大了的孩子,得知他们的优异成绩,不禁泪流满面地说:“本来我不相信罪犯的儿子能考上大学,今天孩子站在我面前亲口告诉我他是一名大学生时,我简直无法用语言来表达心中的感激!政府、监狱、太阳村不仅挽救了我这个罪人,更挽救了我的孩子!是监狱警察和张主任给了我和孩子,我们两代人一个充满希望的明天!”

在张淑琴手里，积得最多的是犯人们的感谢信，她深知，这些信的分量和她肩膀上的责任实际是一码事。

因为在一个监狱里，有一个罪犯的孩子在儿童村，或是全国的监狱里，有几个监狱的罪犯的子女在儿童村，那么真正感到有希望的是所有的犯人。他们看到社会不歧视他们的孩子、照顾他们的孩子，他们就会感激这个时代，感激这个社会，更早地回归社会。

在服刑人员的口中，如今"太阳村"已经成为出现频率最高的词，太阳村童话般的存在叫他们又惊奇又愧责，正是在这样的感触下，他们开始从此编织起自己崭新的充满了希望的人生。

附录：

1. 孩子妈妈的感谢信

尊敬的太阳村主任：

你好！

我非常高兴今晚能与你在电话上谈心。9 月 20 日孩子们到河北女子监狱探视，我和其他的孩子的妈妈一起在等待孩子们的到来。远远地看到孩子们走过来，我在这十多个孩子中找我去年 8 月份才见到的儿子的身影。却无论如何也找不到自己记忆中的孩子。离我们有五米远的时候，一个孩子喊着妈向我跑来。我不敢相信眼前这个最少有一米七的大男孩是自己的儿子。孩子长这么高了，而且学习成绩比原来提高了那么多，这都是太阳村老师辛勤教育的结果。

孩子说在 2008 年奥运会开幕前夕，他就和太阳村的一些小朋友到过"鸟巢"看过田径比赛的选拔赛。我给孩子说："孩子，你的幸运和这么好的学习条件是政府和太阳村给的。你一定要听老师的话，好好学习。"

孩子懂事了，他这次来问我什么时候能出去，问我有什么打算？我给孩子承诺我以后会做善事来回报我爱和爱我的人。

真的，有许多话想和你说说，这可能是所有当妈的人都是这样，谈起孩子话就特别多。总之，孩子就托付太阳村了。我知道，太阳村的老师比我们这些所有的妈妈都有资格做孩子们的妈妈，孩子在太阳村，我一百个放心。

河北女子监狱服刑人员

王贵霞

2008 年 11 月 22 日

2. 襄樊监狱党委致太阳村的感谢信

尊敬的北京太阳村的全体老师:

您们好!

难忘的2008年即将过去,崭新的2009年即将到来!回首2008年,北京太阳村给予了襄樊监狱特困服刑人员一如既往的爱心救助与帮扶,配合监狱开展系列宣传教育活动,受到全体服刑人员的衷心感谢和热烈欢迎,为襄樊监狱的教育改造工作增添了温暖的色彩,提供了新的亮点。在此,谨向太阳村的全体老师表示崇高的敬意和衷心的感谢!

2006年,北京太阳村的温暖辐射到襄樊监狱,20名特困服刑人员子女得到了太阳村的分散助养,家庭的燃眉之急得以解除。

2007年,北京太阳村继续加大救助力度,为我监51名特困服刑人员子女提供了近2万元救助款,3名服刑人员子女被送到北京太阳村助养。同时,张淑琴主任亲临襄樊监狱,在监狱召开的教育大会上鼓励服刑人员振作自新,珍视社会各界给予特困服刑人员的帮扶助救,以积极的心态扎实改造,争取早日回归社会,收到良好的宣传示范作用。

2008年全年,我监共有60人次特困服刑人员子女受到北京太阳村资助,救助资金达3万余元,另有2名服刑人员子女被送到太阳村生活学习,5名服刑人员子女得到太阳村提供的免费技术培训。在举世瞩目的北京奥运会上,我监服刑人员子女小雨凤幸运地为奥运会垒球比赛开球,这一切都彰显了爱心工程的崇高与温暖!

……

父母犯罪,儿女无辜,太阳村就是服刑人员子女的家。在新的一年里,监狱将继续加大与太阳村的密切合作,在"爱心工程"中携手共进!

最后,再一次感谢太阳村对监狱服刑人员子女的爱心救助!

再一次感谢太阳村对监狱工作的支持与帮助!

并借此机会,向太阳村的孩子们和全体教职员工致以新春的祝福!

湖北省襄樊监狱

2008年12月17日

思考篇：人间正道

第一章　爱的接力

——巨大的社会工程

2008年7月4日下午，咸阳新建成的统一广场彩旗飘扬，喷泉如注，鲜花怒放，“中国加油！”“好运北京！”的呼声此起彼伏，人们从四面八方赶来，见证一个千载难逢的场面——北京奥运火炬第63棒接力咸阳站传递活动在这里举行，这次的火炬手是太阳村的创办人、原陕西省监狱局高级警官张淑琴。

当60岁的张淑琴握住火炬奔跑的瞬间，给她当亲友团的干警、老师和孩子们组成的拉拉队一片欢腾，那种蓬勃向上、传递爱心的力量感染了在场的每个人。

“奥运火炬是太阳村的骄傲，张奶奶是太阳村最亮的明星！”

“整个世界都看到了太阳村的光芒……”

咸阳一行回来，很多爱心人士都赶到了太阳村，和奥运火炬实现“零距离接触”。大家说：“流动‘祥云’是爱的接力，它代表着太阳村的希望！”

在全国监狱系统，被推选为北京奥运火炬手的只有张淑琴一人。

这年年底，在中国志愿者的博客上，网友们选出“感动中国十大社会帮教志愿者”，张淑琴是其中之一，推荐理由是：“张淑琴，自筹经费建立替罪犯代养代教无人抚养的未成年子女的阳光儿童村，只为两代人的‘重生’。十几年如一日用她那颗感天动地的母爱和坚韧执著的毅力为服刑人员抚养未成年子女。”

在这之后，上海东方卫视评选“2008年度中国十大非凡女人”，张淑琴又荣幸当选。

颁奖仪式上，影视演员倪萍感慨地说：“只有非凡的性格才会产生非凡的女人，我算什么啊，你张淑琴才是真正的非凡女人，从十几年前我就知道你在做着那件特别难的事，现在十几年后再见到你，竟然还在做着，太不容易了！”

从1996年在陕西开办第一所儿童村到现在，十几年来，国内国外的媒体聚焦不断，毫不吝啬地将一串串赞语送给张淑琴和太阳村。

——如北京市监狱管理局《工作简报》（第173号，2001年12月18日）中通报的：

儿童村的建立，有效地保证了未成年人的权益，解除了服刑人员的后顾之忧。

——如北京大学康树华教授在中央人民广播电台《午间一小时》“三人谈”节目中说的：

我觉得你们办儿童村是做了一件很好的事，是功在当代、利在千秋，我的评价，这是一个伟大的事业。你是用伟大母亲的胸怀来关心我们的下一代……

——如作家常杨在《离开父母的日子里》中写的：

毫不夸张地说，无论用多么华丽的词汇赞美儿童村都不为过。

它从无到有，从小到大，着实填补了维护儿童权益这个神圣事业中的一个空白。

它超过预想，在整个社会掀起阵阵波澜，对善良的人们是最好的呼应，对践踏人权的丑恶是最大的抨击。它超越国界，在全世界引起极大反响，给人类发展写下新的篇章。即使如此，它更新、更深的意义还有待新世纪的人们予以总结。

始终保持着清醒务实的张淑琴，自己又是怎么说的？

——没有那么伟大，这是一件普普通通每个人都能做的事。

——根据2005年《中国青年报》上的调查报告统计的数字，全国有60万罪犯子女生活在困难中，所以，我能做到的，就是要把我见到的和手能够得到的孩子都救助下来，再去影响一些人。不是说我的手能够握住多少手，而是我的手能够让多少只手都伸出来，这是最重要的！

——太阳村不光是一个提供对特殊孩子保护和教育的基地，更多的它是一个平台，它会帮助一批人，教育一批人，影响一批人。我们帮助了孩子，教育了他们的父母，也教育了很多的法盲、没有爱心不愿意帮助别人的人,同时也给志愿者们提供了帮助孩子的机会。并且我们还是一个理论研讨的中心。一个太阳村建起来,可以影响这个地区和更远的地方,一是对儿童的关注,二是法制的加强,三是对于人的爱心的培养,四是开发当地的经济……咱们就是要社会更多的人回归善良,回归爱心,回归责任。善事要大家做,我一直是这个观点,回归是一个巨大的社会工程。

每天,太阳村要顾及的方方面面的事情太多太多了,全国的太阳村、成百上千个孩子,从生活到学习,要操心要过问的事情层出不穷,哪一件都不容耽搁。

严冬又到了,北京太阳村通过物流公司向青海省西宁监狱发出二十多个大邮包,为西宁监狱二十多名服刑人员特困家庭的孩子寄去棉衣、书包之类学习用品和生活用品。这年夏天,太阳村与青海省大通县民政局达成协议,双方合作,在大通县建成为救助青海省服刑人员未成年子女的太阳村。此时雪域太阳村刚刚建成,60 名孩子即将住进去……

这天半夜,河南太阳村打来电话,那边租用的地界发生了问题,人家"地主"要提高地租,双方一直在讨价还价。电话撂下张淑琴又睡不着了。5 年前,北京太阳村和河南女子监狱合作成立了"太阳村新乡儿童救助中心",几十个孩子生活在这里,家虽清贫,但是离着妈妈近,如今,面对更多的特殊孩子的需求,并且租期将近,场地狭小等问题,北京太阳村正在研究,要为孩子们抓紧重建新家,让他们在一个条件好一些的环境中早一天走出阴影,和正常孩子们一样享受到爱的阳光雨露。

天一亮,张淑琴便收拾一下赶往河南太阳村,到了那边与村长和女子监狱的监狱长一起考察选址。他们把新家的地址选在距离监狱较近的新乡固军村,然后,联系施工队,计划在新学期开学前,孩子们可以搬进新家……

2009 年夏天,来自中国香港和苏丹、西班牙、瑞士、墨西哥、美国的十几名"和平妇女"到北京太阳村交流访问。之后不几天,北京太阳村与百余家公益组织一道,在富丽万力酒店举行"社会组织'5・12'行动论坛暨公益项目交流展示会"。这次展会,很多优秀的公益组织共同探索公益领域长期存在的信息不对称问题。作为独树一帜的典型,太阳村将 15 年的风雨历程作为展示,详细介绍了孩子们的生活现况。参观者称道说:"只有我们想不到,没有你们做不到,谢谢你们!"

6月18日，北京太阳村的老师们从北京铁路公安局干警手中接过两个来自云南的小女婴，大的不足1个月，小的不满15天，都是脏兮兮的裹着小棉被。那个不足半月的婴儿还患着新生儿肺炎和黄疸病，干警说，俩孩子是人贩子从医院里偷出来的，被铁路干警抓获，父母一时还无法找到……怎么办？太阳村只是一个民间公益机构，收留这样来路不明的孩子不仅要冒风险，还要承担高昂的医疗费。张淑琴正犹疑着，突然间，俩孩子像商量好了似的一起猛哭起来。她的心剧烈地发颤了。别无选择，先收下再说吧。

“一切为了孩子，为了一切孩子”，这是太阳村的原则，也是太阳村的责任。实际在收养她俩之前，太阳村已经开始接纳非服刑人员的子女，比如顺义区附近的孤儿。

登记时，张淑琴和老师商量给两个孩子起什么名字，一个叫草莓，另一个叫蜻蜓，好不好？救人最是要紧事，当天晚上蜻蜓就被送往医院了。8天后，小蜻蜓痊愈出院，太阳村从老师到孩子高兴不已，大家全都拥过来看新来的小伙伴，虽然她只有那么一丁点大，但是那响亮的哭叫多像是一种快活的笑声啊！

草莓和蜻蜓实在是太小了，张淑琴让女儿小燕把她俩抱过去搞“特护”。小燕现在没有丈夫，自己带着两个幼小的男孩，再抱上俩女婴，不是够戗吗，可她不仅别无二话，还喜欢得要命，她是喜欢再次体验一回“奶宝宝”的日子。一个月过去，草莓和蜻蜓眼见着长大了不少，花朵样的小脸蛋都是特别爱笑！

7月18日，太阳村老师组织5岁以下的孩子，为两个新来的女孩热热闹闹地举行了一次生日小派对——谁也说不清她俩到底生日是哪天，暂且就将她们进村来的那天当做俩人的生日吧！

金秋时节，细雨蒙蒙中，位于西安郊区的太阳村洋溢着喜庆气氛，100名孩子和他们的老师，兴高采烈地迎接瑞典世界童年基金会项目验收组一行客人的到来。此前张淑琴连夜赶到西安，带着客人们参观考察，在座谈会上，3名在西安太阳村长大、正在上大学的孩子以流利的英语向客人们做了汇报。4名刑释人员也讲述了中途服务站对他们的及时帮助和目前的就业状况。整个项目验收工作在友好和谐的气氛中进行，最后，检查组对西安村各方面的工作给予了充分的肯定和赞扬……

第二章　最高奖赏是信任

太阳村的事业蒸蒸日上，好评如潮，并且搬上大众银幕。有目共睹的奋斗与坚持、探索与创新，不仅将自主创业的实践运用于自身组织的生存发展，为社会提供了公共服务的新理念，而且以大量的事实说明，太阳村不仅保护了一大群特殊孩子，还极大支持了监狱罪犯的改造——据调查，凡是子女得到救助的服刑人员，98%都得到了减刑；同时，太阳村的创办又影响了政府出台相关政策条文，尤其是太阳村的运作模式已经在中央六部委文件中得到明确肯定。

2006年，陕西电视台《西部教育》节目，主持人请张淑琴和中央综治委领导同台做客。张淑琴介绍太阳村的一席发言刚刚结束，中央综治委预防青少年违法犯罪工作领导小组办公室主任王永峰就表示：

听了张女士的发言我非常感动，张女士她十几年始终有着非常强烈的社会责任感，为这些服刑人员未成年子女做实事，献爱心，应该说做了一些非常有意义的事情。服刑人员未成年子女，这部分群体是一个需要全社会来关心的一个特殊的社会弱势群体。党和政府也非常重视。去年，中央领导专门要求各部门下大力气来抓好这一问题。今年年初，中央综治委预防青少年违法犯罪工作领导小组、中央综治办、民政部、文化部、妇联和共青团中央六部门还专门出台了“实施为了明天关爱服刑人员未成年子女行动的通知”。在这里，我也呼吁全社会都来关心帮助这部分弱势群体，为构建社会主义和谐社会共同努力！

2008年3月，中央综治委刑释人员安置帮教工作领导小组再次发布《工作要点》：其第三点指出：进一步动员社会力量，共同做好帮教安置工作。“要动员社会爱心人士和慈善机构，配合支持民政部门创办儿童村，收留社会流浪违法青少年和社会有困难的服刑在教人员未成年子女，保障他们的基本生活，推动落实服刑人员未成年子女接受义务教育的权利，保障他们的合法权益。”

其第五点指出:进一步认识做好帮教安置工作的意义,广泛开展宣传和理论研究。“要善于发现和树立帮教安置工作的典型,加大表彰力度,鼓励更多社会各界人士关注、支持、参与帮教安置工作。充分利用报纸、电视、网络等各种传播媒体广泛开展帮教安置工作宣传,努力为刑释解教人员顺利回归社会营造良好氛围。”

然而,这些并不意味着太阳村作为“草根另类”NGO 的生存环境能够出现根本改变,所谓“在夹缝中生存的”尴尬现状,至今仍是无可更改的现实。

最难的一个关口,是“非典”时期“项目下马”的决定。

那时孩子们正集体放假在村里学习,时而大家到地里除草。非常时期村子不敢开放,要给孩子们天天量体温,小屋里到处消毒,偶尔谁有了小毛病,老师赶紧医治,想方设法尽量不去医院。就在这时,张淑琴忽然得到通知,民政部部长在一次办公会上决定,撤销“中华慈善总会特殊儿童救助工作部”这个项目。

决定都拟好了,领导才来通知她,她立刻懵在那里。怎么也想不通,正办得红红火火的项目为何一日之间忽然要撤销?太阳村怎么办?

此时阎会长已经离休,在他离休前,张淑琴记得老会长曾经说过一句话:

“不管将来总会要不要你们这个项目,你都要站稳脚跟,立于不败之地。”

可是,怎样才能“立于不败之地”?眼下谁能给她一个充分的理由解释?

没有,除了马上执行“决定”,当务之急只是马上找到新的业务主管。

经百般协商,总算又联系到中国社工协会法律援助中心,签了协议,暂且解决了“组织关系的挂靠问题”。然后,直到 2005 年再做新的变更,将关系转到工商局注册。

可以说,多年来,“挂靠问题”一直成为张淑琴的一块“心病”。她想不通,为何太阳村的“户口问题”解决起来就这么难?在国内,还有哪一家公益组织生存得如此艰难,哪一家慈善 NGO 做得如此辛苦,处境如此尴尬?

在2007年那次"新浪视频·嘉宾聊天"《说话题》中,主持人马骧的问题直截了当:"据我所知,您的太阳村其实处于一种相对尴尬的位置,我指它在组织结构上,是吗?"

张淑琴:这一点实际上很公开的就是注册的问题。……服刑子女这一块,既没有归到民政,也没有归到司法……没有人愿意做业务主管。没有业务主管的民政部门不予登记。我们没有办法只能到工商登记。工商登记但是我脑子很清楚,我是法人,并不等于所有的财产都是我张淑琴的,赶快到长安公证处做了一个公证。第一,我们是接受捐助者的委托,帮他们管理这些财产和资金。第二,我们放弃所有权利,所有的财产不是属于我的。一旦太阳村注销或者是解散,除了清算或者是解散以外,所有的东西全部捐给国家或者是其他公益组织,不属于我个人。

……我太知道,如果我们乱花钱,儿童村一天都办不下去,自己会把自己彻底打倒。这十多年来,我有一个保证,不贪污、不拐卖儿童、不虐待儿童,怎么评价,就让事实来说话。

……12年来,得到的最高的奖赏就是信任。这么多人把孩子托给我,把钱物捐给我,如果再不坚持办下去,对不起大家信任。

当然,有人不理解,质疑,很正常,慢慢会了解……

无论肯定和赞誉有多少,在"质疑"与"慢慢了解"之间,始终存在着看不见的鸿沟,它有时如此阴冷、莫测,超出了张淑琴的想象。

从陕西到北京,十几年来,挑剔和指责的声音一直没有断过。总有人揣测她另有所图。甚至有人给有关部门写举报信,说她有"不可告人的政治目的",说太阳村"超范围经营",要求政府"实施罚款",还有人肆意攻击,说她搞"家族企业"。

张淑琴:我一直都是一个有争议的人。我是一个独身妈妈,离婚多年,拖着两个女儿,加上性格张扬,又写电视剧又写小说,他们觉得我不安分守己,包括我吸烟呀,会喝酒,有人可能看不惯。身边原来就有人说我办的第1个太阳村,用不了1年就会垮台!我自己也觉得奇怪,怎么从来就没想过打退堂鼓?可能我这个人是很幼稚、很单纯,充满了理想色彩,如果不幼稚、不单纯,不会想干这个事。我就觉得,这是个好事情啊,怎么还可能有人不支持,还有人质疑你有个人目的?

没关系,我告诉大家,只要人家来太阳村,我们就希望到访者能受到教育，就算是有人是来作秀的，我们也要叫他知道，这些孩子需要帮助，社会需要爱心。

别把我当个铁人，我首先是个女人，有血有肉的女人，不可能六亲不认。就是离了婚的前夫，关系也处得还可以。那会儿他再婚时，我给他买了两条毛毯，还买围巾和化妆品，说是两个女儿给他买的。我叫两个女儿赶紧帮着操持。我说全世界50亿人，亲生父亲只有一个。他再婚是好事，衣服有人洗，病了的话也有人管了。

我两个女儿，大的在西安的太阳村，做主管助手，她挺喜欢这个工作，我觉得非常好。小的在北京村里，叫她帮着照顾太阳村的小孩子，她可喜欢了。我愿意孩子们支持我，都是我拉来的，我是家长，她们当然要听我的。再说了，我自己做公益，也不能叫女儿们忙着赚大钱。两个女婿，小女婿车祸死了，大女婿现在还无法工作，还要有人照顾，他怎么可能去做会计？（网上有人说大女婿在太阳村做会计）

我妈妈80岁了，还心疼我太累，吃不上饭，跑来照顾我。去年在这待了1年，我说你得赶快走，不然到时候他们找我的麻烦了。我妈说不行啊，我不放心，你中午老不吃饭，管那么多孩子，有时还要帮小燕。我说你就走吧，你走了我照样能活下去。

……我也不想辩解了，就说去吧，我觉得一个家庭如果真能出上十个八个做慈善的，也不是什么坏事，总比出上十个八个贪污犯要好！

也许，需要有一种情怀，才能理解张淑琴；需要有一种见识，才能理解太阳村所蕴涵的巨大人文含量。

关于生命的平等，关于爱与尊重，关于普世的悲悯与人性关怀等，这些打动人心、影响社会，甚至足以影响相关政策出台的理念与精神、探索与实践，对于质疑者和攻击者来说，令他们不解、不容的障碍究竟是什么？

又该怎样去理解这些质疑者？

记者李大同在总结《中国青年报》“冰点十年”时，曾有过非常精辟的分析：

20世纪90年代以来的中国，最强大的社会潮流是对“利”的追逐。在经济领域里依法逐利，是中国社会的一大进步。但什么都要与“利”加以交换，就会成为整个社会堕落的渊源。——这种赤裸裸的追逐，在以诚信为基础的市场规则尚未建立的环境下，成了中国当代大恶的发源地。……支撑一个健康社会的精神、道德因此快速、大量地流失,譬如诚信、正直、坚韧、乐善好施、扶助弱者、遵守规则、独立思考、批判能力等。一言以蔽之——这是“义”的流失。当代中国严重缺乏对“义”的社会支持系统。

——所以有时,在道义面前,一些人根本不去想自己如何参与关注,而是宁肯以“有罪推论”去百般挑剔,费尽心机地探测道义者的真诚度;

——所以有时,我们难免会忧心忡忡,觉得“这个民族已经患了重症”,有些事情,虽然也发现了不合理,却觉得自己无能为力,即使有愿望有想法,因为设想到种种的不可能和得不偿失,而畏惧行动,只有看着它们存在,等着它们改变;

——所以有时,我们难免会暗暗纳闷,为什么中国就出不来巴菲特和比尔·盖茨?为什么,在近百年之前,美国会出来一个叫安德鲁·卡内基的人,他说出那样的名言:“在巨富中死去是一种耻辱?”

种种困惑都源于从未听说,从未见过,于是便产生了种种的不习惯。

不习惯的深层原因是什么?

一位全国政协委员言恭达提出了《关于慈善文化培育的几点建议》,其中说道:

建议把慈善理念作为一个专门学科、一种生活方式来对待。慈善是一项系统工程,牵涉到经济学、政治学、社会学、伦理学、法学等诸多学科,因此建议要适时建立专门研究慈善事业的机构,汇集社会各方面的专家学者,共同出谋划策,引导慈善事业向系统化、科学化、国际化方向发展。

建议各级慈善机构、非盈利组织、媒体、网络等部门要在工作中注重宣传慈善理念,推广慈善文化,通过各类群众喜闻乐见的活动向社会传播慈善意识。

——《中国艺术报》2009年3月13日

慈善是一种文化,如果我们可能将慈善作为一种生活方式来对待,它就不可能靠上级的红头文件或者是不断地命令“索捐”或者是“逼捐”搞出来。

而为什么要建议慈善文化应该注重于“培育”、“宣传”、“推广”?

就因为,中国现代慈善事业尚处于起步阶段;作为慈善文化,只能依赖于经济发展水平的提高——所谓“仓廪实而知礼节”,当人们在为生计发愁的时候，多数人不可能顾及慈善，甚至也不可能习惯于慈善。

但是，随着小康社会的日益实现，我们也应该相信，中国现代慈善事业的起步阶段和某些“无序斗争”的现象，肯定会得以改变，爱心人士的队伍也肯定会越来越壮大。

还是回味哲学家的话：“重要的是保持一种敏锐的正义感，不要错过一生中不站出来就会终生后悔的时机。”（何怀宏语）

面对那些“失语者”、那些“特殊孩子”，张淑琴不会“后悔”，因为她没有躲开，没有观望，而是第一个站了出来，做了知其不可为而为之的勇敢践行者，将一群很容易划入黑暗中的孩子引到了光明之地，重新点燃了他们生命的亮点。

对于4000多名被救助的孩子以及他们服刑中的父母来说，太阳村功不可没。

而源源不绝的“发烧友”，一再证明着太阳村存在的价值。即使是2009年夏天，当一种攻击的声音响得格外刺耳时，志愿者的留言依然令人感动：

张奶奶在陈蓉博客中的一句话深深打动了我：“我宁愿我自己去乞讨，也不让孩子们去乞讨。”所以我下定决心去太阳村当志愿者，去帮助这些孩子。

（江南大学生命科学与技术人才培养基地强化班　何伟伟）

我想此时此刻每一个在场的人都只有一个强烈的愿望：要让这些孩子永远拥有这么灿烂的笑容，尽可能地减小父母给他们幼小心灵所带来的阴霾。

（中国医学科学院中国协和医科大学　戴毓欣）

太阳村是一个令人惊讶赞叹的地方，它为孩子提供了必需的生存条件，最大限度地保护了他们的权益。员工们工作非常努力，把所有的时间都奉献给了孩子们。孩子们学会了自立，教育孩子们学习英语的经历太难忘了，他们非常欢迎我们，我们向这里的员工们表示敬意。

（英国律师 Durshna Patel，British）

她是一位非常了不起的女人，她做了一般男人都做不了的事，而且坚持了这么久，非常难得。我们为她使劲鼓掌。

（加拿大教师，被太阳村孩子称为“英语爷爷”）

为了不被遗忘的角落,人人有责。为了不被遗忘的孩子,张淑琴独自挑起重担前行,永不回头……那个头发即将花白,脊背不再挺拔的坚强女人,站直了,别趴下。

(News,enorth.com.cn)

拥护也罢,挑剔也罢,顺境也好,逆境也好,真正的强者不需要环境和命运的特别眷顾,因为他是血性与骨气、意志与力量兼具的强者。

十几年前太阳村的事业在冷风中起航,张淑琴凭靠的是自己给自己树立的信念,从此成为一个战斗式的人,在生命中回旋着无比的勇力和倔强,她一路呼喊,艰难跋涉,忍受住常人难以想象的磨难与考验,最终找到众多志同道合者,将认准的目标实现,从此在中国的NGO慈善行列中竖起一面鲜明耀眼的道义大旗——人所做的一切都代表着性格。如今,作为太阳村事业的领头人,她火炬手般的使命依旧,坚韧的性格依旧,仍是一个彻头彻尾初衷不改的“死硬派”。

张淑琴:过去的困难经历给我的最大收获,是很强的承受力,别管什么样的困难我觉得都会过得去。现在我最大的希望就是全国各省都应该有一个儿童村。我想我将来也许会倒在这件事上,但是只要我还没闭上眼睛,办儿童村这个工作我永远也不会停止。

尾声：任重道远

第一章　永远的孩子王

——好女如佛　幸福的方法

"好女如佛",这是张淑琴的座右铭。她认为,一个女人应该有博大的胸怀,对世间的人事充满同情心,乐善好施,爱人,尤其爱孩子。看见孩子摔倒了,你会把他扶起来;孩子哭了,你就想哄一哄他;孩子饥了渴了,你马上给他一块馍一杯水。女人应该有这样的爱心。

当天中午饭是面条,张淑琴让孩子把面条带到办公室来。那只是很简单的面条,就跟自家种的蔬菜和自家做的豆腐炒在一起。她一口气就吃了3碗,有点不好意思地解释自己饭量大。我看着这位访问时不停被打断却也没停止工作的女子,她真需要比常人更多的能量,才能肩负起这个不是一般普通人能承担起来的义务。

——吴韦材:《一个健康社会的模型》,

《联合早报》2004年12月14日

61岁的张淑琴仍然保持着孩子王的姿态,和孩子们一起去食堂打饭、做游戏、给他们发压岁钱、穿着胶鞋领他们一起去菜地拔草、摘枣儿……

——陈雅琴:《让世界少一些卖火柴的女孩》,

《伴旅杂志》2009年第5期

不管正在干着什么,作为永远的"孩子王",她脑子里总在想着太阳村的下一步。目前全国七个太阳村,两个办事处,一群正在成长中的孩子,他们的教育、培训、劳动、生活,各个方面还都需要改进完善。虽然已经一步一个脚印走过来十几年,因为没有任何前人的经验可循,所以有成功也有失败,教训不少,眼下已经摸索出来的方式,也可能在未来会发现并不是最好的，因此只有靠持续不断的实践来不断证明和总结。

她很清楚，自己到了这个年龄，什么病都可能发生，所以要抢时间，想办法多积累些经验，多筹集点资金，多铺一些路子，并且，要抓紧培养太阳村的接班人……总之，她越来越摆脱不掉一种紧迫感，她跟身边的老师们说，现在是分秒必争的时候。

——什么时候不是分秒必争的时候呢？

假如几天里她人没待在北京太阳村，那多半就是在路上，又跑出去忙乎另外几个太阳村的事情。尤其是近年设在偏远贫困地区的太阳村，特别叫她操心。

只有乘车远行的时刻让她享受到难得的休闲。坐在车窗边，感受巨大车轮铿锵的奔驰，她一个劲地朝外看，颠簸中的原野农田飞快掠过，城市被抛在后面，尘风打在脸上，可以闻到庄稼的新鲜味道，牲口和家禽的味道。车厢里面不难见到那些熟悉的人们，他们粗陋的衣裳，浓重的乡音，大声聊着当年的收成，他们手指粗大脸面干黄，曾经，她就在他们中间长大，所以到今天也难甩脱一种致命的同情与感伤……

她还会记得当年让人“惊鸿一瞥”的段子吗？20 岁的她在车厢里当众解怀，给不相识的婴孩喂奶，叫对面的小伙子发窘……一晃 40 年光阴匆匆飞过，在一些地方，老火车的功能依然如旧，依然还是她的生活常客，或者，她还是老火车的常客。火车，不断地使生活发生故事，一些奇迹般的温暖故事——或者是寻找，把无家可归的孩子接过来；或者是探视，带着那些孩子去看望他们服刑中的父母，总之，火车始终贯穿她的生活，一直要贯穿到最后。

她推崇“好女如佛”，却不可能真就坐成个佛，否则哪会干出个太阳村来？女儿也好，朋友也好，多次劝她，千万别再像个驴一样地使唤自己，别把自己当成个男人。她是个挺好的女人，想过再婚，却一直没成。怎么能成呢，别管谁，和人家谈上 3 分钟就是太阳村，早上起来一门心思地掂想着快到院里去看孩子去……这样的人能过日子吗？谁愿意围着你转？而且一旦有了老伴，你就有了照顾人家的责任，可是那么多孩子，那么多员工，怎么扔得下呢？

比较来比较去，她觉得还是现在这个状态最好。

不过，知道生命进入倒计时了，她也开始注意，首先是有了小病得赶紧治。那回跑河南村,因为着急发烧,咳嗽不止,照往常也就是吃点药对付,这回不行了,她不再凑合,跑到医院去打点滴,要自己赶快好赶快好。

本命年的生日到了,依照习俗,她也给自己扎了红腰带。到了晚上人躺在床上,心潮澎湃,很想写点什么东西,可写着写着还是撂下了。

算了,叫别人去当作家吧,自己这个脑筋已经转不过来了。

张淑琴:我女儿说我,一提起太阳村,你就像吸了毒品一样,滔滔不绝地跟人说。我说我真的很上瘾,很入迷。可能这人就得有个事情,让你有一种激情,激情不在年龄。

你们别说累,怎么能不累呢?老天爷选中了你,你就要做下去。

可什么叫累?怎么看待这个累?她有她自己的说法。都说她失去了很多,她不否认,但是,她得到了什么?首先就是孩子们对我的爱。只要我坐在这个地方,就有孩子来给我捶背、捶腿、捏肩膀。这个时候、这个感觉、这种幸福,不是每个人能体会到的。而且孩子们一见到我,就会问,张奶奶你吃饭了没有,这些关心,叫我感觉到像个小手一样,热乎乎的,温暖着我……在这一点上我就觉得足够了,也足以让我这后半生去回味了。"

有一天她发现了一本书特别好,"好极了",名叫《幸福的方法》(泰勒·本-沙哈尔著——哈佛大学博士、"最受欢迎的人生导师")。

这书专门讲的是积极心理学的智慧,以及教人提升幸福指数的方法。"有关'幸福'的研究表明:幸福感取决于三个因素,遗传基因、与幸福有关的环境因素以及能够帮助我们获得幸福的行动。"

她做了一本笔记,像小学生似的每天给自己写评价,打分数。每天要写上至少5个以上的"感谢"——感谢村里的老师和员工,这一天里大家又做了什么,谁谁又帮了大忙,如果以欣赏的眼光来看待,咱心里就特别感恩。当然她也感谢自己,今天做事的效率比昨天要高;甚至这也该感谢屋里的热炕,叫她的思维那么通畅……如此这般,照着书里的方法,可以调整掉不良情绪,比如烦躁、郁闷——为什么要烦躁、郁闷?没有必要,有些事情不好解决,可以先放下,原来是放不下,所以才别扭,没有必要。

每个人幸福的标准不一样,审视自己走过的路,有风,有雨,也有温暖,这即是人生,这样的人生让生命达到酣畅淋漓的状态,这状态可谓幸福,非常幸福。

第二章　有爱心就有希望

国际儿童日(11 月 20 日)要到了,张淑琴和老师们商量,我们要把联合国《儿童权利公约》搞成人人皆知的东西。她和大家说,这些年,什么叫“权利公约”,有很多人还不知道。为什么?没有人去宣传啊。那咱们就去宣传,去推广,咱们不是已经教孩子们搞这个图解了吗,现在再把这些图解剪成手工剪纸,剪成一幅幅的,越多越好,咱们可以做挂历、日历,各种好看的图片,再把文字翻译成英文,中文对照着,我们自己来印刷,然后赠送,反正是让大家都知道,孩子的权益是要得到保护的!

并且,快要过新年了,要继续给所有关心太阳村的好心人寄送贺卡。各个小屋的孩子们都行动起来,课余时间里人人拿起手工小剪子,坐在桌子前剪纸,他们照着老师画好的图纸样子小心翼翼地剪,把《儿童权利公约》的一条条文字剪成一幅幅形象生动的剪纸。

孩子们一边剪着,一边跟着电视机中正在播放的《同一首歌》大声合唱:

鲜花曾告诉我你怎样走过
大地知道你心中的每一个角落
甜蜜的梦啊谁都不会错过
终于迎来今天这欢聚的时刻
水千条山万座我们曾经走过
每一次相逢和笑脸都彼此铭刻
在阳光灿烂欢乐的日子里
我们手拉手啊想说的太多
星光洒满了所有的童年
风雨走遍了世界的角落
同样的感受给了我们同样的渴望

同样的欢乐给了我们同一首歌

太阳村的孩子们都知道,每年11月20日为国际儿童日,这是由联合国发起设立的。

自1954年至今,举行国际儿童日的国家已经从原来的50个国家增至百余个国家。设立“国际儿童日”的目的在于促进儿童保护、福利和教育等事业的发展,让儿童生活在和平、友爱、健康的环境和世界中。而在国际儿童日到来之际,各国政府和各国际组织与机构都会提交有关儿童状况的最新统计资料和取得的工作成就报告。

然而,关于全世界数百万儿童生活状况的统计资料显示的结果令人痛心,全世界数百万儿童,在生活、保健、教育等领域仍缺乏最基本的保障。据联合国儿童基金会资料显示,在世界上生活的每4个儿童中的1个儿童生活在贫困线以下,而这一数字在发展中国家,则是3人中的1人生活在贫困线以下,世界每12个儿童中就有1个在5岁之前因无钱医病而死亡……

1986年9月25日,在美国纽约法拉兴草坪公园,由世界各国的儿童代表分别代表本国儿童共同签订了一项公约——《儿童和平条约》(中国代表刘玉玲),一年后(1990年8月29日),中国签署了联合国《儿童权利公约》,全国人大常委会于1991年12月29日批准加入该公约,并于1992年4月1日正式生效,从此意味着中国政府开始承担在国内立法、执法和司法中实现《儿童权利公约》赋予儿童的各项权利的国际法义务——为了让世界的明天变得更美好,特别需要保障儿童的安全和心理健康。《宣言》和《公约》的通过,在维护儿童权益方面迈出了有力的步伐,各国都将改善儿童生存状况作为国家发展的优先纲要。

但是,如何维护儿童的基本权益,任重道远!

2009年11月20日这天,北京卫视《北京您早》栏目播出一则新闻:北京太阳村的老师和孩子为“国际儿童日”主题活动创作剪纸。

节目播出后,人们来到太阳村,看见橱窗里一幅幅红闪闪的剪纸那么精巧好看,由这些剪纸图解的《联合国儿童权利公约》、《日内瓦宣言》以及《儿童和平条约》,一行行条缕清晰,言简意赅,不断地吸引人们驻足诵读:

我们全世界的儿童,向世界宣告,

未来的世界,应该和平。

我们想要一个没有战争和武器的星球,

我们要除掉疾病和破坏,

我们再也不要憎恨和饥饿,我们不想无家可归,我们要消灭这一切。

我们的大地给予我们足够的食品——我们将共享;

我们的天空给予我们遍地的彩虹——我们将保卫它们;

我们的河水给予我们不朽的生命——我们保持它们纯净;

我们要共同游戏,共同欢笑,互相学习、探索和提高大家的生活。

我们是为和平,为现在的和平,永久的和平,我们大家的和平。

世界上的大人们和我们一起,你们丢掉的只是恐惧和悲伤。

抓住我们的欢笑和想象,我们在一起,和平就是可能的。

——《儿童和平条约》

在明亮橱窗的四周,志愿者为太阳村所有的孩子们写下一个个的祝愿:

——让孩子在和平、友爱、健康中成长;

——大爱无言,行动有力,有爱心就永远有希望;

——希望太阳村的明天更加阳光明媚;

——希望太阳村的孩子更加欢乐无穷!

后记:看到了而不传播是自私的

写这样一本书,首先因为我是一个志愿者。

2008年深秋在北京,一天将近中午时,朋友张筠忽然打来电话,说20分钟后开车来接我,我们一起去个地方。什么地方?儿童村,在顺义,去那里跟孩子们一起吃午饭!这提议很挑我的兴致,当然同意,只当是一次好玩儿的秋游。

于是在背景信息全未知悉的情况下,跟着朋友一路驶进太阳村。赶上是礼拜天,太阳村里非常热闹,很多孩子在忙前忙后给外来的人们做饭、打饭、擦桌子、拾碗筷,村长和老师也夹在其中不断地招呼着。我才知道,这里是一个救助机构,一个为服刑人员子女能正常生活和学习而搭建的临时村落——属于民间公益性质,又可以叫NGO。

在这个暴饮暴食的时代,谁都想过省心的日子,都习惯了表面的轻松的对家门之外的是非善恶无动于衷的生活,有时想加以"调剂",不过是靠一场电影来感动流泪。可是,坐在太阳村的活动厅里,神经忽然受到强烈震击。这是一个多么谦卑的群体——清一色的罪犯的孩子,他们在台上站成一大横排,一起合唱村歌:"一朵金色小花在寒风中长大,哪里是他的家,何处天涯,如果不是你的手给我温暖牵挂,我怎能懂得报答?"歌声凄婉压抑,带着一份本不该属于孩子的深沉的幽怨与乞望。每个孩子的脸上都布着一种为"犯属子女"所有的特殊神情,身上的衣裳一律来自旧物捐赠,看着既不鲜亮也不合身,每张面孔都透着风吹日晒的粗糙……恻隐一下子被触发,心里搅动起来,很刺痛,很悲凉,一种压迫感解脱不开,很本能地一直难过着,莫名地觉得欠了他们很多。

沉重之中想起雨果的话:"人类的真正区分是这样的,光明中的人和黑暗中的人。减少黑暗中的人数,增加光明中的人数,这就是目的。"

写作的行当常叫人自由得飘忽,常会忘记自己是干什么的。挺长时间里，我陷于懈怠散漫，像一个随遇而安的游客，由于原初的热情越来越厉害地退潮，总觉得写作已成可有可无的事。人说，“你上楼的速度越快，越容易忘记自己上楼的目的，最后，怅然若失。”（苏兹·贝克）有时觉得这话说的是自己。

但是直面太阳村的孩子，那种滞重感咄咄逼人，无法绕开。眼见村里的一草一木无不来自于社会捐助和老师、孩子们辛勤的劳动，我也很想趋同、融入。再去时，和丈夫高书贵一起，捐了一些枣树和桃树，随后和孩子们一起玩耍，辅导功课。心里这时已经清楚，做这些还远远不够——看到了而不传播，这是自私的。实际此时自己已是一脚踏进去再也拔不出的状态，一种职业化的热情已经在心里激荡，行动不知不觉变得热衷起来。和村里各种各样的人交谈，了解太阳村方方面面的情况，收集社会学层面的大量信息……总之，一副作家的样子，是为志愿者的作家。

何谓志愿者？无非是不肯持旁观态度，不想一过了之，并且无条件地甘心付出。而太阳村的一切让我把眼睛睁大，一味地驻足而思：民间救助的效能可以有多大？太阳村的价值主要是什么？世间怎会发生这等高尚的事？一种理想主义的试验如何变成今天不容置疑的事实？我以为很多的问题值得好好想，好好解读，这无疑是一个工作，属于我的工作。写，表明的是一个立场，我也应该以一场无偿而又负责的写作来向太阳村人和所有的爱心人士表达自己最大的敬意和支持。写，也是为的自己。

有热情是太重要了，一下子什么事都被覆盖了，都归之于其他。那一天就在村里草草住下。屋子挨着司机师傅和几个大学生员工，条件简陋，有点像建筑工地的简易房，两层、铁楼梯、很薄的墙壁。屋里设施皆来自于社会捐助，皆是旧物，只是被子不知是哪位老外赠送的簇新的鸭绒被，十分暖软。丈夫很支持我，他笑着给了我一句白居易——“今我何功德，曾不事农桑”？离开前，他为我把厕所上面漏风的小窗子钉牢实。两天之后正是我的生日，明媚的阳光里，走近蓝色小屋的篱笆墙，接到儿子、儿媳从普林斯顿大学打来的电话，对太阳村这件事他们惊讶之余，也都十分赞成我投身其中。

可这的确不是一件容易事。年纪已经不轻了，村里的大锅饭有些不习惯，主要是菜量不够，满嘴很快起了燎泡，有时只好到菜地里选一棵生萝卜，或者到村外的小卖店去买点什么。赶上风雪天，小心翼翼地攀着铁楼梯提暖水壶,险些失脚跌滑下去。并且那屋子难以想象的奇冷,因为村里购置的冬煤有限,到半夜暖气管会变得冰冰凉,以至于要穿好了羽绒衣再盖上羽绒被方能睡得着。挨到白天太阳出来,也学着旁边屋的大学生,赶紧把被褥匆匆地搭出去晒……

热情真能超越一切,动力源源不绝。首先是孩子们的贴近。他们确实是特殊,每个孩子都和我所见过的大不同。我了解到他们已经丧失了太多,种种的不幸,说不清的宿命,注定晦暗的人生,叫他们那么小就懂得深深的压抑与适度的控制。他们喜欢一声不响地盯紧了陌生人,看这人会怎样待他。小小的心里存得下任何事——很多不见天日的秘密,他们一生也不会向人袒露。他们大都是颇有"见识"的,眼睛里剜不出去暴戾的刀光剑影,某些极端的景状绝不亚于科恩兄弟拍的黑片。一些孩子虽与血色无关,却跟吸毒、贩卖、盗窃、猥亵有关,并且是从小到大,毫无知觉地听任亲人的哄骗与摧残……总之他们个个都甩不脱阴暗的记忆,个个都有苦楚的童年,个个都是人性扭曲的结果。与他们相处,会觉得离着人类的伤口如此之近——"你不流泪,这世界已经足够潮湿了"!

然而孩子们大都乖巧懂礼。他们上学下学严格守时,在食堂里飞快地吃饭,很利落地自己刷碗。女孩子小露的碗里剩下了饭,怎么也吃不净,怕我批评她,她先小声告诉我:"我发烧了,吃不下,可是你要非叫我吃我就吃……"小露只有 6 岁,一脸太过温顺的懂事状。男孩马力 11 岁,脸上总挂着鼻涕,他喜爱练武术,在台上翻腾够了,又对着外面小汽车的投影摆弄自己的小姿势。我被他吸引,夸奖了他几句。到晚上正在活动厅里看报,他忽然跑过来,把一只小绒狗掖到我怀里,叫我看到他还有很女孩子气的一面。

没有妈的男孩子大都把自己收拾得很粗,脸上像洗不净似的带一层皴皮,但是他们会把食堂里的水泥地和伙房的池子擦得锃亮。女孩子则比赛似地把自己的床铺收拾得整洁,各种小粘贴以及学校里发的奖状活泼喜人地装点着床边的墙壁,尽管那床帮上无可遮饰地刷着"保定监狱赠"的红字。

最难忘和女孩小芯的见面。小芯是太阳村头一拨的孩子——十几年前在陕西刚建"世界第一村"时有幸被张淑琴等人及时搭救,现今已经 20 岁了,在北京郊区一家大公司里做着一份技术工人的活。小芯形象生得好，白皙而柔美，一双秀丽迷人的大眼睛，假如没有惨烈的身世，她真该去参加红楼梦的选秀。我们约在北京阜成门，万通商厦楼上的餐厅里，四围清静，优雅的乐声隔开楼下的喧嚣。她跟我叙说在太阳村的生活和小同伴们的友谊。我努力避免她说自己的家事，因为我不希望，也不需要。他们每个人的背景我已经通过有关资料大致知道了。可是，小芯郁郁的微笑里始终透着特殊孩子的特殊苦味。当她说，“张奶奶的手比我妈妈的手温暖”时，那双好看的眼睛盈满了泪水。她忽然憋红了脸一口气地全都告诉我，她妈妈受坏人怂恿一起杀死了她爸爸，那一年她只有6岁，从小她和爸爸特别好，总是被他爱着护着，每天晚上睡觉前，都是爸爸把她抱在怀里先哄着了之后才撂到炕上去……

也许因为我和小芯一道抹眼泪，当谈话终于结束时我们起身下楼，小芯很贴近地依着我，把她小小的手掌放到我的手心里，一直温温地拢着——说话时我细看过她的一只手，手背上带着疤痕，是当年成为孤儿后在大山里给人家放牛打草砍伤的，一根手指甚至缺了半个指甲……那么柔软细巧发着濡湿的女孩子的手，像她的心一样，并且还像持续不断地默默诉说着。当分别时，她先送我上公交车，我已经上去，她在站牌底下使劲巴望车窗里的我，那样定定不舍地羞羞笑着，踮起脚来留意我是否有座位。挤在一大堆时尚而又焦灼的等车人中间，美丽如林黛玉似的小芯显得那么简朴安静、苍白单弱，好像她与身边闹嚷嚷的花花世界很是隔绝。然后，每临节日，总会最先收到小芯的问候。

尽管现在已经写完了这本书，心里那些阵阵的酸痛仍然无法释怀。他们实在是一群命运太悲苦的孩子，生来就注定了要“失去”。因为这“失去”，他们永远都不会有彻底的开朗与欢乐，冻伤的淤痕在心里垫着底，永远都会提醒他们把声息压到最低。

可是，为此他们才更贪婪地需要爱，也更早熟地懂得爱，并且还懂得自尊自强。去年的大年三十，我和丈夫到村里参加他们的联欢晚会，我被村长安排和两个老师一起到台上给孩子们分发“压岁钱”。在好听的音乐声中，几十个孩子安安静静不争不抢有序排队，每个接了红信封都道一声谢谢。围拢在年夜饭的大桌子前，大孩子给小孩子不断地往碗里夹菜，还给老师们递过去年糕。今年的大年三十，我们没有赶过去，听说这一天村里发起了一个“兄妹基金”的捐献活动，是孩子们用于互帮互爱的，那天连村里最年幼的孩子也举起了小手献出来自己日常积攒的零花钱。

也正是为了这些不幸却仍然不失可爱的孩子们,太阳村的搭建成为一个必需。激发我热情的不仅是震击和感动,还有责任和兴趣,这应该是我写作的动力系统的根本。

一段时间里,注意力锁定在村长张淑琴这里,想尽可能深入地了解一个人生命的轨迹和奋斗历程。很显然,她的人生比我们的强大,她的意志力很犟很硬、铁骨铮铮的。由于社会的保障系统尚不健全,更由于各种各样的偏见与阻隔,她的主张和做法在很长一段时间里实属是“逆着走”,所以饱受争议与鄙夷。有时她显出很尖锐很“出风头”甚至是对峙的状态,为此经常流泪,嗓子总是沙哑的。风风雨雨十几年里,却始终知其不可为而为之,而坚定地走到底——四面八方包围的困难,连及她所失去的生活、受到的打击、诋毁,不是文字能够说得尽的,也没有必要尽说。

有必要多说的,是作为一群弱势之中自觉担当的带头人,她究竟为的什么、又是如何地以一种近乎于罗宾汉式的做法,如此冲动和执著地将一群孩子从被社会放逐的黑暗中引领出来,并且带动起源源不绝的社会团队……我希望这一条跋涉之路,已经在书中给予了表述。

然而,仅仅是表述也还不够,纪实报告的最高使命是为的影响,影响当下与未来,而并非只为了记录事实。所以写太阳村,一方面是要叫大家分享其中大量累积的温暖与爱,见证出一个社会和一个民族的道德水平,看到民间蕴藏的无穷的热能,同时,还要叫大家晓悟太阳村的实践理念及其所蕴涵的意义。

走在阳光灿烂的太阳村里,感觉空中仿佛有一面炽烈的红旗在招展,一种恢弘的精神在高扬,在呼吁人世间博大的爱与同情。为什么说“呼吁”?中国是一个伟大的国家,中华文化涵纳了儒家、道家与佛家,可谓博大精深,尤其备受尊崇的孔子,既讲恕也讲仁,这是一个核心。可是,代表着中华美德的仁爱思想,在历史和文化进程中一直存在大的断裂,现实当中常常难以抵除陈腐的顽固俗见——把生命分出等级的“等差之爱”,尤其在“文革”中,表现为狰狞可怖的“血统论”,一朝毁弃了多少家庭!时至今日,这种荒谬的伦理仍然有它不小的市场——提及尊严与权利,总有些人在振振有词地否认,罪犯的孩子也应该生而平等。

因此,太阳村的搭建,无时无刻不是在严正地宣讲——她驳斥那些冰冷的俗见，永远在提醒人们，生命不分尊卑，博大的爱是没有等级不带偏见的；何为慈善？慈善就是无分别之心，就是教人平等友爱，像对待亲人一样；永远不能设立一个关于人的优劣标准，而只需要付出热情与关怀，为了社会的和谐、为了我们的明天，必须要无条件地爱孩子、爱一切孩子！

慈善的德兰修女说，最好的爱不仅仅是一张支票，而应当是面对面的给予和服务，是亲手抚慰照料每一个具体的这一个，“因为我们并不知道那个抽象的人类在哪里……”远程的爱心有时等于无，这是因为太疏离。而那种面对面的给予和服务，在北京的太阳村里随时可见。作为当代社会人类大爱的一个坐标，我清楚地看到，今天的太阳村越来越显出在当下与未来所具有的普世价值，特别体现在义工文化现象在村里如火如荼、蔚为壮观，并且是以“80 后”、“90 后”的大学生为主要的生力军。很多的爱心故事不胜枚举，叫人乐观地相信，消费时代，理想依然燃烧；理想，依然是我们生活中的盐。

记得一个北方交大的小女生。那天晚上不是周末，志愿者女生宿舍的小屋里亮着灯，我推门进去，看见一个小巧玲珑的女孩独自蜷缩在床铺上打手机。她在对付学校里的老师，说着什么论文的事。然后我们就聊了起来，一口气聊到深夜。像前些年流行的个人化女性小说中的主人公，她身上散发着很叛逆的特立独行的气息，有些神秘，又很迷惘。她是一个早慧的“90 后”的跳班生，居然全盘否定了自己打拼多年的求学路。她给我讲了一段伤心事，一个女孩跳楼自杀，因为恋爱失身，又失恋，于是就非要寻死，同学们拼命阻止她，大半夜跑出来在宿舍外面垫了一层层的棉被，可是有什么用？她非要找能躲开人的地方跳下去。“……她是我最最要好的朋友，我当然很难过，可是我看不起她。为什么那么在乎一场恋爱？失身又有什么了不起？就为了堵一口气把自己的一生都粉碎了，蠢不蠢？”她眼冒泪光，以绝对批判的口气说着，不喘气，一泻千里——“大学里的人是一堆垃圾，我们混文凭，玩弄感情，比花钱，几百块钱吃一桌，然后全扔……”

“90 后”的小女生跟我这个“50 后”毫无芥蒂地敞开心扉，她说就是很想在太阳村里多待一段时间，给这里的孩子们辅导功课、洗衣裳、种种菜，做这些义工的活计叫她心里舒展，无比快乐：“孩子们太需要我们了，可是我们也需要他们……”

她这样说,很有代表性。肯定有不少爱心人士和志愿者来帮太阳村,一个重要的目的是救自己——也许没有比选择做义工更合适的了,因为爱所具有的救赎本质总是双向的。慈善,是现代社会一条最好的自救之路,由善而生纯洁,而生和平,而减少自我意识,解除心为物役的绳索。

第一次写这样的一本书,还像以往的任何写作一样,先不去考虑写成之后怎么办,只是埋头写下去,一天天地写出兴趣、写出力量来。然后,这天带着厚厚的书稿来到法律出版社。在阳光灿烂的屋顶花园里,结识了总编胡一丁先生和主任杨克女士。一身布衣的胡先生落座便说,太阳村是一个传奇!杨女士也真诚地感慨,像张淑琴这样的人,哪是太少啊,根本就没有!我不禁感到高兴,太阳村的知音到处都是,同时我也特别感谢他们如此热忱地接纳了此书。实际作为出版社,他们又何尝不是一个更大一些的志愿者?

巧的是,当我们确定了本书的出版时,时间正是四月二十一日。这一天,国务院决定,为表达全国各族人民对青海玉树地震遇难同胞的深切哀悼,全国以及驻外使领馆下半旗志哀。我想到,在这样的日子里,交付这样的一份作业,实在是一件饶有意味的事。

相信在此书之后,太阳村的传奇一定会更加精彩!

2010 年 4 月 30 日写于天津阳光 100 小区

图书在版编目(CIP)数据

搭起太阳村:为失去父母关爱的孩子搭建一个家/李晶著.—北京:法律出版社,2010.8
ISBN 978-7-5118-1030-4

Ⅰ.①搭… Ⅱ.①李… Ⅲ.①纪实文学—中国—当代
Ⅳ.①I25

中国版本图书馆 CIP 数据核字(2010)第142170号

责任编辑/卞学琪　　**装帧设计**/汪奇峰

出版/法律出版社
总发行/中国法律图书有限公司　　**经销**/新华书店
印刷/北京外文印刷厂　　**责任印制**/张宇东

开本/787×960毫米 1/16　　**印张**/26.25　**字数**/385千
版本/2010年9月第1版　　**印次**/2010年9月第1次印刷

法律出版社/北京市丰台区莲花池西里7号(100073)
电子邮件/info@lawpress.com.cn　　**销售热线**/010-63939792/9779
网址/www.lawpress.com.cn　　**咨询电话**/010-63939796

中国法律图书有限公司/北京市丰台区莲花池西里7号(100073)
全国各地中法图分、子公司电话:
第一法律书店/010-63939781/9782　**西安分公司**/029-85388843　**重庆公司**/023-65382816/2908
上海公司/021-62071010/1636　**北京分公司**/010-62534456　**深圳公司**/0755-83072995

书号:ISBN 978-7-5118-1030-4　　**定价:**55.00元